HEYNE
BÜCHER

W0021904

Von James Herbert sind
als Heyne-Taschenbücher erschienen:

Domain · Band 01/7616
Die Ratten · Band 01/7686
Die Brut · Band 01/7784
Die Gruft · Band 01/7857
Unheil · Band 01/7974
Dunkel · Band 01/8049

JAMES HERBERT

TODESKRALLE

Roman

Deutsche Erstausgabe

WILHELM HEYNE VERLAG
MÜNCHEN

HEYNE ALLGEMEINE REIHE
Nr. 01/8138

Titel der Originalausgabe
THE SURVIVOR
Aus dem Englischen übersetzt
von Hartmut Huff

Printed in Germany 1990
Umschlaggestaltung: Atelier Ingrid Schütz, München
Satz: IBV Satz- und Datentechnik GmbH, Berlin
Druck und Bindung: Elsnerdruck, Berlin

ISBN 3-453-04541-6

Prolog

Der alte Mann zog seinen Schal enger um den Hals und schlug die Aufschläge seines schweren Mantels hoch. Die warme Luft, die er ausatmete, kondensierte sofort in der Kühle der Nacht. Für ein paar Sekunden tappten seine Füße leise auf der Betondecke der Eisenbrücke. Dann blieb er stehen und setzte sich so bequem wie möglich auf die harte Bank. Er blickte zum dunklen Oktoberhimmel auf und genoß das Gefühl der eigenen Winzigkeit, das dessen Tiefe ihm gab. Der Halbmond stand klar und deutlich über ihm, wirkte aber gleichzeitig auch flach und fern, als sei er wie ein nachträglicher Einfall hinzugefügt worden und spiele keine wichtige Rolle am dunklen Firmament.

Innerlich seufzend richtete er den Blick auf den schwarzen Fluß, dessen Oberfläche durchsetzt war von plötzlichen Blitzen reflektierter Lichter, die sich in einem verwirrenden Schauspiel vereinten und teilten. Er blickte auf die Ufer, auf die kleinen Boote und Barkassen, die ruhig in der leichten Strömung trieben, auf die strahlenden Läden und Restaurants und die Kneipe am Ende der Promenade, alle hell erleuchtet, ihr Mittelgrau des Tages verschwunden im scharfen Kontrast zwischen dem kompromißlosen Licht und der Dunkelheit.

Wundervoll, dachte er. Wundervoll, diese Nachtzeit, diese Jahreszeit. Die Späte der Stunde bewirkte, daß weniger Menschen die Brücke benutzten: die Kälte bedeutete, daß weniger Menschen auf diesem ungeschützten

Terrain verweilten. Die meisten Touristen hatten Windsor inzwischen verlassen, hatten das Ende der Saison bedauert. Die Tagesausflügler waren in ihre Kutschen und Autos geflüchtet und mit der kurzen Herbstdämmerung verschwunden. Jetzt würden weniger Pilger über die Brücke von Windsor kommen, um Eton zu besuchen, seine Stadt, um das berühmte College mit dem Hof im Tudorstil und die wundervolle Kapelle aus dem fünfzehnten Jahrhundert zu besichtigen, um die Ladenfassaden aus dem achtzehnten Jahrhundert zu bewundern und sich in den zahlreichen Antiquitätengeschäften umzusehen, die sich in der schmalen Hauptstraße drängten. Er hatte die Schönheit seiner Geburtsstadt erst zu schätzen gelernt, als er vor ein paar Jahren den offiziellen Reiseführer von Eton gelesen hatte; im täglichen Einerlei seines Lebens war sie ihm völlig entgangen. Jetzt aber, in den verbleibenden Jahren, konnte er sich umsehen, sich und seine Umgebung kennenlernen, und er hatte ein tieferes Interesse an der Geschichte und der Einzigartigkeit seiner Geburtsstadt entwickelt. In den vergangenen vier Jahren hatte er seit seiner Pensionierung und nach seiner Krankheit Eton studiert und war zu einem Experten für die Stadt geworden. Jeder Tourist, der den alten Mann auf der Straße anhielt, um ihn nach dem Weg zu fragen, sah sich plötzlich einem kundigen und scheinbar unermüdlichen Reiseführer gegenüber, der einen erst gehen ließ, wenn man sich zumindest die wichtigsten Daten der Stadtgeschichte gemerkt hatte. Doch zum Ende des Sommers wurde er der Touristen müde und der Unruhe, die sie in seine gewöhnlich friedliche Heimat brachten, und er freute sich auf das Kommen der kalten Jahreszeit und der dunkleren Abende.

Jetzt verließ er jeden Abend gegen halb neun sein kleines Reihenhaus am Eton Square und spazierte durch das College, dann zurück zur High Street auf die Brücke zu, wo er mindestens zwanzig bis dreißig Minuten verbrachte, gleich wie das Wetter war, um flußabwärts dorthin zu schauen, wo die Themse sich um Romney Island teilte. Er war nie tief in Gedanken versunken, sondern genoß einfach die Stimmung des Abends. Gelegentlich, vor allem im Sommer, gesellten sich andere zu ihm, einige Fremde, einige Bekannte, und er plauderte mit ihnen ein Weilchen, doch nur, um bald wieder in nachdenkliches Schweigen zu verfallen. Dann ging er zurück, kehrte auf einen Brandy in ›The Christopher Courage‹ ein, ein kleiner Luxus, den er sich leistete, und begab sich danach nach Hause, um zu Bett zu gehen.

Der heutige Abend, so dachte er, würde sich von den anderen nicht unterscheiden. Dann drang das Dröhnen von Flugzeugdüsen an sein Ohr. Das war nicht ungewöhnlich – Eton lag auf direkter Luftlinie zum nahegelegenen Flughafen Heathrow, Grund für viele Klagen der Bewohner von Eton und Windsor –, aber aus irgendeinem Grunde spähte er zum Himmel hoch, um nach der Lärmquelle zu schauen. Er sah zuerst das Hecklicht, und als sich seine Augen an den tintigen Hintergrund gewöhnt hatten, wurde das riesige Flugzeug sichtbar.

Eins von den großen, dachte er. Verdammte Plage, all diese Flugzeuge. Vor allem die großen. Laute Dinger. Ganz sicher Teufelszeug, denk' ich. Er wollte den Blick abwenden, da seine Nackenmuskeln zu schmerzen begannen, als er den Hals so nach oben reckte; doch aus irgendeinem Grund konnte er das nicht tun. Der riesige Rumpf – noch immer recht tief –, das rote Licht, der summende Lärm hatten ihn plötzlich zu faszinieren begonnen. Er hatte zu viele dieser Monstren gesehen, als daß dieses wirklich irgendwie interessant gewesen wäre, und doch konnte er seinen Blick nicht davon abwenden. Etwas stimmte nicht. Er hatte keine Ahnung, woher er das wußte, aber da oben war etwas nicht in Ordnung.

Es schien zu drehen, was an sich schon ungewöhnlich war, da die meisten anderen Maschinen auf geradem Kurs direkt über Eton hinwegflogen. Die rechte Tragfläche schien sich zu senken. Ja, das Flugzeug wendete eindeutig. Und dann sah er, wie das Flugzeug zerriß. Er hörte die gedämpfte Explosion, aber seine Sinne registrierten das Geräusch kaum. Er war durch den entsetzlichen Anblick zu gefesselt, denn das Flugzeug war nicht ganz zerrissen, und der Rumpf stürzte jetzt auf den Boden zu. Er konnte Gegenstände aus ihm herausfallen sehen, als es abstürzte, Gegenstände, die nur Sitze oder Koffer sein konnten – und Körper!

»O Gott!« sagte er laut, als das Geräusch plötzlich in sein Gehirn drang. »Es kann nicht sein! Hilf ihnen, Gott, hilf...« Das winselnde Brüllen erstickte seine Schreie, als das abstürzende Flugzeug über ihn hinwegglitt und über die High Street streifte. Das Heulen seiner vier Turbinen und das Sausen des Windes vereinten sich zu einem schrecklichen Geräusch, und nur die Schubkraft der Düsen verhinderte, daß es einfach vom Himmel fiel. Der alte Mann sah, daß die Fenster im vorderen Teil von roten Flammen erleuchtet waren, daß Flammenzungen aus dem riesigen Riß in seinem Rumpf loderten, die der tosende Wind streckte. Das Flugzeug hielt kaum noch zusammen. Der hintere Teil senkte sich nach unten, schien jeden Augenblick vom Hauptrumpf abzubrechen.

Das Flugzeug verschwand aus dem Blickfeld, und die Bootshäuser verbargen gnädig seine unausweichliche und endgültige Vernichtung vor den Blicken des alten Mannes. Eine Pause entstand – ein Augenblick der Stille, ein Augenblick, in dem es schien, als ob nichts geschehen sei – aber dann erfolgte die Explosion. Der Himmel rötete sich, und er sah die Flammen in nächster Nähe hinter den Bootshäusern auflodern. Bei dem Geräusch fiel er auf die Knie, und der Donner schien selbst die Brücke erzittern zu lassen. Er hielt sich die Ohren zu und duckte sich so tief, daß sein Gesicht fast seine Knie berührte. Aber dennoch drang der Lärm zu ihm und hallte in seinem Kopf. Während sein Hirn den körperlichen Schmerz zu verarbeiten versuchte, setzte der Schock für einen Augenblick aus. Endich schien das Geräusch zu schwinden. Es hatte nur Sekunden gedauert, aber es waren zeitlos erstarrte Sekunden.

Langsam hob er seinen Kopf, die Hände noch immer fest an die Ohren gepreßt, die Augen vor Furcht weit aufgerissen. Er sah das pulsierende Glühen, die aufsteigenden Rauchwolken, aber alles andere war still. Er sah Gestalten auf der High Street stehen, ihre Gesichter nur weiße Flecken in der seltsam rotgefärbten Nacht, wie erstarrt, voller Angst, unfähig, sich zu bewegen. Das Klirren vom Glas eines Restaurantfensters am Fuß der Brücke zerbrach die Stille, und der alte Mann sah, daß die ganze Straße mit glitzernden Glasscherben übersät war. Menschen begannen an Fenstern und Türeingängen aufzutauchen; er hörte Stimmen rufen. Niemand schien sich sicher, was eigentlich geschehen war. Er kam wankend auf die Beine und begann auf die Felder zuzulaufen, wo das Flugzeug aufgeprallt sein mußte.

Als er an den Bootshäusern vorbeirannte, bemerkte der alte Mann, daß sie an der Rückseite brannten. Er erreichte einen schmalen Weg, der in die weiten Felder dahinter führte, und das Atmen schmerzte ihn mit jedem Schritt mehr. Er warf einen Blick über die Schulter und sah mehrere kleine Feuer in den Gebäuden hinter sich. Dann bog er um eine Ecke und blieb am Rande des Feldes stehen. Er preßte eine Hand an seine Brust, und seine Schultern hoben und senkten sich vor Anstrengung und der Mühe, die ihm das Atmen bereitete.

Entsetzt starrte er auf das zertrümmerte, von vielen Feuern beleuchtete Flugzeug. Der Rumpf war zerschellt, die Nase nach oben gestoßen und plattgedrückt. Die einzige Tragfläche, die er sehen konnte, lag neben dem Heck, das schließlich doch völlig abgebrochen war. Nur das Schwanzstück hob sich majestätisch aus den Trümmern, fast unversehrt, aber gerade deshalb irgendwie obszön, und glühte rot im Schein der Flammen, trotzig und häßlich in seiner Glätte.

Das Gelände schien mit verbogenem Metall bedeckt zu sein, mit Material, das verstreut und durch die Wucht des Aufpralls herumgewirbelt worden war. Widerwillig trat der alte Mann auf das Feld, weil er dachte, daß vielleicht jemand Hilfe brauchte. Es schien unwahrscheinlich, aber es war das einzige, was er tun konnte. Als er sich vorwärts bewegte, hörte er hinter sich Schreien und Schritte. Andere mußten an dem Schauplatz eingetroffen sein; er betete, daß sie sich nützlich machen würden. Vorsichtig ging er um glühende Metallteile herum, von denen einige das Gras verbrannten, auf dem sie lagen. Und dann kam der Gestank. Zuerst konnte er ihn nicht zuordnen, weil er sich mit dem Rauch und dem Geruch schmelzenden Metalls mischte. Dann erkannte er, woher er kam. Es war brennendes Fleisch.

Er würgte und fiel fast wieder auf die Knie. Wieviele Passagiere mochte ein so großes Flugzeug fassen? Es waren mehr als dreihundert, dessen war er sicher. O gütiger Gott, kein Wunder, daß der Gestank so stark war!

Plötzlich wurde dem alten Mann schwindlig. Es war nicht nur der durchdringende Gestank; die Hitze war unerträglich, und bis jetzt hatte er nicht bemerkt, wie stark sie war. Er mußte weggehen; es war sinnlos. Niemand konnte diese Katastrophe überlebt haben. Dennoch sah er sich verzweifelt um und war entsetzt, als er erkannte, daß das, was er für verbogenes Metall gehalten hatte, in Wirklichkeit verrenkte Leiber waren. Sie waren rings um ihn verstreut; er stand in einem Feld verstümmelter, zerrissener Menschen. Er fuhr sich mit der Hand über die Augen, als wolle er den Anblick abstreifen, aber das Bild, das er gesehen hatte, konnte er nicht verdrängen. Langsam senkte sich seine Hand von seinem Gesicht, und er blickte sich wieder in der vagen Hoffnung um, einen Überlebenden zu finden. Sein Verstand weigerte sich, den Anblick der abgerissenen Gliedmaßen zu akzeptieren, der geschwärzten Leiber, der Leiber, die sich zu bewegen schienen – Täuschungen des unsteten Lichtes. Er sah etwas klein und rosa, nackt und scheinbar unversehrt. Klein genug, um – ein Kind zu sein? Ein Baby? O Gott, bitte, laß es doch leben! Er rannte darauf zu, wich Hindernissen aus, menschlichen oder anderen. Das Kind lag mit dem Gesicht nach unten, sein Körper war steif. Er betete laut, und seine Worte kamen in würgenden Schluchzern heraus, als er sich neben den Körper kniete und ihn umdrehte.

Große, blicklose Augen starrten zu ihm auf. Der kleine Mund grinste und bewegte sich im flackernden Licht. Die eine Seite des Puppengesichts war verbrannt, wodurch es häßlich und zernarbt wirkte, und die grinsenden Lippen betonten die Obszönität. Der alte Mann schrie auf, warf das Ding zu Boden und wankte in seiner Verwirrung auf das Feuer und das Wrack zu. Die Intensität der Hitze hielt ihn nicht ab, aber zum Glück stolperte er über ein großes, rauchendes Metallstück und fiel hin. Er lag flach in dem verbrannten Lehm, sein Körper zitterte, und seine Finger gruben sich in den weichen Schlamm. Der Schock übermannte ihn; er war ein alter Mann; er war nicht mehr stark genug, so Entsetzliches zu ertragen. Die Erde füllte seinen Mund, er begann zu würgen, und nur langsam funktionierte sein entsetzter Verstand wieder normal. Er hob seinen Kopf und stützte sich auf die Ellenbogen, starrte zu den Flammen auf und mußte rasch die Augen schließen, als sie durch die Hitze versengt wurden. Doch bevor er sie schloß, bewegte sich etwas. Eine Kontur, eine Silhouette vor dem gleißenden Glanz kam auf ihn zu. Er schaute wieder hin und beschirmte seine Augen diesmal, so gut er konnte, mit einer Hand.

Es war ein Mann! Er kam aus dem Flugzeug! Kam aus dem Feuer! Es konnte nicht sein. Niemand war an ihm vorbeigekommen. Und ebensowenig konnte jemand dieser Katastrophe entkommen sein. Zumindest nicht auf seinen eigenen beiden Beinen!

Der alte Mann kniff die Augen zusammen und schaute aufmerksam auf die Gestalt. Selbst ihre Kleidung schien unversehrt. Sie war dunkel, oder lag das nur an der Helligkeit dahinter? Es sah wie eine Uniform aus. Die Gestalt ging langsam und leichtfüßig auf ihn zu, fort von den Flammen, fort von dem zerstörten Flugzeug, fort vom Tod.

Das Blickfeld des alten Mannes begann zu verschwimmen, und Benommenheit erfüllte seinen Kopf. Kurz bevor er ohnmächtig wurde, sah er, wie die Gestalt sich über ihn beugte und eine Hand ausstreckte.

1

Keller steuerte den Wagen gelassen über die Pococks Lane, unterdrückte den Impuls, schneller zu fahren und versuchte, die vielfältigen Brauntöne des Herbstes auf den umliegenden Sportplätzen zu genießen. Aber seine Gedanken schweiften kaum von seinem Ziel ab: der kleinen Stadt, die nicht allzuweit voraus lag. Er bog nach links in die Windsor Road, überquerte eine kleine Brücke und fand sich dann unter den großen, ehrwürdigen Gebäuden des Eton College. Er hielt nicht an, um sie zu bestaunen, und fuhr weiter auf die High Street, wo er anhielt, um sich zu orientieren. Es fiel ihm noch immer schwer, sich für längere Zeit zu konzentrieren.

Schließlich fädelte er sich wieder in den Verkehr ein und fuhr weiter über die High Street, bis er die Brücke erreichte, vor der Eisenpfosten den Verkehr an einer Durchfahrt hinderten. Er bog nach rechts ab, fuhr an den ausgebrannten Bootshäusern vorbei und dann wieder nach rechts, wo er auf die Felder gelangte, die er suchte. Es gab eine direktere Strecke, die seiner Karte zufolge die High Street mied, aber er hatte mehr von der Stadt sehen wollen. Warum, wußte er nicht genau.

Der Polizist beobachtete ihn, als er seinen mitternachtsblauen Wagen parkte. Noch einer, dachte er, noch einer von diesen verdammten Gaffern. Vielleicht ein Souvenirjäger. Das war das Problem, das sie seit dem Unglück hatten – Horden davon schwärmten auf der Absturzstelle herum. Leichenfledderer. Das passierte immer nach jeder großen Katastrophe – vor allem nach einem Flugzeugabsturz. Sie kamen zu Tausenden, um das geronnene Blut zu sehen, blockierten Straßen und standen im Weg. Er hätte sie alle zum Teufel geschickt, wenn er so gedurft hätte, wie er wollte. Am schlimmsten war es gewesen, als die Straßenhändler gekommen waren, die Erdnüsse, Eiscreme und Limonade verkauften; das hatte ihn wirklich krank gemacht. Das Problem war die Nähe Londons. Für Stadtbewohner an einem schönen Tag genau das Richtige für Ausflüge.

Der Wachtmeister rückte seinen Kinnriemen zurecht und schob den Unterkiefer entschlossener vor. Na schön, der wird was von mir zu hören bekommen, dachte er. Doch als Keller aus dem Wagen stieg, änderte er seine Meinung. Sieht wie ein Journalist aus. Muß mich vorsehen, wenn ich zu denen was sage. Denk dran, die sind schlimmer als diese Gaffer, sie suchen und erfinden Geschichten, wenn sie keine finden können, nur um ihre verdammten Zeitungen zu verkaufen! Im Verlauf des letzten Monats hatte er mit ihnen ein paar Auseinandersetzungen gehabt. Aber man sollte meinen, sie würden jetzt Ruhe geben; schließlich war das Unglück vor vier Wochen passiert. Aber nein, sie würden keine Ruhe geben, diese Reporter; zumindest nicht so lange, wie die Ermittlungen noch liefen. Ihm war nicht klar gewesen, daß so viel Zeit verging, bis man die Ursache eines Flugzeugabsturzes feststellen konnte; man suchte doch einfach die Black Box, oder wie immer das Ding hieß, und die erzählte einem genau, was passiert war. Das jedenfalls hatte er gedacht. Doch sie untersuchten immer noch den Absturzort, trugen Stück um Stück fort und observierten jeden Winkel des großen Feldes, South Meadow genannt, das sich direkt hinter der High Street befand; sogar den kleinen Fluß hatten sie durchkämmt, der hier von der Themse abzweigte und sich durch das South Field schlängelte. Darin hatte man ein paar Leichen gefunden, Körper, die durch den Aufprall herausgeschleudert worden sein mußten, direkt über die Straße und in den Fluß. Andere waren schon vor dem Aufprall durch den Luftzug herausgerissen worden. Gott, das war schrecklich gewesen. Es hatte drei Tage gedauert, alle Leichen zu finden und zu bergen – bzw. das, was von ihnen übriggeblieben war.

»Sie können dort nicht hingehen, Sir!« sagte er mürrisch zu Keller.

Keller blieb stehen, ignorierte den Polizisten und blickte über dessen Schulter auf das dahinterliegende Feld. Er konnte die Reste des Flugzeugs sehen – besser das große Rumpfstück, das die Bergungstrupps zurückgelassen hatten. Da stand es, ein riesiges geschwärztes Gerippe, kegelförmig über dem zerquetschten Bauch, zerborsten und verloren. Seine Eingeweide würden in den Laboratorien wieder zusammengesetzt, analysiert und getestet werden. Er konnte Gestalten mit Notiztafeln sehen, die sich über das Feld bewegten, sich bückten, Dinge aufhoben und Furchen in der Erde untersuchten. Ihre grimmige Zielstrebigkeit stand im Gegensatz zu dem hellen, kalten Tag, dem Grün des Feldes und der Stille der Luft.

Der Wachtmeister musterte Keller aufmerksam. Er kam ihm irgendwie bekannt vor. »Es tut mir leid, Sir, aber Sie dürfen nicht dort hingehen«, sagte er.

Keller wandte schließlich seinen Blick von dem Feld ab und sah den Polizisten an. »Ich möchte zu Harry Tewson«, sagte er zu ihm. »Er ist einer der untersuchenden Beamten.«

»O ja, Mr. Tewson. Äh, ich bin nicht sicher, ob er jetzt gestört werden darf, Sir. Geht es um ein Interview?« Fragend hob er die Augenbrauen.

»Nein, ich bin ein Freund.«

Der Polizist schaute erleichtert drein. »Also, dann will ich sehen, was ich tun kann.«

Keller schaute ihm nach, wie er über das Feld ging, dann stehenblieb und sich umdrehte, als er gerade erst vierzig Meter entfernt war. »Oh, wen soll ich ihm melden?« rief er zurück.

»Keller. David Keller.«

Der Polizist stand für ein paar Sekunden reglos da, als sei er angewurzelt. Keller konnte seinen verwirrten Gesichtsausdruck sehen. Dann drehte er sich um und setzte seinen Weg über das Feld fort, wobei seine Gummistiefel im Matsch schmatzten. Als er eine Gruppe von Leuten erreichte, die um das geborstene, leere Gerippe des Flugzeugs hockten, bückte er sich, um jemand anzusprechen. Fünf Gesichter hoben sich und schauten zu Keller hin. Eine der Gestalten stand auf und löste sich von der Gruppe, stapfte schnell auf ihn zu und winkte dabei kurz mit der Hand. Der Polizist folgte fünf Schritte hinter ihm.

»Dave! Was, zum Teufel, tust du hier?« Tewson lächelte, aber es war ein etwas nervöses Lächeln. Dennoch war sein Händedruck herzlich.

»Ich wollte mit dir reden, Harry«, sagte Keller.

»Natürlich, Dave. Aber du solltest nicht hier sein, weißt du. Ich dachte, du hättest Urlaub.« Er nahm seine Brille ab und begann, sie mit einem zerknautschten Taschentuch zu polieren, wobei er noch immer aufmerksam in Kellers Gesicht schaute.

Keller grinste ihn schief an. »Das habe ich – offiziell. Inoffiziell bin ich vorübergehend entlassen.«

»Was? Na, ich bin sicher, daß das nicht lange dauern wird; du weißt, wie schnell die Typen dich auch nach einer so schlimmen Erfahrung wieder in der Luft haben wollen.«

»Das haben sie bereits versucht, Harry. Ging aber nicht gut.«

»Na, dann haben sie's eben viel zu schnell versucht.«

»Nein. Lag an mir. Ich hab' drauf bestanden.«

»Aber nach dem, was du durchgemacht hast, muß es ja eine Weile dauern, bis deine Nerven sich wieder beruhigt haben.«

»Es waren nicht die Nerven, Harry. Es war einfach... ich – ich konnte einfach nicht fliegen. Ich konnte nicht normal denken.«

»Ist der Schock, Dave. Das wird sich geben.«

Keller hob die Schultern. »Können wir mal miteinander reden?«

»Ja, natürlich. Ich kann in etwa zehn Minuten von hier weg. Ich treff' dich auf der High Street im The George. Ist sowieso Zeit, irgendwo 'nen Happen zu essen.« Er schlug Keller mit einer Hand auf die Schulter, machte dann kehrt und ging mit besorgtem Gesicht zu dem Wrack zurück.

Keller ging zu seinem Wagen, schloß ihn ab und begann zur High Street hinüber zu schlendern.

Der Polizist beobachtete ihn und kratzte sich nachdenklich an der Wange. Keller... ja, David Keller. Dachte doch, daß ich ihn kenne. Er war der Copilot des

Flugzeugs – des Jumbos da drüben. Und er war der einzige, der rausgelaufen kam. Ohne einen Kratzer. Der einzige Überlebende.

Keller bestellte ein Bier und nahm an einem Tisch in einer ruhigen Ecke Platz. Der Barkeeper hatte ihm nicht mal einen zweiten Blick geschenkt, und dafür war er dankbar. Die letzten vier Wochen waren ein Alptraum von Fragen, Unterstellungen, starrenden Gesichtern und abruptem Schweigen gewesen. Seine Kollegen und Vorgesetzten der Consul, der Fluggesellschaft, für die er flog, waren überwiegend freundlich und rücksichtsvoll gewesen, abgesehen von den wenigen, die ihn mit eigenartigem Mißtrauen angesehen hatten. Und dann hatten die Zeitungen die Geschichte hochgespielt; der Absturz allein, so dramatisch und katastrophal er gewesen war, hatte ihnen nicht gereicht. Daß ein Mann das schreckliche Blutbad unverletzt, ja mit makelloser Uniform hatte überstehen können, wurde als Wunder deklariert. Bei intensiven medizinischen Untersuchungen wurden keine inneren Verletzungen festgestellt; es gab keine Verbrennungen; seine Nerven schienen stabil zu sein. Körperlich war er völlig in Ordnung, bis auf eines – Amnesie. Tatsächlich litt er unter völligem Gedächtnisverlust, was den Absturz und die Ereignisse, die dazu geführt hatten, betraf. Das war natürlich der Schock, sagten ihm die Ärzte, aber irgendwann wenn sein Verstand soweit geheilt war, daß er sich erinnern konnte – ihm erlaubte, sich zu erinnern –, dann würde alles wiederkommen. Aber es bestand durchaus auch die Möglichkeit, daß sein Verstand nie heilen würde.

Die ›Wunder‹-Geschichte hatte sich hartnäckig gehalten, obwohl er sich allmählich eines gegen ihn gerichteten Grolls bewußt wurde, der nicht nur von der Öffentlichkeit, sondern auch von einigen seiner Kollegen kam. Es waren nicht viele, doch genug, um in ihm ein Schuldgefühl hervorzurufen. Nach Meinung der Öffentlichkeit hätte er nicht überleben dürfen; er war ein Pilot, der eine Fluggesellschaft repräsentierte – und es war seine Pflicht, mit den Passagieren zu sterben! Unglaublicherweise spürte er das gleiche Gefühl bei einigen seiner Pilotenkollegen. Er hatte kein Recht zu leben, wo unschuldige Männer, Frauen und Kinder – dreihundertzweiunddreißig – auf so tragische Art umgekommen waren. Als Angehöriger der Crew, als Teil der Fluggesellschaft, traf ihn die Schuld. Bis die Ursache für den Absturz festgestellt werden konnte, mußte der Pilot die Schuld auf sich nehmen. Und er war Copilot; er hatte die Verantwortung mitzutragen.

Keine zwei Wochen nach dem Unglück hatte er einen Testflug mit einer Privatmaschine gemacht, aber es war hoffnungslos gewesen. Er erstarrte, sobald seine Hände die Kontrollen berührten. Sein Pilot, der Veteran, der eine so große Rolle bei seiner Ausbildung gespielt hatte, war mit ihm in der Hoffnung gestartet, daß Kellers natürlicher Instinkt in Aktion treten würde, wenn er erst einmal in der Luft war. Aber das war nicht eingetreten; sein Verstand konzentrierte sich nicht mehr, richtete sich nicht von allein auf die nächstliegende Aufgabe. Er wußte einfach überhaupt nicht mehr, wie man flog.

Seine Gesellschaft, die auf die öffentliche Meinung sehr empfindlich reagierte und sich darüber im klaren war, daß sie einen Piloten hatte, der ihrer Ansicht nach jeden Augenblick zusammenbrechen konnte, beschloß, ihn für längere Zeit von der Arbeit ›freizustellen‹. Eine Entlassung, abgesehen davon, daß die ungerecht gewesen wäre, würde nur weiteres Aufsehen erregen, noch mehr negative Publicity schaffen, die ihrem Ruf als nationaler Fluggesellschaft nur schaden konnte. Kellers Führungszeugnis war ausgezeichnet, und sie bemühten sich sehr, das in jeder öffentlichen Stellungnahme zu betonen, aber man war der Meinung, daß er nach einem solch schockierenden, traumatischen Erlebnis eine lange Ruhepause verdient habe.

Kellers Brüten wurde durch Harry Tewsons lächelndes Gesicht unterbrochen, das vor ihm auftauchte. »Was nimmst du, Dave?«

»Nein, laß mich...«

Tewson unterbrach ihn mit erhobener Hand. »Ich werde auch was essen«, sagte er und verschwand durch die Menge in Richtung Bar.

Essen, überlegte Keller. Seit dem Unglück habe ich kaum etwas gegessen; gerade soviel, um mich am Leben zu erhalten. Er bezweifelte, daß er je wieder Appetit haben würde. Tewson legte einen Stapel Sandwiches auf den Tisch, verschwand wieder und kehrte dann mit den Drinks zurück.

»Schön, dich wiederzusehen, Dave«, sagte er, während er sich auf einen Stuhl setzte. Er war ebenfalls Pilot gewesen und hatte zur gleichen Zeit wie Keller seine Grundausbildung gemacht. Plötzlich aber hatte sein Sehvermögen unerklärlicherweise nachgelassen, was dazu führte, daß er ständig eine Brille tragen mußte. Seine Erfahrung und sein überdurchschnittliches technisches Wissen waren aber zu wertvoll gewesen, um darauf verzichten zu können, und so war er in das Board of Trade

Accidents Investigation Branch (AIB) berufen worden, eine Gruppe von Piloten und Ingenieuren, die alle Unfälle im Zivilflugverkehr in Britannien untersuchten, ebenso Abstürze in Übersee, an denen britische Maschinen beteiligt waren. Er hatte bald bewiesen, wie wertvoll er war, weil er Absturzursachen auf geradezu unheimliche Weise erkannte. Er stellte sachkundig Vermutungen an und ermittelte dann, darauf basierend, um ihre Richtigkeit zu beweisen. Eine Methode, die von seinen Kollegen nicht ganz gutgeheißen wurde. Bisher jedoch hatte er sich nicht oft geirrt.

Er nahm einen großen Bissen von einem Sandwich und dann einen Schluck des leichten Ale. »Wie kann ich dir helfen?« fragte er, nachdem er den Bissen mit dem Bier hinuntergespült hatte.

Keller lächelte. Bei Harry gab's kein Drumrumgerede. Er kam gleich auf den Punkt.

»Ich möchte wissen, was du über den Absturz rausgefunden hast«, sagte er.

»Ach, komm, Dave. Du weißt doch, daß erst alles gesammelt werden muß und dann bei der offiziellen Untersuchung vorgelegt wird. Und du weißt, daß bis dahin alles unter strikte Geheimhaltung fällt.«

»Ich muß es wissen, Harry.«

»Schau mal«, setzte Tewson nicht unfreundlich an, »das hat doch jetzt mit dir nichts zu tun, Dave...«

»Nichts mit mir zu tun?« Kellers Stimme war ruhig, aber er fixierte Tewson mit einem starren Blick, der den Ermittler frösteln ließ. »Weißt du, wie ich mich fühle, Harry? Ich fühle mich wie ein Monster. Ein Geächteter. Die Leute nehmen die Tatsache übel, daß ich überlebt habe und all die anderen umgekommen sind. Ich fühle mich wie ein Kapitän, der ein sinkendes Schiff verlassen hat, dessen Passagiere ertrunken sind. Sie geben mir die Schuld, Harry. Die Öffentlichkeit, die Fluggesellschaft und...« Er brach ab und starrte auf seinen Drink.

Nach kurzem, betroffenem Schweigen antwortete Tewson. »Was ist denn los mit dir, Dave? Niemand gibt dir die Schuld dafür. Die Fluggesellschaft ganz bestimmt nicht. Und die Öffentlichkeit wird die Absturzursache erfahren, sobald wir unsere Untersuchungsergebnisse veröffentlichen – und ich glaube nicht, daß du mit deiner krankhaften Annahme recht hast, man würde dir übelnehmen, daß du überlebt hast! Was das alles für dich...« er hielt kurz inne, »...oder sonst jemanden anbelangt – nun, du leidest einfach unter zuviel unangebrachtem Schuldgefühl und unter Melancholie. Jetzt reiß dich zusammen und trink dein verdammtes Bier!«

»Fertig?« fragte Keller sanft.

Tewson senkte das Glas wieder, kurz bevor es seine Lippen berührte. »Nein, verdammt, ich bin keineswegs fertig. Ich kenne dich schon sehr lange, Dave. Du warst ein guter Pilot und wirst wieder einer sein – sobald du all das vergessen hast und wieder anfängst, an die Zukunft zu denken.« Seine Stimme wurde weicher. »Ich weiß, welchen persönlichen Verlust du bei dem Absturz erlitten hast – aber auch sie hätte nicht gewollt, daß du so weitermachst.«

Keller schaute ihn überrascht an. »Du wußtest von Cathy?«

»Ja, natürlich wußte ich das. War doch kein großes Geheimnis, oder? Ist doch nicht ungewöhnlich, daß ein Pilot eine Stewardeß als Freundin hat.«

»Es war ein bißchen mehr als das.«

»Das bezweifle ich nicht, Dave. Sieh mal, Junge, ich will nicht grob zu dir sein, aber es wird erzählt, daß du erledigt bist, daß du nie wieder ein guter Pilot wirst, und nach dem, was ich darüber gehört habe, wie du Trübsal bläst, überrascht mich das nicht einmal. Aber ich kenne dich besser. In dir steckt eine Menge, Dave, mehr als in den meisten, und ich glaube, daß du dich in ein paar Wochen wieder ganz normal verhältst. Hast du was dagegen, wenn ich jetzt was trinke?«

Keller nippte an seinem eigenen Bier und spürte, daß Tewson ihn über den Rand seines Glases musterte.

»Ich bin dir dankbar für das, was du zu tun versuchst, Harry, aber es ist nicht nötig. Es stimmt, daß ich mich traurig fühle, aber das hat nichts mit nervöser Depression zu tun; es ist mehr wie eine große Mattigkeit irgendwo in meinem Verstand. Es mag für dich vielleicht verrückt klingen, aber ich habe das Gefühl, als ob ich etwas tun müßte, etwas herausfinden müßte, und die Antwort liegt hier in Eton. Ich kann's nicht erklären und ich kann mich nicht dagegen wehren – selbst wenn ich je wieder ganz gesund werden sollte. Da ist etwas, das ich nicht begreifen kann. Vielleicht ist es eine Erinnerung. Ich weiß es nicht. Aber früher oder später wird es zum Vorschein kommen, und dann werde ich dir vielleicht helfen. Im Augenblick aber frage ich dich.«

Tewson seufzte schwer und stellte sein Glas wieder auf den Tisch. Für ein paar Augenblicke war er tief in Gedanken versunken, sein Kinn ruhte fast auf seiner Brust. Er richtete sich abrupt auf, nachdem er eine Entscheidung getroffen hatte.

»Okay, Dave«, sagte er, »das hier ist ganz unter uns – inoffiziell. Sollte Slater je rausbekommen, daß ich dir etwas erzählt habe, feuert er mich sofort. Wir kommen nicht gerade gut miteinander aus.«

Keller nickte. Slater war der Leiter der Ermittlungen bei dieser Katastrophe und verantwortlich für Organisation, Durchführung und Kontrolle der Untersuchungen; er hatte die Aufgabe, die Arbeitsgruppen in den verschiedenen Phasen einzusetzen. Keller wußte, daß er ein sturer, methodischer Mann war, der wenig Zeit für Tewsons hastige Methode hatte, das Pferd beim Schwanz aufzuzäumen.

»Also«, begann Tewson und nahm einen tiefen Schluck Bier, als wolle er sich damit ermutigen. »Wie du weißt, suchen wir nach einer solchen Katastrophe zuerst nach dem Flugschreiber. Wir haben ihn gefunden, aber der ganze Außenbehälter wies Schmelzspuren auf. Die Frontseite war am stärksten beschädigt, und der Aluminiumfolienstreifen, auf dem sämtliche Informationen der verschiedenen Fluginstrumente kodiert aufgezeichnet sind, lag frei.

Er war rußbedeckt, aber nicht sehr stark beschädigt. Wir entfernten ihn aus dem Behälter und schickten ihn zum Dekodieren ins Labor. Nun, obwohl die Aufzeichnung des Starts fast völlig zerstört war, können wir annehmen, daß du als Copilot mit dem Flugingenieur die normale Checkliste durchgegangen bist, nachdem der Kontrollturm Captain Rogan die Erlaubnis zum Start gegeben hat.«

»Ich erinnere mich daran einfach nicht, Harry«, sagte Keller gequält.

»Nein, das weiß ich. Aber da das Einschalten des Flugschreibers auch auf der Checkliste steht, ist es richtig, anzunehmen, daß du alles nach Vorschrift gemacht hast.«

Keller nickte. »Mach weiter.«

»Der Flugschreiber zeichnet fünf Parameter des Flugzeugs auf: die positiven oder negativen Gravitationskräfte, den im Magnetkompaß festgelegten Kurs; die angezeigte Fluggeschwindigkeit; die Höhe, in der das Flugzeug fliegt, übernommen vom Höhendruckanzeiger, und die Zeit in Sekunden, Tageszeit unabhängig. Dies alles wurde aufgezeichnet und dann mit dem Kontrollstreifen einer anderen 747 verglichen, die ein paar Tage zuvor unter ähnlichen Bedingungen – Zeit, Wetter, Ladung und dergleichen – gestartet war. Daraus erfuhren wir, daß alles normal gewesen war, bis auf eine Kleinigkeit: der HDG – der Magnetkompaßkurs – war von dem der anderen 747 abgewichen, bevor sie auch nur Reisegeschwindigkeit erreicht hatte. Mit anderen Worten, Captain Rogan hatte die Richtung geändert. Möglicherweise wollte er nach Heathrow zurück. Das können wir aber nicht feststellen, weil in genau diesem Moment die Fehlfunktion der Instrumente begann.«

»Aber er muß den Tower gerufen haben, um die Kursänderung mitzuteilen«, sagte Keller, der sich über den Tisch vorbeugte und seine Augen auf Tewsons Gesicht richtete.

»Das versuchte er, aber was immer geschehen sein mag, geschah schnell. Er hatte keine Zeit, die Nachricht durchzugeben.«

Keller schwieg einen Moment und versuchte verzweifelt, sich zu erinnern. Aber sein Gehirn war leer. Er lehnte sich wieder zurück.

Tewson fuhr fort: »Unsere Spezialisten haben bereits mit einer Untersuchung des Cockpits begonnen, das fast völlig zerstört worden ist. Sie konnten jedoch die Positionen einer Reihe von Kontrollen und Schaltern der Maschine nachweisen, und obwohl einige davon völlig verbrannt waren, konnten sie feststellen, ob sie ein- oder ausgeschaltet gewesen waren...«

»Waren die Leichen der Crew noch im Cockpit?« unterbrach ihn Keller.

»Äh, ja, das waren sie. Es war natürlich unmöglich, sie eindeutig zu identifizieren, aber...«

»Aber wie bin ich dann rausgekommen? Warum war meine Leiche nicht dort? Warum wurde ich nicht getötet?«

»Es ist offensichtlich, daß du das Cockpit kurz vor dem Aufprall verlassen hast, Dave.«

»Warum? Warum sollte ich die Kabine so kurz nach dem Start verlassen? Ich...«

Ein plötzlicher Blitz. Eine Erinnerung brach fast durch. Ein Bild. Ein erstarrtes Bild des Gesichts des Skippers. Sein Mund stand weit offen. Er schrie ihm etwas zu. Entsetzen in seinen Augen. Furcht.

»Was ist los, Dave? Du siehst totenbleich aus – hast du dich an etwas erinnert?« Tewsons Stimme drang durch die Leere, die blieb.

Keller fuhr sich mit zitternder Hand über die Augen. »Nein, ist schon gut. Einen Augenblick lang dachte ich, ich würde mich erinnern. Aber es ist wieder weg. Ich kann nicht...!«

»Es wird kommen, Dave«, sagte Tewson sanft. »Hab Geduld. Es wird wiederkommen.«

»Vielleicht will ich mich nicht erinnern, Harry. Vielleicht ist es besser, wenn ich's nicht tue.«

Tewson zuckte die Schultern. »Vielleicht. Soll ich weiterreden?«

Keller nickte.

»Wir brauchten fünf Tage, um alle Cockpitinstrumente aufzuspüren und die Werte zu erfassen. Zum Glück sind viele Skalen so konstruiert, daß der Meßwert erhalten bleibt, der zum Zeitpunkt des Aufpralls angezeigt wurde, und nachdem all das untersucht worden war, ergab sich, daß nichts in falscher Position stand. Und es gab auch keinen Hinweis auf einen Fehler in der Bordelektrik, der dieses Unglück hätte verursachen können.

Alle Wartungsunterlagen der Motoren sind sichergestellt worden. Im Augenblick werden sie gründlich überprüft. Bisher ist nichts Wichtiges gefunden worden, bis auf einen Strebbolzen an der Trimmeinheit, der beim letzten Check gefehlt hatte, natürlich aber sofort ersetzt worden war, bevor der Jumbo wieder zum Flug freigegeben wurde.

Die technischen Einträge bis zu dem Tag vor dem Unglück, und die gehen bis ins letzte Jahr zurück, sagen nichts über ernste Probleme mit der Maschine aus. Die Motoren sind geborgen und demontiert worden, und bisher wurde nichts gefunden, was auf irgendeine Fehlfunktion vor dem Absturz hinweist. Tatsächlich waren es, wenn meine Theorie richtig ist, die Motoren, die verhinderten, daß der Jumbo wie ein Stein abstürzte.«

»Deine Theorie?« fragte Keller, der sich sehr wohl dessen bewußt war, daß Tewsons ›Theorien‹ sich oft unheimlicherweise als richtig erwiesen.

»Nun, darauf komme ich gleich. Bisher ist noch nichts bewiesen.« Er nahm wieder einen tiefen Schluck aus seinem Glas und schnitt eine Grimasse, weil das Bier an Frische verloren hatte. »Es war eine kalte Nacht, also ist das Anti-Vereisungssystem überprüft worden. Wieder – kein

Fehler. Die Reste des Treibstoffsystems werden noch kontrolliert. Bisher – kein Fehler.

Jetzt der ›menschliche‹ Faktor. Du, als der einzige Überlebende, warst überhaupt keine Hilfe.« Es war typisch für Tewson, daß in seiner Offenheit nicht einmal der Ansatz einer Entschuldigung mitklang; im Augenblick war er zu sehr mit den technischen Einzelheiten beschäftigt, als daß er Rücksicht auf menschliche Gefühle genommen hätte. »Die Flugausbildungsunterlagen der gesamten Crew und ihre komplette Krankengeschichte sind überprüft worden. Du selbst bist ja unmittelbar nach dem Absturz ärztlich gründlich untersucht worden. Das geschah nicht nur, um zu sehen, ob du innere Verletzungen hattest. Bei der Untersuchung wurden auch Blut- und Urintests gemacht. Ebenso wurde nachgeprüft, wie lange der Captain und du in den letzten Monaten im Einsatz wart und ob ihr beide genügend Ruhepausen vor dem Flug hattet. Die Reste eures Gepäcks wurden aus dem Cockpit geholt. Davon war genügend übrig, um festzustellen, daß sich darin weder Drogen noch Medikamente befanden. Kein Problem also. All eure Leistungstests – sowohl deine eigenen als auch die von Captain Rogan – waren im vergangenen Jahr hervorragend. Tatsächlich stimmt bisher alles. Nur daß du nicht da gewesen bist, wo du zur Zeit des Absturzes hättest sein sollen. Schön. Laß mich weiterreden. Die Position der Leichen, sowohl im Inneren als auch draußen, sind genau festgehalten worden. Wir haben sogar ein paar arme Teufel auf dem Grund des Flusses gefunden, der nahe dem Feld verläuft. Interessant ist, daß im Inneren des Flugzeugs eine Menge übereinanderliegender Leichen gefunden wurden. Die Menschen sind bis zur Unkenntlichkeit verbrannt und waren, was sich aus ihrem verstümmelten Zustand schließen läßt, offensichtlich einer ungeheuren Explosion ausgesetzt.«

Keller erschauerte und wunderte sich über den Mangel seines Begleiters an Mitgefühl für die unglücklichen Opfer, aber Tewson war inzwischen von seinem Engagement an der Untersuchung so mitgerissen, daß er sich um das menschliche Element nicht kümmerte.

Er fuhr fort: »Ich arbeite in der Rekonstruktionsgruppe. Wir haben das ganze Gebiet kartografisch erfaßt, benutzen dazu Luftaufnahmen und Grafiken und haben exakte Positionen des Lageortes des Wracks und der Absturzbahn. Daraus ersieht man, welche Teile des Flugzeugs zuerst vom Rumpf abbrachen und die Stellen, wo sie gefunden wurden. Es ergibt sich grob die Reihenfolge, in der die 747 zerborsten ist, und wir können daraus folgern, welcher Teil oder welche Teile eine Rolle bei der Unglücksursache spielten. Der ursprüngliche Schadensbereich befand sich demnach irgendwo im Vorderteil des Flugzeuges.«

Er lächelte jetzt, und Keller mußte seinen Blick abwenden; der Drang, das Lächeln vom Gesicht des Ermittlers zu fegen, wurde zu stark.

Tewson fuhr fort, ohne das zu bemerken: »Ich untersuchte die Backbordtragfläche und entdeckte einige kaum sichtbare Kratzer, die über ihre ganze Länge verliefen. Unter einem Miroskop sah ich, daß sich in den Rillen winzige Stücke von blauer und gelber Farbe befanden.« Er setzte sich selbstgefällig zurück.

»Und?« sagte Keller.

»Welche Farbe hat das Signet der Airline?«

»Blau und gelb.«

»Richtig. Und es ist auf den Rumpf gemalt, beginnt nahe der Nase und endet direkt neben dem Tragflächenansatz. Die Farbe wird in diesem Augenblick chemisch analysiert, nur um das zu bestätigen, aber ich weiß, daß ich recht habe.«

»Aber was bedeutet das?« fragte Keller ungeduldig.

»Das bedeutet, alter Junge, daß die Kabinenwand mit ungeheurer Wucht herausgepustet worden ist. Eine Explosion. Und wegen ihrer Stärke kann die nur durch eine Bombe verursacht worden sein.«

Er grinste pervers in Kellers blasses Gesicht.

2

Der kleine schwarze Wagen kam heftig polternd so dicht an der Hecke zum Halt, wie Ken Paynter heranfahren konnte.

»Er wird doch nicht im Matsch steckenbleiben?« fragte das Mädchen, das neben ihm saß und nervös aus dem Seitenfenster in die dunkle Nacht schaute.

»Nein, ist alles bestens«, versicherte Ken ihr, wobei er die Handbremse anzog, die ohnehin nutzlos war, wie er wußte. »Der Weg ist breit und fest. Wir werden nicht steckenbleiben.«

Er schaltete die Scheinwerfer aus, und die plötzliche völlige Dunkelheit überraschte sie beide. Sie schwiegen ein paar Augenblicke, während ihre Augen sich an das Düster gewöhnten. Ken freute sich über seinen kleinen Mini, einen Gebrauchtwagen, den er jetzt gerade seit etwas über drei Monaten hatte. Bei seiner Arbeit in der

Werkstatt mußte man die Augen offenhalten für günstige Gelegenheiten, die sich dann und wann boten, und diese kleine Kiste war gerade im richtigen Augenblick gekommen. Als Kraftfahrzeugmechanikerlehrling verdiente er nicht viel – jedenfalls noch nicht –, aber sein Meister hatte sich damit einverstanden erklärt, jede Woche von seinem Lohn etwas als Abzahlung für die Zweihundert abzuziehen, die das Fahrzeug gekostet hatte. Ja, er hatte Spaß an dem Wagen; er brachte ihn auf hübsche kleine dunkle Wege wie diesen, und wenn man keine eigene Wohnung hatte, waren ein Auto und ein dunkler Weg das nächstbeste.

Woran er allerdings weniger Freude hatte, war Audrey. Sie wurde langsam nervig. Er hatte viele Freundinnen, denen seine kleinen Umwege abseits der großen Straßen gefielen, aber Audrey zwitscherte immer von Romantik, davon, daß man sich für den Richtigen aufbewahren müsse, von der Ernsthaftigkeit und der eigentlichen Bedeutung, wenn man sich jemand hingab – all dieser Quatsch! Schön, heute nacht war ihre letzte Chance; wenn sie nicht mitspielte, dann sollte sie sich zum Teufel scheren. Ihm ging's zu gut, als daß er sich um eine hagere Bohnenstange wie sie Sorgen machen mußte. Aber gute Beine hatte sie.

Audrey schaute zu ihm hinüber und versuchte im Dunkel seine Gesichtszüge zu erkennen. Sie wußte, daß er sie liebte; sie spürte es. Es war diese chemische Reaktion, die alle wahren Liebenden spürten, das Pochen des Herzens, das sich ausbreitende Glühen, das ihre Körper jedesmal durchfuhr, wenn sie sich trafen. Sicher, manchmal war er ein bißchen mürrisch, aber das war eben seine Art und hatte überhaupt nichts zu bedeuten. Sie hatte ihn jetzt schon sehr lange auf Distanz gehalten, und es gab Zeiten, wo sie geglaubt hatte, ihn verloren zu haben, aber er hatte den Test bestanden! Er liebte sie wirklich, denn andernfalls wäre er nicht bei ihr geblieben. Jetzt war sie sich sicher. Vielleicht war es an der Zeit, ihm eine Belohnung zu geben. Nur eine kleine, genug, damit er weiter interessiert blieb. Genug, damit er ihr weiter den Hof machte! Sie beugte sich zu seinem Sitz hinüber und wollte ihm einen kleinen Kuß auf die Wange hauchen. Das ging daneben, weil er sich im gleichen Augenblick ihr entgegenreckte, eine Hand nach vorn ausgestreckt, so daß sie zufällig auf ihrem Schenkel liegenblieb. Er rieb sich sein Auge.

»Entschuldige«, sagte sie ernst.

Er murmelte etwas Unhörbares und reckte sich wieder vor. Dieses Mal trafen sich ihre Lippen, und sie küßten sich. Sie stürmisch, wohingegen er den Körperkontakt noch weiter nutzte.

Nach einigen pressenden Sekunden wich sie zurück. »Du tust mir weh, Ken«, beklagte sie sich.

»'tschuldige, Liebling«, sagte er, »aber du weißt, wie ich für dich fühle.« Scharf, dachte er.

»Ja. Das weiß ich, Ken. Du liebst mich doch wirklich, oder?«

Das ist richtig, dachte er, mach dir nur selbst etwas vor. »Aber natürlich, Baby«, sagte er. »Ich glaub', ich hab' dich schon geliebt, als ich dich kennenlernte.«

Sie seufzte und kuschelte sich an seine Schulter. Gib ihr ein paar Minuten, dachte er, und mach nicht zuviel mit deiner Hand.

»Mir ist kalt, Ken«, sagte sie. Er legte seinen linken Arm über die Lehne ihres Sitzes und um ihre Schultern.

»Ich hab' dich in einer Minute aufgewärmt«, sagte er forschend. Er hörte sie kichern. Gott, das schien vielversprechend!

Plötzlich fühlte er, wie sie erstarrte. O nein, nun das wieder! Er lockerte den Griff um sie.

»Wo sind wir, Ken?« fragte sie ihn. Sie richtete sich auf und rieb an der Windschutzscheibe, die zu beschlagen begann.

»Was?«

»Wo sind wir?« wiederholte sie.

»Wir sind in meinem Auto.«

»Nein, das meine ich nicht. Wir sind doch in der Nähe von South Field, oder?«

»Ja, an der Rückseite. Wieso?«

»Ooooh, wie konntest du uns dahin bringen, wo das Flugzeug abgestürzt ist?«

»Mein Gott! Das ist doch schon Wochen her! Außerdem sind wir nicht da, wo's runtergekommen ist.«

»Aber es ist trotzdem ein bißchen unheimlich. Ich meine, wir sollten wegfahren. Es ist bedrückend...«

»Sei nicht albern, Liebling. Ich kann sowieso nicht mehr weit fahren; ich hab' nicht mehr viel Sprit.« Und ich werd' nicht wegen dir Nervensäge durch die Landschaft gurken und nach einem ruhigen Plätzchen suchen, fügte er im stillen hinzu.

»Aber mir ist kalt. Wir sind zu nah am Fluß.«

»Ich hab' dir doch gesagt, daß ich dich aufwärmen kann«, sagte er, wobei er sie an sich zog.

Die Starre wich von ihr, und sie preßte sich eng an ihn. »Ich liebe dich, Ken. Mit uns ist es anders, nicht wahr?«

»Ja, Aud«, versicherte er ihr und begann sie aufs Haar zu küssen. Sie hob ihr Gesicht zu ihm.

»Du wirst mich doch nie verlassen, Ken?«

Er konnte gerade noch ihre weiten, forschenden Augen im Dunkel erkennen. »Niemals«, sagte er und veränderte seine Position im Sitz so, daß er leichter an ihren Mund konnte. Er begann ihre Stirn, ihre Nase und dann ihre Lippen zu küssen. Die Leidenschaft in ihm war bereits geweckt, aber jetzt spürte er, wie auch sie von ihr durchdrungen wurde. Jetzt kam der Test. Seine rechte Hand, die ihren Arm umfaßt hielt, begann sich langsam und vorsichtig in Richtung auf ihre Brust zu bewegen. Er hatte diesen Punkt bei ihr schon oft erreicht, war dann aber immer heftig und voller Tränen zurückgestoßen worden. Heute abend aber, das spürte er, war es anders – endlich hatte sie sich der tabufreien Gesellschaft angeschlossen! Seine Finger zitterten erregt, als sie ihre Brust fanden, die weich und geschmeidig unter dem Wollpullover verborgen lag.

»Oooh, Liebling«, hörte er sie leise stöhnen, und ihre Finger gruben sich in seine Schulter. »Sag, daß du mich liebst.«

»Ich liebe dich.« Das war leicht zu sagen.

»Du wirst mich nicht verlassen?«

»Ich werde dich nicht verlassen.« In der Hitze des Augenblicks meinte er das fast ernsthaft.

»Ja, Liebling«, murmelte sie, als seine Hand begann, am Saum ihres Pullovers zu ziehen. Allein das Wort ›ja‹ beschleunigte seinen Puls, und der Kontakt seiner kalten Finger mit dem nackten Fleisch ihres Bauches veranlaßten Audrey, ihre Schenkel in höchster Erregung zusammenzupressen. Seine tastende Hand fand ihren BH und glitt schnell darüber, um den Träger an ihrer Schulter zu lösen. Er glitt leicht über ihren Arm, und seine Hand glitt zu dem zurück, was jetzt sein Besitz war. Er umfaßte ihre Brust und genoß für ein paar Augenblicke das Gefühl ihrer fleischigen Weiche und der harten kleinen Spitze, doch sein gieriger Verstand rannte bereits in andere Regionen voraus.

Und dies war der Augenblick, in dem ihr Körper wieder starr wurde.

»Was war das?« hörte er sie keuchen.

Er hielt inne und überlegte, ob er sie umbringen oder einfach aus dem Wagen in die Hecke stoßen und davonfahren sollte. Statt dessen fragte er hölzern, wobei seine Hand noch immer seine Beute umfaßt hielt: »Was?«

»Da draußen ist jemand. Ich hörte etwas«, sagte sie mit gedämpfter Stimme.

Seine Hand zog sich widerwillig zurück, und er wandte sich ab, um durch das beschlagene Fenster zu schauen.

»Verdammt noch mal, bei den beschlagenen Fenstern kann doch niemand was sehen, oder?«

»Hör doch, Ken, hör doch!« bettelte sie.

Er saß da, starrte auf die leere Windschutzscheibe und versuchte zu lauschen, aber die Qual seiner enttäuschten Leidenschaft, die langsam verebbte, beherrschte alle seine Sinne.

»Da ist nichts«, sagte er matt, versuchte sich aber zugleich zu erinnern, ob er die Türen verriegelt hatte oder nicht. Er begann den Beschlag mit seinem Mantelärmel von der Windschutzscheibe zu wischen, bis er soviel entfernt hatte, daß er hindurchsehen konnte. Dann beugte er sich vor, seine Nase nur Zentimeter von dem Glas entfernt.

»Nein«, sagte er verärgert. »Ich kann überhaupt nichts sehen.«

»Laß uns fahren, Ken. Es ist so kalt. Fühlst du das nicht?«

Er fühlte es. Es war nicht nur die Herbstkälte. Dies war ein Frösteln, das tief in sein Inneres zu reichen schien. Und dann hörte er etwas.

Es war wie ein Flüstern, ähnlich dem Rascheln der blattlosen Zweige der Hecke, doch irgendwie fühlte er, daß es kein natürliches Geräusch sein konnte. Es war irgendwie menschlich – und doch klang es nicht menschlich. Sie hörten es wieder, ein leises, atemloses Flüstern.

Audrey umklammerte seinen Arm, ohne ihren Blick von der Windschutzscheibe zu lösen. »Laß uns fahren, Ken. Laß uns sofort fahren!« Ihr Stimme klang unsicher, und ihr Körper zitterte leicht.

»Wahrscheinlich strolcht hier jemand rum«, sagte er wenig überzeugend, griff aber trotzdem nach der Zündung. Sein Herz sank, als er den Anlasser rasseln und dann winselnd stehenbleiben hörte. Er spürte, daß sich Audrey ängstlich zu ihm wandte, aber er verkniff es sich, sie anzusehen, für den Fall, daß seine Blicke seine eigene Angst verraten könnten. Er drehte wieder den Zündschlüssel. Diesmal schien es, als würde der Motor anspringen, aber dann stotterte er und erstarb mit einem kläglichen Winseln. Nach dem dritten Versuch wußte er, daß er der schwachen Batterie eine kurze Pause gönnen mußte, bevor er es wieder versuchte. Sie saßen in dem stillen schwarzen Schweigen da, die Ohren auf das leiseste Geräusch gespannt und innerlich betend, daß es nicht kommen würde. Aber es kam. Ein leises, murmelndes Flüstern. Nahe. Sehr nahe, und es schien auf der Seite des Mädchens zu sein.

Ken starrte an ihr vorbei auf das Fenster; der Dunst ihrer Körper hatte einen nebelgrauen Beschlag erzeugt, aber er glaubte direkt hinter der Scheibe eine hellere Kontur zu sehen, die wie warmer Atem auf Glas mit undefinierbaren Rändern immer größer wurde, ein näherkommendes graues Oval. Sein Mund öffnete sich, aber er konnte nicht sprechen. Der Oberteil seines Rückgrats und seine Schultern waren wie erstarrt. Das Haar auf seinem Kopf und im Nacken sträubte sich. Die Form wuchs nicht weiter, aber der Junge wußte, daß sie direkt draußen vor dem Fenster war, nur Zentimeter von Audreys ihm zugewandten Kopf entfernt. Das Mädchen erkannte plötzlich, daß er an ihrer linken Schulter vorbeischaute, und ihr Herz machte einen Satz, als sie den Ausdruck des Entsetzens auf seinem Gesicht sah.

Langsam, als ob ihr Kopf sich mechanisch bewegte, wandte sie ihren Blick von seinem Gesicht ab und drehte ihn voller Furcht zu dem Seitenfenster. Rein reflexartig hob sie eine Hand und wischte damit einmal über das Glas, um den Beschlag zu entfernen. Sie schrie augenblicklich auf. Ein Schrei, der aus ihrem tiefsten Innersten kam, ein Schrei, der den kleinen Wagen ebenso erfüllte wie den Kopf des Jungen.

Zwei große, dunkle Augen starrten durch das Glas auf sie. Der Blick war so intensiv, daß sie ihre Augen nicht davon abwenden konnte; er schien sie zu durchdringen, als suche er ihren Verstand, griffe nach ihrer Seele. Und in ihrem Entsetzen wußte sie – ihre Sinne schrien es heraus –, daß dieses Ding da draußen nicht menschlich war, kein Lebewesen war. Selbst in ihrer Panik erkannte sie, was es war. Die großen starrenden Augen, das kleine weiße Gesicht, die winzigen, lächelnden Lippen, der seltsame Schönheitsfleck auf der Wange – es war das Gesicht einer Puppe! Aber die Augen lebten, brannten sich in sie. Sie hörte das Flüstern wieder, das jetzt in ihrem Verstand hallte, doch sie verstand die Worte nicht, die keine Bedeutung hatten.

Es war ihr Schrei, der den lähmenden Bann brach, unter dem Ken stand. Voller Panik griff er nach dem Zündschlüssel und drehte ihn, den Fuß fest auf das Gaspedal gepreßt. Der Wagen begann zu vibrieren, langsam zuerst und dann schneller, heftiger. Sein Fuß rutschte vom Pedal, und der Motor kam winselnd zum Stillstand, gerade als der Wagen sich in Bewegung setzen wollte. Eine Seite rutschte völlig von dem schlammigen Weg, auf dem er stand. Audrey spürte, wie sie gegen das Fenster schlug – die entsetzlichen Augen waren nur noch durch die Dicke des Glases von ihr getrennt, und sie sah in diesem Augenblick das Elend, die völlige Verzweiflung, die aus ihnen leuchtete. Und sie sah die Bosheit.

Dann wurde sie auf die andere Seite des Wagens geworfen, als der sich auf ihrer Seite hob, und diesesmal klammerte sie sich hysterisch schreiend an Ken. Das Holpern erreichte eine neue Intensität, und dann begann das Auto zu beben und sich zu schütteln, als sei es wütend.

»Was ist das? Was ist das?« schrie das Mädchen, aber der Junge hätte nicht einmal eine Antwort darauf gewußt, wenn die Worte in sein von Panik erfülltes Gehirn gedrungen wären. Abrupt krachte die Wagenseite wieder zu Boden, und dann herrschte bis auf das schluchzende Stöhnen des verängstigten Mädchens Stille. Instinktiv löste sich Ken von ihr und langte nach dem Türgriff. Er zog daran, stieß die Tür mit seiner Schulter auf und wankte dann in die harten Zweige der blattlosen Hecke. Das scharfe Holz riß an seinem Fleisch, aber er ignorierte den Schmerz, als er sich durch die enge Lücke zwischen Hecke und Wagen zwängte. Zweige zerrten an seiner Kleidung, und er bildete sich in seiner Angst ein, es seien Hände, die versuchten, ihn festzuhalten. Er schrie auf, und sein Zappeln wurde heftiger und wilder, bis er sich schließlich aus dem Engpaß befreit hatte.

Ohne sich umzudrehen – er wollte nichts sehen – rannte er den dunklen Weg hinunter, hatte bis auf sein schreckliches Entsetzen alles andere vergessen. Nur die tiefsten Tiefen seines Bewußtseins registrierten die kläglichen Schreie des Mädchens, die Schreie, die ihn anflehten, zu ihr zurückzukommen, sie dort nicht allein zu lassen.

Er rannte weiter, strauchelnd und im Dunkeln fallend, fort von dem kleinen Wagen. Fort von dem Bösen, das dort war.

3

Keller inhalierte, sog den Rauch der Zigarette tief in seine Lungen und ließ ihn dann in langem, gleichmäßigem Strom wieder austreten. Er saß im Dunkel, in seinem einzigen Armsessel zusammengesackt, und seine Augen starrten blicklos an die Decke.

Er war früh an diesem Abend in sein Londoner Apartment zurückgekehrt, und sein Verstand verarbeitete noch die Informationen, die Tewson ihm gegeben hatte.

Er hatte seinen Mantel abgelegt, die Krawatte gelockert und sich dann einen großen Glennfiddich pur eingeschenkt. Er trank selten harte Sachen – Fliegen und Trinken paßten nicht zueinander –, aber im Lauf der letzten Wochen hatte er die nervenberuhigende Wirkung des Alkohols zu schätzen gelernt. Im Sessel zurückgesunken, hatte er die Flasche auf die Armlehne gestellt, während er seine Manschetten aufknöpfte und die Ärmel bis zu den Ellenbogen hochrollte. So war er für über zwei Stunden geblieben, in verwirrte und unangenehme Gedanken versunken.

Eine Bombe! Konnte das wirklich möglich sein? Die Vorschriften waren doch so streng; Gepäck und Handgepäck wurden gründlich durchleuchtet, und jeder Passagier wurde rasch, aber gewissenhaft vorm Einsteigen in das Flugzeug durchsucht. Und doch geschah es noch; Bomben wurden noch immer an Bord gefunden. Männer zauberten noch immer während des Fluges irgendwo Waffen hervor. Sicherheit konnte nie hundertprozentig perfekt sein.

Aber warum sollte überhaupt jemand gerade diese Maschine sprengen wollen? Soweit er sich erinnerte, hatte die Passagierliste keinerlei Hinweise darauf enthalten, daß politische Persönlichkeiten an Bord gewesen waren, weder britische noch ausländische, und es hatte auch keine religiösen Gruppen gegeben. Die Liste hatte überwiegend britische und amerikanische Geschäftsleute aufgeführt, sowie Touristen verschiedener Nationalitäten. Konnte es einfach das willkürliche Werk eines Wahnsinnigen gewesen sein? Aber selbst für einen solchen Verrückten gab es gewöhnlich einen Grund, gleich wie verworren und fantastisch er sein mochte. Soweit er wußte, hatte die Polizei aber keinerlei Beweise gefunden, die darauf hindeuteten.

Er hatte mit Tewson über diesen Punkt gesprochen, der dagegengehalten hatte, daß bei fast dreihundertfünfzig Menschen an Bord auch ein paar darunter sein mußten, auf die jemand wütend war. Aber wie hätte die Bombe an Bord geschmuggelt werden können? Die 747 war wie jedes andere Flugzeug vorm Start gründlich durchsucht worden. Wie hätte ein Passagier die gewöhnlichen Sicherheitsvorkehrungen umgehen können, die speziell bei solchen Flügen getroffen wurden? Tewson hatte den Hals vorgereckt, als er auf eine Bombe schloß und hatte Keller noch einmal zur Geheimhaltung verpflichtet, bevor er ihn verließ. Doch darüber hinaus gab es da irgend etwas, das Kellers Aufmerksamkeit von dem Gedanken an Sprengstoffe ablenkte.

Es war die plötzliche Rückblende in seiner Erinnerung, das erstarrte Bild, das plötzlich ganz scharf vor seinem inneren Auge aufgetaucht war. Das Gesicht des Skippers, dessen Mund geöffnet war, als ob er voller Bestürzung schreien würde – oder war es Wut gewesen? Bei dem Gedanken setzte er sich ruckartig auf. Vielleicht war das, woran er sich bei Captain Rogan erinnerte, kein Ausdruck der Furcht gewesen; vielleicht hatte er voller Ärger geschrien – Ärger über ihn! Sie hatten sich gestritten – Bruchstücke fielen ihm jetzt wieder ein –, sie hatten sich vor dem Flug gestritten. War es an diesem Tag gewesen oder am Abend vorher? Nein, es war am Tag zuvor gewesen. Er erinnerte sich wieder an die Einzelheiten; sie begannen ein Ganzes zu bilden. Die Auseinandersetzung war heftig gewesen, nicht körperlich, dessen war er sich sicher, sondern verbal. Er konnte das Gesicht des

Skippers jetzt vor sich sehen, weiß, mit vor unterdrückter Wut zusammengepreßten Lippen, seine Fäuste geballt, die er steif an der Seite hielt, als koste es ihn Anstrengung, Keller nicht an die Kehle zu gehen. Und seine eigene Wut. Er erinnerte sich daran, die Schimpfkanonade des Captains nicht schweigend hingenommen zu haben; er hatte zurückgeschlagen, ebenfalls nur mit Worten, aber sie waren ebenso verletzend wie körperliche Schläge gewesen. Vielleicht noch mehr.

Konnte das irgendeine Rolle bei der Zerstörung der 747 gespielt haben? Konnte der Streit weitergegangen sein, nachdem sie in der Maschine waren? Konnte das einen Pilotenfehler verursacht haben? Nein, er war sicher, daß sie beide dafür zu professionell waren. Und doch, der Gesichtsausdruck von Captain Rogan kurz vor dem Absturz... Und jetzt fügte sich ein weiteres Bruchstück ein.

Die Rückblende erfaßte einen Augenblick, kurz bevor sie zu sinken begannen. Er erinnerte sich der Atmosphäre im Cockpit: Die glühenden Instrumententafeln, die dunkle Nacht draußen und die winzigen Lichttrauben tief unter ihnen, die Städte waren, das weiße Gesicht des Skippers, der zu ihm hochblickte als ob er, Keller, sich aus seinem Sitz erhoben habe. Welche Worte waren das, die Worte, die über Rogans Lippen kamen, an ihn gerichtet? Geschriene Worte. Furcht oder Wut. Was? Er konnte das Bild jetzt so deutlich sehen... wenn nur die Worte wiederkommen würden.

Das Bild begann zu schwinden, und er wußte, daß er es verloren hatte. Er spürte die warme Glut seiner Zigarette und drückte sie aus, bevor er sich seine Finger verbrannte. Zögernd nippte er an dem Scotch und blickte zu dem Sideboard, auf dem Cathys Foto mit dem Gesicht nach unten lag. Er stemmte sich aus dem Sessel, ging hinüber und verharrte kurz, bevor er es aufnahm. Das Foto hatte seit dem Absturz dort so gelegen. Es war das erste gewesen, was er getan hatte, nachdem sie ihm erlaubt hatten, nach Hause zurückzukehren – er war direkt zu dem Bild gegangen und hatte es flach auf das Sideboard gelegt, weil er nicht in ihr Gesicht blicken wollte. Jetzt nahm er es auf und schaute auf ihre lächelnde Miene. Er spürte keine Tränen, da er nicht mehr weinen konnte, er war nur von leerer Traurigkeit erfüllt – einer seltsamen, ruhigen Traurigkeit. Vorsichtig stellte er das Bild hin und dachte an Cathy; das Foto war nur ein oberflächliches Ebenbild von jemandem, der einmal existiert hatte, es deutete nur an, was hinter diesen lächelnden Augen verborgen lag.

Erst drei Monate vor dem verhängnisvollen Tag war sie zu ihm gezogen, doch ihre Liebe hatte schon ein Jahr zuvor begonnen, zwanglos zuerst – zwanglos von beiden Seiten –, war dann aber allmählich und unausweichlich zu etwas anderem angewachsen; es war bindender und dauerhafter, als beide je für möglich gehalten hatten. Ihre Zuneigung entstand, als sie auf ihrem Testflug als Chefstewardeß mit dem Herzinfarkt eines Passagiers fertig werden mußte. Er war nach hinten gegangen, um zu helfen, und es war ihnen gemeinsam gelungen, den alten Mann am Leben zu erhalten, bis sie ihren Zielort erreicht hatten. Er war ihr ein paarmal vor diesem Flug begegnet und hatte sie sicher attraktiv gefunden, doch wegen anderer Liebesbeziehungen hatte er sich nicht darum bemüht, sie näher kennenzulernen. Die durch die Rettung eines Menschenlebens geschaffene Gemeinsamkeit aber verdrängte alles andere.

Bald hatten sie eine herzliche, anspruchslose Beziehung entwickelt, die langsam, als sie sich der Gefühle und Eigenarten des anderen bewußt wurden, zu einer tiefen und bedingungslosen Liebe wuchs. Sie hatten ihr Verhältnis geheimgehalten, da sie wohl wußten, daß ihre Fluggesellschaft ihr Bestes tat, solche Paare auf verschiedenen Strekken einzusetzen, obgleich man eigentlich nicht gegen Liebesbeziehungen von Crewangehörigen untereinander war; nur hatten derartige Emotionen in 30000 Fuß Höhe über dem Meeresspiegel nichts verloren – zu viele Dinge, die Konzentration und ungeteilte Aufmerksamkeit erforderten, konnten schiefgehen. Also hatten sie es geheimgehalten, da sie sich nicht die Chance entgehen lassen wollten, gemeinsam viele Städte auf ihren Zwischenstationen zu besuchen. Natürlich war es unmöglich, das vor ihren nächsten Kollegen zu verbergen, vor allem für Keller nicht, dessen plötzliches Desinteresse an anderen Mädchen offensichtlich war; aber gute Crews sind Experten darin, solche Dinge für sich zu behalten.

Sie war zu ihm gezogen, als dies der einzig natürliche Schritt gewesen war, der getan werden konnte und alles andere lächerlich oder unehrlich gewesen wäre. Heirat war der naheliegende nächste Schritt, und beide wußten, daß sich diese ganz natürlich und ohne Drängen von irgendeiner Seite ergeben würde.

Er ging zum Fenster und blickte auf die belebte Cromwell Road hinunter. Sie hatten geplant, irgendwo auf dem Land, nicht zu weit vom Flughafen entfernt, ein kleines Haus zu kaufen. Er lächelte humorlos; sie hatten sogar über die Gegend um Eton oder Windsor nachgedacht. Und dort waren ihre Träume zerschellt; auf einem stillen Feld bei Eton!

Er entfernte sich vom Fenster, steckte sich eine neue Zigarette an, und seine Gedanken überschlugen sich wieder. Eton! War das der Grund, warum er diesen Zwang fühlte, dorthin zurückzukehren? Weil sie geplant hatten, dort irgendwo zu wohnen? Versuchte er, etwas von der Vergangenheit wiederzuerlangen, die Erinnerung an ihre Besuche in der kleinen Stadt aufzufrischen? Oder war es, weil er das Gefühl hatte, daß dort eine Antwort auf ihn wartete?

Das Verlangen, zum Ort des Absturzes zurückzukehren, war fast überwältigend gewesen. Er hatte sich heftig dagegen gewehrt, wollte nicht zu direkt mit dem schrecklichen Ereignis konfrontiert werden, das dort stattgefunden hatte, war aber zu diesem Ort gegen seinen Wille, gegen sein Fassungsvermögen gezogen worden. Er wollte ihm fernbleiben, doch ein Instinkt, eine höhnende Stimme irgendwo in seinem Verstand sagte ihm, daß er erst Frieden finden würde, wenn er dorthin zurückgekehrt war. Es war sowohl unerklärlich als auch unwiderstehlich.

Vielleicht würde durch eine Konfrontation ein kleiner Impuls in seinen Gehirnzellen ausgelöst werden; vielleicht würde er sich an den Absturz erinnern und an die Ereignisse, die dazu geführt hatten. Und er würde sich vielleicht auch daran erinnern, wie er ohne einen Kratzer davongekommen war, obwohl alle anderen an Bord entweder verbrannt oder ihre Körper bis zur Unkenntlichkeit verstümmelt worden waren. Zeugen glaubten, daß er aus dem geborstenen Rumpf des Flugzeugs gestiegen sei, aber ihre Aussagen waren wegen der Ungeheuerlichkeit der Katastrophe wirr und ungenau, fast hysterisch gewesen. Wahrscheinlicher war, daß er auf die weiche

Erde hinausgeschleudert worden war und einige Minuten bewußtlos dagelegen hatte, bevor er aufgestanden war und sich von dem brennenden Wrack entfernt hatte. Er wußte, daß er damals nichts empfunden hatte, daß er die Tatsache akzeptiert hatte, daß alle anderen, sogar Cathy, tot waren, und daß es sinnlos war, zurück in die Flammen zu gehen. Die Tränen und das Entsetzen waren erst später gekommen, nachdem der Schock sich gelegt hatte.

Er erinnerte sich deutlich an den alten Mann, den er im Schlamm liegend gefunden hatte; vielleicht würde der imstande sein, ihm mehr zu erzählen. Er hatte vor Furcht zitternd dort flach auf der zerwühlten Erde gelegen und entsetzt zu ihm aufgeschaut. Wenn er ihn finden könnte, würde er ihm vielleicht sagen können, was er gesehen hatte. Gott mochte wissen, ob das nützlich wäre, aber es gab sonst kaum etwas, was er tun konnte.

In diesem Moment hörte er ein leises Klopfen an der Tür. Zuerst war er sich nicht sicher, da er zu sehr in Gedanken versunken war, aber das Geräusch kam wieder. Ein leichtes Klopfen, das so klang, als ob nur die Fingernägel benutzt würden. Er warf einen Blick auf seine Armbanduhr – kurz nach zehn. Wer zum Teufel mochte um diese Stunde etwas wollen? Er durchquerte den Raum und merkte plötzlich, daß alle Lichter im Apartment ausgeschaltet waren. Bevor er den Türverschluß drehte, wartete er. Er wußte nicht warum, fühlte aber plötzlich Besorgnis. Das Klopfen kam wieder, und er öffnete die Tür. In dem schwach erleuchteten Korridor stand ein Mann, dessen Gesichtszüge wegen der spärlichen Beleuchtung kaum erkennbar waren. Er sagte nichts, aber Keller spürte, daß die Blicke des Mannes ihn durchdrangen. Rasch betätigte er den Lichtschalter, so daß sich Licht von hinten auf den Flur ergoß.

Der Mann war klein und etwas dicklich. Sein Gesicht war rund, der Kopf fast kahl. Die Hände hatte er tief in die Taschen eines formlosen rehbraunen Regenmantels gesteckt, und sein Hemdkragen war leicht zerknittert. In einer Menschenmenge wäre er unbemerkt geblieben, abgesehen von einem beunruhigenden Merkmal – seinen Augen. Sie waren stechend, durchdringend und paßten irgendwie nicht zu dem kleinen Körper. Sie waren von blassestem Grau, eisig in ihrer Intensität und doch mitleidsvoll. Keller registrierte all das in den ersten wenigen Augenblicken des Schweigens und sah dann, daß sich Verwirrung in den eigenartigen und beunruhigenden Blick gemischt hatte. Das Gesicht des Mannes drückte kaum eine Spur von Verwirrung aus, nur die Augen zeigten sie – und Neugier.

Keller sah sich gezwungen, zuerst zu sprechen. »Ja?« war alles, was er sagen konnte. Sein Mund war plötzlich trocken, und seine Hand umfaßte fest den Türknauf.

Der Mann schwieg ein paar Augenblicke, ohne den Blick von Keller abzuwenden. Dann blinzelte er, und diese kleine Aktion schien den Rest seines Körpers lebendig zu machen. Er trat ein wenig näher heran und fragte: »Sie sind doch Mr. Keller, nicht wahr? David Keller?«

Der Copilot nickte.

»Ja, ich erkenne Sie nach den Fotos in den Zeitungen wieder«, sagte der Mann, als ob Kellers Bestätigung eigentlich nicht zählte. Er schwieg wieder, während er den Copiloten von Kopf bis Fuß musterte, doch gerade als Keller Ungeduld in sich aufsteigen spürte, schien der Mann sich zu fassen.

»Entschuldigen Sie«, sagte er. »Mein Name ist Hobbs. Ich bin Spiritist.«

4

Ah, das ist die beste Zeit des Tages, dachte George Bundsen, über dessen Gesicht sich ein zufriedenes Lächeln breitete. Das Wasser schloß sich um sein kleines Ruderboot, schaukelte es sanft und entspannend. Er zündete seine Pfeife an und spähte in den feuchten Morgennebel der Themse. Verdammt kalt, aber das war's wert, mal zur Abwechslung allein zu sein. Sogar jetzt noch konnte er Hilarys schrille Stimme in seinen Ohren hören: »Sei bloß rechtzeitig zurück, um den Laden aufzumachen! Ich werde das nicht wieder tun! Dir geht's einfach zu gut, bist immer unten an dem stinkenden Fluß! Eines Tages wirst du noch reinfallen, und bei deinem Gewicht wirst du nie wieder rauskommen!« Der Drang, ihr die Tasse Tee mit Milch einfach über den Kopf zu schütten, war fast überwältigend gewesen, aber alles, was er gesagt hatte, als er ihr die klappernde Tasse mit Untertasse hinhielt, war: »Es wird nicht lange dauern, Liebling. Das ist eben mein kleines Vergnügen.«

»Und was ist mit meinem kleinen Vergnügen?« hatte sie erwidert, sich aufgerichtet, das Kissen von seiner Bettseite genommen und es sich über ihr eigenes hinter den Rücken gestopft. »Wie lange ist es her, daß du mit mir irgendwohin ausgegangen bist?« Sie hatte ihm Tasse und Untertasse abgenommen, der Tee schwappte über, und ein paar dicke Tropfen fielen auf die weiße Bettdecke. »Nun sieh dir an, was du getan hast!« schrie sie ihn an.

Er schlurfte ins Badezimmer, kam mit einem Flanellhandtuch zurückgeeilt und begann, heftig an den hellbraunen Flecken zu reiben.

»Das geht schon raus, Liebling. Das geht raus«, versicherte er ihr.

Hilary verdrehte ihre Augen himmelwärts. Was sollte sie mit diesem riesigen Monstrum machen, das sich als Mann bezeichnete? Er war zu allen Kunden ihres kleinen Tabak-, Süßwaren- und Zeitungsladens, den sie seit fünfzehn Jahren in Windsor besaßen, viel zu freundlich und zuvorkommend. Er schien sich überhaupt keine Sorgen darüber zu machen, daß die Tage der kleinen Ladenbesitzer gezählt waren, daß die großen Konzerne alle anderen auffraßen. Von den Läden, wie sie einen besaßen, gab es nur noch wenige. Die Metzger, die Bäckereien, die Gemüsehändler – sie alle sahen sich heftiger Konkurrenz durch die großen Filialgeschäfte ausgesetzt. Und dieses Faß von Mensch dachte nur daran, Angeln zu gehen! Ja, im Laden wirkte er hilfreich, was die Kunden anbelangte, aber wer sortierte die Zeitungen, die ausgetragen werden mußten und gab den Jungen ihr Kontingent? Wer mußte den Laden öffnen, Inventur machen und am frühen Morgen die Pendler auf ihrem Weg zur Arbeit bedienen? Na, wer wohl?

»Mach schon, scher dich raus!« sagte sie frostig zu ihm. »Aber sei um Punkt sieben zurück!«

»Ja, meine Liebe«, murmelte er dankbar, während er sich in einen riesigen Wollpullover zwängte, der seinen mächtigen Bauch und sein Mehrfachkinn redlich versteckte. Er zog seine Gummistiefel an, trat den trockenen

Schlamm, der von ihnen abfiel, unter das Bett, so daß er nicht zu sehen war, und schlüpfte in seine Hose. In einem schweren, pelzbesetzten Mantel stand er gleich darauf am Fußende des Bettes.

»Ja, worauf wartest du denn noch? Nun verschwinde endlich – und versuche heute mal was zu fangen!« Sie verzog das Gesicht, weil der Tee lauwarm war. Ohne ein Wort ging er zur Tür. Dort drehte er sich um, schürzte seine Lippen und hauchte ihr dann einen Kuß zu. Sie schnaufte über seine Dämlichkeit.

Er holte sein Angelzeug aus dem Schuppen am Ende des Gartens, ging den langen, geschwungenen Hügel hinunter zum Fluß, überquerte die kleine Brücke und lief auf die teilweise ausgebrannten Bootshäuser zu. Sein Ruderboot, das ihm der alte Arnold billig vermietet hatte, war am Steg vertäut. Arnold, dieser Glückspilz, dachte er. Die alten Bootshäuser mußten dringend renoviert werden, und jetzt zahlte ihm die Fluggesellschaft das als Ausgleich für den Schaden, den der Jumbo angerichtet hatte. Eine schreckliche Geschichte, aber so war es eben – selbst aus der schlimmsten Katastrophe kam immer jemand glücklich heraus. Und genau das war dem alten Arnold widerfahren. Von dem Copiloten natürlich ganz zu schweigen. Wieviel Glück man doch haben kann!

Er ruderte langsam und träge stromaufwärts, um die Biegung, unter der Eisenbahnbrücke hindurch und hinein in das Schilf einer kleinen Insel. Es war recht ruhig hier, einmal abgesehen von den Zügen, die gelegentlich über die nahe Brücke fuhren, aber die Fische schienen sie eigentlich nicht zu stören. Sie kamen mit der Strömung, die durch die Biegung weiter oben verursacht wurde, hereingetrieben, und sein Köder wirkte dann wie ein Magnet. Hilary war nicht ganz fair gewesen, als sie ihn damit verspottet hatte, daß er nichts finge. Tatsache war, daß er oft auf dem Rückweg Freunden begegnete, die ihre Läden öffneten, und wenn sie geplaudert und die üblichen Scherze über die Fische gemacht hatten, die ihm entkommen waren, fand er sich hinterher durch seine eigene Großzügigkeit meist um mehrere Fische erleichtert. Er schaute auch immer in das Blumengeschäft herein und gab Miß Parsons zwei Fische. Das war eine nette, ruhige Frau. Kann nicht verstehen, warum die nie geheiratet hat. Wohlgemerkt, ich kann auch nicht verstehen, warum ich's getan habe.

Er paffte an seiner Pfeife und brütete über seinem Lieblingsthema, die Augen auf den kleinen weißen Schwimmer gerichtet, der am Ende seiner Schnur auf und ab hüpfte. In den ersten acht Jahren war's mit ihnen ganz gut gegangen – die Dinge hätten gar nicht besser sein können –, doch nach der kleinen Unüberlegtheit seinerseits hatte sich alles verändet. Dabei war es eine so kleine Unüberlegtheit gewesen – Gott, er war mit der Frau ja nicht mal ins Bett gegangen – nur ein Quickie hinten im Laden, während Hilary doch eigentlich zu Besuch bei ihrer Schwester sein sollte. Die Angst, die er gehabt hatte, als er den Schlüssel im Schloß und dann die Ladenklingel hörte, als sich die Tür öffnete! Es war Mittagspause, und die Frau war seine letzte Kundin gewesen, die absichtlich gewartet hatte, bis er schloß. Er hatte mit ihr ein paarmal geplaudert, wenn Hilary nicht dagewesen war, und bald war offensichtlich geworden, worauf sie aus war. Natürlich war er zu dieser Zeit erheblich schlanker gewesen. Und er hatte immer versucht, zuvorkommend zu Kunden zu sein, vor allem zu guten.

Er konnte sich noch erinnern, wie sein Herz vor Entsetzen erstarrte, als er über die Theke schaute und Hilary mit grimmigem Gesicht auf sich zuschreiten sah. Sie hatte gerade Krach mit ihrer Schwester gehabt, und ihr Gesicht war noch grimmiger geworden, als sie gesehen hatte, wer hinter der Theke auf dem Boden lag und versuchte, die Spitzenschlüpfer über die schwellenden Schenkel hochzuziehen. Wenn sie nach oben gegangen wären, hätte er vielleicht eine Chance gehabt, sie zu verstecken und sie später heimlich hinauszubringen, aber er hatte keine große Sache daraus machen wollen – eben nur ein Quickie, rein und raus in fünf Minuten. Aber da gab's nichts zu verstecken. Er, auf den Knien, versuchte seine Hose hochzuziehen, und sie krabbelte völlig aufgelöst auf dem Boden herum und wollte sich natürlich nicht über der Theke zeigen. Ihrer beider Bemühungen hatten aufgehört, als Hilary über die Theke schaute und ihre völlig starren Gesichtszüge erst langsam zu zittern und sich dann zu lösen begannen, als sich geballte Wut in ihr aufbaute.

Die nächsten fünf Minuten waren so in sein Gedächtnis eingebrannt, als ob die Sache erst gestern geschehen wäre: Die Schreie, die Finger, die sich in sein Haar krallten, das Schluchzen der armen Frau, die auf dem Boden lag und verzweifelt versuchte, ihre Nacktheit zu bedekken. Er war zur Tür an der Rückseite des Ladens gerannt, wobei die Hose, die an seinen Knien hing, seine Bewegungen beeinträchtigte, war dann die Treppe hochgehumpelt und hatte sich im Schlafzimmer versteckt, dessen Tür er von innen verschloß. Unten waren weitere Schreie laut geworden und gelegentliches lautes Schluchzen. Schließlich hatte er das Klingeln der Türglocke gehört, dann einen Schlag, als die Tür hastig geschlossen wurde, und das Klappern hoher Absätze auf der Straße.

Zitternd war er, neben dem Bett hockend, im Zimmer geblieben, bis es dunkel wurde, war dann zur Tür hinausgeschlichen und hatte sie aufgeschlossen. Er hatte eine Weile gelauscht, sich dann ausgezogen und war zu Bett gegangen. Dort hatte er schlotternd vor Furcht gelegen, die Bettdecke bis ans Kinn hochgezogen, bis er um zehn Uhr ihre schweren Schritte die Treppe hochpoltern hörte. Sie war geradewegs hereinmarschiert, ohne das Licht einzuschalten, hatte sich im Dunkeln entkleidet, war zu Bett gegangen und hatte starr neben ihm gelegen. Erst nach drei Wochen sprach sie wieder mit ihm, und es hatte mindestens zwei Wochen gedauert, bis sie ihn überhaupt ansah. Seit jenem Tag war nie wieder über seine Untreue gesprochen worden, aber die Dinge hatten sich völlig verändert. Gott, wie sie sich verändert hatten!

Er seufzte und bewegte seinen massigen Leib in dem Boot, wodurch es zu schaukeln begann. Von jenem Tag an war er fetter und sie immer bösartiger geworden. O ja – und ihr Körper war heilig geworden. Vielleicht ein oder zweimal im Jahr – so um Weihnachten oder Ostern, wenn sie ein paar Sherry getrunken hatte –, aber bestimmt nicht mehr. Zum Glück gab es eine Reihe verwitweter Frauen in Windsor, die gelegentlichen Trost brauchten. Und diese Miß Parsons war eine ausgesprochen nette Person und wirklich sehr attraktiv. Ja, die Dinge entwickelten sich in letzter Zeit wieder zum Besseren. Langsam zwar, aber mit fünfundvierzig hatte er gelernt, Dinge langsamer anzugehen.

Er wurde aus seinen Gedanken gerissen, als sein Schwimmer plötzlich unter Wasser gezogen wurde. Aha, einer dran! Er grinste und biß mit seinen Zähnen noch fester auf die Pfeife. Vorsichtig begann er mit der Schnur zu spielen, aber seltsamerweise ruckte sie nicht wie gewöhnlich. Statt dessen wurde die Schnur gleichmäßig nach unten gezogen, gerade so, als ob der Fisch den Köder bis auf den Grund ziehen wollte. Er begann dem Zug entgegenzuwirken und die Schnur einzurollen. Die Rute bog sich, und die Schnur stand stramm und steif aus dem Wasser. Guter Gott, dachte er, das ist ein Brocken! Plötzlich riß die Schnur, so daß er heftig rücklings ins Boot fiel. Er lag da, die Knie über der Bank; die Ellenbogen zu beiden Seiten des Bootes erlaubten ihm, seinen Kopf zu heben und in das trübe Wasser zu schauen. Gerade als er sich wieder in sitzende Position brachte, hüpfte der Schwimmer an die Oberfläche.

»Ist ja verdammt komisch«, sagte er, nahm die Pfeife aus dem Mund und starrte verdutzt auf den hüpfenden Schwimmer. »Das muß ein Riesenbrocken gewesen sein!«

Sein Pech verfluchend begann er, die gerissene Schnur aufzurollen und fand, daß er für heute genug habe. In diesem Augenblick hörte er das Flüstern, das über das Wasser zu ihm trieb. War es nur ein Flüstern, oder hatte er mehrere gedämpfte Stimmen gehört, die miteinander sprachen? Oder war es nur das Rascheln des Schilfs am Ufer?

Er hörte es wieder. Eine Männerstimme? Oder war es die einer Frau? Sie war zu leise, um das genau sagen zu können. Ein Schauder lief ihm bei dem nächsten Geräusch, das er hörte, über das Rückgrat – es klang wie ein Kichern, ein leises, trockenes Kichern, das jetzt sehr nah zu sein schien, fast am Heck des Bootes.

»We- wer ist da?« Seine Stimme war unsicher. »Los schon, machen Sie keine Spielchen. Ich weiß, daß da jemand ist.« Er blickte sich nervös um, doch alles, was er jetzt hören konnte, war sein eigener heftiger Atem. Er fand, daß er wirklich genug hätte, und gerade als er nach einem Riemen griff, hörte er ein anderes Geräusch. Es klang, als ob etwas durchs Wasser gezogen würde; kein Schwimmen, eher ein gleitendes Geräusch, das für ein paar Sekunden aufhörte und dann wieder begann. Das Wasser gurgelte, aber keine Luftblasen drangen an die Oberfläche.

Erschreckt langte er wieder nach dem Riemen, legte ihn rasch in die Dolle und tastete auf dem Boden des Bootes nach dem anderen. Abrupt glitt der Riemen aus seinem Griff, als sei er von einer unsichtbaren Kraft weggezogen worden, und er warf sich erschreckt zurück, als der Riemen geradewegs im trüben Wasser verschwand. Er rechnete damit, daß er wieder an die Oberfläche kommen würde, aber das geschah nicht; er war nirgendwo zu sehen.

Da treibt jemand einen Scherz, dachte er wenig überzeugt. Jemand mit einem dieser Tauchgeräte. Aber wo waren dann die Luftblasen?

Er starrte auf seine Füße hinab, als er einen Stoß unter dem Boot spürte, und sein Herz hämmerte wie verrückt. Seine Hände umklammerten die Sitzbank fest, und die Knöchel wurden unter dem Griff weiß. Der Stoß kam wieder, und er spreizte seine Füße zu den geschwungenen Seitenwänden, weil er plötzlich Angst hatte, die Holzplanken darunter zu berühren. Dann begann das Boot zu schaukeln, langsam erst, aber dann immer heftiger. Er brüllte: »Aufhören! Aufhören!« Die Pfeife fiel ihm aus dem Mund, als das Schaukeln weiterging, die Seitenwände des Bootes fast ins Wasser tauchten und er in die trüben Tiefen zu kippen drohte. Gerade als er glaubte, das Boot würde kentern, hörte das Schaukeln auf, und es lag wieder ruhig im Wasser. Er begann vor Erleichterung zu stöhnen, Tränen der Furcht verwischten sein Blickfeld. Dann spürte er eine eisige Kälte um sich, eine Kälte, die sein Fleisch zu lähmen schien.

Plötzlich begann das Boot zu erzittern. Wieder drang ein Schrei über seine Lippen, und seine Hände umklammerten erneut die Sitzbank. Das Schütteln schien sich zu einem Crescendo zu steigern, dann glaubte er, wieder ein Kichern zu hören, ein tiefes, animalisches Kichern mit einem bösartigen Unterton. Das Zittern durchlief ihn jetzt selbst, erfüllte seinen ganzen massigen Körper und durchdrang sein Hirn, bis er schreien wollte, das Entsetzen hinausbrüllen wollte, das ihn erfüllte. Und da erst sah er das schreckliche Ding, dessen Anblick sein Herz fast stillstehen ließ, das es fast unter dem Druck des Blutes darin platzen ließ.

Lange, spitze Finger schlangen sich nahe dem Heck über den Bootsrand. Obwohl er sie nur undeutlich sehen konnte, sahen sie wie lange weiße Würmer aus, die über dic Scitenwand krochen, sich unabhängig voneinander bewegten, als sei jeder mit eigenem Leben erfüllt. Das Boot neigte sich, und er sah den Rest der Hand auftauchen, auf den Boden des Ruderbootes zugleiten, gefolgt von einem Arm, gefolgt von – nichts. Hinter dem Ellenbogen war nichts, und doch kroch die Hand vorwärts, griff langsam nach ihm. Dann hörte er wieder das Flüstern, doch diesmal war es direkt neben ihm, an seiner linken Schulter, und er spürte einen kalten – so kalten –

Atem an seiner Wange, einen Atem, der aus einem gefrorenen Körper zu kommen schien. Er versuchte seinen Kopf zu wenden, hatte grauenhafte Angst, wollte aber doch sehen, was da war, doch sein Hals wollte sich nicht drehen, sein Kopf wollte sich nicht bewegen.

Schließlich kam der Schrei, platzte aus seinen Lungen heraus, kreischte in der kalten Luft, und das Geräusch half ihm, sich zu bewegen, vor dieser nahenden Monstrosität zurückzuwanken. Er stolperte über den Sitz, schlug sich sein Schienbein, ohne sich darum zu kümmern, bewegte sich mit einer Geschwindigkeit, die einem nur äußerste Furcht verleihen konnte. Hastig kroch er über den Bug des Bootes in das Schilf. Das bräunliche Wasser reichte ihm bis zur Hüfte. Er stapfte durch das Schilf, schleppte sich zum Flußufer, und der Schlamm am Grund des Flusses saugte an seinen Füßen, versuchte ihn zurückzuhalten, ihn nach unten zu ziehen. Es war wie ein Alptraum, in dem die Beine sich in Blei verwandelt hatten und er nicht entkommen, nicht wegrennen konnte.

Er platschte vorwärts, zerrte am Schilf, zog an allem, was ihn vorwärts brachte. Aber er konnte noch immer das Flüstern hören, und es klang jetzt rasender und bösartiger. Inzwischen keuchten seine Lungen nach Luft, piepsende Geräusche drangen aus seinem Mund, und Tränen rollten über seine fetten Wangen. Er klammerte sich wild an einen überhängenden Ast, der sich für eine entsetzliche Sekunde unter seinem Gewicht beugte, so daß sein ganzer Körper unter Wasser geriet. Aber er richtete sich wieder auf und zog sich mit beiden Händen an dem Ast entlang, seine Handflächen bluteten unter der Anstrengung.

Endlich spürte er, daß das Flußbett steil anstieg – er wußte, daß er das Ufer erreicht hatte. Dankbar schluchzend ließ er den Ast los und versuchte, sich die steile Böschung hochzuziehen, griff nach Wurzeln, nach Grasbüscheln, nach allem, was er fassen konnte, um daran Halt zu finden. Aber das Ufer war schlüpfrig, und der Schlamm unter seinen Füßen gab ihm keinen Halt, als er sich nach oben schieben wollte. Er lag der Länge nach auf der steilen Böschung, triefend naß, und sein ganzer Körper rang nach Atem.

Plötzlich spürte er, daß kalte Finger sich unter dem Wasser um seine Knöchel schlossen und an seinem Körper zu zerren begannen; sie versuchten, ihn zurück in die eisigen Tiefen zu ziehen. Er wollte sich dem widersetzen, indem er seine Finger tief in die weiche Erde grub, aber sie furchten nur tiefe Rillen, während er langsam und stetig zurückgezerrt wurde. Wild schrie er auf und trat mit den Füßen, doch der Griff wurde nur fester. Glatt wurde er nach unten gezogen, wie ein Tier seine Beute in seinen Bau schleppt.

Und dann zerbarst sein Herz. Der Druck war zu groß geworden. Das Herz, das so viele Jahre unter dem gewaltigen Gewicht des Mannes gearbeitet hatte, gab schließlich auf. Er war bereits tot, als das trübe Wasser in seinen offenen Mund rann und dann rasch die weit aufgerissenen blicklosen Augen bedeckte, während er tiefer sank... Tiefer... in den kalten, ihn umarmenden Fluß.

5

Keller erwachte plötzlich. Vor einem Moment hatte er noch geschlafen, im nächsten war er ohne die Zwischenstadien des Bewußtseinserlangens hellwach. Einen Moment starrte er an die Decke, dann glitt sein Blick auf seine Uhr, die auf dem Nachttisch lag. Genau sieben Uhr. Was hatte ihn so plötzlich geweckt? Hatte er geträumt? Bis zum Absturz hatte er intensiv geträumt, und die Träume waren immer sehr lebendig gewesen, er erinnerte sich an sie – sie waren fast ermüdend. Seitdem aber war nichts gewesen, obwohl er wußte, daß das unmöglich war; jeder träumte in gewissem Maße, ob einem das bewußt wurde oder nicht. In den vergangenen Wochen jedoch schien er einfach sofort einzuschlafen und dann ebenso plötzlich aufzuwachen, nur eine Leere war dazwischen, gerade so, als ob er eine halbe Sekunde lang geblinzelt hätte. Vielleicht schützte ihn sein Verstand auf diese Weise und verbarg den Alptraum tief in den Schluchten seines Unterbewußtseins, radierte jede Spur aus, bevor er erwachte.

Die letzte Nacht aber war anders gewesen. Er versuchte, seinen Verstand darauf zu konzentrieren, doch Bilder wie Rauch flohen ihn, verspotteten ihn. Er erinnerte sich nur an Stimmen. War Hobbs der Grund für die Träume gewesen? Der seltsame kleine Mann hatte ihn wirklich beunruhigt. Keller richtete sich im Bett auf und griff nach seinen Zigaretten. Er entzündete eine, inhalierte tief und lehnte sich dann an die Wand zurück, vor der das Kopfbrett seines Bettes stand. Er dachte über den vergangenen Abend und die Ankunft des Spiritisten nach; dachte an das Unbehagen, das er bei dessen bloßem Anblick empfunden hatte. Und doch – irgendwie hatte er ihn erwartet, oder besser, er hatte damit gerechnet, daß etwas geschehen würde.

»Darf ich hereinkommen?« hatte der Spiritist gefragt, und Keller war wortlos beiseite getreten, um ihn einzulassen.

Er hatte die Tür geschlossen und das Gesicht dem harmlosen kleinen Mann zugewandt, der nun in der Mitte des Raumes stand und sich umschaute, nicht neugierig, sondern mit echtem Interesse. Sein Blick fiel auf das Foto von Cathy, und er betrachtete es ein paar Sekunden, bevor er Keller ansah.

»Ich bedaure, Sie zu so später Stunde stören zu müssen, Mr. Keller.« Seine Stimme klang sanft, aber fest, so fest wie sein Blick. »Ich versuchte Sie anzurufen, aber ich stellte fest, daß Ihr Telefon nicht angeschlossen ist. Ich mußte mit Ihnen sprechen, und deshalb entnahm ich Ihre Adresse dem Telefonbuch.«

Der Copilot schwieg noch ein paar Augenblicke und verstand sein eigenes Furchtgefühl nicht ganz. Er zwang sich zum Sprechen. »Was wollen Sie?«

»Es – es fällt mir recht schwer, das zu erklären, Mr. Keller.« Zum ersten Mal senkte der Mann seinen Blick. »Darf ich Platz nehmen?«

Keller nickte zu dem Sessel hin. Er selbst blieb stehen. Hobbs setzte sich in den Armsessel und blickte zu ihm auf.

»Zuerst einmal, Mr. Keller, ich bin kein Spinner«, begann er, »das müssen Sie als gegeben hinnehmen. Ich war bis vor ein paar Jahren praktizierendes Medium und, wenn ich so sagen darf, ein sehr erfolgreiches. Zu erfolgreich, um genau zu sein; ich begann zu sehr auf die Emotionen der Teilnehmer einzugehen ... und auf die meiner Geister. Das laugte mich aus, verstehen Sie, nahm mir meine Kraft. Ich agierte nicht mehr als richtiges Medium – als Mittelsmann. Ich spürte die Gefahr, mich in der Geisterwelt zu verlieren, nicht einfach als Kommunikationsmittel benutzt zu werden, sondern als Instrument für physische Kontakte.« Er lächelte Keller entschuldigend an, als er den ungläubigen Ausdruck auf dem Gesicht des Copiloten sah. »Verzeihen Sie. Ich versuche Sie davon zu überzeugen, daß ich kein Irrer bin und rede einfach über etwas drauflos, von dem ich sicher bin, daß Sie nie damit vertraut waren. Es sollte genügen zu sagen, daß ich in den letzten Jahren bewußt versucht habe, Beziehungen mit der anderen Welt auszuweichen; aber als echter Sensitiver ist es fast unmöglich, sich völlig zu verschließen, egal wie stark die Gründe dafür sind, das zu tun. Und ich hatte sehr triftige Gründe, meine Verbindungen zur anderen Welt aufzugeben. Nichtsdestoweniger sind Medien wie Rundfunkempfänger, die nicht abgeschaltet werden können; Geister kommen noch immer zu mir und versuchen, durch mich zu sprechen, aber ich erlaube nur freundlichen Geistern, das zu tun. Die anderen ... Nun, ich versuche, meinen Verstand zu verschließen oder versuche zumindest, sie in mir zu binden. Das ist nicht immer leicht.«

Trotz seines Unbehagens erreichte Kellers Ungläubigkeit jetzt ihren Höhepunkt. »Hören Sie, Mr. Hobbs, ich weiß wirklich nicht, worüber Sie reden, zum Teufel.« Er sprach nicht barsch, aber sein Ton ließ erkennen, daß er Hobbs für einen Irren hielt. »Ich weiß überhaupt nichts über Spiritismus und, offen gestanden, ich glaube auch nicht daran. Aber in den vergangenen Wochen bin ich von der Presse, von Behörden, von Verwandten der Absturzopfer behelligt worden, von Leuten, die nach Rache schreien, von wohlmeinenden, aber anstrengenden Freunden, von Geistlichen, die mich zu einem wandelnden Wunder machen wollen, von Männern und Frauen mit krankem Verstand, die all die gräßlichen Einzelheiten wissen wollen und« – er legte absichtich eine Pause ein – »von Idioten mit Botschaften aus dem Grab!«

Der kleine Mann zuckte sichtlich zusammen. »Hat also sonst noch jemand versucht, Ihnen eine Botschaft zu überbringen?«

»Fünf bisher«, sagte Keller müde. »Ich nehme an, Sie werden Nummer sechs sein.«

Hobbs beugte sich mit vor Aufregung glänzenden Augen in seinem Sessel vor. »Welche Botschaften? Was haben die anderen Ihnen gesagt? Wer waren diese Leute?«

»Zwei sagten, sie seien Satanisten, zwei erklärten, sie wären Sendboten Gottes – und der fünfte behauptete, Gott persönlich zu sein. Was sind Sie? Erzählen Sie mir bloß nicht, Sie wären der Teufel!«

Hobbs sank in dem Armsessel zurück, einen Ausdruck der Enttäuschung auf dem Gesicht, Kellers ätzende Worte beachtete er gar nicht. Er blickte ein paar Sekunden lang nachdenklich drein und sagte dann ruhig: »Nein, Mr. Keller, ich bin nichts dergleichen. Ich sagte Ihnen ja – ich bin Spiritist. Haben Sie bitte fünf Minuten Geduld mit mir, und wenn Sie's dann wollen, werde ich gehen.«

Keller sackte matt auf das Sofa, nachdem er zuvor seine Flasche Whisky und ein Glas genommen hatte. Ohne Hobbs etwas anzubieten, schenkte er sich einen großen Whisky ein. »Nur zu«, sagte er. »Fünf Minuten.«

»Wissen Sie, was Spiritismus ist?« fragte ihn Hobbs.

»Das ist Kontakt mit Geistern, nicht wahr?«

»Grob formuliert und nicht ganz korrekt. Es ist eine Sensibilität, die Gabe, Vibrationen, Strahlungen oder Frequenzen zu empfangen, die unsere normalen Sinne nicht wahrnehmen können. Ein Medium ist ein Vermittler – wie ich vorhin schon sagte, eine Art menschliches Radio oder ein Fernsehempfänger, der sich auf die andere Welt einstellen kann, die für den Rest der Menschheit unsichtbar und unhörbar ist; aber wie jedes Radio oder jeder Fernseher ist jedes Medium in seinem Empfangsbereich begrenzt. Durch Entwicklung bestimmter Kräfte jedoch können Medien ihre Empfangskapazität steigern, wogegen Maschinen das nicht können. Ich stellte fest, daß meine eigene Entwicklung stark...«, er wandte den Blick von Keller ab, »...nun, sagen wir einfach – überkompensiert wurde. Gefährlich.« Er fuhr sich mit einer Hand über die Wangen zum Kinn. »Hätten Sie wohl einen Drink für mich?«

Keller grinste fast. Ein Spiritist mit einem Alkoholproblem? Durch diesen Gedanken fühlte er sich seltsamerweise dem kleinen Mann gegenüber toleranter, und so sagte er: »Was möchten Sie?«

»Das gleiche wie Sie, bitte.«

Keller bemerkte Hobbs Blick auf dem Scotch, als er einschenkte. Mein Gott, dachte er, er hat wirklich ein Alkoholproblem. Er reichte ihm das Glas und war nur wenig überrascht, als die Hälfte davon augenblicklich in der Kehle des kleinen Mannes verschwand.

»Ist was damit?« fragte er milde.

Hobbs lächelte ihn wieder entschuldigend an. »Verzeihung. Nein, der ist gut.«

Nun, so wirkt er zumindest menschlicher, dachte der Copilot, als er zu dem Sofa zurückkehrte. »Können wir jetzt auf den Punkt kommen?«

»Natürlich.« Hobbs nahm einen bescheideneren Schluck von seinem Drink und beugte sich dann wieder im Sessel vor. »Wie ich erwähnte, habe ich in den vergangenen Jahren bewußt versucht, jeden Fortschritt meiner Entwicklung dieser besonderen Kräfte zu unterbinden, aber ich kann nicht verhindern, daß die Geister mit mir Kontakt aufnehmen, wenn ihr Wille stark genug ist. Ich habe mich jedoch geweigert, Überbringer von Botschaften zu sein, und ich glaubte, sie hätten langsam begonnen, das zu akzeptieren.«

Keller riß sich innerlich zusammen. Teufel, ich beginne das zu glauben. Ihm wurde klar, daß das daran lag, weil der kleine Mann so sachlich sprach, ohne daß eine Spur von Unsicherheit oder Verlegenheit zu erkennen war.

»Vor zwei Wochen aber begann eine neue Stimme – oder sollte ich sagen Stimmen? – mit mir zu kommunizieren. Sie waren verwirrt, ärgerlich und litten, wie ich glaubte, Qualen. Da gab es Geflüster, verängstigtes Flüstern, gedämpfte Stimmen, die klangen, als kämen sie aus einer großen, dunklen Halle. Die Stimmen wollten wissen, wo sie wären, was mit ihnen geschehen sei. Oh, sie klangen so einsam, so furchtsam.«

Keller spürte, wie sich in ihm wieder die Spannung aufbaute. Die Atmosphäre zwischen den beiden Männern war jetzt elektrisch geladen. Hobbs nahm einen weiteren, diesmal tieferen Schluck aus seinem Glas, und Keller bemerkte, daß seine Hand leicht zitterte.

»Allmählich«, fuhr er fort, »begannen stärkere Stimmen sich durchzusetzen. Sie müssen wissen, Mr. Keller, daß ihre Welt sich von der unseren nicht sonderlich unterscheidet; in jedem Element werden die stärkeren Persönlichkeiten immer das Sagen haben. Aber diese Stimmen waren nicht gut; sie klangen – rachsüchtig. Das war das Gefühl, das sie mir vermittelten: Haß und großer Schock.«

Keller versuchte absichtlich, die Atmosphäre, das hypnotische Band, das das Medium zwischen ihnen geschaffen hatte, zu zerstören. Er stand auf, ging zu dem Fenster hinüber und nahm seinen Drink mit.

»Hören Sie, äh, Mr. Hobbs...«, setzte er an, aber das Medium unterbrach ihn.

»Bitte. Ich weiß, was Sie sagen wollen: Sie glauben nicht an ein Leben nach dem Tode, oder selbst wenn Sie es tun, halten Sie das hier für überspannt. Ich akzeptiere das und ich verspreche Ihnen – wenn ich fertig bin, werde ich gehen und Sie nie wieder belästigen, falls Sie das wünschen. Aber ich muß Ihnen das um meines eigenen Seelenfriedens willen erzählen, weil die Stimmen mich erst in Ruhe lassen, wenn ich das getan habe. Sie müssen wissen, daß die Geister nach einem derartigen Unfall manchmal nicht begreifen, was ihnen widerfahren ist; sie befinden sich im Zustand eines emotionalen Schocks. Sie wissen nicht, daß sie tot sind! Sie werden das, was Sie vielleicht Gespenster nennen würden und fahren damit fort, in diesem Leben zu spuken, versuchen Kontakt mit jemandem auf dieser Erde aufzunehmen, um bestimmte Menschen wissen zu lassen, daß sie noch leben. Vielleicht sind sie auch durch Situationen oder Emotionen gefesselt; vielleicht fühlen sie, daß sie hier noch etwas vollbringen müssen, etwas, das ihnen in ihrem Leben versagt war.

Oder vielleicht glauben sie, einen Grund für Rache zu haben.«

Keller drehte sich heftig um. Diese letzten Worte hatten einen Nerv getroffen, etwas tief in ihm berührt; sie hatten ihm Angst gemacht.

»Manchmal können echte Sensitive ihnen helfen, können diesen gequälten Seelen Frieden geben, können ihnen helfen, friedlich in die nächste Welt zu gelangen. Wir können das tun, indem wir versprechen, das in Ordnung zu bringen, was sie in dieser Welt beunruhigt, was sie an die Erde gebunden hält. Unglücklicherweise sind sie aber in diesem Stadium noch zu durcheinander, um mit mir richtig zu kommunizieren.«

»Sie glauben offensichtlich, daß es die Seelen der toten Passagiere von dem Flugzeugabsturz sind«, sagte Keller mit harter und ungläubiger Stimme.

»Ich weiß, daß sie es sind! So viele entsetzte Seelen zur gleichen Zeit, am gleichen Ort versammelt... Und da ist noch etwas anderes, Mr. Keller.«

Der Copilot spürte, wie er erstarrte. Er wußte fast, was kommen würde.

»Die Stimmen – das Geflüster. Sie rufen nach Ihnen.«

Wieder herrschte langes Schweigen zwischen den beiden Männern. Keller wollte über die Worte des Mediums spotten, ihn wie die anderen Verrückten mit einem Schulterzucken abtun, aber aus irgendeinem Grund konnte er das nicht. Es war nicht nur die offensichtliche Ernsthaftigkeit des Mannes – es hatte etwas damit zu tun, daß er selbst dem Tode so nahe gewesen war. Diese Erfahrung hatte ihn empfänglicher gemacht. Dennoch kämpfte der Teil seines Wesens, der mit beiden Beinen auf der Erde stand, dagegen an.

»Das ist lächerlich«, sagte er.

»Ich versichere Ihnen, daß es das nicht ist«, erwiderte Hobbs. »Die Stimmen waren zuerst völlig verwirrt und riefen nach ihren Lieben. Ich sah Gesichter – so viele verzerrte Gesichter –, deren Bilder verschwanden und dann wieder deutlich wurden, bettelnd und mitleiderregend. Dann, im Lauf der Tage, gingen sie gemeinschaftlicher vor, waren beherrschter. Sie befinden sich noch immer in einem Zustand der Panik, aber es scheint, als würden sie geführt. Und da begannen sie wieder und wieder Ihren Namen zu rufen.«

»Warum? Warum sollten sie das tun?«

»Ich – ich weiß es nicht, Mr. Keller. Wie ich sagte, sie sind verwirrt. Ihre Botschaft ist noch nicht klar. Aber...«, er senkte wieder seinen Blick, »...viele der Stimmen sind wütend.« Seine Augen durchdrangen Keller erneut. »Kennen Sie jemanden namens Rogan?«

Der Copilot erstarrte kurz und überlegte dann, daß Hobbs sich an den Namen wahrscheinlich aus den Medien erinnert hatte. »Er war der Captain der 747. Ich bin sicher, daß Sie das in den Zeitungen gelesen haben.«

»Ach, ja. Ich glaube, das habe ich. Ich hatte das vergessen, wenngleich ich nicht erwarte, daß Sie das glauben.«

»Sie haben recht. Das glaube ich nicht. Und jetzt sind Ihre fünf Minuten um. Ich möchte, daß Sie gehen.« Keller ging auf das Medium zu, das aufsprang.

»Sie hatten eine Auseinandersetzung mit Captain Rogan, nicht wahr?«

Keller blieb wie erstarrt stehen. »Woher wissen Sie das...?«

»Es war etwas, das mit seiner Frau zu tun hatte.« Hobbs' Worte waren eine Feststellung, keine Frage.

Und Kellers Gedächtnis durchzuckte wieder ein Blitz... Rogan schrie ihn an, sein Gesicht ganz nah, nur Zentimeter von dem seinen entfernt. Er konnte die Worte nicht hören, aber er sah den Ärger, die Wut in diesen Blicken. Wo waren sie? Nicht im Flugzeug. Nein, es war in einem der Hangars, und sonst war niemand da. Es war Nacht, dessen war er sich sicher. War es diese Nacht gewesen, die Nacht des Absturzes? Er war sich nicht sicher. Es hatte eine kurze Auseinandersetzung gegeben, und er hatte Rogan weggestoßen. Deutlich konnte er den Captain sehen, der am Boden lag und zornig zu ihm aufblickte. Er hatte sich umgedreht und von dem älteren Piloten entfernt, hatte ihn dort liegen lassen, während der ihm Schimpfworte nachschleuderte. Und plötzlich wußte er, worum es in dem Kampf gegangen war. Ja, er hatte etwas mit Beth Rogan, der Frau des Skippers, zu tun gehabt.

»Es stimmt, nicht wahr?« Hobbs Worte drangen durch die Vision.

»Woher wissen Sie das?«

»Captain Rogan kann es nicht vergessen.«

»Es ist unmöglich.«

»Nun, Mr. Keller...«

Der Copilot setzte sich matt auf die Kante des Sofas. »Wie, zur Hölle, können Sie davon wissen?«

»Alles, was ich erzählt habe, ist wahr. Ich erwarte nicht, daß Sie das glauben, aber denken Sie wenigstens darüber nach. Sie sind der Schlüssel, Mr. Keller. Ich weiß nicht wie, und ich weiß nicht warum, aber bei Ihnen liegt die Antwort, die diese armen Teufel suchen, und Sie müssen ihnen helfen.«

Keller hob den Kopf. »Sie wollen mein Leben, nicht wahr?« fragte er, ohne das Medium anzuschauen.

»Ich – ich weiß nicht. Ich bin mir nicht sicher«, sagte Hobbs.

»Ich kann es fühlen. Sie sind nicht vollzählig. Ich bin ohne einen Kratzer davongekommen, und jetzt wollen sie mich. Ich hätte auch sterben sollen.«

»Ich glaube nicht, daß das die Antwort ist, Mr. Keller«, entgegnete Hobbs, aber die Unsicherheit in seiner Stimme war deutlich zu hören.

Keller stand auf und ging rasch zu dem Sideboard. Er nahm das Bild von Cathy und fragte: »Haben Sie ihr Gesicht unter den anderen gesehen?«

Hobbs starrte darauf, und seine Augen verengten sich. Schließlich sagte er: »Nein, ich glaube nicht. Ich sah das Bild, als ich hereinkam, aber es löste nichts in mir aus. Ich glaube nicht, daß sie unter ihnen war.«

»Nun, wenn das wahr ist, was Sie sagen, hätte sie dabei sein müssen. Sie kam bei diesem Absturz ums Leben!« Keller war jetzt wütend und wieder ungläubig.

Hobbs hob eine Hand, als wolle er ihn beruhigen. »Die Bilder, Mr. Keller... Manchmal sind sie schwach, zuweilen sind sie stark. Und da sind so viele von ihnen. In diesem Stadium kann ich einfach nicht sagen, ob sie unter ihnen ist oder nicht. Es kann auch sein, daß sie – ebenso wie andere – bereits friedlich in die nächste Welt hinübergegangen ist und diese Unglücklichen hinter sich gelassen hat.«

Keller schaute sehnsuchtsvoll auf Cathys Gesicht und stellte das Bild dann wieder auf das Sideboard. Seine Stimmung änderte sich, und er wandte sich abrupt dem Medium zu. »Das ist jetzt genug. Ich denke, es ist besser, wenn Sie gehen.«

»Wovor haben Sie Angst?« Die Frage war direkt und kompromißlos.

»Was soll das heißen?«

»Haben Sie Angst davor, daß Sie irgendwie für den Absturz verantwortlich sind? Vielleicht haben Sie wegen Ihres Streits mit Captain Rogan etwas falsch beurteilt, das zu der Katastrophe führte. Haben Sie Angst davor, das festzustellen?«

»Raus.« Kellers Stimme war leise und wütend.

»Ja, ich gehe. Aber denken Sie bitte darüber nach. Weder Sie – noch diese anderen – werden Frieden finden, solange die Antwort nicht vorliegt. Und ich bin besorgt, Mr. Keller, sehr besorgt. Sie müssen wissen, daß noch etwas anderes mit diesen Geistern in Verbindung steht, etwas sehr Eigenartiges. Etwas sehr Böses. Ich habe Angst vor dem, was geschehen könnte, wenn sie aus ihrer Qual nicht befreit werden.«

Und dann, nachdem er seine Adresse auf ein zerknittertes Stück Papier geschrieben hatte, war er gegangen. Keller hatte plötzlich gespürt, wie seine Kraft ihn verließ, hatte sich ausgezogen, war erschöpft aufs Bett gefallen, augenblicklich eingeschlafen und in eine dunkle Welt voller Geflüster gesunken. Jetzt versuchte er sich an den Traum zu erinnern, den ersten, den er seit vielen Wochen gehabt hatte, aber es war sinnlos; sein Verstand weigerte sich.

Er drückte die Zigarette aus, streifte die Bettdecke beiseite, ging ins Badezimmer und begoß sein Gesicht mit kaltem Wasser. Noch immer nackt und ohne die Kälte zu spüren, tappte er in die Küche und machte sich einen starken schwarzen Kaffee. Er nahm ihn mit ins Wohnzimmer, und sein Blick glitt unwillkürlich zu Cathys Bild. Das erinnerte ihn an seine Nacktheit. Sie waren während der Sommermonate oft ohne Kleidung im Apartment herumgelaufen und hatten den Anblick des anderen in seinen natürlichen, entspannten Positionen genossen; sein Körper war hart und fest, der ihre weich und schlank, mit langen Beinen und kleinen, kindlichen Brüsten. Es war das Gefühl von Freiheit, das sie beide geliebt hatten; der Freiheit miteinander, wobei ihre Nacktheit ihre Intimität ausdrückte.

Er ging ins Schlafzimmer und zog seinen Morgenmantel an. Während er seinen Kaffee trank, fiel ihm das zerknitterte Stück Papier ins Auge, auf dem Hobbs Adresse stand. Es lag auf dem Boden, wo es vom Tischrand heruntergeweht worden war, als sich die Tür am Abend zuvor hinter dem Medium geschlossen hatte. Keller hatte keine Anstalten gemacht, es aufzuheben, weil er mit dem Mann nicht wieder in Verbindung treten wollte. Jetzt aber hob er es auf und glättete es auf dem Tisch vor sich. Es war eine Adresse in Wimbledon, und Keller lächelte bei dem Gedanken, daß ein kleiner Mann aus einem Vorort in Verbindung mit Geistern aus der anderen Welt stand. Und doch war es das ganz gewöhnliche Aussehen des Mannes, das seine Geschichte einleuchtender machte. Hätte er einen schwarzen Mantel getragen und auf erregte, fanatische Weise gesprochen, wäre die ganze Sache einfach absurd gewesen, aber Hobb's ruhige und etwas unterwürfige Art strahlte eine gewisse Autorität aus. Ob man ihm glaubte oder nicht, schien nicht zu zählen; er stellte lediglich eine Tatsache fest. Seine Augen waren das einzig Seltsame an ihm gewesen – sie hatten in die Kellers geschaut und tief in sein innerstes Sein. Warum hatte Hobbs so verwirrt gewirkt, als er die Tür geöffnet hatte?

Und wie hatte er von seinem Kampf mit Rogan erfahren?

Der Copilot konnte sich noch immer nicht erinnern, wann die Auseinandersetzung stattgefunden hatte, und weil er spürte, daß gerade dies wichtig war, zerbrach er sich den Kopf, um darauf zu kommen. Aber wie bei so vielen seiner Gedanken, die mit dem Absturz in Zusammenhang standen, wichen ihm die Antworten aus, je stärker er sich konzentrierte. Natürlich gab es eine Person, die es ihm wahrscheinlich würde sagen können: Beth Rogan. Zwar hatte er keine Lust, sie wiederzusehen, nach allem, was zwischen ihnen geschehen war, aber er spürte, daß er keine Wahl hatte. Er mußte es wissen.

Er nippte an dem schwarzen Kaffee, das Bild von Beth deutlich vor seinem geistigen Auge. Mit sechsunddreißig war sie eine schöne Frau, deren Reife ihre Schönheit noch verstärkt hatte. Wie würde sie reagieren, wenn sie ihn so bald nach dem Tod ihres Gatten wiedersah? Würde auch sie ihm Vorwürfe machen, wie es die anderen getan hatten? Oder war sie froh, daß er überlebt hatte? Es war eine ganze Weile her, seit er sie das letzte Mal gesehen hatte, weshalb nicht abzusehen war, wie sie reagieren würde.

Da war noch etwas, das er zu tun hatte, und das betraf Harry Tewsons Theorie über die Explosion an Bord. Er wußte, daß Tewson oft wilde Vermutungen anstellte, was die Ursache solcher Art von Unfällen anbelangte, geistige Bocksprünge, die er dann aber zu begründen hatte und die sich meistens als korrekt erwiesen. Was also konnte der Grund für eine Bombe sein? Und wie zum Teufel konnte sie jemand an Bord geschmuggelt haben? Er würde sich Zugang zur Passagierliste verschaffen müssen, und er wußte auch schon, wer ihm dabei helfen würde.

Natürlich hätte er sich auch einfach zurücklehnen und auf den AIB-Bericht über die Unglücksursache warten können. Aber das würde Monate dauern. Und er hatte das Gefühl, daß die Zeit knapp wurde.

6

Reverend A. N. Biddlestone war höchst beunruhigt. Er wanderte mit gesenktem Kopf, hängenden Schultern und verschränkten Armen über den schlammigen Fußweg, der um das Feld führte. Sein Atem drang in eisigen Wolken in die frühe Morgenluft. Obwohl er auf seine eigenen Schritte zu achten schien, war sein Verstand auf weit wichtigere Dinge konzentriert. Seine Sorge galt der Veränderung in der Stadt seit der schrecklichen Katastrophe.

Es war fast, als hätte sich ein grauer Vorhang über Eton gesenkt; ein Vorhang von Elend und Niedergeschlagenheit. Er nahm an, daß das nach einer Katastrophe so gewaltigen Ausmaßes ganz normal war, und die Tatsache, daß die meisten Leichen in einem nahen Massengrab hatten begraben werden müssen, hatte dazu beigetragen, daß die beklemmende Atmosphäre existent blieb. Nur die leicht identifizierbaren Körper waren von Verwandten oder Freunden überführt worden, um in privaten Gräbern zur letzten Ruhe gebettet zu werden. Er war sicher, daß sich die Unruhe allmählich legen würde, wenn die Stadt erst einmal andere Dinge wichtiger nahm, und dann würde alles wieder gut sein. Die Nacht der Katastrophe aber würde er selbst nie vergessen können. Sie hatte für ihn Schrecken geborgen, die die Stadtbewohner zum Glück nicht hatten erfahren müssen. Er und sein Kollege von der nahegelegenen katholischen Kirche hatten sich zwischen den verstümmelten Toten aufgehalten, um ihnen die Sterbesakramente zu erteilen, hatten ihre Blicke immer wieder von den kaum mehr menschlichen Formen abgewandt und heftig an dem Geruch von Öl und verbranntem Fleisch gewürgt, während sie beteten. Nein. Die Erinnerung mochte mit der Zeit schwinden, aber sie würde nie zur Bedeutungslosigkeit verblassen; er hatte in dieser einen Nacht mehr über die Zerbrechlichkeit des Lebens erfahren als in den ganzen zweiundzwanzig Jahren zuvor, die er als Geistlicher tätig gewesen war.

Er erreichte das Tor, das zur Rückseite des langen, schmalen Gartens führte, der sich neben seiner Pfarrkirche erstreckte, und als er hindurchging und es hinter sich schloß, schaute er über das Feld und auf das ferne Wrack der 747. Seine große, hagere Gestalt erschauerte unwillkürlich bei dem trostlosen Anblick; je schneller diese letzten Überreste – dieses schreckliche Denkmal – verschwinden würden, desto schneller würden die Bewohner seiner Stadt wieder zu ihrem normalen Leben zurückkehren können. Das Wrack diente noch immer als makabrer Anziehungspunkt für die krankhafte Neugier der Gaffer, die in die Stadt strömten, nur interessiert an der Katastrophe und kaum an der alten Stadt selbst. Das regte die Stadtbewohner auf, obwohl es gut für das Geschäft war. Er war sicher, daß die meisten den Zwischenfall vergessen wollten; das Erlebnis war für sie zuerst auf perverse Weise erregend gewesen – sogar beängstigend –, und sie hatten die Anwesenheit der Reporter und Ermittler genossen. Als jedoch das Interesse an dem Absturz langsam schwand, hatte er damit gerechnet, daß sich die Stimmung der Ortsansässigen wieder normalisieren würde. Doch aus irgendeinem Grund war das nicht geschehen. Vielleicht war es dazu zu früh? Vielleicht war es auch nur seine Einbildung, obwohl der Zwischenfall der vergangenen Nacht deutlicher Beweis dafür war, wie angespannt die Leute waren.

Es war gegen zehn Uhr gewesen, er war gerade vom Besuch einer kranken Gemeindeangehörigen zurückgekehrt, einer älteren Frau, deren Übergang von dieser Welt in die nächste im Krankenhaus von Windsor so schmerzlos wie möglich sein sollte, als er die fernen Schreie hörte. Er hatte auf dem breiten Steinweg gestanden, der zur Kirche hochführte, hatte gelauscht, war sich aber nicht im klaren darüber, was er gehört hatte. Von weit waren die Schreie gekommen, aber so schrill, daß sie die ruhige Nachtluft durchdrangen. Er war über den Weg geeilt, durch den Gefallenenfriedhof mit seinen Holzkreuzen, vorbei an der hohen Kirche aus grauem Stein mit ihren grinsenden Skulpturen und weiter zu dem eisernen Tor an der Rückseite des Gartens, das zu den dahinterliegenden Feldern führte. Seine Schritte hatten sich beschleunigt, als die noch immer schwachen Schreie drängender und jämmerlicher zu werden schienen. Er war auf die Felder hinausgerannt und war überrascht, als er sah, daß eine schwarze Gestalt auf ihn zueilte. Der Schein einer Taschenlampe hatte sein Gesicht beleuchtet, und er war erleichtert gewesen, als er Wachtmeister Wickhams vertraute Stimme gehört hatte. Mit einem anderen Polizisten mußte er das Wrack des Jumbojets vor räuberischen Andenkenjägern beschützen, und auch er war durch die plötzlichen Schreie von der anderen Seite des Feldes alarmiert worden.

Gemeinsam waren der Vikar und der Polizist weitergerannt, um den Geräuschen auf den Grund zu gehen, und jeder war froh über die Gesellschaft des anderen. Auf dem Weg auf der anderen Seite des langen Feldes hatten sie, dicht an einer Hecke geparkt, einen kleinen dunklen Wagen gefunden, in dem sich ein zitterndes, hysterisches Mädchen auf den Boden duckte. Als sie die Tür geöffnet hatten, war sie in panischer Furcht herausgestürzt und hatte versucht, ihnen zu entkommen. Der Polizist hatte sie heftig gerüttelt, um sie zu sich zu bringen, und sie war schließlich in seinen Armen zu einem zitternden Häufchen zusammengesackt. Das einzige, was sie aus ihren gemurmelten Worten entnehmen konnten war, daß jemand fortgelaufen sei und sie allein gelassen habe. Wenn nicht das nackte Entsetzen aus ihren Schreien zu hören gewesen wäre, ein Entsetzen, das sich in ihre Stimme und ihrem zitternden Körper manifestierte, hätten sie vermutet, daß es um eine Auseinandersetzung zwischen einem Liebespaar gegangen war. So aber brachten sie sie ohne zu zögern ins Krankenhaus, wo man sie mit starken Beruhigungsmitteln versorgte.

Das eben war es: der Zwischenfall veranschaulichte irgendwie die Atmosphäre, die über der Stadt hing; ein Gefühl unterdrückter Hysterie, die nur darauf wartete, auszubrechen. Das Mädchen war offensichtlich von den seltsamen Gefühlen der Stadt befangen, und der kleinste Schreck – es mochte nur das Huschen eines Tieres in den

Büschen gewesen sein – hatte sie in diesen wahnsinnigen Zustand versetzt. Und dann gab es da noch diese Leiche, die an diesem Morgen unten am Fluß gefunden worden war.

Er hatte seinen üblichen Morgenspaziergang am Flußufer gemacht, als er eine Menschentraube nahe dem Ufer gesehen hatte. Die meisten trugen die blaue Uniform der Polizisten, und sie schienen etwas aus dem Wasser zu ziehen. Er war näher herangegangen, um zu fragen, ob er helfen könne, doch man sagte ihm, daß dieser armen Seele nur noch ein Gebet helfen könne. Dann sah er den riesigen Leib, der auf dem Ufer lag. Der Vikar hatte den toten Mann wiedererkannt, obwohl er nicht zu seinen Gemeindemitgliedern gehörte, da er ihn oft bei seinem Morgenspaziergang in einem kleinen Boot angeln gesehen hatte. Meistens hatte er gewinkt und dem Mann einen guten Morgen gewünscht, und wenn das Boot nahe dem Ufer gewesen war, hatten sie ein paar Minuten geplaudert. Der Name des Mannes war Bumpton oder so ähnlich, und er hatte wohl ein kleines Geschäft in Windsor. Soweit Reverend Biddlestone das beurteilen konnte, ein liebenswürdiger Mann.

Offensichtlich hatten Leute beim Zuwasserbringen eines Bootes das leere Dingi in der Flußmitte treiben sehen und Ausschau nach seinem Besitzer gehalten. Bald hatten sie einen aus dem Wasser ragenden Arm entdeckt, dessen Hand noch immer das Schilf am Flußufer umklammert hielt. Die Polizei vermutete, der Mann habe das Gleichgewicht verloren und sei in den Fluß gefallen und anschließend ertrunken, oder er habe einen Herzanfall erlitten (und die purpurne Tönung seiner Wangen und die bläulichen Lippen schienen diese Theorie zu bestätigen) und sei dann in den Fluß gefallen. Die Autopsie würde ergeben, welche Theorie die richtige war.

Der Vikar hatte über dem toten Körper ein paar Augenblicke ein kurzes Gebet gesprochen und war dann traurig zu seiner Kirche zurückgekehrt. Tatsächlich war er durch die Ereignisse außerordentlich beunruhigt. Waren das zwei zusammenhängende Unfälle gewesen? Zuerst das Mädchen, das vor Furcht wahnsinnig war, und jetzt der Mann, tot, wahrscheinlich durch einen Herzanfall. Was hatte den Herzanfall verursacht? War es Überanstrengung – oder war es Furcht gewesen? Oder bildete er sich das alles nur ein?

Mit einem schwachen Seufzen wandte er sich von dem schrecklichen Feld ab und ging über den Weg auf die Vorderseite seiner Kirche zu. Er hätte den Seiteneingang benutzen können, aber er mochte es, als erstes am Morgen durch den Haupteingang die Kirche zu betreten, um deren ganze Pracht – und ihre demütige Einsamkeit – auf sich einwirken zu lassen. Irgendwie bereiteten ihn das Herantreten an den Altar, der lange Weg zu diesem geheiligten Ort auf den Tag vor, gaben ihm Zeit, seinen Geist für sein Gespräch mit dem Allmächtigen zu läutern.

Er suchte in seiner Hosentasche nach dem langen Schlüssel, der die schweren Holztüren der Kirche öffnete, als er das Geräusch hörte. Es war, als ob jemand von der anderen Seite heftig gegen die Tür geschlagen habe. Überrascht trat er einen Schritt zurück und blickte zum Eingang hoch. Es war viel zu früh für Mrs. Squires, die Frau, die die Kirche saubermachte und dafür sorgte, daß immer frische Blumen dort waren, und ohne Schlüssel hätte sie sowieso nicht hineingelangen können. Tatsächlich hätte niemand die Kirche betreten können, wenn er die Tür nicht aufschloß. Er steckte den Schlüssel in das Schloß und war neugierig und ein wenig verärgert. Er würde es nicht einfach hinnehmen, wenn einer dieser Jungen vom College sich über Nacht aus Jux oder vielleicht wegen einer Wette mit einem seiner Schulkameraden hätte einschließen lassen. Es wäre nicht das erste Mal gewesen, daß sie in der Kirche und um sie herum ihren Unfug trieben. Nun, dieses Mal würde er ihnen eine Lektion erteilen. Dieses Mal würde er die Sache weiterverfolgen, statt sie mit einer Rüge davonkommen zu lassen.

Bevor er den Schlüssel drehen konnte, ließen zwei laute Schläge die Tür in ihren Scharnieren erbeben und veranlaßten ihn, überrascht wieder zurückzutreten. Es war die Wucht der Schläge, die ihn schockierte.

»Wer ist da drin?« rief er laut, und dann, den Blick auf die Fuge zwischen den beiden Flügeln gerichtet, wiederholte er seine Frage: »Los schon, wer ist da drin? Wenn's einer von euch Jungen vom College ist, dann antworte sofort!«

Aber er wußte, daß Jungen nie die Kraft gehabt hätten, die Türflügel auf diese Weise zu erschüttern. Gerade wollte er wieder den Schlüssel drehen, da die Stille ihn fast ebenso zu entnerven begann, wie es die lauten Schläge getan hatten, als das Pochen wieder begann. Dieses Mal hörte es nicht nach zwei Schlägen auf, sondern fuhr in einem ständigen Trommeln fort, das lauter und lauter wurde und seinen Kopf so erfüllte, daß er gezwungen war, seine Ohren mit den Händen zu bedekken. Die Tür erzitterte, das Holz schien sich zu wölben und unter der Wucht der Schläge zu biegen. Er war sicher, daß es splittern und brechen würde. Er taumelte vom Eingang zurück, blickte an dem Gebäude hoch, und selbst die häßlichen grauen Figuren der Wasserspeier schienen auf ihn herabzugrinsen. Voller Entsetzen blickte er wieder auf die Tür – sie würde bersten. Er konnte nicht verstehen, wie das alte Schloß der schrecklichen Wucht so lange widerstanden hatte. Das Geräusch nahm noch weiter an Lautstärke zu und schien ein Crescendo zu erreichen.

Er schrie: »Halt! Im Namen Gottes – halt!«

Er war sich nicht sicher, und später war er sich noch weniger sicher, aber in diesem Augenblick glaubte er, ein Lachen zu hören. Nein, es war mehr ein leises Kichern, nicht laut, aber irgendwie über dem Hämmern hörbar. Gerade als er davonlaufen wollte, weil er das schreckliche Geräusch nicht länger ertragen konnte, hörte das Klopfen auf. Die Stille war fast ebenso schockierend wie der Lärm. Die Tür war unbewegt, so solide wie immer, ohne daß an ihr etwas zu sehen gewesen wäre. Für einen Moment bezweifelte er, daß überhaupt etwas geschehen war, so friedlich schien die Stille. Vorsichtig trat er auf die Tür zu und legte ein Ohr daran, bereit, beim leisesten Geräusch zurückzuspringen. Täuschte er sich wieder, oder hörte er tatsächlich Geflüster?

Reverend Biddlestone war kein besonders mutiger Mann, aber er war ein vernünftiger Mann. Er konnte wohl kaum zur Polizei gehen und sich darüber beschweren, daß jemand versuchte, aus seiner Kirche herauszukommen. Wahrscheinlich würden sie lächeln und wissen wollen, warum er den Betreffenden nicht einfach hinausließ. Und dieses Hämmern war zwar heftig und laut gewesen, aber irgendwie gedämpft – nicht durch einen scharfen Gegenstand verursacht. Auch hätte menschliche Kraft die massiven Eichentüren nicht auf diese Weise verbiegen können. Als sensiblem, vernünftig urteilendem Mann fiel es ihm schwer, das zu erklären; und wenn er es sich selbst nicht erklären konnte, wie konnte er das denn der Polizei klarmachen? Doch wer auch immer – was auch immer – dort drin war, dies war Gottes Haus, das Haus, das er als Angehöriger der Geistlichkeit zu hüten hatte. Er drehte den Schlüssel um.

Der Vikar wartete einige Augenblicke, bevor er die Tür nach innen stieß. Die kleine dunkle Vorhalle, die durch zwei Türen von der eigentlichen Kirche getrennt war, schien leer.

Der Vikar stieß beide Flügel der Doppeltür weit auf, damit soviel Licht wie möglich hineinfluten konnte, und trat dann vorsichtig auf die Schwelle. Er lauschte einige Sekunden, bevor er auf die kleineren Türen zuging, die direkt in die Kirche führten. Er stieß eine davon auf und spähte hindurch.

Sonnenlicht fiel in funkelnden Strahlen durch ein hohes Bleiglasfenster, von kleinen wirbelnden Staubpartikeln durchsetzt, doch die meisten Teile des Innenraums lagen in tiefen, undurchdringlichen Schatten. Die kleine Tür fiel zu, als er hindurchging, und schuf so einen weiteren Bereich von Schwärze hinter ihm. Er blickte von einer Wand zur anderen, aber alles schien in Ordnung zu sein. Langsam schritt er zum Altar, und seine Schritten hallten hohl in dem riesigen, kalten Gebäude. Er war erst ein paar Meter gegangen, als er die schwarze Gestalt vor sich sah, die in dem Kirchenstuhl dicht beim Altar vorn in der Kirche kniete. Sie war kaum sichtbar, da ein kräftiger Sonnenstrahl zwischen der Gestalt und ihm einfiel, so daß sie nur vage zu sehen war. Die Gestalt schien einen Umhang oder einen schweren Mantel zu tragen, aber auf diese Entfernung war das nicht genau festzustellen. Ohne zu sprechen, bewegte er sich auf sie zu und erwartete, daß die Gestalt sich beim Geräusch seiner Schritte umdrehen würde. Aber das tat sie nicht.

Er kam näher, doch auf der anderen Seite des gleißenden Lichtstrahles war es noch immer schummrig, und jetzt war er sich nicht mehr sicher, ob es überhaupt eine Gestalt war. Sie schien völlig dunkel zu sein. Er schritt durch das Gleißen, das durch die hohen Fenster fiel, und mußte nach der Helligkeit blinzeln, um seine Augen an das plötzliche Düster dahinter zu gewöhnen. Durch den Lichtwechsel geblendet, trat er hinter die kniende Gestalt und streckte eine Hand aus, um deren Schulter zu berühren. Und während er das tat, begann sich der Kopf ihm langsam zuzuwenden.

Der Vikar spürte plötzlich die Kälte, die weit intensiver als die übliche Morgenkälte in der Kirche war, eine Kälte, die seine Knochen durchdrang und seine Augen in ihren Höhlen erstarren ließ. Und er war sich auch des leise knurrenden Geräuschs bewußt, eines kaum wahrnehmbaren Kicherns, als der Kopf sich ganz drehte und die schwarz verkohlten Höhlen, die Augen hätten sein sollen, seine Blicke trafen.

Glücklicherweise verließ ihn das Bewußtsein, als er ohnmächtig wurde und auf den harten Steinboden fiel.

7

Keller lenkte seinen Wagen auf die einsame Auffahrt. Das knirschende Geräusch der Reifen auf dem Kies verkündete seine Ankunft. Im Handschuhfach hatte er eine vollständige Passagierliste des verhängnisvollen 747-Fluges, die ihm von dem jungen Frachtoffizier ausgehändigt worden war, der in jener Nacht Dienst getan hatte. Der Mann hatte ihm die Liste ungern überlassen, doch nach einiger Überredung (Keller wandte unter anderem ein, daß er sie ohnehin leicht von einer Zeitung bekommen könne) hatte er nachgegeben und ihm sogar einige zusätzliche Informationen zukommen lassen, auf die der Copilot natürlich gehofft hatte. Keller beabsichtigte, die Liste im späteren Verlauf des Tages gründlich durchzugehen; er war sich nicht sicher, was genau er zu finden hoffte – aber irgendwo mußte er anfangen.

Seine jetzige Absicht hingegen war, Beth Rogan zu besuchen, die Frau des toten Captains. Es war eine Aufgabe, von der er nicht gerade begeistert war – die Vergangenheit wurde wieder geweckt und alte Wunden aufgerissen.

Das Haus lag in Shepperton, dicht am See, auf dem gesegelt wurde, eine Entspannung, die Captain Rogan sehr genossen hatte, wie er wußte. Es war weder ein besonders großes Haus noch ein kleines, aber es strahlte eine nachlässige und anspruchslose Eleganz aus. Als er den Wagen anhielt, sah er, wie sich die Eingangstür öffnete und Beth Rogan auftauchte.

Als er sie zum letzten Mal gesehen hatte, bei dem großen Massenbegräbnis von Passagieren und Crew, hatte sie blaß und irgendwie gebrochen ausgesehen. Er hatte gemerkt, daß er sie während des langen Gottesdienstes mehrere Male angeblickt hatte, doch ihr Gesicht war ausdruckslos geblieben, und er selbst war durch die Ereignisse viel zu benommen gewesen, um irgendein Mitgefühl zu bekunden. Jetzt sah sie so schön und lebendig aus, wie sie immer gewesen war; das Weiß ihrer Bluse und ihrer Hose stand im Gegensatz zu der schwarzen Trauerkleidung, in der er sie zuletzt gesehen hatte. Ihr langes braunes Haar war zu einer Seite gesteckt, so daß sie jung, fast wie ein Schulmädchen wirkte. Sie hob ihre Hand zu einer kleinen begrüßenden Geste, und er bemerkte das gefüllte Glas in ihrer anderen Hand.

Als er aus dem Wagen stieg, sagte er: »Hallo, Beth.«

»Dave«, erwiderte sie.

Sie sahen sich ein paar Augenblicke schweigend an und jetzt, als er näher vor ihr stand, bemerkte er die winzigen verräterischen Fältchen, die sich um ihre Augen zu ziehen begannen, die feinen Falten an ihrem Hals, die vorher nicht dort gewesen waren. Aber sie war noch immer eine wunderbare Frau. Ihre dunkelbraunen Augen, tief, erotisch, fixierten ihn mit feuriger Intensität.

»Warum hast du mich nicht schon früher besucht?« fragte sie.

»Tut mir leid, Beth. Ich dachte, es wäre besser, das nicht zu tun«, erwiderte er.

Jetzt war ein Flackern in ihren Augen, ein winziger Reflex am Grunde eines tiefen Brunnens. Sie trat zurück ins Haus, führte ihn ins Wohnzimmer und ging zu einem Getränkeschrank. »Möchtest du einen Drink, Dave?« fragte sie, während sie ihr Glas mit Sherry nachfüllte.

»Noch nicht, Beth. Einen Kaffee vielleicht?«

Sie verschwand in der Küche und gab ihm so Gelegenheit, auf dem geblümten Sofa Platz zu nehmen und sich in dem Raum umzuschauen. Als er dieses Zimmer das letzte Mal gesehen hatte, war es mit Menschen angefüllt und grau von Rauch gewesen. Er erinnerte sich genau, hier gesessen zu haben, mit trüben Augen, betrunken, allein. Er erinnerte sich, wie Beth ihn durch die Menge ansah, ein bedeutungsvolles und nicht ganz aufrichtiges Lächeln im Gesicht. Es war ein Blick, der nur ihm galt; den er deuten konnte, wie er es wollte...

Und da war sie wieder, kam auf ihn zu, ihren Arm ausgestreckt, um ihm den Kaffee zu reichen, und fast das gleiche Lächeln auf dem Gesicht.

Er nahm ihr dankbar die Tasse ab und stellte sie neben seine Füße auf den Boden. Sie setzte sich ihm gegenüber in den Armsessel, ein Finger fuhr ständig über den dünnen Stiel ihres Sherryglases auf und ab, sie musterte ihn aufmerksam und wartete darauf, daß er sprach.

»Wie ist es dir ergangen, Beth?« fragte er schließlich.

»Gut.« Die Belustigung verschwand aus ihren Augen.

»Es muß ein schrecklicher Schock gewesen sein...«

»Du weißt, daß wir uns trennen wollten?« unterbrach sie ihn scharf.

Er blickte überrascht zu ihr auf. »Ich wußte, daß es Probleme gab, aber...«

Dieses Mal unterbrach sie ihn mit einem kurzen, spöttischen Lachen.

»Probleme! Nun, du solltest das wissen, Dave. Du warst eines davon!«

»Beth, das war Monate her. Und nichts war dahinter...«

»Fünf Monate, um genau zu sein. Und Peter glaubte nicht, daß nichts dahinter war.«

»Wie hat er es herausgefunden?«

»Ich hab's ihm natürlich erzählt.«

»Warum? Warum hast du's ihm erzählt?« Seine Stimme hatte jetzt einen scharfen Unterton. »Es war eine flüchtige Begebenheit. Es war nur...« Er brach ab und wandte den Blick von ihr ab.

»...eine von vielen. Wolltest du das sagen, Dave?«

Er schwieg.

»Nun, für mich warst du einer von... einigen wenigen.« Sie nahm einen schnellen, ärgerlichen Schluck von ihrem Sherry. Ein paar Augenblicke saß sie steif da. Dann schien ihr Ärger sich zu legen, und ihre Schultern sackten nach unten. Sie starrte auf den Boden zwischen ihnen. Als sie sprach, war ihre Stimme matt. »Ich hab' ihm eine Liste meiner Liebhaber ein paar Abende vor dem Flug gegeben.«

»O Gott. Warum, Beth?«

Sie richtete sich auf. In ihrer Stimme klang jetzt Bitterkeit mit. »Um zu ihm zurückzufinden. Unsere Ehe ist – war – seit Jahren gestört. Du kennst mich, Dave. Ich bin nicht die Art Frau, die rumsitzt und wartet, während ihr Mann in der Welt herumfliegt.« Sie stand auf und schritt zum Fenster hinüber, die Arme verschränkt, aber noch immer das Glas in einer Hand mit zarten Fingern haltend. Den Rücken ihm zugewandt, schaute sie auf den Rasen hinaus und sagte: »Jeder wußte über mich Bescheid, außer ihm. Ich glaube, dir war das klar, als wir uns zum ersten Mal begegneten.«

Es stimmte. Er erinnerte sich, wie er sie vor zwei Jahren erstmals gesehen hatte – wie sie ihn kühl abschätzte, an ihr fast spöttisches Lächeln, an ihre Hand, die die seine für diese eine Sekunde zu lange festhielt. Sie hatte ihn herausgefordert, als sie einander vorgestellt wurden. Bei der Fluggesellschaft hatte es ein paar Anspielungen auf sie von Leuten gegeben, die Rogan und seine Frau kannten, einige abfällige Bemerkungen, aber die Frauen anderer Piloten waren ein Thema, das er und seine Kollegen generell mieden – die Verheirateten wußten, daß sie wegen ihrer ständigen Abwesenheit von zu Hause nur allzu sehr der gleichen Gefahr ausgesetzt waren. Außerdem wurde Rogan von seinen Kollegen sehr respektiert und von den jüngeren Piloten fast verehrt. Obwohl er nie beliebt gewesen war, da er sich meist hart und schroff verhielt, kannte man ihn als einen Mann, auf den man sich in einer Krisensituation verlassen konnte. Er hatte zwei Havarien überlebt, die leicht zu großen Katastrophen hätten werden können, wenn sein Geschick und seine stählernen Nerven nicht gewesen wären. Zum ersten Desaster war es vor acht Jahren gekommen, als sich das Fahrwerk seiner Viscount nicht ausfahren ließ. Er hatte die Maschine in einer perfekten Bauchlandung nach unten gebracht. Kein Mensch war verletzt worden. Nur ein Jahr später, beim zweiten, waren innerhalb von zwanzig Sekunden zwei Motoren seiner Argonaut wegen einer fehlerhaften Treibstoffleitung ausgefallen. Wieder war es ihm gelungen, das Flugzeug mit den beiden übrigen Motoren sicher zu Boden zu bringen.

Als Chefpilot der Consul hatte er sich als ausgezeichneter, wenngleich kritischer Lehrer erwiesen, und Keller hatte von seiner Erfahrung und seinem großen technischen Wissen profitiert. Ihre Beziehung war weit persönlicher gewesen als die zwischen Schüler und Lehrer: Captain Rogan hatte eine natürliche Begabung bei Keller entdeckt, einen Fluginstinkt, der durch keine noch so große Flugerfahrung einem Auszubildenden beizubringen war. Es war ein Instinkt, den die meisten der erfahrenen Kapitäne nicht besaßen; sie glichen ihn durch rein technisches Können aus. Dreißig Jahre alt, war dieses Jahr das letzte von Keller als Copilot gewesen. Rogan hatte bereits seine Beförderung zum Captain vorgeschlagen, und die letzten paar Tests, die zu diesem Ziel führten, hatte Keller erfolgreich bestanden. Captain Rogan hatte tatsächlich ein jüngeres – vielleicht besseres – Faksimile seiner selbst gefunden und deshalb ein besonderes Interesse an der Laufbahn des Copiloten gehabt, hatte ihn oft ein wenig härter behandelt als die Altersgenossen des jüngeren Mannes, hatte ihn an seine Grenzen getrieben, war aber immer bereit gewesen, kurz vor Erreichen der Belastungsgrenze einzulenken. Glücklicherweise erkannte Keller, welche Absichten sein Skipper hatte, und obwohl manchmal Feindseligkeit zwischen den beiden Männern zu herrschen schien, respektierten und mochten die beiden sich.

Bis Beth ihrem Mann von ihrem Seitensprung erzählt hatte.

Die Rogans hatten zu einer ihrer seltenen Partys eingeladen – der Captain war nie ein Freund von Gesellschaften gewesen –, doch die Fluggesellschaft hatte Rogan für einen erkankten Kollegen auf einem Flug nach Washington eingesetzt. Der Skipper war insgeheim erleichtert über diese Bitte gewesen, weil er solche Zusammenkünfte nicht mochte – zumal in seinem eigenen Heim – und hatte den Flug zu Beths Mißfallen übernommen. Cathy war für den Flug ebenfalls als Stewardeß eingesetzt worden, so daß Keller allein zu der Party ging. Eine Verbindung von Umständen hatte dazu geführt, daß er mit Beth ins Bett gegangen war: eine hitzige Auseinandersetzung mit Rogan am gleichen Tag über eine belanglose technische Frage, die mit Aerodynamik zu tun hatte (Rogans Argument hatte sich später als richtig erwiesen); Groll gegen Cathy, weil die in dieser Nacht nicht da war; und ein Alkoholexzeß (der für ihn ungewöhnlich war). Und natürlich Beth Rogans Entschlossenheit, ihn zu verführen.

Sie hatte sich den ganzen Abend an ihn herangemacht, behutsam zuerst, doch im Laufe der Party immer offenkundiger. Es war ihm zunächst gelungen, sie auf Abstand zu halten, doch je mehr er trank, desto gezwungener wurde seine Zurückhaltung. Vielleicht hatte er absichtlich getrunken, um eine Entschuldigung dafür zu haben, daß er sich vergaß. Vielleicht war es sein früheres Ich, das so lange bewußt im Zaum gehalten worden war und jetzt rebellierte. Oder vielleicht war es einfach reine Lust.

Welche Entschuldigungen er auch nach dieser Geschichte gefunden hatte, der Schaden war angerichtet, und er hatte schließlich gewußt, welchen Preis er würde zahlen müssen. Was er jetzt genau wissen mußte war, wie hoch dieser Preis gewesen war.

Keller erinnerte sich noch daran, daß er sich auf der Party plötzlich sehr unsicher auf den Beinen gefühlt hatte. Er war nach oben gegangen, nicht ganz sicher, ob ihm übel war oder ob er auf die Toilette mußte. Er hatte sein Gesicht mit kaltem Wasser bespritzt, und als er die Badezimmertür geöffnet hatte, war sie vor ihm gestanden. Beth hatte ihn in eines der Gästeschlafzimmer geführt und ihm gesagt, er solle sich hinlegen, bis sein Kopf wieder klar sei. Sie hatte ihn verlassen, die Tür leise hinter sich geschlossen, und er war in halbtrunkenen Schlummer gesunken, wobei der Lärm der Party unten wie von weit durchdrang. Als er erwachte, war es im Zimmer völlig dunkel gewesen, und von unten drangen keine Geräusche mehr hoch. Er lag unter einer Bettdecke, seine Schuhe waren abgestreift worden, und kalte Hände berührten seinen Körper. Er drehte sich mit einem Ruck zu der Frau um, die neben ihm lag, und seine Hand fand einen glatten, nackten Körper. Er wußte sofort, wer das war. Sie hatte sich dicht an ihn gepreßt, ihr Bein zwischen die seinen geschoben und ihre Schenkel fest an seinen Körper gepreßt. Er hatte nicht einmal versucht, sich zu widersetzen – welcher normale Mann hätte das getan? –, und hatte sie mit einer wütenden Leidenschaft geliebt, die sie in eine rasende Erregung versetzt hatte, die der seinen erst gleich war und sie dann noch übertraf.

Danach war er in tiefen, erschöpften Schlaf gefallen, und als er am folgenden Morgen erwachte, fand er sich nackt unter dem Bettzeug; Beth lag dicht an ihn gekuschelt. Dies war für ihn der Augenblick der Wahrheit gewesen: Er war nüchtern, er war befriedigt, er hätte aufstehen können, ohne sie zu stören, hätte das Haus verlassen und tun können, als ob es nie geschehen sei. Statt dessen hatte er sie zärtlich mit sanften Küssen und forschender Zunge geweckt, und sie hatten sich wieder lange und gemächlich geliebt. Sie hatte seinen jungen, festen Körper genossen, und er ihre unbestrittene Erfahrung.

Und erst nachdem sie sich das zweite Mal geliebt hatten, traf ihn die ganze Wahrheit seines Verrats: Verrat an dem Mädchen, das er liebte, und Verrat an einem Mann, den er bewunderte. Er hatte sich angezogen und Beth erklärt, daß es nie wieder geschehen würde; er war nicht unfreundlich zu ihr gewesen – so ein Typ war er nicht –, aber sie hatte ihn doch bitter und ein wenig verächtlich angelächelt. Ohne ein Wort zu sagen hatte sie zugeschaut, wie er sich anzog, hatte im Bett gesessen und sich nicht die Mühe gemacht, ihre Blöße zu bedecken. Und das war seine letzte Erinnerung an sie gewesen: ihr zynisches Lächeln, ihr herrlicher Körper. Und als er sie jetzt ansah, war dieser letzte Anblick von ihr scharf in sein Gedächtnis gegraben. Das Lächeln war das gleiche, aber sie war ein wenig älter.

»Du hättest mit mir Verbindung aufnehmen können, Dave«, sagte sie. »Wenn nicht vorher, dann zumindest nach dem Absturz.«

Er schaute sie schuldbewußt an. »Es tut mir leid, Beth. Tut's mir wirklich. Die Dinge waren sehr schwer für mich. Der Schock, die Öffentlichkeit... Mein Verstand ist völlig durcheinander und beginnt sich erst jetzt ein wenig zu klären.«

Sie stand nun wieder am Getränkeschrank und schenkte sich diesmal einen Scotch ein. »Trinkst du jetzt einen mit?«

Er schüttelte den Kopf. »Nein.« Er griff nach dem Kaffee zu seinen Füßen und nippte daran. »Beth, ich versuche herauszufinden, was den Absturz verursacht hat.«

Sie drehte sich abrupt zu ihm um. »Das ist Sache der AIB, oder? Warum solltest du dich damit befassen?«

»Ich – ich weiß nicht genau. Es ist nur so, daß ich mich irgendwie schuldig fühle. Ich weiß nicht warum, aber ich glaube, daß die Ursache für den Absturz etwas mit mir zu tun hat.«

»Das ist lächerlich. Warum machst du dir Vorwürfe?«

»Peter und ich hatten vor dem Flug eine Auseinandersetzung. Es ging um dich. Ich kann mich nicht genau erinnern, wann dieser Streit stattgefunden hat, aber wenn du ihm, wie du sagtest, ein paar Tage vor dem Absturz von uns erzählt hast, dann müssen wir irgendwann davor gestritten haben.«

»Aber warum ist das so wichtig?«

»Ich sehe ständig das Bild des Captains vor mir. Wir sind im Cockpit des Jumbo, wir fliegen – und er schaut zu mir hoch und schreit. Verstehst du nicht? Wenn dieser Streit während des Starts weiterging – der kritischste Augenblick jedes Fluges – und das die Ursache für irgendeine Nachlässigkeit unsererseits war, dann sind dein Mann und ich für den Tod all dieser Menschen verantwortlich.«

In ihren Blicken war jetzt Mitleid, als sie zu ihm herüberkam und sich neben ihn setzte. »Dave, ich kenne dich, und ich kenne meinen Mann – zumindest einen Teil von ihm. Ihr beide wart viel zu professionell, als daß eure Arbeit von Gefühlen hätte beeinträchtigt werden können. Peter hätte sein Temperament nie über seinen logischen Verstand die Oberhand gewinnen lassen. Dazu war er viel zu erfahren.«

»Aber du hast ihn nicht vor dem Flug gesehen, als wir den Streit hatten. Ich habe nie zuvor erlebt, daß er die Beherrschung verlor, aber an diesem Abend gebärdete er sich wie ein Wahnsinniger.«

»Die Schuld dafur liegt bei mir; ich war so grausam zu ihm. Du mußt wissen, daß er mich geschlagen hat. Nicht als ich ihm von den anderen erzählte, aber als ich ihm von dir berichtete. Er war ein stolzer Mann – und er war stolz auf dich.«

Keller stellte seinen Kaffee wieder auf die Untertasse und schob sie von sich weg. Er wandte ihr sein Gesicht zu, seine Blicke nicht wütend, aber verständnislos.

»Warum hast du das getan, Beth?«

»Um ihn zu verletzen, um durch diese harte, kalte Schale zu dringen. Damit er etwas fühlte – und wenn es auch nur Haß war.«

Ja, Keller erinnerte sich an den Haß in diesen Augen. Dieser wütende, siedende Haß. Es war nicht nur verletzter Stolz, es war der Verrat durch seinen Schützling, jemanden, den er ausgebildet hatte, jemanden, den er alles gelehrt hatte, was er wußte. Jemanden, den er als Erweiterung seiner selbst betrachtet hatte. Und mit der Erinnerung wurde ein anderer flüchtiger Augenblick ihrer Auseinandersetzung gegenwärtig.

Keller erinnerte sich der wütenden Worte, die ihm nachhallten, der Heftigkeit, die dahintersteckte, als er Rogan in dem leeren Hangar verließ. »Weiß Cathy davon, Keller? Weiß sie's? Sie wird's erfahren, du Bastard! Sie wird's von mir erfahren!« Und dann hatte er den Captain zu hassen begonnen, den Mann, zu dem er aufgeblickt hatte, dem er nachgeeifert hatte, den Mann, dem er hatte gleichen wollen. Ein Mann, der jetzt seine Würde verloren hatte. Ein Mann, der ausgestreckt auf dem Betonboden lag und ihn wüst beschimpfte. Ein Gott, der ein Sterblicher geworden war.

Wie weit war dieser Haß zwischen ihnen gegangen? Konnte es sein, daß der kühle, professionelle Verstand unter der emotionalen Anspannung zerbrochen war? Konnte sein eigener, weniger erfahrener Verstand unduldsamer Wut nachgegeben haben? Das ganze Bild nahm langsam Gestalt an. Aber war es das wahre Bild?

»Dave, ist mit dir alles in Ordnung? Du siehst so seltsam aus?« Beths Stimme brachte ihn in die Wirklichkeit zurück.

Er holte tief Luft. »Vielleicht würde ein Scotch helfen«, sagte er.

Sie schenkte ihm einen großen Whisky ein, setzte sich wieder neben ihn und reichte ihm das Glas. Er nahm einen tiefen Schluck und ließ den Whisky brennend durch die Kehle fließen, bevor er wieder sprach. »Beth, was ist vor diesem Flug passiert? Hat er etwas gesagt, als er dich an diesem Abend verließ?«

Ihre Stimme war leise und kühl. »Er sagte, er würde nicht wiederkommen.«

Keller erschauerte, und die Hand, die das Glas hielt, zitterte leicht. »Was meinte er damit?«

Sie starrte ihn an. »Nein«, sagte sie, »nicht, was du glaubst. Ich bin sicher, er hat nicht...« Ihre Stimme verebbte. »Nein«, sagte sie wieder. »Er war erregt, aber nicht so erregt. Wir hatten vorher über Scheidung gesprochen, und ich glaube, er hatte sich damit abgefunden. Was ich von dir erzählte, brachte ihn aus dem Gleichgewicht, das weiß ich, aber ich bin davon überzeugt, daß er nur meinte, er wolle nicht zu mir zurückkommen. Er war nicht verrückt, Dave!«

Keller schüttelte den Kopf, war aber einer Meinung mit ihr. Und doch... Piloten standen unter ständiger Anspannung, und er kannte viele gute Männer, die unter dem Streß plötzlich zusammengebrochen waren. Darum waren physische und psychische Untersuchungen lebenswichtig: einmal im Jahr für normale Piloten, zweimal jährlich für diejenigen über vierzig.

Keller spürte ein größeres Furchtgefühl denn je. Soviel

schien in eine Richtung zu weisen, und er fühlte die Verantwortung noch schwerer auf seinen Schultern lasten. Wenn er nur diese Barriere durchbrechen könnte, die seinen Verstand umwölkte, die ihm nur winzige, gelegentliche Einblicke gewährte, die ihn mit trügerischen Visionen quälte. Psychiatrische Behandlung, so hatte man ihm erzählt, könne möglicherweise helfen, aber sie würde Zeit brauchen. Und außerdem konnten Psychiater nur dazu beitragen, daß der Verstand sich selbst heilte, konnten die Heilung aber nicht beeinflussen.

Er mußte mehr über den Flugzeugabsturz erfahren. Vielleicht war inzwischen ein Detail – technisch oder menschlich – von der AIB entdeckt worden, etwas, das sein Erinnerungsvermögen wieder in Gang bringen würde. Vielleicht hatte Harry Tewson mehr Beweise für seine Theorie. Alles – gleich, ob es ihn von seiner Schuld befreite oder ihn noch mehr belastete – war besser als dieser Zustand seines Intellekts, der einem Nichts gleichkam. Der Zwang war wieder da. Er mußte nach Eton zurückkehren.

Er ließ den Rest Scotch im Glas und erhob sich. »Ich muß gehen, Beth.«

Sie war überrascht, und Enttäuschung zeigte sich deutlich in diesen tiefen Augen.

»Bleib doch noch ein bißchen, Dave. Bitte. Ich brauche jemanden.« Sie griff nach seiner Hand und hielt sie fest. »Nur um zu sprechen, Dave, sonst nichts. Bitte.«

Er befreite seine Hand und sagte nicht unfreundlich: »Ich kann jetzt nicht bleiben, Beth. Vielleicht komme ich später wieder, aber jetzt muß ich gehen.«

»Wirst du das? Versprich es mir, Dave.«

»Ja.« Vielleicht. Wahrscheinlich nicht.

Er ließ sie da sitzen, und diesmal prägte sich eine andere Erinnerung in seinen Verstand: die weiße Bluse, die Hände, die das Glas umklammerten, das Gesicht, das plötzlich das nahende Alter zu zeigen begann. Und eigenartigerweise das gleiche bittere, verächtliche Lächeln.

Die Reifen wirbelten Kies auf, als er vom Haus fortfuhr, und die winzigen Steine prasselten gegen den Wagenboden. Er fuhr vorsichtig aus der Ausfahrt und schlug die Richtung nach Windsor und Eton ein. Neue Nervosität begann in ihm aufzusteigen.

8

Emily Platt vergiftete ihren Mann langsam. Sie nahm sich absichtlich Zeit, nicht nur um keinen Verdacht zu wekken, wenn sein Tod schließlich eintrat, sondern auch weil sie wollte, daß er so lange wie möglich litt.

In den vergangenen drei Wochen hatte sie die Gramoxon-Dosen klein gehalten, so daß seine Gesundheit allmählich und undramatisch verfiel, aber sie war überrascht gewesen, wie schnell er bettlägerig geworden war. Der Giftstoff in dem Unkrautvernichtungsmittel war weit kräftiger, als sie geglaubt hatte. Schon die erste Dosis, die Emily seinem Morgenkaffee beigemischt hatte, verursachte eine Herzattacke. Sie hatte ihn für ein paar Tage wieder zu Kräften kommen lassen und die Dosen drastisch reduziert, so daß sein Leiden weniger akut und mehr in die Länge gezogen wurde. Natürlich mußte bei dem ersten, sehr heftigen Anfall ihr Arzt gerufen werden, aber ihm war die Krankheit völlig rätselhaft; er war ein fantasieloser Mann. Er hatte Emily gesagt, daß ihr Mann zwecks richtiger Behandlung und einer genauen Diagnose in ein Krankenhaus eingewiesen werden müsse, falls es in den nächsten Tagen schlimmer werden sollte. Doch da sie die Dosen des Giftes verringert hatte und der Zustand ihres Gatten sich zu bessern schien, sah der Doktor schließlich keinen Anlaß zur Beunruhigung mehr. Er hatte ihr lediglich den Rat gegeben, ihn sofort hinzuzuziehen, falls die Krankheit in den nächsten Tagen nicht völlig verschwinden würde. Natürlich hatte Emily sich mit ihm nicht wieder in Verbindung gesetzt, und ihr unglücklicher Ehemann war zu schwach gewesen, um das selbst zu tun.

Erst wenn sie absolut sicher war, daß es keine Chance für seine Wiedergenesung gab, würde sie den Arzt wieder rufen. Sie würde sagen, daß der Anfall plötzlich gekommen sei, daß ihr Mann sich in den letzten Wochen recht wohl gefühlt habe, obwohl er ein bißchen müder als gewöhnlich gewesen wäre, und daß er ohne jede Vorwarnung zusammengebrochen sei. Sie würde nichts dagegen haben, wenn er ins Kankenhaus gebracht wurde, selbst wenn man dort die Ursache seines Leidens feststellen sollte, da sie wußte, daß es kein Gegenmittel für das Gift gab. Sie war sich nicht sicher, ob es nach seinem Tod eine Handhabe für eine Autopsie geben würde oder nicht. Aber andererseits war ihr das völlig egal; sie wollte einfach nur, daß er starb. Schmerzvoll.

Cyril Platt war jünger als sie – er sechsunddreißig, sie dreiundvierzig –, aber als sie vor erst fünf Jahren geheiratet hatten, waren sie sich einig gewesen, daß der Altersunterschied für ihre Beziehung überhaupt keine

Rolle spielte. Und das hatte er auch nicht. Es waren Cyrils seltsame Wünsche gewesen, die zum Zerwürfnis führten.

Sie hatte Cyril zum ersten Mal gesehen, als er eine winzige, zierliche Figurine anschaute, die im Schaufenster ihres Antiquitätengeschäfts in Etons High Street ausgestellt war. Sie hatte weiter einen Stapel verschiedener Lokalzeitungen durchgeschaut, der ihr jede Woche zugesandt wurde, und eine Liste der verschiedenen Basare, Flohmärkte und Dorffeste erstellt, die in der folgenden Woche stattfinden sollten. Sie wußte wie andere Antiquitätenhändler genau, daß man bei solchen Anlässen seltene und wertvolle Sammlerstücke finden konnte und verbrachte einen Großteil ihrer Zeit damit, durchs Land zu reisen, um solche Veranstaltungen zu besuchen. Die Konkurrenz im Gewerbe war groß, und seit Antiquitäten außerordentlich beliebt waren, wurde sie noch größer, vor allem in Eton, wo es viele ähnliche Geschäfte gab. Seit dem Tod ihres Vaters, der ihr das Geschäft vermacht hatte, war ihr für andere Dinge als Arbeit wenig Zeit geblieben.

Zwischendurch blickte sie von ihrer Lektüre auf, um zu sehen, ob der junge Mann noch da sei, und hoffte aus irgendeinem Grund, daß er in den Laden kommen würde. Oft genug starrten Leute durch das Schaufenster, wobei sie die ausgestellten Gegenstände liebevoll musterten, und oft genug wanderten sie zum nächsten Laden weiter, ohne auch nur Anstalten zu machen, hereinzukommen. Selbst wenn sie es taten, war das natürlich keine Garantie dafür, daß sie kaufen würden: Antiquitätenläden waren ähnlich wie Buchhandlungen – sie waren zum Stöbern da, aber nicht unbedingt zum Kaufen. Es hatte sie wütend gemacht, als sie jünger war, daß Leute soviel Zeit mit dem Betrachten – ja der Bewunderung – ihrer Schätze verbringen konnten, daß sie Fragen stellten, sie streichelten und dann aus dem Laden gingen, als ob sie lediglich die Zeit totschlagen wollten. Aber ihr Vater hatte sie gelehrt, einen potentiellen Kunden nie zu belästigen oder auch nur zu versuchen, ihn zu beeinflusen, und niemals, unter keinen Umständen, um einen Gegenstand zu feilschen. Ihr Beruf war für derartiges zu angesehen; das konnte man den Straßenhändlern überlassen.

Ihr Vater war ein Mann gewesen, den man fürchten und respektieren mußte. Bis heute war sie sich nicht sicher, ob sie ihn je geliebt hatte. Ihre beiden älteren Schwestern hatten das Zuhause wegen seiner tyrannischen Strenge verlassen. Als tiefreligiöser Mann hatte er ihr Heim mit eiserner Härte regiert, einer Härte, die nicht einmal nach dem Tod ihrer Mutter weicher geworden war. Er stammte aus der viktorianischen Zeit, einer Ära, die er wegen ihrer Moralvorstellungen geliebt hatte, wegen ihrer Abscheu gegen das Abnormale und der Dominanz des Mannes als Vorstand des Haushalts. Das hatte ihre Schwestern fortgetrieben, die eine nach Schottland, die andere irgendwohin nach Übersee (seitdem hatte es keinen Kontakt mehr gegeben), aber sie selbst hatte seine Herrschaft über sie genossen. Sie mußte beherrscht werden, so wie er herrschen mußte, und so entsprach jeder den Bedürfnissen des anderen. Sein Tod hatte sie allein und voller Furcht zurückgelassen – und doch seltsam erleichtert.

Vielleicht lag das daran, weil sie jetzt, nach all den Jahren willkommener Unterdrückung spürte, daß sie ihre Buße getan hatte. Buße für was? Sie wußte es nicht, aber ihr Vater hatte sie gelehrt, daß jeder Mensch mit Schuld geboren sei und deshalb Sühne tun müsse, und dies hatte ihr Leben auf diese oder jene Weise geformt. Der wahre Christ bezahlte zu Lebzeiten den größten Teil seiner Schuld; die anderen bezahlten ihn nach ihrem Tod. Sie fühlte, daß sie den größten Teil ihrer Schuld zu Lebzeiten ihres Vaters bezahlt hatte. Und jetzt, da er tot war, jetzt, da die arrogante, energisch maskuline Dominanz von ihrem Leben genommen wurde, war sie für jemand wie Cyril äußerst empfänglich.

Emily blickte auf, als die kleine Glocke über der Tür klingelte und als er den Laden betrat. Sie lächelte ihn höflich an, und er lächelte höflich zurück. Dann wandte sie sich wieder dem Durchblättern ihrer Lokalzeitungen zu, aber ihr Hirn war damit beschäftigt, die Eindrücke zu verarbeiten, die es über sein Äußeres gesammelt hatte. Er schien Ende zwanzig oder Anfang dreißig zu sein. Groß, aber schlank gebaut. Nicht sehr gutaussehend, aber doch sympathisch. Seine Kleidung wirkte ein wenig zu groß für ihn, und dadurch sehr bequem. Seine Hände hatte er tief in die Jackentaschen gesteckt. Verheiratet? (Warum machte sie sich darüber Gedanken?) Sie war nicht erfahren genug, um das beurteilen zu können.

Sein Schatten fiel auf die Zeitungen, sie hörte, wie er sich räusperte, und als sie dann aufblickte, sah sie, daß er sie entschuldigend anlächelte. Er fragte sie nach der Figurine und ob sie das dazu passende Pendant habe. Sie war verlegen, als sie erwiderte, daß sie nicht gewußt habe, daß es sich um ein Paar handle und fragte, ob er ihr mehr über die Statuette erzählen könne. Das konnte er und tat es, und sehr bald waren sie in ein lebhaftes und interessantes Gespräch über Antiquitäten und ihre Herkunft vertieft.

Ihre Freundschaft – denn zuerst war es eine Freundschaft – erblühte bald zu einer schüchternen Romanze; in ihm fand sie die Zärtlichkeit, die dem Vater gefehlt hatte, und er fand in ihr die innere Kraft, an der es ihm mangelte. Nach drei Monaten waren sie verheiratet, und ihre ersten drei Jahre waren recht glücklich, ohne Höhepunkte an Freud oder Leid.

Sex war eine neue Erfahrung für Emily, und enttäuschenderweise eine unwillkommene; sie erduldete, genoß aber kaum, weil der ganze Akt irgendwie ein Verrat an den Lehren ihres Vaters zu sein schien. Nein, nicht nur das – es war ein Verrat an ihrem Vater.

Unglücklicherweise hatte Cyrils Appetit zugenommen, während ihre Leidenschaft passiv geblieben war, schließlich schwand und dann ganz erstarb, gerade so, als ob ihre Passivität seine Erregung steigere. Als sexuell Unerfahrene konnte sie nur vermuten, daß sein Begehren nicht ganz normal war, aber nach drei Jahren, als er sich nicht sonderlich darum zu kümmern schien, ob sie es für normal hielt oder nicht, wußte Emily, daß da eindeutig etwas nicht in Ordnung war. Schon von Anfang an schien er nicht darauf erpicht zu sein, den Akt normal zu vollziehen, mehr noch, er schien sogar einen Widerwillen dagegen zu haben. Das hatte sie nicht übermäßig besorgt, da sie selbst kein großes Verlangen nach innigem Körperkontakt hatte, aber die Alternative war gleichermaßen unerfreulich und definitiv häßlich. Er hatte sie angebettelt, ihre Hände an ihn zu legen, fast geweint, als sie das nicht wollte und verlangt, daß sie ihre Pflichten als Ehefrau erfüllen müsse. Es war das Wort

Pflicht, das sie seinen Wünschen gefügig machte; Verpflichtung war ihr ganzes Leben lang ein vertrautes Wort für sie gewesen.

Und dann hatte er noch andere Methoden als die naheliegenden für seine Orgasmen benutzen wollen. Das hatte sie mehr entsetzt und abgestoßen, als sie sagen konnte, doch seltsamerweise hatte seine Schwäche ihn stark gemacht – wenn man seine Hartnäckigkeit als Stärke bezeichnen konnte. Sie begann sich vor ihm zu fürchten. Der Zorn ihres Vaters war ruhig, aber nicht weniger bedrohlich gewesen; der Cyrils war wild, emotional und erschreckend. Obwohl er sie tatsächlich nie geschlagen hatte, war die Drohung von Gewaltanwendung immer gegenwärtig, und seine Wutanfälle brachten ihn an den Rand körperlicher Aggression. Emily hatte keine Alternative als nachzugeben. In einer fromm religiösen Umgebung erzogen, fand sie es jetzt unmöglich, zur Kirche zu gehen. Wie konnte sie das, da sie an solchen Perversionen teilhatte?

Und dann, nach drei Jahren solcher Qual, wurden Cyrils Verirrungen noch schlimmer: Er verlangte, daß sie ihn schlug. Widerwillig hatte sie das getan, aber er hatte geschrien, daß sie sich keine Mühe gebe – daß sie ihn nicht verletze. Voller Furcht hatte sie ihre Anstrengungen verstärkt, und schließlich hatte er vor Schmerz aufgeschrien. Zuerst hatte sie ihre flache Hand benutzt, aber das hatte nicht gereicht. Sie schaute sich nach etwas um, das mehr Schmerzen verursachen konnte, und ihr Blick fiel auf einen Ledergürtel, den er (absichtlich?) neben dem Bett liegengelassen hatte. Sie ergriff ihn und schlug ihn, frohlockte über seine Schreie, machte ihrer Wut über lebenslange Unterdrückung auf dem dünnen, nackten

Körper, der vor ihr kauerte, Luft. Das Pech war, daß auch er trotz allen Schmerzes – oder vielleicht gerade deswegen – es genossen hatte, und als ihr Zorn verraucht war, bettelte er um mehr. Ekel auf sich selbst, Ekel auf ihn, Ekel auf ihr gemeinsames Leben hatte sie erfüllt, grauenhafter Jammer umhüllte sie und erstickte jeden Ruf ihres Gewissens. Jetzt war sie in der unlösbaren, abwärts gerichteten Spirale der Degradierung gefangen.

In den nächsten beiden Jahren lebte sie in einem Zustand tiefster Erniedrigung, während seine Perversion unausweichlich schlimmer wurde. Er entwickelte eine Vorliebe dafür, gefesselt und eingeschlossen zu werden, und dann, was vielleicht am schlimmsten von allem war, eine Neigung, ihre Kleidung zu tragen. Emily entdeckte diesen letzten Charakterzug an ihm, als sie eines Tages in die Wohnung über dem Antiquitätengeschäft ging, um sich in der Nachmittagspause Tee zu machen. Sie fand Cyril in ihrem Schlafzimmer, wo er sich in dem hohen Spiegel des Kleiderschranks bewunderte. Er trug ihre Unterwäsche, sogar ihre Strumpfhose, und eine obszöne Wölbung ragte aus dem dünnen Stoff ihres Slips. Er lachte über ihr Entsetzen (hatte er gewollt, daß sie ihn so entdeckte?), und sie sah, daß Lippenstift seine häßlich höhnenden Lippen bedeckte. Es hätte alles sehr komisch sein können, wenn es nicht so mitleiderregend gewesen wäre. Und so wirklich.

Emilys einziger kleiner Trost bei all dem war zunächst, daß sich diese Verirrungen innerhalb der Grenzen ihrer Ehe bewegten; doch jetzt änderte sich sogar das. Er hatte damit begonnen, abends alleine auszugehen, etwas, das er in der Vergangenheit selten getan hatte. Bald erfuhr sie durch die argwöhnischen und hämischen Berichte eines der wenigen Freunde, die sie hatte, daß er sich in Gesellschaft einiger sehr fragwürdiger junger Männer in Windsor befand. Eine kleine Erleichterung war, daß sein Verlangen nach ihr unregelmäßiger wurde, obwohl sein Begehren nach Analverkehr zunahm. Es war völlig offensichtlich, selbst für jemand, der wie sie so behütet aufgewachsen war, daß er homosexuelle Beziehungen zu anderen Männern aufgenommen hatte. Sie verstand jetzt, daß es darum auch in ihren sexuellen Ehebeziehungen gegangen war: Er hatte versucht, seine schändliche Schwäche vor sich selbst zu verstecken, hatte versucht, in der Ehe entsprechende Surrogate zu finden. Es war unausweichlich, daß der Weg, den er gewählt hatte, schließlich zu dem Ziel führen würde, das gerade er zu vermeiden versucht hatte. Am perversesten aber war die Tatsache, vor der sie am liebsten die Augen verschlossen hätte, daß sie sich jetzt ganz gemein betrogen fühlte.

War all dies wirklich gegen ihren Willen geschehen? Vielleicht anfangs... aber später? Warum hatte sie ihn nicht verlassen oder ihn hinausgeworfen, als die Verirrungen extremer wurden? Dies waren Fragen, die zu beantworten ihr unmöglich schien. Die Schuld lastete schwer auf ihrem Gewissen. Ihre eigene Normalität, die Tatsache, an die sie sich all die Jahre so geklammert hatte, existierte nicht mehr. Ihre Seele war entblößt worden, und sie hielt sie für ebenso unrein wie die seine. So mußte sie nicht nur mit seiner Untreue kämpfen, sondern auch mit ihren Selbstbeschuldigungen fertig werden.

Es war zuviel für sie.

Der Bruchpunkt war erreicht, als Cyril seinen Liebhaber mit nach Hause brachte, in ihr Haus. Emily war spät von einer Fahrt zu einem der Marktflecken zurückgekehrt, die sie regelmäßig auf der Suche nach günstigen Antiquitäten besuchte – Gelegenheiten, die immer schwerer zu finden waren, da heutzutage jeder um den Wert dieser alten Stücke zu wissen schien. Sie hatte den Wagen auf dem Hof an der Rückseite des Ladens geparkt und war durch die Hintertür hineingegangen. Als sie müde die Treppe zu ihrer Wohnung hochstieg, hörte sie Gelächter aus dem Wohnzimmer dringen. Sie öffnete die Tür – und wurde mit den beiden konfrontiert; ihre höhnenden, schamlosen Gesichter grinsten sie an. Cyril hatte den Arm um die Schultern des jüngeren Mannes neben ihm gelegt, und während sie zuschaute, drehte er sich langsam zu ihm und küßte seine Wange. Ekel stieg in Emily auf, und sie floh nach unten, in die Dunkelheit des Ladens. Dort sank sie zu Boden und weinte, betete zu ihrem Vater, flehte um Vergebung für ihren fünfjährigen Ungehorsam.

Das war vor vier Wochen gewesen, und damals hatte sie beschlossen, Cyril zu töten.

Eigenartigerweise hatte ihr diesen Entschluß der tragische Flugzeugabsturz in der folgenden Woche leichter gemacht. Wenn Leben so wertlos war, daß es in einem derartigen Ausmaß vernichtet werden konnte, was zählte es dann, ein krankes und perverses Leben auszulöschen? Irgendwie machte das einen Mord zu einer Nebensächlichkeit.

Emily kannte das Unkrautvertilgungsmittel und das tödliche Gift, das es enthielt, da ihr Vater ein leidenschaftlicher Gärtner gewesen war, und sie wußte, daß es relativ leicht zu bekommen war, obwohl es nur einem bestimmten Personenkreis zugänglich war. Gewöhnlich wurde es an Bauern und Landwirte verkauft, die verpflichtet waren, sich in ein ›Giftbuch‹ in dem Laden einzutragen, in dem sie es kauften. Aber es fiel Emily leicht, den Ladenbesitzer beim nächsten Besuch eines Marktfleckens davon zu überzeugen, daß sie eine berechtigte Käuferin sei. Sie fälschte ihren Namen und ihre Adresse in dem Kontrollbuch und verließ den Laden mit einer Anderthalbliterflasche des Giftes, genug, um Hunderte von Menschen zu töten.

In den nächsten Wochen beobachtete sie mit grimmiger Befriedigung, wie Cyril langsam starb. Er hatte ihr fünf Jahre der Qual beschert, deren Höhepunkt die schreckliche Erkenntnis ihrer eigenen Schuld war; sie würde ihm so viele Wochen körperlicher Qual bereiten, wie sie nur konnte.

Das Gift griff zuerst seine Speiseröhre und seinen Magen an, zerstörte seine Nieren und die Leber und sorgte dafür, daß sich seine Lungen mit Flüssigkeit füllten, was das Atmen fast unmöglich machte. Sein Haar begann auszufallen, und allmählich begann er sein Sehvermögen und die Sprache zu verlieren. Emily hatte kurz Angst gehabt, als Cyrils Freund in den Laden gekommen war, um ihn zu besuchen. Sie hatte dem jungen Mann erzählt, daß Cyril auf dem Land unterwegs sei, um nach Sammlerstücken zu suchen, ein völlig normales Unternehmen. Er hatte auf gereizte Weise die Schultern gezuckt; so interessiert war er nun auch nicht, und wenn Cyril es nicht einmal für nötig hielt, ihn das wissen zu lassen, nun... Er war aus dem Laden gestürmt. Ein anderes Mal hatte sie oben ein Klappern gehört und war hochgerannt, wo sie Cyril auf dem Boden des Wohnzimmers neben dem Telefon liegend fand. Glücklicherweise war er zu schwach gewesen, um anrufen zu können, aber der Versuch deutete darauf hin, daß er sehr wohl wußte, was geschah, eine Tatsache, die ihr ungeheure Freude bereitete.

Und heute würde sie ihm, das wußte sie, die letzte Dosis geben. Die Folgen ihres Handelns bedeuteten ihr wirklich nicht viel. Wenn sie mit dem Mord durchkam, schön, wenn nicht – zumindest hatte sie ihn für die Demütigungen, die er ihr zugefügt hatte, leiden lassen, und sie war bereit, für ihre eigenen Sünden die letzten Jahre ihres Lebens zu büßen.

Emily rührte die Suppe um, die das Gramoxon enthielt; obwohl er ihre Absichten kannte, mußte der Schein gewahrt bleiben. Er würde versuchen, sich dagegen zu wehren, daß sie ihn fütterte, aber sie würde die Suppe mit winzigen Löffelmengen, bei denen nicht zuviel verschüttet wurde, in seine Kehle zwingen. Er war zu schwach, um gegen sie anzukämpfen.

Emily goß die Suppe aus dem Topf in eine Schüssel und stellte die Schüssel auf ein Tablett. Sie fügte einen Ständer mit Salz und Pfeffer hinzu, und anschließend brach sie ein Stück Brot ab und legte es auf einen kleinen Teller neben die Suppe. Sie lächelte über ihre eigene Schläue, nahm dann das Tablett auf und begab sich zum Schlafzimmer. Schon lange schlief sie nicht mehr im selben Zimmer, sondern verbrachte die Nacht auf dem Sofa im Wohnzimmer; der Geruch im Schlafzimmer war einfach unerträglich geworden.

Sie blieb an der Schlafzimmertür stehen und stellte das Tablett auf dem Boden ab, weil sie die Serviette vergessen hatte, die würde sie brauchen, um die Suppe abzuwischen, die über seine Wangen und das Kinn laufen würde, während er versuchte, dem Schlucken auszuweichen. Aus der Küche kommend, die Serviette über dem Arm, bückte sie sich, um das Tablett wieder aufzunehmen. In diesem Moment glaubte Emily ein Flüstern zu hören, das aus dem Schlafzimmer kam.

Sie preßte ihr Ohr dichter an die Tür. Für einen Augenblick herrschte Schweigen, dann begannen die Stimmen wieder, leise und undeutlich. Es konnte nicht sein – niemand konnte sein Zimmer betreten haben. Es wäre unmöglich gewesen, ohne daß sie es gesehen hätte. Andrerseits war seine Stimme in den vergangenen Wochen kaum vernehmbar geworden. Dann hörte sie ein schlurfendes Geräusch, als ob etwas, irgendein Gegenstand, zur Tür gezogen würde. Hatte er irgendwie die Kraft gefunden, das Bett zu verlassen? Ein letzter, verzweifelter Versuch, sich zu retten? Sie griff nach der Türklinke und stieß die Tür heftig nach innen auf.

Cyril stand da und starrte sie an, sein bleicher, ausgemergelter Körper wirkte grotesk in seiner Nacktheit. Seine Augen waren riesig, sie quollen aus den eingefallenen Höhlen. Seine Backenknochen stachen durch die straff gespannte Haut, und die tiefen Höhlen, die einst Wangen gewesen waren, betonten den breiten, grinsenden Mund. Doch es war kein Grinsen – sein Mund hatte diese Form nur angenommen, weil durch die gespannte Haut das Fleisch so zurückgezogen wurde, daß man die nackten gelben Zähne sehen konnte. Die wenigen auf dem Kopf verbliebenen Haarbüschel unterstrichen das totenschädelgleiche Aussehen. Er hatte das Gesicht eines Toten.

Emily schrie auf, als er ihr zitternd einen Arm entgegenhob. Furcht und Haß – es war beides, aber der Haß dominierte – stiegen in ihr auf. Sie stürmte vorwärts und schlug mit den Armen auf das obszöne Ding ein, das ihr Ehemann war. Übereinander stürzten sie zu Boden, und Emily schrie noch immer und schlug auf ihn ein. Würde sie denn nie vor dieser Kreatur fliehen können, diesem pervertierten Monster, das ihr Leben ruiniert hatte? Würde selbst sein Tod eine Strafe für sie sein? Jetzt schluchzte sie, als sie auf seine reglose Gestalt einschlug, und ihre Schläge begannen langsamer zu werden, hatten weniger Wucht, bis sie schließlich ganz aufhörten.

Sie hockte sich über ihn, ihre Knie über seinem Körper gespreizt, ihre Arme zu beiden Seiten seines Kopfes, um sich zu stützen, ihr Haar fiel herab und streifte sein Gesicht. Sie konnte nur das Weiß seiner halbgeschlossenen Augen sehen, aus seinem klaffenden, grinsenden Mund kam kein Atem. Emily riß sich von dem erstarrten Körper los, dessen kalte Berührung sie plötzlich mit Ekel erfüllte. Sie kniete mit dem Rücken zum Kleiderschrank, dem riesigen, verspiegelten Kleiderschrank, vor dem er sich so oft so widerlich zur Schau gestellt hatte. Ihr Atem kam in schweren Stößen, und leise Schluchzer drangen über ihre Lippen. Sie blickte mit größtem Abscheu auf den Körper. Er war tot. Gott sei Dank war er endlich tot.

Er lag da, die Arme an seinen Seiten, seine Beine obszön gespreizt, und seine halbgeschlossenen, blicklosen Augen starrten an die Decke. Sie konnte nicht verstehen, warum seine Haut bei der Berührung so kalt war, und auch nicht, warum seine Gliedmaßen so schnell starr geworden waren. Vielleicht hatte das Gift diese Reaktionen vorzeitig bewirkt, noch bevor das Leben aus seinem Körper gewichen war. Aber das war egal; er war jetzt tot – für immer aus ihrem Leben gegangen. Und selbst wenn man feststellen sollte, daß sie es getan hatte, und wenn sie die gerechte Strafe dafür ereilen würde – Gefängnis war eine willkommenere Strafe als die, die sie all diese Jahre erlitten hatte.

Emily ließ sich zur Seite fallen, lag da und wartete darauf, daß ihr Herz seinen Schlag verlangsamen und ihr Atem wieder normal gehen würde. Sie mußte die Kraft aufbringen – und den Mut – ihn zurück ins Bett zu heben. Dann würde sie ihm seinen Pyjama anziehen und ihn reinigen, damit es so aussah, als habe sie sich während seiner Krankheit um ihn gekümmert. Danach würde sie den Arzt rufen müssen, tiefen Kummer heucheln und so tun, als sei ihr nicht klar gewesen, wie krank er tatsächlich gewesen war. Tief innerlich wußte sie, wie lächerlich ihre Geschichte klingen würde. Der Arzt brauchte nur Cyrils ausgemergelten Zustand zu diagnostizieren, um zu wissen, daß dies ein Verfall war, der sich über Wochen und nicht nur über Tage hingezogen hatte. Aber sie weigerte sich einfach, diese Tatsache vor sich selbst zuzugeben.

Plötzlich erschauerte sie. Zuvor hatte sie keine Zeit gehabt zu bemerken, wie kalt es in dem Zimmer war. Sie überlegte, ob es ihm irgendwie gelungen sein mochte, das Fenster zu öffnen, in der Absicht, nach unten auf der High Street um Hilfe zu rufen. Nein, das Fenster war noch verschlossen, sie konnte den Riegel in der Halterung sehen, und die Vorhänge waren noch immer halb zugezogen. Eigenartigerweise war es nicht die natürliche Kälte eines Wintertages; es war eine tiefe und irgendwie feuchte Kälte. Vielleicht war es einfach nur die Kälte, die den Tod begleitete.

Aber das Frösteln wurde zu mehr als nur einem unbehaglichen Gefühl, als sie das leise Kichern hörte. Es wurde zu einer eisigkalten Hand, die ihr Herz in ihrer Faust umklammerte und dafür sorgte, daß das Blut, das durch ihren Körper strömte, erstarrte und ihr Körper steif wurde. Sie drehte langsam ihren Kopf dem ausgestreckten Körper zu, und ihre Augen weigerten sich zu bestätigen, was ihre Ohren gehört hatten. Cyril hatte sich nicht bewegt. Sie beobachtete einige Augenblicke lang seine Gestalt und wartete wieder auf das Geräusch, beobachtete, um zu sehen, ob es aus seinem toten Körper kam. Sie hatte gehört, daß Leichen sich nach dem Tod noch bewegten oder Geräusche machten; das hatte etwas mit den Gasen zu tun, die sich im Körper bildeten. Und dann kam es wieder: ein seltsames, fast geflüstertes Gelächter. Und es war nicht von der Leiche gekommen.

Es schien seinen Ursprug an der anderen Seite des Zimmers zu haben, in der dunklen Ecke hinter der offenen Tür, und doch erfüllte das Geräusch irgendwie das ganze Schlafzimmer. Sie starrte in die düstere Ecke, konnte aber keine verborgene Gestalt entdecken, die dort lauerte. Trotzdem spürte sie die Anwesenheit von jemand – der weit ekelhafter war als die Kreatur, die da vor ihr auf dem Boden lag. Dann begann die Tür langsam zuzuschlagen, wobei der Raum noch düsterer wurde, da jetzt nur noch das kärgliche Winterlicht durch die halbgeschlossenen Vorhänge fiel. Die Tür schloß sich mit einem leisen Klicken, und die Schatten im Schlafzimmer vertieften sich.

Sie hörte ein Flüstern, und es klang wie ihr Name. Es kam wieder, aber diesmal aus einer anderen Ecke des Raumes, dann raunte es hinter ihr und dann vom Fußende des Bettes. Und dann kam es von Cyril.

Sie schaute ihn entsetzt an.

Sein Gesicht war noch immer zur Decke gerichtet, und seine Lippen bewegten sich kaum, als er ihren Namen sagte – als er flüsterte. Der Kopf wandte sich ihr zu und sie sah, daß die Augen jetzt völlig geöffnet waren, ohne dabei irgend etwas zu erkennen. Sie erinnerten sie an die Augen des toten Fisches, den sie einmal im Korb eines Fischhändlers gesehen hatte – blicklos und flach.

Emily schaute mit lähmender Faszination zu, als er – es – sich auf einen Ellbogen stützte und eine Hand nach ihr ausstreckte. Sie versuchte zu schreien, doch aus ihrer Kehle drang nur ein scharfes, krächzendes Geräusch. Der Leichnam stemmte sich jetzt auf Hände und Knie und begann in ihre Richtung zu kriechen, nur die Starre in seinen Gliedmaßen bewirkte, daß er nur langsam vorankam. Das Grinsen auf seinem Gesicht war plötzlich wirklich geworden und voller Boshaftigkeit. Das Ding, das Cyril gewesen war, flüsterte wieder ihren Namen.

Emily schob sich dicht an den Kleiderschrank in einem vergeblichen Versuch, diesem Schrecken zu entkommen. Sie drehte den Kopf weg, aber ihre Augen weigerten sich, den Blick von dem nahenden Horror zu wenden. Sie fiel seitlich hin, ihr Körper verdreht, und ihre Hände kratzten am Teppich in dem Bemühen, sich wegzuziehen. Doch inzwischen war das Ding über ihre Beine geklettert und sein Gesicht lag auf ihrem Rücken, womit die sexuelle Position parodiert wurde, zu der er sie in der Vergangenheit so viele Male gezwungen hatte.

Dieses Mal schrie sie, als seine Lippen auf einer Höhe mit ihrem Ohr waren und ihr Obszönitäten zuflüsterten. Und jetzt schienen auch andere um sie herum zu sein – dunkle Gestalten, Gesichter, die irgendwie nicht deutlich erkennbar wurden, Formen, die auftauchten und dann wieder verschwanden, bevor sie Gestalt annahmen. Sie konnte das Gelächter hören, aber es kam aus dem Inneren ihres Kopfes.

Kalte, kalte Hände umklammerten ihre Brüste, und sie spürte, daß sie nach hinten und hoch gehoben wurde. Andere unsichtbare Hände umklammerten ihren Körper, hoben sie an Armen und Beinen. Emily stieg zur Decke empor und sah sich auf das nach oben gerichtete Gesicht ihres toten Ehemannes hinabblicken. Seine eine Hand hatte ihre Kehle umfaßt, die andere war zwischen ihren Beinen und stützte sie. Die Hand um ihre Kehle begann fester zuzupacken, zwang das Leben aus ihr, machte sie zu dem, was er war. Ihre Augen begannen aus den Höhlen zu dringen, und ihre Zunge ragte heraus. Speichel rann aus ihrem Mund auf sein emporgerecktes Gesicht.

Die anderen Gestalten unter ihr begannen deutlichere Formen anzunehmen, und genau in dem Augenblick, bevor ihr Sehvermögen schwand und ein roter Nebel über sie glitt, sah sie sie deutlicher. Aber etwas stimmte mit ihnen nicht. Ihr Verstand hatte kaum Zeit zu begreifen, was so merkwürdig war, bevor er in Bewußtlosigkeit versank. Doch in einem letzten Augenblick der Klarheit sah sie, daß die Gesichter, die Hände, die Gliedmaßen – alle geschwärzt waren und verkohlt. Es war, als ob ihre Körper aus einer feurigen Hölle auferstanden seien.

Das gurgelnde Geräusch, das als Schrei artikuliert war, schwand von ihren Lippen, als sie bewußtlos wurde. Sie noch immer hochhaltend ging das Ding, das ihr Mann gewesen war, zum Fenster, und die Augäpfel begannen sich jetzt in den Höhlen nach innen zu drehen, so daß nur noch das Weiß durch die sich schließenden Lider zu sehen war und das Grinsen wieder zu einer Grimasse des Todes wurde.

Er erreichte das Fenster, stand starr da und wartete. Die Stimmen sagten ihm, was er zu tun hatte.

9

Kellers Reflexe waren dank seiner ausgezeichneten Ausbildung und seiner natürlichen Instinkte noch immer weit überdurchschnittlich, trotz der Schrecken, die er kürzlich durchlebt hatte. Er trat in dem Moment auf die Bremse, als er aus den Augenwinkeln sah, wie das Glas des Fensters im ersten Stock nach außen zerbrach; der Wagen war kreischend zum Halt gekommen, als die beiden Körper auf den harten Beton der Straße aufschlugen. Für einen Augenblick war die High Street zu einem Stilleben geworden, auf dem die Menschen wie gelähmt standen und auf die blutigen, unförmigen Körper starrten, die auf dem Pflaster lagen. Dann begannen Gesichter in Türeingängen und an Fenstern aufzutauchen. Jemand schrie. Eine Frau wurde ohnmächtig. Ein Mann erbrach sich gegen die Wand eines Hauses. Niemand näherte sich den auf dem Boden liegenden Körpern.

Keller saß wie betäubt da. Sein Wagen war etwa fünf Meter von dem Wirrwarr des Fleisches entfernt, und er konnte ungehindert auf das groteske Bild blicken, das die Körper boten. Obwohl sie nicht tief gefallen waren, wußte er aufgrund des Fallwinkels – mit dem Kopf voran –, daß sie kaum eine Überlebenschance hatten; ihr

Genick mußte durch die Wucht des Aufpralls gebrochen sein. All dies war noch verwirrender, als er sah, daß die Finger, die zu der ausgestreckten Hand der Gestalt gehörten, die unter der anderen lag, sich langsam krümmten und dann wieder streckten.

Er stieß die Wagentür auf und rannte hin, ließ sich auf ein Knie nieder und versuchte die Blutpfütze zu ignorieren, die sich um die Körper zu bilden begann und langsam größer wurde. Zum ersten Mal sah Keller, daß die Gestalten die eines Mannes und einer Frau waren; der Mann war eigenartigerweise völlig nackt. Als der Copilot den obenaufliegenden Körper näher betrachtete, bemerkte er etwas noch Seltsameres: Die starren Gliedmaßen, das grauweiße, ausgemergelte Fleisch und der fast kahle Schädel deuteten darauf hin, daß der Mann schon seit einiger Zeit tot war.

Das gurgelnde Geräusch lenkte ihn jäh von dem Mann ab, und er wandte seine Aufmerksamkeit rasch der darunter liegenden Frau zu. Das Geräusch kam aus der Tiefe ihrer Kehle, gerade so, als ob sie zu sprechen versuchte, aber das Blut, das aus ihrem Mund rann, entstellte die Worte. Als er bemerkte, daß sich die Finger ihrer linken Hand noch bewegten, packte er den dünnen Körper des Mannes unter den Schultern, kämpfte gegen das Gefühl von Ekel bei der Berührung des kalten Fleisches an und zog ihn beiseite. Dann schob er behutsam seine Hand unter den Kopf der Frau, zwischen ihr Gesicht und die Straße und ignorierte das klebrige Blut, das auf seine Finger floß. Ganz vorsichtig veränderte er den Winkel ihres Kopfes, so daß sie durch den Mund Luft holen konnte – falls sie dazu noch fähig war. Er mußte für ein oder zwei Sekunden seine Augen bei dem

Anblick ihres zerschmetterten, blutigen Gesichts schließen.

Keller beugte sich näher heran und versuchte, ihre Worte zu verstehen, aber sie waren schwach und kaum vernehmbar. Für einen Augenblick flatterte ein Augenlid der Frau und öffnete sich dann. Das Auge blickte direkt in die seinen und weitete sich plötzlich wie in Angst. Abrupt wich das Leben daraus, und er erkannte, daß sie tot war.

Er stand auf und fühlte tiefes Bedauern für die arme Frau, deren letzte Augenblicke von Furcht überschattet gewesen waren. Seltsamerweise empfand er für den nackten Mann, der ebenfalls zu seinen Füßen lag, nichts; vielleicht lag es daran, daß der zerbrechliche Körper kaum menschlich wirkte – er sah mehr aus wie ein erstarrter Kadaver. Oder vielleicht lag es daran, daß er irgendwie wußte, daß der Mann verantwortlich für den Tod der beiden war. Er mußte sie aus dem Fenster gestoßen haben und war wegen seines offensichtlich geschwächten Zustandes hinter ihr hergestürzt.

Der Copilot blickte auf das Blut an seinen Händen und bemerkte dann, daß die Pfütze sich derart vergrößert hatte, daß er darin stand. Das Blut. Cathys Gesicht. Eine plötzliche Rückblende ...!

Aber die Erinnerung wurde durch eine Stimme an seiner Seite unterbrochen, und das Bild von Cathys entsetztem Gesicht – blutbedeckt, die geweiteten Augen voller Entsetzen, der Mund geöffnet, als ob er schreien oder etwas rufen wollte – es verschwand augenblicklich in verborgenen Schichten seines Verstandes.

Tewson sprach wieder: »Komm, Dave. Wir müssen dich erst mal reinigen.«

Keller blickte von seinen Händen auf und starrte verblüfft in das Gesicht des AIB-Ermittlers.

»Harry?«

Tewson nahm den benommenen Copiloten beim Arm und führte ihn von der Menge fort, die sich nun um die beiden Körper versammelt hatte, die auf der Straße lagen. Er lehnte Keller an die Kühlerhaube des Wagens und gab ihm ein paar Augenblicke, damit er sich von dem Schock erholen konnte.

»Hast du gesehen, was passiert ist?« fragte er schließlich.

Keller atmete aus, und sein Körper schien etwas von der Spannung zu verlieren. »Ich sah das Fenster zerbrechen und dann den Mann und die Frau fallen«, erwiderte er. »Davor habe ich nichts gesehen.«

Tewson schüttelte seinen Kopf. »Mein Gott«, sagte er mitleidig, »als ob du nicht schon genug durchgemacht hättest. Steig in dein Auto, Dave, und wir stellen es irgendwo ab. Dann bring' ich dich über die Brücke nach Windsor, wo die AIB in einem Hotel Zimmer hat. Das geht schneller als den Umweg über die Hauptstraße zu fahren, und du siehst aus, als könntest du einen kräftigen Schluck gut gebrauchen.«

Gerade als sie in den Wagen stiegen, Tewson auf den Fahrersitz und Keller auf den Beifahrersitz, löste sich eine blauuniformierte Gestalt aus der Menge, die sich um die Leichen geschart hatte, und lief zu ihnen hinüber.

»Entschuldigen Sie, Sir«, sagte der Wachtmeister, bevor Keller die Tür auf seiner Seite geschlossen hatte, »aber haben Sie gesehen, wie es passiert ist?«

Der Copilot wiederholte, was er Tewson erzählt hatte. Der Ermittler lehnte sich an Keller vorbei und ließ seine

Identitätskarte vor dem Gesicht des Polizisten blitzen. »Ich gehöre zu dem Team, das den Flugzeugabsturz untersucht. Wir wohnen im Castle Hotel, direkt hinter der Brücke, und ich bringe Mr. Keller dorthin, damit er sich säubern kann. Wenn Sie irgendeine Aussage brauchen, könnten Sie sich dort mit uns in Verbindung setzen.«

Der Polizist nickte. »Das ist in Ordnung, Sir, es gibt sowieso viele Leute, die den Unfall gesehen haben. Aber mir wurde erzählt, daß Mr. – äh, Keller? – Mr. Keller zuerst bei den Körpern war, und ich wollte nur wissen, ob die beiden vielleicht noch lebten, und wenn ja, ob sie etwas sagten?«

Keller schüttelte den Kopf. »Nein, der Mann war bereits tot, und die Frau starb fast augenblicklich. Sie konnte nichts mehr sagen.«

»Sehr gut, Sir. Wir brauchen später vielleicht eine Aussage, und falls das nötig ist, werden wir uns mit Ihnen im Hotel in Verbindung setzen. Ich muß schon sagen, ich weiß wirklich nicht, was heute los ist – ist der seltsamste Tag in Eton, seit ich hier bin.«

Keller blickte auf, doch bevor er etwas sagen konnte, setzte Tewson den Wagen vorsichtig auf die Straße zurück. Er erreichte eine Abbiegung, fuhr eine Nebenstraße entlang und parkte auf dem kleinen Parkplatz an der Rückseite des Rathauses. Während er eine Münze in die Parkuhr steckte, begann Keller, der noch immer im Fahrzeug saß, mit seinem Taschentuch soviel Blut wie möglich von seinen Händen zu wischen. Er bemerkte, daß auch an seiner Hose Blut war, und die Spitze eines seiner braunen Schuhe war dunkel gefleckt. Instinktiv spürte er den Drang, sich völlig abzuschrubben – nicht um die Blutflecken zu entfernen, sondern um sich von der Berührung dieses nackten toten Leibes zu befreien. Daran war etwas Abstoßendes gewesen.

Während die beiden Männer auf die Brücke zugingen, wobei sie absichtlich die Straße nahmen, die parallel zur High Street verlief, um der bedrückenden Szene auszuweichen, grübelte der Copilot über die Schlußbemerkung des Wachtmeisters nach. Tewson blickte zu den Feldern hinüber, auf denen die Reste des Wracks lagen, als Keller ihn fragte, was der Polizist gemeint habe.

»Oh, heute morgen und gestern nacht hat es eine Reihe von Unfällen gegeben«, erwiderte der Ermittler. »Keiner davon steht natürlich irgendwie mit den anderen in Verbindung, aber ich fürchte, die Leute in Eton sind momentan ein bißchen gereizt durch den Absturz und all das – sie bringen alles in Zusammenhang miteinander. Muß sagen, ich hab' hier seit Wochen diese bedrückte Stimmung gespürt. Natürlich kein Grund zur Beunruhigung – das legt sich alles von selbst, wenn wir und die letzten Wrackteile erst mal von hier weg sind.«

»Was meinst du mit – Unfällen? Was für Unfälle?«

Tewson drehte sich um, sah Keller an und verlangsamte seinen Schritt etwas. »Dave, du hast schon genug im Kopf. Da mußt du dich nicht auch noch mit zusammenhanglosen Ereignissen befassen, die von hysterischen Stadtbewohnern übertrieben werden.«

»Ich will es wissen, Harry.«

»Mal wieder typisch«, sagte Tewson, und dann ergeben: »Schön, zumindest ist das keine Geheiminformation. Letzte Nacht hörten zwei Polizisten, die Wache beim Wrack hatten, Schreie von der anderen Seite des Feldes. Einer von ihnen rannte hinüber, um nachzusehen, und stieß auf den Vikar der hiesigen Kirche. Beide fanden ein Mädchen allein in einem Wagen, völlig verstört und wahnsinnig vor Angst. Es war so hysterisch, daß es ihnen nicht sagen konnte, was ihm zugestoßen war, aber ganz offensichtlich hatte sie schreckliche Angst. Den Polizisten zufolge, die das Wrack bewachen, kann sie noch immer nichts sagen; sie ist im Krankenhaus und hat starke Beruhigungsmittel bekommen.«

»Warum sollte sie nachts allein zu dem Feld fahren?« fragte Keller.

»Nun, offensichtlich war sie nicht allein dorthin gekommen. Die Polizei hat festgestellt, daß das Auto einem jungen Mann gehört – wahrscheinlich ihrem Freund –, aber er ist noch nicht nach Hause zurückgekehrt. Ich vermute, daß er's bei der Schmuserei übertrieben hat, und als das Mädchen hysterisch wurde, ist er davongerannt. Und jetzt hat er zu große Angst, sich wieder sehen zu lassen.«

Keller schwieg, als sie um die Ecke bogen, die zu der gesperrten Brücke führte. Schließlich fragte er: »Was noch?«

»Ein Mann wurde heute morgen auf der anderen Seite des Feldes aus dem Fluß gezogen. Er hat beim Angeln einen Herzanfall bekommen.«

»Angeln ist wohl kaum ein Sport, bei dem man einen Herzanfall bekommt.«

»Er war ein großer Mann, übergewichtig; es hätte jederzeit passieren können.«

»Erzähl weiter.«

»Äh, der Vikar – derselbe Vikar, der gekommen war, um dem Mädchen zu helfen – nun, den fand man heute morgen zusammengebrochen in seiner Kirche. Er hat sich noch nicht ganz erholt, und so weiß Gott allein, was ihm zugestoßen ist! Vielleicht war es geistige Erschöpfung. Er hat sich in letzter Zeit mit all diesen beunruhigten Menschen beschäftigen müssen und heute morgen dem toten Mann die Sterbesakramente gegeben; ganz zu schweigen von dem natürlich, was er in der Nacht des Absturzes mitgemacht hat. Ich meine, die Maschine kam direkt hinter seiner Kirche runter. Er mußte früher oder später einfach zusammenbrechen.«

Sie überquerten jetzt die alte eiserne Brücke. »Was meintest du damit, als du sagtest, er habe sich noch nicht ganz erholt?« fragte Keller. »Ist er bewußtlos?«

»Nein!« Tewson schwieg kurz. »Offensichtlich schwafelt er noch wie ein Wahnsinniger.«

Keller blieb stehen, um auf das Wasser hinabzuschauen. »Und jetzt fallen – oder springen – diese beiden Leute aus dem Fenster. Und du meinst nicht, daß da etwas Seltsames vorgeht?«

»Natürlich geschieht da etwas Seltsames! Gott, ich wäre ein Narr, wenn ich behauptete, es sei nicht so! Aber ich führe das auf eine Art Massenhysterie zurück.« Tewson lehnte sich an das Brückengeländer und blickte Keller von der Seite an. »Sieh mal, in dieser Stadt hat sich seit Jahren – wahrscheinlich seit Jahrhunderten – nichts Katastrophales abgespielt... Und dann, eines Nachts – Volltreffer! – geschieht die größte Luftfahrtkatastrophe, die England je erlebt hat, direkt vor ihrer Tür. Das muß doch komische Auswirkungen auf die Leute haben. Ich meine, sie sind nicht darauf eingerichtet, mit einer Katastrophe dieses Ausmaßes fertig zu werden. Das alles hat ihre heimlichen Neurosen, all ihre angestauten Emotionen zum Durchbruch gebracht! Das ist wie eine Kettenreaktion – und der Absturz hat sie ausgelöst.«

Keller wandte seinen Blick vom Wasser ab und musterte den Ermittler kühl. Er lächelte dünn. »Du machst dir's einfach«, sagte er.

»Ach, hör doch auf, Dave! Welche Alternative gibt's denn? Spukt's in den Feldern? Glaubst du das?«

»Ich weiß nicht, was ich überhaupt noch glaube, Harry.« Er begann weiterzugehen.

Tewson schlug mit der Hand auf das Geländer und folgte dem Copiloten.

Sie erreichten das Hotel, und als sie durch die Lobby gingen, bestellte Tewson einen großen Brandy, der auf die AIB-Zimmer gebracht werden sollte, änderte dann aber seine Meinung und bestellte zwei. Sie stiegen in den Lift und fuhren zur vierten Etage hoch, wobei der Ermittler Keller noch immer davon zu überzeugen versuchte, daß all diese Ereignisse in keinem anderen Zusammenhang miteinander standen als dem der allgemeinen Hysterie, die über der Stadt lag.

Keller bremste ihn, indem er ihn fragte, ob er sicher wisse, daß alle beteiligten Leute aus Eton stammten. Sie verließen schweigend den Lift und gingen über den Korridor, bis sie das geräumige Doppelzimmer erreichten, das die AIB als Operationszentrale vor Ort gemietet hatte. Hier konnten alle Informationen verglichen und dann in die Londoner Büros geschickt werden. Gerald Slater blickte von seinem provisorischen Schreibtisch auf, als die beiden Männer den Raum betraten. Er hob die Augenbrauen, als er in Keller den jungen Copiloten erkannte, der den Absturz überlebt hatte. Auch die beiden anderen Ermittlungsbeamten, die ebenfalls in dem Raum arbeiteten, wechselten überraschte Blicke.

Tewson lächelte Slater unsicher an. »Äh, entschuldigen Sie die Störung, Chef«, sagte er, »aber unten in Eton hat's einen ziemlich ekligen Unfall gegeben, und Keller war Zeuge. Ich dachte, er könnte sich hier ein bißchen saubermachen und sich vielleicht von dem Schock erholen. Sind Sie damit einverstanden?«

»Natürlich«, sagte Slater mürrisch und fügte dann zu Keller gewandt freundlicher hinzu: »Gehen Sie bitte nach nebenan, Mr. Keller. Da gibt's ein Badezimmer und ein Bett, falls Ihnen danach ist, sich eine Weile hinzulegen. Falls nicht, ruhen Sie sich in einem der Sessel aus. Wahrscheinlich brauchen Sie einen kräftigen Schluck – oder etwas Tee, falls Sie den bevorzugen. Ich werde das gleich unten bestellen.«

»Oh, nicht nötig, Chef. Das habe ich bereits erledigt.« Tewson lächelte seinem Vorgesetzten freudlos zu, der ihn zur Erwiderung nur stirnrunzelnd anblickte.

»Falls Sie sonst noch etwas benötigen sollten, Mr. Keller, lassen Sie es mich bitte wissen«, sagte er noch zu dem Copiloten.

Keller nickte dankbar und begab sich ins Nebenzimmer. Als Tewson ihm folgen wollte, hob Slater die Hand und sagte so leise, daß der Copilot es nicht hören konnte, zu ihm: »Ich weiß, daß Keller ein persönlicher Freund von Ihnen ist, Tewson, aber ich glaube, es wäre besser, wenn Sie sich von ihm fernhielten, bis die Untersuchung abgeschlossen ist.«

Tewson blieb am Türeingang stehen. »Richtig«, sagte er, verschwand in dem Zimmer und schloß die Tür hinter sich.

Er hörte Wasser im Badezimmer laufen und fand Keller darin, der sich das Blut von seinen Händen wusch. Geduldig wartete er, während der Copilot sie heftig mit einer Nagelbürste schrubbte, selbst nachdem seine Hände völlig sauber zu sein schienen.

»Dave«, sagte Tewson, »du weißt, daß ich wirklich nicht mit dir zusammenstecken sollte, solange die Untersuchung noch läuft.«

Keller legte die Nagelbürste auf die kleine Glasablage über dem Becken zurück. Er nahm etwas Toilettenpapier, befeuchtete es und begann das Blut von seinem Schuh zu reiben.

»Ich will dir keine Schwierigkeiten machen, Harry«, sagte er, »aber ich kann nicht einfach rumsitzen und nichts tun. Ich war an dem Absturz beteiligt; ich will auch an der Untersuchung beteiligt sein.«

»Du bist beteiligt...«

»Nur als Opfer! Ich will dabei helfen, herauszufinden, was den Absturz verursacht hat.«

»Aber das kannst du nicht. Du kannst dich nicht einmal erinnern, was in jener Nacht geschehen ist.«

Keller wußte darauf keine Antwort. Er betupfte mit weiterem Toilettenpapier seine blutbefleckte Hose. Gerade als Tewson weitersprechen wollte, war ein höfliches Klopfen an der Tür zu hören, die auf den Korridor führte. Tewson öffnete sie und sah sich einem Kellner gegenüber, der zwei große Brandys auf einem Tablett trug. Er unterschrieb dafür und nahm sie dem Kellner ab, der nicht auf ein Trinkgeld wartete. Diese Leute vom Luftfahrtministerium waren geizige Bastarde. Tewson stellte die Drinks auf einen kleinen Kaffeetisch und forderte Keller auf, sich zu ihm zu gesellen, nachdem er in seinem Sessel Platz genommen hatte. Der Copilot kam aus dem Badezimmer, sein Jackett über den Arm gehängt. Er setzte sich dem Ermittlungsbeamten gegenüber hin und griff nach dem Brandy. Mit zwei Schlucken war das Glas leer.

Tewson nippte an seinem gemächlicher. »Möchtest du etwas essen, Dave?« fragte er. »Wir könnten hier in das Restaurant gehen. Mir fiel gerade ein, daß ich in Eton beim Essen war, als das Paar aus dem Fenster fiel.« Er überlegte kurz, was aus dem Journalisten geworden sein mochte, mit dem er seinen Lunch eingenommen hatte. Vielleicht war es ganz gut, daß sie unterbrochen worden waren, da es ihm schwergefallen war, den forschenden Fragen des Reporters auszuweichen; auch hatte er ein Schuldgefühl, weil er ein wenig zuviel gesagt hatte. »Nein? Na ja, ich glaube, so hungrig bin ich jetzt auch nicht mehr.«

Keller zog die gefaltete Passagierliste aus der Innentasche seiner Jacke und reichte sie Tewson. »Meinst du, deine Bombentheorie könnte etwas mit jemand auf dieser Liste zu tun haben?« fragte er.

Tewson schob seine Brille fester auf seinen Nasenrükken und überflog die lange Namensliste rasch. Nach einigen konzentrierten Minuten schüttelte er langsam den Kopf. »Nein, ich glaube nicht«, sagte er. »Da gibt's ein paar Namen, die ich kenne, allerdings keine politischen Persönlichkeiten. Da ist Sir James Barrett, einer der Direktoren deiner Fluggesellschaft; Susie Colbert, die Schriftstellerin – ihre junge Tochter reiste mit ihr; Philipp Laforgue, der Pianist. Dann sind da zwei Leute aus dem Ölgeschäft – beide Amerikaner – Howard Reed und Eugene Moyniham, von denen du wahrscheinlich schon gehört hast. Mal sehen, äh ... ja, Ivor Russell, der Fotograf, und seine Freundin – zwei weitere Namen, die vertraut sind, die ich aber nicht für wichtig halte; und, o ja – Leonard Goswell.« Er tippte nachdenklich mit dem Finger auf den Namen. »Das ist aber interessant«, sagte er.

»Wer ist – wer war – Goswell?«

»Nun, er war ein Mann, der viele Feinde hatte. Ja, daran könnte etwas sein, weißt du.« Er nippte an dem Brandy und ignorierte Kellers Ungeduld. »Natürlich ist die Bombentheorie noch nicht bewiesen, aber wenn sie es sein wird, ist dies ganz sicher ein Kandidat dafür.«

»Warum, Harry?«

»Goswell? Du mußt von ihm gehört haben, Dave. Er war während des letzten Weltkrieges einer von Sir Oswald Mosleys Anhängern. Du erinnerst dich doch an die Geschichten über Mosley und seine Schwarzhemden während des Weltkriegs, oder? Er wurde hier als Verräter gebrandmarkt, weil er Nazilehren predigte, hatte aber trotzdem eine Menge Anhänger, bis seine gemeine Schlägerbande aufgelöst und er ins Gefängnis geworfen wurde. Er war einer Meinung mit Hitler und wollte ihn mit offenen Armen in England begrüßen. Es heißt, es wäre seine größte Freude gewesen, wenn er den Nazis dabei hätte helfen können, alle Juden in diesem Land zu beseitigen. Nun, Goswell war noch übler – er fing tatsächlich an, aktiv zu werden!«

Das löste etwas in Kellers Gedächtnis aus. Ja, er hatte von Goswell gehört, aber seit vielen, vielen Jahren nicht mehr. Er hatte angenommen, daß der englische Ex-Nazi schon vor langer Zeit im Exil gestorben sei.

Tewson fuhr fort: »Mysteriöse Feuer brachen in und um Londons East End aus – Feuer, die nichts mit den Bomben zu tun hatten, die zu der Zeit runterkamen. Und ganze jüdische Familien wurden auf einen Schlag ausgelöscht. Selbst Mosley bekam Angst davor und warf Goswell aus der Partei. Doch der gründete seine eigene, und deren Aktivitäten waren derart verbrecherisch, daß er des Landes verwiesen wurde. Natürlich hatten sie keine Beweise gegen ihn, denn andernfalls hätten sie ihn gehängt.«

»Ist er nicht vor Jahren zurückgekommen und hat gegen farbige Einwanderer gehetzt?«

»Das ist richtig, und nach dem, was ich gehört habe, war er an weit schlimmeren Dingen beteiligt. Aber in den letzten zehn oder fünfzehn Jahren hat er sich sehr ruhig verhalten; die Leute haben ihn vergessen. Ich dachte, er hätte es aufgegeben, Unruhe zu stiften, aber ich frage mich, was er hier getan haben mag. Und warum flog er in die Staaten? Jedenfalls ist er für mich, wie gesagt, der wahrscheinlichste Kandidat für ein Attentat.«

»Hast du irgendeine Idee, wie die Bombe hätte an Bord geschmuggelt werden können?«

Tewsons Schultern senkten sich deutlich. »Das ist das Problem. Daran scheitert meine Theorie. Die Sicherheitsvorkehrungen sind heutzutage außerordentlich streng; es ist schon schwer, eine Waffe an Bord zu bringen, geschweige denn eine Bombe. Drähte, Zeitzünder, Sprengstoff – es ist praktisch unmöglich.«

»Aber es passiert doch. Bomben werden immer wieder in Flugzeugen gefunden.«

»Ja, aber wie du sagst – *gefunden.* Seit geraumer Zeit hat es keinen Fall von Bombenexplosion mehr gegeben.«

»Und wenn sie im Gepäck versteckt war?«

»Auf Consul-Flügen wird das Gepäck überprüft, durchleuchtet; das weißt du.«

»Sie hätte vorher im Frachtraum verstaut werden können.«

»Die Frachträume vorne und hinten werden vorher untersucht.«

»Könnte ein Passagier sie an Bord gebracht haben?«

»Jeder wird gefilzt, auch das Handgepäck. Jeder Draht an einem Körper würde von einem Metallsuchgerät entdeckt werden.«

»Dann muß deine Idee falsch sein!«

»Gott, du sprichst ja wie Slater! Alles, was ich weiß – und das sagt mir mein verdammtes Gefühl – ist, daß alles auf eine Explosion hindeutet und nicht auf eine Fehlfunktion. *Es muß eine Bombe an Bord gewesen sein!*«

Beide Männer starrten bedrückt zu Boden. Keller, weil die Theorie, von der er gehofft hatte, daß sie als richtig bewiesen werden könnte, nicht belegbar war, und Tewson, weil er für den schwächsten Punkt seiner Idee keine Lösung fand.

Schließlich fragte Keller: »Sind dir irgendwelche anderen Namen bekannt?«

»Nein, ich fürchte nicht. Natürlich gab es andere Erste-Klasse-Passagiere, aber niemand, der wirklich von Wichtigkeit war. Was die zweite Klasse anbelangt – na ja, das waren überwiegend Touristen und Geschäftsleute.« Er blickte Keller scharf an. »Dave, du denkst doch nicht etwa, daß du irgendwie verantwortlich bist?«

»Ich weiß nicht, Harry. Wenn ich mich nur erinnern könnte.«

»Aber selbst wenn sich meine Theorie als falsch erweist – es gibt hundert Dinge, die den Absturz verursacht haben könnten.«

»Wie etwa ein Pilotenfehler.«

»Rogan war einer der besten Piloten überhaupt. Er hat nie Fehler gemacht.«

»Und was, wenn er nicht der alte war? Was, wenn er nicht richtig konzentriert war? Was, wenn nach all diesen Jahren etwas geschehen ist, das ihn so beeinträchtigte, daß es zum Absturz kam?«

»Du warst sein Copilot. Darum hat man ja schließlich einen. Wenn der Captain erkrankt oder aus irgendeinem Grund nicht funktionsfähig ist, übernimmt der Copilot.«

»Und was, wenn der Pilot und der Copilot nicht im Einklang arbeiten? Was, wenn sie einen Streit hatten, der während des Fluges wieder ausbricht?«

»Dafür wart ihr beide viel zu professionell.«

»Waren wir das?«

Tewson starrte Keller an. »Erzähl mir nicht mehr, Dave. Warten wir, bis meine Theorie – und andere – sich als falsch erwiesen haben, bevor wir auf Pilotenfehler setzen.«

Der Copilot stand auf. Er mußte nachdenken. Was hatte Hobbs doch gesagt? *Die Geister sind vielleicht an diese Erde gebunden, um ein Verlangen nach Rache zu erfüllen.* So ähnlich war das gewesen. Suchte Captain Rogan Rache? Oder die anderen Opfer? Es war unmöglich. Lächerlich. Sein Glaube oder genauer sein Unglaube konnten nicht einfach ad absurdum geführt werden. Wie kam er dazu, an Geister zu glauben? Resultierte das aus reiner Verzweiflung, weil er keine Antwort fand, als Alibi für seine Schuld? Oder hatte der Absturz seinen gesunden Verstand völlig zerrüttet? Schließlich hatten sogar die Zeitungen sein eigenes Gefühl artikuliert: Es war ein Wunder, daß er überlebt hatte.

Er griff nach seiner Jacke, die über der Sessellehne hing, und streifte sie über. Tewson schaute überrascht zu, als er zur Tür ging. Der Copilot hörte, daß der Ermittler ihm etwas zurief, antwortete aber nicht. Er schloß die Tür und ging zum Lift. Vielleicht konnte er helfen, die Antwort zu finden. Vielleicht würde er die Antwort von Captain Rogan selbst erfahren. Er mußte in sein Apartment zurückkehren und dieses zerknüllte Stück Papier finden. Er brauchte Hobbs' Adresse.

10

Colin Thatcher haßte wie die meisten dicken Jungen die Schule. Wenn der Körper rund ist und die Gliedmaßen nur wie formlose Anhängsel aus Fleisch wirken, kann das Leben auf einer Jungenschule eine Qual sein. Hätte er Grips gehabt oder Witz, um von seiner Korpulenz abzulenken, wäre das Leben vielleicht nicht so schlimm gewesen. Aber über beides verfügte er nicht; er war weder klug, noch war er komisch. Tatsächlich fiel es ihm sogar schwer zu überlegen, welche Qualitäten er eigentlich hatte. Er war nicht hart und war nicht mutig; er war nicht spendabel und er war nicht umgänglich. Er war einsam.

Und wie die meisten dicken Jungen verabscheute er Spiele. Ob Kricket, Fußball, Rudern, Rugby, Badminton, Basketball, Schwimmen – Bewegung jeder Art war ihm ein Greuel. Das war der Grund, warum er sich von den Sportplätzen des College entfernte, statt dorthin zu laufen. Und darum sollte dieser kalte Novembernachmittag sein letzter sein.

Er ging über Colenorton Brook, die Hände tief in die Taschen seiner gestreiften dunklen Hose gesteckt, und verließ den Weg in Richtung auf die weiten offenen Felder, die zu seiner Rechten lagen. Er tat das oft, wenn Sportunterricht war, obwohl er wußte, daß man ihn wie üblich vermissen würde, daß ihm anschließend eine Disziplinarstrafe durch den Hausältesten bevorstand. Wie er das System im Eton College haßte, bei dem Strafen durch andere, ältere Jungen verhängt wurden. Abgesehen vom Hausältesten waren noch fünf weitere ältere Schüler da, die mit dem Heimleiter zusammenarbeiteten, herumspionierten und ihre Nase in die Aktivitäten der jüngeren Schüler steckten. Die ›Library‹, so wurden sie bezeichnet, hatten ihn viermal dabei erwischt, als er den Sport schwänzte, und er wußte, daß er, wenn er diesesmal erwischt oder vermißt wurde, zum Direktor oder dessen Stellvertreter zitiert würde, um beim sogenannten ›Bill‹, dem täglichen Gericht, wegen seiner Vergehen Rede und Antwort zu stehen.

Abeı Thatcher kümmerte sich nicht sonderlich darum. Er verachtete dieses ganze blöde System, diese Eton-Gesellschaft in ihrer düsteren schwarzen Frackuniform, diese dummen traditionellen Spiele wie Racket, Fechten, Boxen, Squash, Leichtathletik – und die ganze Rumspioniererei. Ihm waren die Arbeitsgemeinschaften zuwider – Musik, Zeichnen, Handwerk, Aufsatz, Archäologie, Luftfahrt, Eisenbahn und viele weitere ebenso dumme; sie waren ihm zuwider, weil er weder Interesse daran hatte noch die Neigung verspürte, ihnen beizutreten. Sein Desinteresse hatte nichts mit den Themen an sich zu tun, sondern lag in der Unannehmlichkeit begründet, mit anderen Jungen Umgang zu haben. Hätte es eine Eßgesellschaft gegeben, wäre er wahrscheinlich nicht einmal ihr beigetreten. Er fühlte sich während des Unterrichts weitaus sicherer, wenn die anderen keine Chance hatten, ihn zu verspotten, ihn wegen seiner Statur zu ärgern, und er fürchtete tatsächlich den Klang der Pausenklingel, weil dies bedeutete, daß wieder die Zeit für Quälereien gekommen war.

Abgesehen von der körperlichen Anstrengung haßte er Sport mehr als alles andere, weil er dabei gezwungen war, seine Korpulenz vor den anderen Jungen in aller Nacktheit zu enthüllen. Sie knufften ihn, lachten, wenn ihre Finger in seinen Fleischbergen verschwanden. Sie zwickten schmerzhaft seine Brüste, da sie wie die einer Frau herunterhingen (einige der Jungen berührten sie mit ganz anderen Absichten als aus reiner Boshaftigkeit). Die Dusche war eine ganz besondere Folterkammer für ihn.

Er trat gegen einen Ameisenhügel, beobachtete, wie die Ameisen entsetzt herausschwärmten, hockte sich hin und sah zu, wie sie voller Panik über die aufgerissene Erde liefen. Dann erhob er sich, richtete seinen Schuh auf die wogende Masse und trat mehrere Male zu, bevor er seine Wanderung fortsetzte. Ihm war es gleich, wenn er hinausgeworfen wurde; er wollte das sogar. Vater würde zwar toben – davor hatte er Angst –, aber Mutter würde ihm verzeihen. Er wußte, daß sie ihn vermißte, da sie ohnehin nie gewollt hatte, daß er auf ein Internat geschickt wurde. Nein, Vater war es gewesen, der darauf bestanden hatte. Der Junge muß endlich mal Disziplin lernen, hatte er gesagt, muß Rückgrat bekommen. Ist zu sehr Muttersöhnchen, das ist sein Problem. Muß unter anderen Jungen seines Alters sein. Braucht Tradition. Nun, mit vierzehn hatte er alle Traditionen, die er ertragen konnte. Tradition war, soweit er das beurteilen konnte, daß dicke Jungen als Monstren betrachtet wurden, die man züchtigen, quälen und verachten konnte. Er mußte blinzeln, als sich seine Augen vor Selbstmitleid trübten.

Auf dem Gras liegend, ohne sich um die kalte Feuchtigkeit zu kümmern, schaute er zum grauen Himmel hoch, und sein Bauch hob sich wie ein Hügel über ihm. »Ist mir egal, ob ich nach Hause geschickt werde«, sagte er laut. »Sind alles Blödmänner!« Er schob seine Hände tiefer in die Hosentaschen und lag da flach auf dem Rükken, die Knöchel übereinandergeschlagen; Gedanken gingen ihm fortwährend durch den Kopf.

Plötzlich erschauerte er vor Kälte. Er mußte einen ganzen Nachmittag totschlagen. Vielleicht würde er sich zu dem Kino in Windsor wagen. Zuerst zu der Bank an der High Street gehen und zwei Pfund abheben, ein paar Süßigkeiten kaufen und sich dann ins Kintopp schleichen. Das Problem war nur, daß es so schwer war, sich in dieser verdammt auffälligen Schuluniform irgendwohin zu begeben. Aber er würde sich eine Erkältung holen, wenn er hier zu lange herumhing, also würde er ins Kino gehen müssen.

Er war sich zuerst nicht sicher, ob er das Weinen gehört oder ob er es sich eingebildet hatte, da es aus seinem eigenen Kopf zu kommen schien. Ein paar Augenblicke lag er da, die Augen noch immer ausdruckslos zum Himmel gerichtet, schob sich dann auf einem Ellenbogen hoch und sah sich um. Außer Gras, Bäumen und einem fernen Eisenbahndamm konnte er nichts sehen. Das Geräusch kam wieder, gerade als er meinte, er habe es sich nur eingebildet – dünne, kindliche Schluchzer kamen von irgendwo hinter ihm. Er drehte sich auf den Bauch, so daß er in die Richtung des Geräusches blicken konnte, und sah etwa hundert Meter entfernt eine kleine Gestalt.

Das Mädchen trug ein blaßblaues Kleid und umklammerte etwas fest in ihren Armen. Ihr langes blondes Haar fiel lose auf die Schultern und bedeckte einen Teil ihres Gesichts, das zur Brust geneigt war. Der kleine Körper bebte leise bei jedem Schluchzen.

Der Junge richtete sich auf die Knie auf und rief ihr zu: »Was ist denn? Hast du dich verlaufen?«

Das Weinen des Mädchens hörte kurz auf, als sie zu ihm hochblickte, aber dann begrub sie ihr Gesicht in den Händen und weinte weiter.

Aus der Entfernung konnte er nicht genau feststellen, wie alt sie war, aber sie schien zwischen fünf und zehn Jahre alt zu sein. Colin stand auf und begann auf sie zuzugehen. Auf halbem Weg blieb er stehen und rief wieder: »Was ist denn los?« Er sah jetzt, daß sie eine Puppe umklammert hielt, denn er konnte winzige rosa Arme unter den Armen des Mädchens herausragen sehen.

Dieses Mal blickte sie nicht auf, aber ihr Schluchzen wurde noch schmerzlicher. Er näherte sich ihr langsam, da er sie weder erschrecken noch weiter aufregen wollte, und blieb wieder stehen, als er nur noch zwei Meter von ihr entfernt war. Irgendwie empfand er Verlegenheit, er wußte nicht, wie man mit Mädchen umgehen mußte, zumal mit einem in diesem Alter.

»Kannst du mir nicht sagen, was los ist?« fragte er unsicher.

Das Mädchen blickte hoch, und er sah, daß es nur sieben oder acht Jahre alt sein konnte. Das Weinen hörte kurz auf, aber sie schniefte, als sie ihn mit großen braunen Augen ansah und die Puppe noch fester an ihre Brust drückte.

»Was ist denn?« fragte er wieder. »Hast du deine Mutter verloren – deine Mami?«

Zuerst antwortete sie nicht, dann nickte sie langsam und sagte mit kaum vernehmbarer Stimme: »Mami.«

Dummes kleines Ding, dachte er, läuft einfach so allein herum. Gott, in dem dünnen Kleid muß sie ja schrecklich frieren. Er sah sich in der Hoffnung um, eine ängstliche Mutter näherkommen zu sehen, aber bis auf das Mädchen und ihn selbst war das Feld völlig verlassen.

»Wo – wo hast du deine Mami verloren?« fragte er bedächtig, und als sie zu weinen fortfuhr, trat er etwas näher. »Hallo, wie heißt denn deine Puppe?« fragte er und kam sich albern vor, als er den bloßen Fuß der Puppe mit seinen Fingern berührte.

Sie zog sie fester an sich, aber der Junge glaubte, einen Fleck auf der Plastikwange zu sehen.

»Hat sich die Puppe am Kopf weh getan? Laß mich mal sehen.«

Sie wich plötzlich vor ihm zurück und zog die Puppe aus seiner Reichweite. »Ich will zu Mami«, platzte sie schließlich heraus und begann noch lauter zu weinen.

»Ist ja gut, ist ja gut«, sagte er nervös. »Wir werden sie finden. Sag mal, wo hast du sie zuletzt gesehen?«

Das Mädchen schaute sich um, zuerst unentschlossen. Dann richtete es einen zitternden Finger in Richtung auf die Hauptstraße von Eton Wick. Seine Blicke folgten der ausgestreckten Hand. »Dann komm, bring mich zu der Stelle, wo du sie zuletzt gesehen hast.«

Sie zögerte, und er glaubte einen winzigen Schimmer von Lächeln auf ihrem kleinen traurigen Gesicht zu sehen. Dann begann sie mit einem Hopser in die Richtung zu laufen, in die sie gezeigt hatte. Schnell flitzte sie vor ihm her und blieb nur gelegentlich stehen, um zurückzublicken, als wolle sie sich vergewissern, daß er ihr noch folgte. Sie wartete dann, bis er sie fast eingeholt hatte und sprang erneut vor ihm her. Schließlich erreichten sie einen schmalen Pfad, und er begann vor Anstrengung zu keuchen, während er versuchte, mit der hüpfenden Gestalt Schritt zu halten. Das Mädchen verschwand durch ein schmales Tor, und er folgte ihr hindurch, ohne zu bemerken, wohin sie ihn führte. Erst als er die Grabsteine sah, blieb er abrupt stehen.

Der Friedhof. Das Mädchen mußte ihn mit seiner Mutter besucht haben, bevor sie sich verlaufen hatte. Wahrscheinlich lag hier ein verstorbener Verwandter – ihr Vater vielleicht? Aber wo war sie plötzlich? Sonst schien niemand hier zu sein; wahrscheinlich war ihre Mutter losgegangen, um nach ihr zu suchen. Dann sah er etwas Blaßblaues blitzen und entdeckte, daß sie zwischen alten grauen Grabsteinen umherhuschte. Sie blieb stehen und schaute zu ihm herüber, stand völlig reglos da, als warte sie darauf, daß er sich bewege. Als er das nicht tat, hob sie einen Arm, als winke sie ihm zu. Mit unterdrücktem Seufzen ging er über den Kiesweg zwischen den Gräbern zu ihr.

»Warte doch mal!« rief er. »Ich glaube nicht, daß deine Mutter hier ist!« Aber sie rannte wieder weiter.

Er sah das weitgedehnte, frisch umgegrabene Gelände und wunderte sich darüber. Da tauchten über zweihundert Hügel dunkler Erde auf, die offensichtlich neue Gräber markierten – und dann erkannte er, was sie bedeuteten. Dies war das Massengrab für die Opfer des Flugzeugabsturzes! Oh, wie schrecklich, dachte er. Das arme kleine Ding muß jemand bei der Katastrophe verloren haben. Er bemerkte den freien Raum in der Mitte der Fläche, auf der einmal der große Gedenkstein mit den Namen all der Toten errichtet werden sollte. Die Jungen im College hatten einander mit makabren Geschichten Angst gemacht, daß die Körper alle durcheinander waren und niemand sicher sein konnte, daß die Gliedmaßen und Köpfe mit den richtigen Leibern begraben worden waren. Er erschauerte heftig und spürte, daß ihn eine Gänsehaut überlief.

Er wollte nach ihr rufen, wollte von hier fortgehen, zurück auf die Straße, weg von dieser Stille, als er sie wieder sah. Sie stand in der Mitte der Erdhügel – eine winzige, ferne kleine Gestalt, die ihre Puppe fest umklammerte und auf ein bestimmtes Grab schaute. Irgendwie schien es respektlos, auf einem Friedhof laut zu rufen, als ob der Klang seiner Stimme die friedliche Ruhe der Toten stören würde, und so bewegte er sich vorsichtig zwischen den weichen Hügeln auf sie zu.

Sie hatte ihm den Rücken zugewandt, als er sie erreichte, und schien ihn nicht kommen zu hören. Er sah, daß sie zwischen zwei Gräbern stand, die von den anderen etwas entfernt lagen. Eines hatte normale Größe, aber das andere war kleiner, viel kleiner. Es hatte etwa die Größe eines Kindes.

Sie hatte ihm noch immer den Rücken zugewandt, und er überlegte, ob sie wegen eines weit größeren Verlustes weinte und nicht nur, weil sie vorübergehend von ihrer Mutter getrennt worden war. Dann durchfuhr ihn ein Gedanke: Ob dies das Grab ihrer Mutter war? War ihre Mutter eines der Opfer des Flugzeugabsturzes gewesen? Sein Herz flog ihr zu. Er wußte, was Einsamkeit bedeutete.

Langsam streckte er seine Hand aus, um die Schulter des Kindes zu berühren, da er zum erstenmal in seinem jungen Leben Mitleid spürte. Aus irgendeinem Grund verharrte er aber mit halb erhobenem Arm. Seine Finger fühlten sich an, als hätten sie etwas Kaltes berührt, als wären sie plötzlich in eine eisige Substanz getaucht. Er zog sie erschreckt zurück, zog aber seltsamerweise die Kälte mit sich, als sei sie an einem unsichtbaren Faden befestigt. Ja, plötzlich zog er eine ungeheure Masse von Kälte zu sich. Sie schien ihn einzuhüllen, erst sein Gesicht zu berühren, dann um seine Schultern zu gleiten und an ihnen herabzusinken. Fest hielt sie ihn in ihrem kalten Griff, umhüllte langsam seinen dicken Körper.

Eine Bewegung auf dem Boden lenkte seinen Blick von dem gesenkten Kopf des Mädchens ab. Er blickte an ihr vorbei nach unten und spürte plötzlich, daß die Eisigkeit, die ihn umfing, schwerer wurde und ihn lähmte. Seine Augen weiteten sich vor Entsetzen.

Die Erde zu den Füßen des kleinen Mädchens begann sich zu bewegen, als ob – als ob etwas darunter sie nach oben stieße. Winzige Bröckchen des Bodens zerbrachen und rollten an den Seiten der aufbrechenden Erde herunter. Er wußte, daß jeden Augenblick etwas hindurchbrechen würde, aber er konnte sich nicht bewegen! Seine eigene Furcht hielt ihn fest.

Plötzlich fiel die Puppe, die das Mädchen gehalten hatte, zu Boden, und diese Bewegung lenkte seinen Blick von der Erde ab. Ein leises, klagendes Stöhnen drang über seine Lippen, als er das Gesicht der Puppe sah: Die Hälfte davon war verbogen und verschrammt, geschwärzt, geschmolzen, als sei sie extremer Hitze ausgesetzt gewesen. Und ihre Augen lebten! Sie starrten dunkel und suchend in die seinen. Ihre Lippen schienen zu lächeln.

Er taumelte rücklings und fiel schwer hin, aber seine Dickleibigkeit bewahrte ihn davor, daß er sich ernsthaft verletzte. Doch die Bewegung brach die eisige Umklammerung, die ihn gefangengehalten hatte. Die Erde hob sich noch immer, und er sah etwas Weißes herausdringen, als ob ein Wurm an die Oberfläche käme, zu dem sich ein anderer gesellte und dann noch einer! Plötzlich begriff er, daß er zuschaute, wie eine Hand durch den Erdboden brach. Das Mädchen bewegte sich und verdeckte das Blickfeld, dann drehte sie sich langsam zu ihm um. Ihr Haar hing tief über ihr Gesicht. Sie begann ihren Kopf zu heben, und er hörte ihr leises, knurrendes Kichern – ein Geräusch, das nicht zu einem Kind gehörte. Es war das Kichern eines alten Mannes, roh und obszön.

Sie schaute ihn an, aber er konnte sie nicht ansehen. Er wollte ihr Gesicht nicht sehen, weil er wußte, das sagte ihm sein Instinkt, daß er dessen entsetzlichen Anblick nicht würde ertragen können. Er begann winselnd fortzukriechen und hielt seinen Blick auf den Kiesweg gerichtet. Je weiter er sich davonbewegte, desto mehr Kraft schien er zu gewinnen. Er war jetzt auf den Knien und bewegte sich noch immer, eine lächerliche, fette Figur, aber er bewegte sich, bewegte sich fort. Instinktiv warf er einen halben Blick zurück, und neue Furcht beschleunigte seine Bemühungen. Er glaubte, eine Gestalt hinter dem Mädchen stehen zu sehen; eine Gestalt, die aus dem Boden zu ihren Füßen emporgestiegen war.

Er schrie auf und kam auf die Beine, stürzte aber unter seinem eigenen Gewicht taumelnd wieder hin. Schmerzhaft stieß er sich seine Knie an dem scharfen Kies, beachtete den Schmerz aber kaum. Als er da der Länge nach lag und nach Atem rang, bemerkte er weitere Bewegung rings um sich. Die Erde über den anderen Gräbern hob sich.

Er stemmte sich hoch, kam diesmal erfolgreich auf die Füße und begann zu rennen. Doch seine Bewegungen schienen langsam, als ob er durch Wasser watete, als ob ihn irgendeine Kraft zurückhielte. Er kämpfte dagegen an, und nur das bloße Entsetzen half ihm, das Gefühl seiner Hilflosigkeit zu besiegen. Zwischen den anderen Grabsteinen taumelte er auf das schmale Tor zu. Er erreichte es und rannte voll Panik in die Richtung, aus der er gekommen war, auf die Felder zu. Jetzt fühlte er sich kräftiger, und seine stämmigen Beine stampften auf den Weg und dann auf das weichere Gras des Feldes. Er stürzte, fiel und lag keuchend da, sog schwer atmend tief Luft in seine Lungen und glaubte einen Augenblick lang, er sei entkommen. Aber dann hörte er das Flüstern – das Flüstern, das aus seinem eigenen Kopf zu dringen schien. Er warf einen Blick über seine Schulter und sah die winzige Gestalt allein am Rande des Feldes stehen. Er rappelte sich auf, begann wieder zu rennen und hörte das Gelächter, das leise kichernde Geräusch, das nun direkt hinter ihm zu sein schien.

Er schrie wieder auf, ein hoher, greller, fast mädchenhafter Schrei.

Das Feld stieg vor einem Bahndamm an, und er klammerte sich an Grasbüschel, um sich vorwärtszuziehen. Einmal rutschte er wieder zurück, doch seine schlagenden Beine fanden Halt. Sein Körper war schweißnaß, die Vorderseite seiner Hose befleckt, doch erreichte er den Gipfel des Bahndamms und rollte sich darauf.

Mühsam kroch er über die glitzernden silbernen Schienen, um auf die andere Seite zu gelangen, da eine innere Stimme ihm sagte, dort würde er in Sicherheit sein. Doch als er den Rand erreichte und nach unten blickte, sah er die winzige Gestalt dort stehen – ihren Kopf zu ihm emporgereckt, schien sie auf ihn zu warten. Ihr Kleid war nicht mehr blaßblau; es hing in zerfetzten Lumpen um ihren Körper, und ihre weißen Söckchen waren jetzt geschwärzt und zerrissen. Sie trug keine Schuhe.

Er schrie in noch größerer Qual auf, als er sah, daß sie kein Gesicht hatte, daß da, wo ein Mund, Nase und Augen hätten sein sollen, nur eine verbrannte, offene Wunde war.

Schwer stolperte er über das glänzende Silbergleis und fiel ungeschickt rücklings hin, wobei sein Kopf auf das Parallelgleis schlug; für einen Augenblick wurde alles schwarz um ihn. Er war sich nur undeutlich des Vibrierens bewußt, das durch die Gleise lief, als er da lag, zu kraftlos, um sich bewegen zu können, obwohl seine Sinne ihm zu sagen versuchten, daß dieses rumpelnde Geräusch, das lauter und lauter wurde, das Geräusch des nahenden Todes war. Und doch war dies einem kleinen Teil von ihm bewußt, und er akzeptierte es fast dankbar. Was war denn eigentich so Wundervolles daran, noch zu leben?

Der Lokführer sah zu spät die Gestalt, die bewegungslos auf den Gleisen lag. Er reagierte schnell, doch bis er die Bremsen betätigt hatte, war der Zug bereits über den dicken Körper des Jungen hinweggefahren.

11

Es war ein kleines Reihenhaus, das sich durch nichts von den anderen in der langen, schmalen Straße unterschied. Die braune Farbe an der Tür war rissig und blätterte ab, sie zeigte dunkelgrüne Flecken, die Farbe, die sie viele Jahre zuvor gehabt hatte. Keller drückte zum drittenmal ungeduldig auf die Klingel und schlug dann an den Briefkasten, um noch mehr Lärm zu machen. Er wollte schon aufgeben in der Annahme, daß Hobbs nicht da sei, als er von drinnen schwache Geräusche hörte. Eine Tür schloß sich, und schlurfende Schritte näherten sich über den Korridor. Eine gedämpfte Stimme fragte: »Wer ist da?«

»Keller«, erwiderte er und beugte sich dichter zur Tür.

Eine kurze Pause entstand, dann hörte er, wie die Tür aufgeschlossen wurde. Sie öffnete sich ein paar Zentimeter, und er sah diese blaßblauen Augen, die ihn durch den Spalt musterten. Die Tür schwang weit auf, und Hobbs stand mit ausdruckslosem Gesicht in der Öffnung.

»Ich wußte, daß Sie früher oder später kommen würden«, sagte er, trat beiseite und bedeutete dem Copiloten hereinzukommen. Hobbs schloß hinter ihnen die Tür, und der Korridor war in Halbdunkel getaucht. »Hier herein«, sagte er und öffnete eine Tür zu ihrer Linken.

Keller betrat den Raum und fand den leicht muffigen Geruch, der an Alter und Verlassenheit erinnerte, unerfreulich. Es war offensichtlich ein Zimmer, in das selten Licht fiel. Hobbs schob sich an ihm vorbei und zog die schweren Vorhänge auf. Die Spitzengardine dahinter zerstreute das plötzliche Sonnenlicht noch immer.

Das Medium bat ihn zu warten und verschwand durch

die Tür, um Sekunden später mit einer halbleeren Flasche Gin und zwei Gläsern zurückzukehren.

»Nehmen Sie auch einen?« fragte er, während er sich einen großen einschenkte.

Keller schüttelte seinen Kopf. »Nein, danke.«

»Ich habe Whisky, falls Sie den lieber wollen.«

Keller schüttelte wieder seinen Kopf.

Hobbs zuckte mit den Schultern und nahm hastig einen Schluck aus seinem Glas. Es war offensichtlich, daß es nicht sein erster an diesem Tag war.

»Setzen Sie sich bitte, Mr. Keller.« Keller sank in den fadenscheinigen, aber bequemen Lehnsessel, der in einer Ecke des Raumes stand, und das Medium zog einen Stuhl von dem runden Tisch, der in der Mitte stand. Er rückte ihn so zurecht, daß er Keller ansehen konnte. »Sie glauben mir jetzt also«, sagte er. »Was hat Ihre Meinung geändert?«

»Ich bin nicht sicher, ob sie sich geändert hat.«

Hobbs schwieg und wartete darauf, daß der Copilot fortfuhr. »Es – es ist die Stadt an sich«, sagte Keller unsicher. »Seltsame Dinge beginnen sich in Eton zu ereignen. Es ist vor allem das.«

»Seltsame Dinge?«

»Drei Menschen sind heute gestorben, und es scheint, als seien zwei weitere so erschreckt worden, daß sie verrückt sind.«

Hobbs trank seinen Gin aus, ohne seine grauen, durchdringenden Augen von Keller abzuwenden. »Stehen diese... Unfälle... auf irgendeine Weise in einem Zusammenhang?«

»Nun, sie alle fanden in der Nähe der Absturzstelle statt. Es scheint mehr als ein Zufall, daß alle innerhalb weniger Stunden erfolgten und alle so dicht dabei.«

»Wie sind diese drei Menschen gestorben?«

»Einer durch einen Herzanfall unten beim Fluß; die anderen beiden fielen aus einem Fenster.«

»Und gibt es da noch etwas, Mr. Keller? Etwas, das vielleicht mit Ihnen zu tun hat?«

»Es ist nur ein Gefühl.«

»Ja?«

»Es ist zu unbestimmt... Ich weiß nicht, was es ist. Unbehagen? Vielleicht Schuld.«

»Warum Schuld?«

Keller holte tief Atem und stieß ihn langsam wieder aus. »Sie wissen, daß Captain Rogan und ich vor dem Flug einen Streit hatten; er ist vielleicht nach dem Start weitergegangen. Das könnte sein oder mein Urteilsvermögen beeinträchtigt haben.«

»Ich verstehe. Bei diesem Streit ging es um seine Frau, nicht wahr?«

»Ja.«

Eine Pause. »Und Sie können sich nicht erinnern, ob der Streit im Flugzeug wieder ausgebrochen ist?«

Keller schüttelte seinen Kopf. »Da sind ein paar Bruchstücke, aber sobald ich mich auf sie konzentriere und mich zu erinnern versuche, verschwinden sie einfach.«

»Es könnte sein, daß Ihr Unterbewußtsein Sie vor der Schuld schützt.«

»Das ist mir klar. Aber das möchte ich lieber mit Gewißheit wissen, als so weiterzumachen...«

»Sie denken, ich könnte Ihnen helfen?«

»Sie sagten, daß Sie Stimmen hören... Auch die von Captain Rogan...«

»Dann glauben Sie mir also!«

»Ich weiß nicht! Es ist soviel geschehen, daß ich mir

nicht mehr sicher bin! Wenn Sie wirklich die Stimme des Skippers gehört haben, könnten Sie es vielleicht wieder versuchen. Sie könnten ihn fragen...«

Hobbs lächelte humorlos. »Es ist seltsam, wieviel leichter Glauben doch fällt, wenn man Hilfe braucht. Wie der sterbende Agnostiker, der plötzlich seinen Glauben an Gott findet.«

»Ich sagte nicht, daß ich glaube. Sie kamen zu mir, erinnern Sie sich?«

»Entschuldigen Sie, Mr. Keller, das war dumm. Ich kann verstehen, daß Sie sich recht verzweifelt fühlen. Doch wir sind in diesem Metier an Zynismus gewöhnt, und manchmal sind wir seiner müde; aber das ist keine Entschuldigung für mein Verhalten.«

»Ich mache Ihnen keinen Vorwurf. Ich war gestern abend sehr unhöflich zu Ihnen.«

»Sie stehen unter starkem Streß. Weit mehr, glaube ich, als Sie wirklich wissen.«

Keller wunderte sich über die Worte, fand aber keinen weiteren Hinweis in Hobbs Gesichtsausdruck.

»Können Sie mir helfen?« fragte er bedächtig.

»Ich bin nicht sicher. Ich bin nicht sicher, ob ich das will.«

Keller sah ihn überrascht an. »Aber gestern abend...«

»Gestern abend dachte ich an Sie. Nach meinem Besuch bei Ihnen hatte ich Zeit zum Nachdenken. Die Antworten, die Sie finden, gefallen Ihnen möglicherweise nicht.«

»Ich bin auf dieses Risiko vorbereitet!«

»Es gibt auch noch andere Faktoren.«

Kellers überraschter Blick war fragend.

»Ich erzählte Ihnen gestern abend«, sagte Hobbs, »daß

ich diese Sache aufgegeben habe; daß gewisse Kräfte zu mächtig geworden sind. Lassen Sie mich zu erklären versuchen, was manchmal geschieht, wenn ich in Trance bin. Mein spiritueller Leib verläßt den körperlichen, und ich spreche mit Geistwesen auf der anderen Seite, die in gewisser Weise mit dem Teilnehmer an der Seance verbunden sind. Währenddessen können aber auch andere, oft unbekannte Geister durch meinen Körper sprechen. Dies begann immer häufiger zu passieren, und schließlich sprachen gewisse Wesen nicht nur durch mich, sondern begannen meinen Körper zu kontrollieren. Damit war ich zu empfänglich für böse Einflüsse. Deswegen habe ich meinen Geist vor den Opfern des Flugzeugabsturzes verschlossen.«

»Sie sagten vorher, Sie hätten das Gefühl, daß an den Stimmen etwas Seltsames sei.«

»Ja, etwas Böses beginnt sie zu beherrschen. Darum wehre ich mich dagegen, ihnen nachzugeben und mich in einen Trancezustand zu versetzen. Aber vielleicht bleibt mir keine andere Wahl; meine Widerstandskraft wird gebrochen.«

»Ich verstehe nicht.«

Hobbs' Hände zitterten jetzt leicht, und er wandte seine Aufmerksamkeit der Ginflasche zu. Er streckte die Hand danach aus, änderte dann aber seine Meinung und schaute Keller direkt an.

»Es gibt zwei Arten von Medien – mentale und physische. Das physische Medium produziert Manifestationen: Gegenstände bewegen sich, Materialisationen von Ektoplasma, Geräusche – derartige Dinge. Ich bin ein mentales Medium: Ich sehe und höre körperlich. Wenn ich hellhöre, höre ich nur die Stimmen, und manchmal hört auch der Teilnehmer einer Sitzung sie mit mir; wenn ich hellsehe, sehe ich Geistwesen. Dann fühle ich eine Blockade oben an meinem Rückgrat, und alles wird verschwommen. Ich verliere die Kontrolle über meinen Körper. Ich – ich habe ein wenig Angst davor. daß das bei diesen Geistern passieren könnte.« Er griff nach der Ginflasche und schenkte sich diesmal ein.

»Werden Sie diese Wesen je in Frieden lassen, wenn Sie mir nicht helfen?« Kellers Frage verhinderte kurz, daß das Glas Hobbs' Lippen erreichte. Er musterte Keller für ein paar Augenblicke, bevor er den Inhalt schluckte.

»Wahrscheinlich nicht, Mr. Keller. Das ist meine andere Befürchtung«, sagte er schließlich.

»Dann lassen Sie es uns versuchen, um Himmels willen.«

»Sie wissen nicht, was Sie verlangen.«

»Ich weiß, daß die Zeit vergeht! Fragen Sie mich nicht, woher ich das weiß – nennen Sie es Instinkt, wenn Sie wollen –, aber ich muß die Antwort bald finden!«

Hobbs' Körper schien sich aufzurichten. Die Unentschlossenheit verließ ihn sichtlich.

»Kommen Sie und nehmen Sie mir gegenüber Platz«, sagte er.

Keller zog rasch einen anderen Stuhl vom Tisch heran und setzte sich gegenüber dem Medium hin. Ein nervöses Prickeln durchlief seinen Körper.

»Was habe ich zu tun?« fragte er.

»Sie tun nichts«, sagte Hobbs, der Ginflasche und Glas beiseite stellte. »Sie müssen nur Ihren Verstand klären und an Menschen denken, die Sie auf dem Flug kannten. Denken Sie an Captain Rogan.«

Das Bild des Chefpiloten drang augenblicklich in Kellers Kopf: Rogan auf dem Sitz vor den Instrumenten des Flugzeuges, sein Gesicht verzerrt – war es Angst oder Zorn? Das geistige Bild war deutlich, aber die genaue Stimmung nicht definierbar.

»Konzentrieren Sie sich einfach, Mr. Keller, und bleiben Sie im Augenblick ganz ruhig. Sie hören vielleicht seine Stimme, vielleicht auch nicht. Ich werde Ihnen sagen, wann Sie Fragen stellen können, aber das müssen Sie durch mich tun. Ich werde versuchen, dies auf ganz niedriger Ebene zu halten, um zu verhindern, daß die anderen durchkommen. Bitte helfen Sie mir, indem Sie ruhig bleiben, was immer auch geschehen mag.«

Hobbs schloß seine Augen und begann gleichmäßig durch seine Nase zu atmen. Fast augenblicklich wurde sein Atem tiefer. »Sie sind stark«, sagte er ängstlich, »sie sind so stark. Sie haben gewartet. Ich kann so viele von ihnen sehen... sie ziehen mich nach unten... es geschieht so rasch...«

Keller war über die Schnelligkeit des Vorgangs erstaunt und ein wenig verängstigt. Er hatte sich immer eingebildet, daß es ein allmählicher Prozeß sei, daß das Medium um der Teilnehmer willen die Situation dramatisch aufbaue. Irgendwie stimmte das alles nicht: Das ganz gewöhnliche Vororthaus, das düstere, aber konventionelle Wohnzimmer, der überhaupt nicht beeindrukkende kleine Mann selbst. Er hatte etwas Theatralischeres erwartet. Aber gerade diese Normalität war es, die alles soviel glaubhafter machte.

»Konzentrieren Sie sich bitte, Mr. Keller! Denken Sie nur an Captain Rogan. Formen Sie ein Bild von ihm in Ihrem Verstand.« Hobbs' Stimme klang angespannt, und Furchen der Anstrengung hatten sich auf seinem Gesicht gebildet. »So viele... so viele...« Seine Hände, die auf dem Schoß geruht hatten, tauchten plötzlich auf dem Tisch auf, die Finger ausgestreckt und zitternd, Hinweis auf die mentale Qual, die er durchmachte. »Rogan... nur Rogan...« Er sprach die Wörter, als ob er seinen Willen bei anderen durchsetzen wolle.

Plötzlich entspannte sein Körper sich, und er lehnte sich deutlich vorwärts. »Ich... habe... ihn... Mr. Keller... ich... habe...« Sein Körper wurde wieder steif, und die Anspannung kehrte wieder in seine Gesichtszüge zurück. »Nein... ich möchte Rogan... ich suche... nur Rogan...«

Keller starrte das leidende Medium ängstlich an. Der Mann durchlitt geistige Qualen. Er erinnerte sich daran, daß er seine Konzentration ganz auf den verstorbenen Chefpiloten richten sollte und tat sein Bestes, um dessen Bild in seinem Kopf festzuhalten.

Hobbs' Atem wurde noch tiefer und heftiger. Er bog seinen Körper rückwärts und richtete sein Gesicht zur Decke. Plötzlich ruckte sein Kopf nach vorn, so daß sein Kinn fast auf seine Brust fiel. Sein Körper sackte auf dem Stuhl zusammen.

Langsam öffneten sich seine Augen, und er blickte zu Keller auf.

Keller spürte ein kaltes Kribbeln in seinem Genick; eisige Finger streiften über sein Rückgrat. Es war nicht mehr Hobbs, der da saß, seine ganze Persönlichkeit hatte sich verändert. Jetzt war etwas Abscheuliches da. Etwas Abstoßendes.

Der Raum selbst schien düsterer zu werden – die Schatten hatten sich vertieft – und es war viel kälter geworden.

»Kell... er«, seine Stimme war leise, krächzend, nur ein Flüstern. Der Pilot starrte voller Entsetzen auf die Gestalt, die Hobbs und doch nicht Hobbs war. Dessen Blicke bohrten sich in die seinen, und die feuchten Lippen verzogen sich höhnisch. »Töte... ihn... Keller... er... hat... das... getan.«

Keller konnte nicht sprechen. Sein Mund war trocken und seine Kehle fast schmerzhaft zugeschnürt. Wen töten?

Feuchtigkeit rann aus Hobbs' Mund und begann über sein Kinn hinabzulaufen. »Töte... Keller... du... Dave... Dave... nicht...« Die Stimme hatte sich verändert. Sie war plötzlich mitten im Satz abgebrochen und hatte einen anderen Tonfall angenommen. Hobbs' Augen hatten sich wieder geschlossen, aber die Qual zeigte sich weiterhin auf seinem Gesicht. »Dave, der Absturz... war...« Keller erkannte die Stimme wieder: Rogan. Er beugte sich über dem Tisch vor, und sein Herz hämmerte. »Mach dir keine... Vorwürfe... fort...!« Die Stimme veränderte sich wieder, war getränkt von beißendem Spott. »Überlaß den Scheißkerl uns!«

Hobbs' Augen öffneten sich weit und funkelten Keller bösartig an. Die Worte waren scharf und kräftig geworden, nicht mehr zögernd.

»Keller, Keller, Keller! Du bist unser, du Bastard, du bist unser!« Das kam leise, fast geflüstert, voller Boshaftigkeit. »Er hat uns getötet, Keller – du wirst ihn töten!«

Dem Copiloten fiel das Atmen schwer. Es war, als ob kalte Hände sich um seine Kehle klammerten und langsam zudrückten. Die Luft schien abgestanden zu sein, stank nach Exkrementen. Er zerrte an den unsichtbaren Händen, was unerklärlicherweise half.

»Wen töten?« brachte er keuchend heraus. »Wer sagt das?«

Das Ding ihm gegenüber lachte. Ein heiseres, obszönes Gelächter. Es grinste Keller böse an. »Er – muß – sterben! Du denkst, du seist entkommen, Bastard? Du denkst, du seist frei? Denk nach! Geh zu ihm, und dann kommst du zu uns! Dem Tod entrinnen? Kein Entkommen – für ihn! Keines für dich!«

Keller wurde von dem Gestank übel. Die unsichtbaren Hände hatten sich jetzt zu seinen Handgelenken bewegt und hielten sie auf der Tischplatte fest.

»Dave!« Die Stimme war jetzt wieder die Rogans. Der Griff an seinen Handgelenken ließ nach, und er bog die Hände vom Tisch. »Hilf... uns... Dave... hilf... uns!« – »Der Bastard kann nicht helfen!« Die andere Stimme. »Aber er kann töten.« Gelächter. »Das wirst du, nicht wahr, Keller?« Der Tonfall wurde weinerlich und geziert. Aber er war unecht. »Antworte, Scheißkerl! Antworte, du! Kein Frieden für dich, Keller, niemals. Stirb mit uns. Warum tust du das nicht? Warum tust du das nicht? Wir werden dich nicht leben lassen!«

Plötzlich kamen die Stimmen nicht nur aus dem Medium – sie kamen aus verschiedenen Ecken des Zimmers, während Hobbs nur dasaß und grinste. Flüster, Geflüster, bettelnd und angstvoll. Hobbs lachte laut.

»Hör ihnen zu, Keller. Ich herrsche. Ich habe die Macht.« Das Wesen spuckte die Wörter bösartig aus.

»Wer bist du? Wo ist Rogan?« Keller beugte sich über den Tisch vor, sein Ärger mischte sich mit seiner Furcht.

»Rogan ist bei uns, Keller. So, wie du es sein solltest. Komm zu uns, Keller.«

»Wer bist du?« fragte der Copilot wieder.

»Der, den sie haßten. Weißt du das nicht?« kicherte Hobbs.

»Wer?« wiederholte Keller.

»Keller, er tötete mich.« Der Copilot drehte ruckartig den Kopf. Die Stimme war hinter ihm gewesen. »Es war in dem Koffer. Erinnerst du dich? Er... leg...« Die Stimme begann zu schwinden. »Es...«

»Finde ihn, Dave.«

»Finde ihn!«

»Du mußt.«

»Hilf uns!«

Das Flüstern kam von den Wänden, verworren und sich überlagernd, verzweifelt. Und die ganze Zeit über lachte das Ding in Hobbs.

»Du siehst, Keller, sie wollen frei sein. Siehst du, wie große Angst sie haben? Sie haben Angst vor mir. Du kennst mich doch, oder? Nicht wahr?«

Eine Hand zuckte plötzlich vor, packte die Ginflasche, hob sie hoch und schlug sie dann krachend herunter, wobei ihr Hals an der Tischkante abbrach. Keller schaute fasziniert zu, als Hobbs die zerbrochene Flasche an seine Lippen hob und schrie »Nein!«, als das Medium das gesplitterte Glas gegen seine Lippen stieß und zu trinken begann. Blut, mit Gin vermischt, lief über sein Kinn herunter.

Dann war Hobbs mit einem Schrei auf den Beinen, sein Mund eine blutige Masse, seine Augen weit und entsetzt. Mit heftig zuckenden Schultern funkelte er Keller an, wobei ein gurgelndes, knurrendes Geräusch aus seiner Kehle kam. Seine Worte waren unverständlich, aber als er sich um den Tisch herum bewegte, auf den Copilot zuging und das gezackte Glas wie eine Waffe vor sich hielt, wurden seine Absichten klar.

Für einen Augenblick saß Keller wie angewurzelt da, wie eine Maus, die vor Furcht gelähmt auf das Zuschlagen der Schlange wartet; aber dann bewegte er sich schnell. Als er aufsprang, zog er den Tisch mit sich hoch und stieß ihn heftig auf das Medium zu. Hobbs stolperte dagegen und stieß ihn krachend beiseite, ein tierisches, wütendes Knurren drang über seine zerfetzten Lippen. Er sprang vorwärts.

Keller riß den Stuhl hoch und hielt ihn wie einen Schild vor sich. Er wurde ihm mit einer Kraft aus der Hand entrissen, die nicht menschlich war, und durch den Raum geworfen, wo er an der Wand zerbrach. Das Flüstern schien lauter zu werden, erfüllte seinen Kopf, verwirrte ihn, zwang ihn zu bleiben, wo er war. Er stolperte und fiel schwer hin, wobei er sich die Knie stieß, doch gelang es ihm, etwas von der Wucht des Aufpralls mit den Händen abzufangen. Er versuchte, sich von dem Wesen zu entfernen, das nicht mehr Hobbs war, aber der Mann war schon über ihm. Er spürte, daß an seinem Haar gezerrt und sein Kopf nach hinten gezogen wurde, so daß er gezwungen war, in das gräßliche Gesicht des Bösen zu schauen. Sein Hals war entblößt, die Ginflasche, die jetzt wie ein grotesker Dolch nach unten gerichtet war, schwebte über ihm. Ihr Inhalt floß in sein nach oben gerichtetes Gesicht. Die Stimmen in seinem Kopf lachten.

Er schrie, als das geborstene Glas seinen Weg nach unten nahm, aber es erreichte seine Kehle nicht. Es verharrte auf halbem Weg und hing dort. Die Hand, die es umfaßt hielt, zitterte, und die Finger, die es umklammerten, waren weiß vor Anstrengung. Plötzlich zerbrach das Glas vollends, und die Scherben fielen in Kellers schutzloses Gesicht, während Hobb's Hand sich zu einer roten, verstümmelten Faust ballte. Er hörte den Schmerzensschrei, und sein Kopf ruckte vor, als er losgelassen wurde. Hobbs sank neben ihm auf die Knie. Der kleine Mann hielt seine verletzte Hand am Gelenk fest, Tränen des Schmerzes rannen ihm über sein Gesicht und mischten sich mit dem Blut um seinen Mund.

Keller lag auf der Seite. Der Schock verhinderte, daß er sich bewegte.

»Keller!« Die Worte waren verzerrt, doch die Stimme gehörte Hobbs. »Was ist mit mir passiert? Mein Gesicht! Meine Hand!«

Der Copilot erkannte, daß das, was immer in dem Medium gewesen sein mochte, jetzt fort, zurück in die Hölle gegangen war, aus der es gekommen war. Und auch die Stimmen verflogen, wurden mitleiderregend leiser, verstummten dann ganz. Und während ihm schwindelte, während verschwommene Muster durch sein Blickfeld trieben, hörte er eine andere Stimme. Als er tiefer sank und die Muster sich zu dunklen Wolken ballten, die sich vereinten und jedes Licht verschluckten, erkannte er die Stimme.

Es war die von Cathy.

12

Tewson nahm die feine Rille im Boden näher in Augenschein. Er verfolgte die frostharte Vertiefung mit seinen Fingern, bis sie einen Punkt erreichten, an dem die zerfurchte Erde zu einem winzigen Wall wurde. Auf dem ganzen Feld verteilt befanden sich viele solcher Spuren, einige so tief, als ob ein Pflug sie gerissen habe, andere wie diese klein und anscheinend bedeutungslos. Aber oft barg selbst die winzigste Spur einen entscheidenden Hinweis: Fragmente des Wracks, die beim Aufprall des Flugzeugs auf den Boden weit verstreut worden waren.

Er schob einen Finger in die Erhöhung und spürte, daß etwas Festes dort eingebettet war. An der gefrorenen Oberfläche grabend, machte er den Bereich um den Gegenstand frei und seufzte enttäuscht, als er die Ursache der Vertiefung fand. Er hatte auf ein mechanisches Bauteil gehofft – auf etwas, das Teil einer Zündvorrichtung sein könnte. Statt dessen fand er einen Ring, dessen Diamantkrone mit Schmutz bedeckt war. Er steckte ihn in einen braunen Umschlag, in dem er klirrend gegen mehrere andere kleine, aber wertvolle Gegenstände stieß, die er an diesem Morgen gefunden hatte – verlorene Habe der Toten. Selbst nach so langer Zeit fanden die Ermittler noch solchen Schmuck. Alle Fundstücke wurden an die Consul Airlines weitergeleitet und mit der Liste der Wertgegenstände verglichen, die so genau wie möglich nach den Angaben der Familien der toten Opfer oder der nächsten Angehörigen erstellt worden war.

Tewson blickte schnell auf, als er hörte, wie sein Name über das Feld gerufen wurde. Einer seiner Kollegen kam winkend auf ihn zu. Er erhob sich und trottete über die gefrorene Erde, wobei seine Augen noch immer nach schimmerndem Metall suchten, einem versteckten Hinweis, der dazu beitragen mochte, seinen Verdacht zu bestätigen.

»Was ist los?« rief er, als er seinen Kollegen im Dufflecoat fast erreicht hatte.

»Was los ist? Hast du den ›Express‹ von heute gesehen?« kam die atemlose Antwort. »Slaters hat mich gleich aus dem Hotel hierher geschickt. Er will dich sprechen.«

»O Gott! Womit habe ich ihn denn diesmal auf die Palme gebracht?«

»Das wirst du bald genug wissen, Junge. Wenn ich du wäre, würde ich da sehr vorsichtig sein.«

»Na, was steht denn in der Zeitung?« fragte Tewson, in dessen Hinterkopf ein nagender Verdacht auftauchte.

»Er wird's dir schon sagen«, sagte der andere Ermittlungsbeamte, »wenn du's nicht bereits weißt.« Er schaute Tewson bedeutungsvoll an.

Tewson lief bereits über das Feld zu der Brücke, die Eton mit Windsor verband. Er hatte gestern mit einem alten Bekannten zu Mittag gegessen, kurz bevor das schreckliche Klirren des Glases und die Schreie sie unterbrochen hatten. Als er hinausgeeilt war und Dave Keller über die toten Körper einer Frau und eines nackten Mannes gebückt fand, hatte er seinen Begleiter sofort vergessen. Der Gedanke, der jetzt in seinem besorgten Hirn nagte, hatte mit der Tatsache zu tun, daß dieser alte Kumpel freier Journalist war und daß sie über die Absturzursache gesprochen hatten! Tewson war sich dessen wohl bewußt, daß er zu einem gewissen Über-Enthusiasmus neigte, was seine persönlichen Theorien betraf; eine Neigung, die ihn manchmal dazu brachte, zuviel zu sagen. Verschwiegenheit war unglücklicherweise nie eine seiner Stärken gewesen.

Als er das Hotelzimmer betrat und Slaters Gesichtsausdruck sah, wußte er, daß seine Besorgnis begründet war.

»Ich möchte wissen, was das zu bedeuten hat«, wollte

der leitende Ermittler ärgerlich wissen, als er die Zeitung über seinen provisorischen Schreibtisch Tewson zuwarf.

Tewson schluckte schwer, als er sie mit nervösen Fingern ergriff. Ein Knoten ballte sich in seiner Magengrube und klumpte sich heftig und fast schmerzhaft, als er die fette Schlagzeile las: ›BOMBE SOLL URSACHE DES FLUGZEUGABSTURZES VON ETON SEIN.‹ Seine Eingeweide rumorten, als er begriff, was diese Schlagzeile bedeutete: Hier wurde seine Theorie wiedergegeben, nicht die eines anderen. Die Geschichte – und das wurde bereits in den Zeilen des Vorspanns bestätigt – konnte nur von einem Angehörigen des Ermittlungsteams stammen. Und obgleich die Informationsquelle nicht preisgegeben worden war, würde es für jeden in der Abteilung klar sein, wer der Schuldige war. Er nahm die danebenstehende kleine Geschichte kaum zur Kenntnis, in der es um den mysteriösen Todessturz eines verheirateten Paares, das in Eton lebte, aus einem Fenster ging. Sein frei arbeitender Freund hatte einen finanziell lohnenden Tag gehabt.

»Nun?« Die Frage nach einer Erklärung war von eisiger Schroffheit.

»Ich... äh...«, es fiel Tewson schwer, seinen Blick von der Schlagzeile abzuwenden.

»Sie haben die Information durchsickern lassen, nicht wahr?«

Er nickte beklommen, als er sah, daß die Geschichte mit dem Namen seines alten Freundes unterzeichnet war. Es gab jetzt überhaupt keinen Zweifel mehr.

»Soviel habe ich ihm nicht erzählt«, stellte er kleinlaut fest, wobei er die Geschichte überflog. »Das meiste davon ist reine Reportervermutung.«

»Ach, wirklich? Und seit wann braucht eine Zeitung erwiesene Tatsachen, um eine Geschichte zu veröffentlichen?« Slater stützte sich schwer auf den Schreibtisch. »Ich habe Sie vorher gewarnt, Tewson, davor gewarnt, Ihren Mund an den falschen Orten und zur falschen Zeit aufzumachen. Das Ministerium wird uns deswegen die Hölle heiß machen, und die Fluggesellschaft auch! Ich weiß, daß Sie in der Vergangenheit mit Ihren halbgaren Theorien oft recht gehabt haben, aber nie zuvor haben Sie sie an die Presse rausposaunt, bevor sie durch Beweise erhärtet worden waren! Das ist nicht akzeptabel.«

»Aber ich erzählte ihm, daß es nur ein Gedanke sei – daß es keinen wirklichen Beweis dafür gäbe.«

Slater war jetzt auf den Beinen, seine Knöchel auf dem Schreibtisch schimmerten weiß. »Sie hatten kein Recht, ihm überhaupt etwas zu erzählen!« brauste er auf. »Wir sind in dieser Organisation zur Geheimhaltung verpflichtet. Sie wissen das sehr genau! Wie zum Teufel kommen Sie überhaupt darauf, daß Sie so richtigliegen?«

»Alles, was wir bisher herausgefunden haben, unterstützt meine Explosionstheorie! Es ist nur eine Frage der Zeit, bis sie bewiesen ist!«

»Sind Sie je auf den Gedanken gekommen, daß ich auch eine Theorie entwickelt haben könnte?« Slater funkelte ihn an. »Eine Idee, die mehr für sich hat als Ihre sensationslüsterne Schlußfolgerung?«

Tewson konnte den Blick seines Vorgesetzten nur verlegen erwidern. »Das haben Sie mir gegenüber nie erwähnt«, sagte er.

»Manche von uns sammeln zunächst einmal Fakten und suchen dann nach Beweisen, bevor sie Theorien entwickeln und in die Welt rausposaunen!« Slater gab sich sichtlich Mühe, sich zu beruhigen, setzte sich dann plötzlich hin und bedeutete Tewson, das ebenfalls zu tun.

Nachdem der bebrillte Ermittler ihm gegenüber auf einem Stuhl Platz genommen hatte, versuchte Slater seinen Ärger zu unterdrücken und sprach mit leiser und emotionsloser Stimme weiter: »In gewissem Umfang bin ich mit Ihnen einer Meinung, daß eine Bombe an Bord gewesen ist, weil viele der Umstände in diese Richtung weisen. Aber es gibt auch Hinweise auf eine andere Ursache.«

Tewson war widerwillig aufmerksam.

»Im März 1974«, fuhr der ältere Beamte fort, »stürzte eine DC 10 der Turkish Airlines direkt hinter Paris ab. Die Spuren, die die amerikanische Federal Aviation Administration hinsichtlich der Ursache fand, hatten eine gewisse Ähnlichkeit mit den Spuren, die wir bisher gefunden haben. Ich erinnere mich, daß seinerzeit spekuliert wurde, eine Bombe könne an Bord gewesen sein, aber schließlich wurde festgestellt, daß in Wirklichkeit durch einen Konstruktionsfehler eine Frachtraumluke im Heck während des Fluges herausgefallen war und eine explosive Dekompression erzeugt hatte. Der Boden des Passagierraums wurde aufgerissen, und Passagiere, die noch an ihre Sitzplätze geschnallt waren, wurden hinausgesaugt. Die Versorgungleitungen, die vom Cockpit zum Heck durch den Boden führten, wurden durchgetrennt, und das verursachte den Absturz des Flugzeuges, das dann völlig steuerlos war.« Er hob müde, aber geduldig eine Hand, um die Proteste abzuwehren, mit denen der junge Ermittler herausplatzen wollte. »Denken Sie doch mal nach, Tewson. Die blauen und gelben Spuren auf einer der Tragflächen wurden durch die Flugzeugtür verursacht, auf denen sich ein Teil des Signets der Fluggesellschaft befindet, und die plötzliche Unterbrechung der Funkverbindung ist auf die Durchtrennung von Kabeln zurückzuführen, die ihrerseits wahrscheinlich die Fehlfunktion anderer elektrischer Stromkreise ausgelöst hat. Der Grund dafür ist eindeutig eine Explosion, das gebe ich zu – aber eine Explosion durch Dekompression, und nicht eine künstlich herbeigeführte Explosion!«

Tewson schwieg wieder, wobei sich seine Gedanken überschlugen. Es war möglich! Es klang sogar viel wahrscheinlicher. Aber sein reiner Instinkt sagte ihm etwas anderes.

»Nun, ich will über Ihre Theorie nicht urteilen, Tewson«, fuhr Slater düster fort, »und wir werden die Antwort bald haben. Aber der entscheidende Punkt, der Ihre Theorie ausschließt, ist dieser: Es ist einfach unmöglich, angesichts all der Sicherheitsvorrichtungen, die Fluggesellschaften heute einsetzen, eine Bombe an Bord eines Flugzeuges zu bringen! Jede große Fluggesellschaft war der Flugzeugentführungen und Bomben einfach überdrüssig. Und 1975 tat man sich endlich zusammen und führte die raffiniertesten Kontrollmethoden ein, um diese Risiken auszuschalten. Und Sie haben die Stirn zu verkünden, daß all diese Bemühungen vergebens gewesen sein könnten!« Seine Stimme schwoll jetzt an, sein Ärger baute sich wieder auf. »Wir sollten eine verantwortungsbewußte Organisation sein! Wir können uns die Kritik nicht leisten, die an uns jetzt allein wegen Ihres gedankenlosen Ausbruchs von Egoismus geübt wird.«

Er blickte nachdrücklich und lange in Tewsons sich rötendes Gesicht. »Von heute an sind Sie vom Dienst suspendiert, so lange diese spezielle Untersuchung läuft.

Wir werden für Sie bald Verwendung in irgendeinem anderen Fall finden. Wenn es soweit ist, setze ich mich mit Ihnen in Verbindung.«

Doch jetzt wurde Tewson wütend. Er sprang auf und beugte sich streitlustig über den Schreibtisch vor. »Sie haben noch nicht bewiesen, daß ich mich irre!«

»Und Sie haben noch nicht bewiesen, daß Sie recht haben!« konterte Slater, wobei er den zornigen jüngeren Mann anfunkelte. »Das ist, nebenbei bemerkt, der entscheidende Punkt. Es geht nicht darum, wer recht oder unrecht hat. Wir sprechen über Ihre Indiskretion und Ihre Verantwortung gegenüber der AIB! Packen Sie jetzt Ihre Sachen zusammen und verschwinden Sie, bis man sich mit Ihnen in Verbindung setzt.«

Während Tewson herumwirbelte und in den angrenzenden Raum stürmte, wo er einige persönliche Habseligkeiten aufbewahrte, schloß Slater seinen Wortschwall, indem er rief: »Und wenn Sie kündigen wollen, dann ist das Ihre Entscheidung!«

Tewson schlug die Tür hinter sich zu und lehnte sich ein paar Augenblicke dagegen, um seine Fassung wiederzufinden. »Bastard!« sagte er laut, während er ärgerlich seine Brille abnahm und sie heftig mit dem Ende seiner Krawatte zu polieren begann. Er trat gegen das Bein eines kleinen Kaffeetisches. »Ich werde beweisen, daß ich recht habe«, sagte er zu sich. »Ich werd's diesem blöden alten Zausel zeigen! Mal sehen, wie er dasteht, wenn die Wahrheit festgestellt wird, und wenn der Mann, dessen Verdacht richtig war, suspendiert worden ist. Dafür wird er dann bezahlen, der verdammte alte Narr!«

Er stopfte seine wenigen Habseligkeiten in einen abgewetzten Aktenkoffer und verließ das Zimmer durch die

Tür, die direkt auf den Korridor führte. Unten stapfte er in die Hotelbar, schleuderte den Aktenkoffer gegen den Fuß des Tresens und bestellte einen großen Whisky.

Der Whisky brannte in seiner Kehle, und er griff nach dem Soda, wütend wegen des kaum verhohlenen hämischen Grinsens des Barkeepers. Er zog einen Barhocker heran und stützte seine Ellenbogen fest und aggressiv auf den Bartresen. Der Barkeeper in weißer Jacke ergriff ein sauberes Glas und begann es heftig mit einem Tuch zu polieren. Er wandte Tewson den Rücken zu, der allmählich entspannter an dem Whisky nippte, obwohl sein Atem noch kurz und heftig ging, sich aber unter der beruhigenden Wirkung des Alkohols bald verlangsamte. Seine Gedanken überschlugen sich noch immer, doch allmählich begann er sich zu beruhigen und konstruktiver zu denken.

Wenn er nur einen Weg finden könnte, wie die Bombe an Bord gebracht worden war. Das war das Kernproblem seiner Theorie: Die Tatsache, daß dies heutzutage so verdammt schwer war. Das Bodenpersonal? Nein, nach den Wartungs- und Reinigungsarbeiten erfolgte immer eine Überprüfung. Das Gepäck? Unmöglich; das gesamte Gepäck wurde vorher durchleuchtet. Die Mannschaft selbst? Sicher, das war eine Möglichkeit. Aber warum sollte ein Mannschaftsangehöriger eine Bombe mit an Bord nehmen, nur um sich selbst in die Luft zu sprengen? Die medizinischen Untersuchungen waren zu gründlich, als daß ein Verrückter beschäftigt werden könnte, und dann und wann wurden sogar beim Flugpersonal Gepäckkontrollen gemacht. Wer also, zum Teufel...?

Plötzlich hatte er es!

Es war nur der Keim eines Gedankens, aber er wuchs in seinem Verstand, formte ein komplettes Bild. Ja, das war möglich! Auf diese Weise konnte es erfolgt sein! Er stand erregt auf. Sollte er wieder nach oben gehen und das Slater erzählen? Nein, zum Teufel mit ihm! Er mußte es zuerst beweisen – das war der einzige Weg. Er konnte sich irren, aber irgendwie... schien... alles... zusammenzupassen. Er verfiel in nachdenkliches Schweigen, als er die Möglichkeiten überdachte. Es gab einen Mann, der ihm vielleicht mehr erzählen konnte...

Mit einem Grinsen der Genugtuung auf dem Gesicht marschierte er aus der Bar und durch die Schwingtüren des Hotels, wobei er den Aktenkoffer völlig vergaß, den er auf dem Boden neben der Bar hatte liegenlassen.

13

Die Menschen der Stadt waren nervös. Sie versammelten sich in kleinen Gruppen, und ihre Spannung wuchs bei jedem neuen geflüsterten Gespräch. Nur in den Kneipen wurden ihre Stimmen lauter, wenn ein oder zwei Drinks halfen, die aufsteigende Angst zu unterdrücken. Die Frauen trafen sich in Geschäften und auf der High Street und steckten sich gegenseitig mit ihren persönlichen Ängsten an; die Männer diskutierten die eigenartigen Geschehnisse an ihren Schreibtischen oder Werkbänken. Viele spotteten über den Gedanken, daß etwas Böses in der Stadt im Gange sei, waren aber zugegebenermaßen durch die Folge der Ereignisse bestürzt. Gestern war ein Junge aus dem College von einem Zug überrollt worden, wobei Kopf und Hände von seinem Körper abgetrennt worden waren. Am selben Tag war ein Paar aus einem Fenster auf der High Street gestürzt. Der nackte Körper des Mannes war seltsam ausgemergelt gewesen, als ob er unter einer langen Krankheit gelitten habe. Das Paar, Ehemann und Frau, hatte sehr zurückgezogen gelebt, doch hatte die Frau jahrzehntelang in Eton gewohnt und dort ein Antiquitätengeschäft geführt. Sie hatten immer den Eindruck erweckt, als seien sie ein sehr freundliches, wenngleich konservatives Paar, dessen Leben ruhig und ordentlich verlief. Daß sie auf so bizarre Weise gestorben waren, das empfand man, gelinde ausgedrückt, als beunruhigend.

Dann war da der Reverend Biddlestone, den man bewußtlos auf dem Boden seiner Kirche gefunden hatte und der seitdem nicht ansprechbar war. Da gab es dieses Mädchen, das man in einem Auto auf der anderen Seite des Feldes gefunden hatte und das noch immer außerstande war zu berichten, was ihm zugestoßen war. Ihr Freund war gefunden und von der Polizei verhört worden; er erzählte, daß ein Gesicht an ihrem Autofenster aufgetaucht und daß der Wagen selbst seitlich hochgehoben worden sei. Er war voller Entsetzen fortgelaufen, aber das Mädchen hatte nicht mit ihm gehen wollen. Natürlich hielt ihn die Polizei zwecks weiterer Vernehmungen fest. Am folgenden Morgen war ein Mann tot am Fluß gefunden worden. Es hieß, daß ein Herzanfall die Ursache gewesen wäre, aber man munkelte wegen des erstarrten Ausdrucks von Furcht auf seinem Gesicht, daß der Herzanfall durch Angst hervorgerufen worden sei. Er war buchstäblich vor Furcht gestorben.

Wachtmeister Wickham spürte das wachsende Unbehagen. Er hatte dieses Gefühl schon seit einigen Tagen registriert – ein Spannungsaufbau, der rasch seinem Höhepunkt zustrebte. Eine unheilschwangere Stille lag in der Luft, und irgendwie wußte er, daß etwas Schreckliches geschehen würde. Die Bewachung des Feldes war eine unangenehme Pflicht für ihn gewesen: Er spürte seine brütende Düsterkeit, seine unbeschreibliche Kälte – nicht die physische Kälte des Winters, sondern eine tiefere, bedrohliche Kälte, welche die Einbildungskraft peinigte. Als er über die verdrehten und zerfetzten Bruchstücke des Wracks schaute und auf den silbernen Rumpf, der ein brennendes Grab gewesen war, konnte er fast die schrillen Schreie von Panik, das Entsetzen des bevorstehenden Todes hören. Vor seinem geistigen Auge sah er die vielen entsetzten Gesichter; er hörte das Schreien, das Beten, das Flehen, das Jammern. Er hörte die Sterbenden. Er spürte ihren Schmerz. Er litt unter ihrem Leid.

Selbst die Tiere wollten sich dem Feld nicht nähern. Die Hunde standen an seinem Rand, ihre Leiber starr vor Angst, die Augen weit und kläglich, ihr Fell gesträubt und ihre Schwänze eingezogen. Die Reiter, die die Wege benutzten, die um das Feld führten, mußten sich sehr anstrengen, um ihre Pferde zu zügeln, da die Tiere scheuten und durchzugehen versuchten. Das Feld war ein Schrein für die Toten geworden, und Wachtmeister Wickham spürte – ja, wußte –, daß die Toten diesen Schrein noch nicht verlassen hatten.

Der alte Mann verließ sein Haus jetzt selten. Seit jener Nacht des Absturzes und der schrecklichen Bilder, deren Zeuge er geworden war, blieb ein Teil von ihm wie gelähmt, eine Schwäche hatte sich über ihn gesenkt. Sein Arzt hatte ihm gesagt, daß dies auf den Schock und die Anstrengung zurückzuführen sei, zu der er sich bei dem hastigen Lauf auf das Feld gezwungen hatte, auf das der Jumbo gestürzt war. Die Anstrengung habe ihn erschöpft und das Blutbad, das er gesehen hatte, habe ihn schokkiert und dann seinen Lebensmut geschwächt. Mit der Zeit würde die Bedrückung weichen und seine Energie wiederkehren, aber es würde ihn selbst große Willenskaft kosten, diese Niedergeschlagenheit zu überwinden.

Eigenartigerweise erinnerte er sich aber kaum noch an jene Nacht. Er konnte sich daran erinnern, auf der Brücke gesessen und zum Himmel hochgeschaut zu haben – dann das Dröhnen des Flugzeugs, laut und tief, der kurze Blitz, als es aufriß. Danach gab es nur verschwommene Bilder von Feuer, Leibern und Stücken verstreuten und zerrissenen Metalls. Seitdem hatte er einen immer wiederkehrenden Alptraum: Eine schwarze Gestalt, die aus den Flammen auf ihn zukam, größer und größer wurde, bis sie schließlich vor ihm stand. Eine Hand streckte sich nach ihm aus, und er sah, daß das Fleisch verbrannt war und daß schwarze Knochenfinger nach ihm griffen. Dann, im Traum, blickte er in das Gesicht der dunklen Gestalt auf und sah, daß die beiden großen, starrenden Augen im Plastikkopf einer Puppe ruhten, deren rosa gemalte Lippen zu einem grausamen, höhnischen Lächeln verzogen waren. Dann erwachte er plötzlich, sein Körper in Schweiß gebadet, und sah noch immer diese schrecklichen leblosen Augen, die ihn aus den Schatten seines Schlafzimmers anstarrten.

Und manchmal glaubte er im Augenblick des Erwachens Geflüster zu hören.

Er verließ sein kleines Haus am Eton Square jetzt nur noch zwei- oder dreimal in der Woche, und das nur tagsüber und nur dann, wenn er Lebensmittel einkaufen mußte. Die Straßen machten ihn nervös. Es war gerade so, als ob da draußen etwas auf ihn wartete. Der Gedanke, während der Stunden der Dunkelheit hinauszugehen, erfüllte ihn mit Furcht, obwohl ihm sein nächtlicher Gang zu der alten Brücke fehlte. Man hatte ihm erzählt, daß er am Ort der Katastrophe zusammengebrochen sei und daß es der Copilot der 747 gewesen wäre, der einzige Überlebende des Absturzes, der ihn gefunden und von dem brennenden Wrack fortgetragen hätte. Er war dem jungen Mann nie begegnet, um sich bei ihm zu bedanken, aber aus einem unerklärlichen Grund empfand er großes Mitgefühl für diesen unbekannten Überlebenden. War er unglücklich darüber gewesen, dem entkommen zu sein, was über dreihundert andere das Leben gekostet hatte? War dies etwas, mit dem man leicht leben konnte?

Der alte Mann seufzte voller Verzweiflung über seine unbeantwortbare Frage; nur der Copilot selbst konnte das wissen. Er beugte sich vor, schürte das glühende Feuer mit dem Haken und lehnte sich dann in seinem hochlehnigen Armsessel zurück, die Augen halb geschlossen und seine Hände nervös auf seinem Schoß gefaltet. Es war noch früh am Tag, aber sein Herzschlag ging bei dem Gedanken an die kommende Nacht bereits ein wenig schneller.

Die Jungen im College waren angenehm verängstigt und taten ihr Bestes, um ihre Furcht mit fantasievollen Geschichten makabrer Art zu vertiefen. Sie hatten die Flugzeugkatastrophe genossen, das spektakulärste Ereignis in der Geschichte Etons. Die jüngeren Schüler waren von den entsetzlichen Vorgängen überhaupt nicht berührt, sondern nur höchst erregt über die Berühmtheit, die die Stadt anschließend erlangt hatte. Die Jungen waren in der Nacht des Absturzes aus ihren Häusern gerannt, in eine Kombination aus Schlafanzügen und schwarzen, langschößigen Röcken gekleidet, und ihre Heimleiter hatten nicht verhindern können, daß sie zum Ort der Katastrophe hetzten. Sie hatten mit offenen Mündern auf das brennende Wrack gestarrt, ihre Gesichter von den Flammen gerötet, ihre Augen weit aufgerissen und vor Erregung glänzend. Die ganze Autorität des Direktors war nötig gewesen und die Drohungen der Heimleiter, um sie in ihre Betten zurückzubringen, wo diejenigen, die es konnten, das Spektakel aus den Fenstern beobachteten, während die anderen, vom Drama berauscht, in den grauen Stunden der Dämmerung unaufhörlich weiterschwätzten.

Der Direktor war mit einigen seiner Heimleiter und den älteren Jungen zum Unglücksort zurückgekehrt, um Hilfe anzubieten, aber sie wurden von der Polizei höflich und nachdrücklich gebeten, ins College zu gehen, damit die Rettungsdienste ihre wenig beneidenswerte Aufgabe, die toten Leiber zu bergen und nach fehlenden Gliedmaßen zu suchen, ohne größere Behinderung als nötig erfüllen konnten.

Für die Schüler – bis auf jene, die gegen ihren Willen von ihren Eltern nach Haus zurückgeholt wurden – waren der nächsten Tage von Spekulationen darüber angefüllt, wie und warum die 747 abgestürzt war. Doch dieses Gerede hatte im College im Laufe der Wochen nachgelassen. An seine Stelle war eine seltsame Übellaunigkeit getreten, eine Trübsinnigkeit, die Anthony Griggs-Meade, den Direktor, mehr beunruhigte, als die morbide Faszination, die die Jungen zuvor gezeigt hatten. Viele – und nicht allein die jüngeren – hatten begonnen, unter Alpträumen zu leiden, was nach einem solch katastrophalen Ereignis ganz natürlich war, aber der Direktor hatte auch bemerkt, daß sogar Angehörige des Lehrkörpers Anzeichen von Reizbarkeit und Nervosität zeigten.

Und nun dieser sonderbare Tod des Jungen Thatcher. Er war bei den Mitschülern nicht beliebt gewesen, und der Direktor wußte, daß sie ihn wegen seiner Leibesfülle gnadenlos gequält hatten. Aber es wäre Sache des Jungen gewesen, sich durchzusetzen, zu zeigen, daß er ein Mann war. Den Grausamkeiten des Lebens mußte man sich irgendwann in seinem Dasein stellen und sie bezwingen, und man war nie zu jung, diese Härten zu erfahren und zu überwinden. Wie war der Junge auf die Eisenbahngleise gelangt? Er hätte mit den anderen Jungen auf dem Sportplatz sein und nicht allein in der Gegend herumlaufen sollen. Sein Heimleiter mußte gemaßregelt werden – Thatcher hatte seiner Verantwortung unterstanden. Griggs-Meade versuchte erfolglos, einen beunruhigenden Gedanken aus seinem Verstand zu verdrängen, einen immer wiederkehrenden Gedanken, der Grund dafür war, daß die Grundlagen seiner ›Hilf-dir-selbst‹-Philosophie unangenehm ins Wanken gerieten. War das Leben des unglücklichen Jungen so erbärmlich gewesen, daß er zum Selbstmord getrieben worden war?

Der Gedanke beunruhigte ihn und brachte ihn dazu, darüber nachzudenken, ob seine Prinzipien zu starr geworden seien. Wie verantwortlich war er für den Tod des

Jungen? Morgen würde er in der Kapelle der Schule über Grausamkeit untereinander sprechen, darüber, daß Liebe zum Mitmenschen wichtiger als das Leben selbst sei. Er schritt zum Fenster seines Arbeitszimmers und schaute hinaus, versuchte das merkwürdige Gefühl abzuschütteln, das seinen Körper in Wellen durchströmte. Er hatte das Gefühl von drohendem – was? – Verderben? Nein, das war Unsinn.

Aber *etwas* lag in der Luft.

Ernest Goodwin wartete geduldig darauf, daß das schwarzweiße Bild sichtbar wurde und tauchte gelegentlich einen Finger in die Entwicklerflüssigkeit, um das Brompapier wieder unter die Oberfläche zu drücken. Die ersten Umrisse begannen sich langsam abzuzeichnen, dann beschleunigte sich der Prozeß, und das Bild vollendete sich unaufhaltsam. Er nahm das Foto aus dem Entwickler, ließ die Flüssigkeit in die Schale zurücktropfen und tauchte darauf das sich wellende Papier ins Fixierbad, um den Entwicklungsprozeß abzubrechen. Schließlich betrachtete er das fertige Bild eine Weile, als es auf dem Boden der weißen Metallschale unter dem Teich der chemische Flüssigkeit lag. Zum hundertsten Mal schüttelte er seinen Kopf über die dort enthüllte Tragödie.

Das Foto zeigte die brennende 747, vor deren Flammen die Gestalten der Feuerwehrmänner als Silhouetten auftauchten, die verzweifelt versuchten, das Inferno mit ihren machtlosen Schläuchen unter Kontrolle zu bringen. Ernest spürte wieder, wie eine Welle von Schuldgefühl ihn durchrann. Er und sein Partner Martin hatten viel Geld mit diesem Foto und den anderen ähnlichen verdient, die sie in dieser schrecklichen Nacht gemacht hatten. Noch jetzt, Wochen nach dem Unglück, bekamen sie Angebote von Zeitschriften in aller Welt, die ihre Fotos haben wollten, und bis heute hatte die Weltpresse fast jede Aufnahme genommen, die sie gemacht hatten. Der Gedanke, mit der Katastrophe Geld zu verdienen, hatte ihn zuerst beunruhigt, aber Martin hatte ihn davon überzeugt, daß es ihre Pflicht als professionelle Bildreporter von Leben – und Tod – sei, ihre Fotos zu eröffentlichen. Und wenn sie damit ein bißchen Geld verdienten, wozu waren sie wohl sonst im Geschäft? Martin war immer der schlauere Partner von ›Goodwin und Samuels, Fotografen für alle Gelegenheiten‹ gewesen, und es war vor allem seinem Geschick zu verdanken, daß sich ihr Geschäft in Eton über so viele schwere Jahre getragen hatte. Babys, Hochzeiten, Verlobungen, gesellschaftliche Anlässe aller Art, Schulmannschaften, Industrieanlagen – sie hatten wirklich alles in Angriff genommen, und so über jetzt siebzehn Jahre ein gleichmäßiges, gutes Einkommen erzielt.

Und dann hatte sie die Flugzeugkatastrophe in eine völlig andere Liga befördert. Die beiden Männer hatten noch spät in ihrer kleinen Dunkelkammer gearbeitet, um den Abgabetermin für Werbeaufnahmen einer neuen Industrieanlage einzuhalten, die am Stadtrand von Slough entstand, als das schreckliche Donnern des Jumbo-Jet, der über die Dächer der High Street flog, sie fast betäubte. Als die darauf folgende Explosion das ganze Gebäude erzittern ließ, hatten sie augenblicklich dessen Ursache erkannt, und Martin war aus der Dunkelkammer gestürmt, ohne sich um das hereinflutende Licht zu kümmern, das ihre Filme ruinierte. Er hatte ihm zugerufen, so viele unbelichtete Filme wie er tragen könne und zwei Kameras mitzunehmen.

Die Partner hatten das brennende Wrack aus jedem nur möglichen Winkel fotografiert, hatten die Katastrophe in ihren dramatischsten Augenblicken festgehalten, bevor die Rettungsmannschaften überhaupt eingetroffen waren. Sie waren beide zu benommen gewesen, um den Schrecken über die Vernichtung menschlichen Lebens zu fühlen, deren Zeuge sie waren, hatten automatisch die ganze Nacht hindurch weiter fotografiert und waren nur abwechselnd ins Studio zurückgekehrt, um neues Filmmaterial zu holen. Diese Nacht hatte ihr Leben verändert, denn sie hatten Bilder aufgenommen, wie sie nur wenige Fotografen je zuvor gemacht hatten: die dramatischen Sekunden nach einer großen Katastrophe.

Doch obwohl Martin in den folgenden Wochen in Hochstimmung gewesen war, die bestmöglichen Geschäfte mit den Nachrichtenmedien zu machen versuchte und ihre besten Fotos geschmacklos in ihrem doppelten Schaufenster ausstellte, hatte Ernest ein starkes Unbehagen gefühlt. Er fürchtete sich inzwischen davor, allein in der Dunkelkammer zu arbeiten, egal ob es Tag oder Nacht war, da die Dunkelheit und die Stille die makabren Fotos, die er entwickelte, in eine andere Dimension entrückte. Und dieses Unbehagen hatte sich im Lauf der vergangenen Wochen ständig weiter aufgebaut, bis seine Nerven einen kaum noch auszuhaltenden Zerreißpunkt erreicht hatten. Es war, als würde er die ganze Zeit beobachtet. Mehr als einmal hatte er sich plötzlich bei dem Gefühl einer Präsenz hinter seinem Rücken umgedreht, wenn er allein in der Dunkelkammer war, in deren unheimliches rotes Licht getaucht. Natürlich war da nichts gewesen, und er hatte sich selbst wegen seiner übersteigerten Fantasie gescholten. Jetzt aber war das Gefühl zu stark geworden, um es völlig ignorieren zu können.

Als er das Martin gegenüber erwähnte, hatte sein Partner gelacht und gesagt, das sei kaum überraschend, wenn man so im Dunkel arbeite, umgeben von den Bildern des Todes. Aber es gäbe keinen Grund zur Sorge, da sie sehr bald alle Aufnahmen verkauft haben würden, die sie am Wrack gemacht hatten, und sich dann entspannen und ihren Verdienst genießen könnten. Ernest war sich nicht sicher, ob er das noch viel länger durchhalten konnte. Es war seine Aufgabe, die ganzen Abzüge zu machen, während Martin sich um die Geschäftsabschlüsse kümmerte, für die er offensichtlich besser geeignet war. Heute aber, nach dem plötzlichen und unerklärlichen Tod einiger Leute, lag eine neue Spannung in der Luft. Und die war noch viel spürbarer wie die Bedrükkung, die seit dem Absturz wie eine dunkelgraue, geballte Wolke über Eton gehangen hatte; es war die ahnungsvolle Atmosphäre einer neuen Katastrophe.

Ernest nahm das Foto heraus und ließ es in den größeren Wasserbehälter fallen, um die Chemikalien von seiner Oberfläche zu entfernen. Es wirbelte anmutig herum, als der Behälter sich automatisch selbst mit Frischwasser füllte, und trieb dann mit dem Bild nach oben zur Oberfläche. Wieder von dem entsetzlichen Motiv fasziniert, betrachtete Ernest das träge treibende Foto und wischte dabei die Chemikalien an seinem weißen Laborkittel von den Fingern. Es zeigte Reihe um Reihe weiß zugedeckter Gestalten, die Laken befleckt und blutig, und ihre Formen ließen deutlich die verstümmelten Körper erkennen, die sie bedeckten. Die Aufnahme war in den frühen Stunden der Dämmerung gemacht worden, und ihre Deutlichkeit ließ Ernest innerlich erschauern. Auf einer Seite lag eine gewölbte, festere Plane, unter der große Plastiksäcke abgestellt waren. Man hatte sie zugedeckt, da ihr gräßlicher Inhalt für die Rettungsmannschaften ein zu unerträglicher Anblick war. Er wußte, daß sich darin fehlende Körperteile befanden; Teile, die man verbrennen würde, da Versuche, sie zu identifizieren und den entsprechenden Körpern zuzuordnen, sinnlos waren.

Und als er auf das treibende Foto starrte, stellte er sich vor, daß er die Leichen unter den Laken sehen könne – ihre geschwärzten Körper, ihre Gesichter, verzerrt in den grauenhaften Grimassen des Todes. Er umklammerte den Rand des Wasserbehälters, um Halt zu finden, und seine Brustmuskeln spannten sich. Er konnte die Toten fast rufen hören, lauschte ihren Seelen, die qualvoll stöhnten; ihre Stimmen hoben sich in einem Crescendo des Jammers. Ihre Seelen waren noch hier; sie waren nicht gegangen.

Es war, als ob er durch dieses Foto, durch die Tage, die er allein im Dunkel mit ihren Abbildern verbracht hatte, ein Bindeglied zu ihnen geschaffen hätte. Irgendwie wußte er, daß sie auf etwas warteten. Auf jemand. Er wußte, daß die Tragödie noch nicht vorbei war.

Reverend Biddlestone spazierte matt über den steinernen Pfad und vermied es sorgsam, direkt auf die große graue Kirche zu blicken, die am Ende des Gartens mit dem Kriegerdenkmal stand. Sein Begleiter streckte einen Arm aus, um ihn zu stützen, als er leicht schwankte. Sie gingen durch ein kleines Tor zu ihrer Rechten, das zum

Pfarrhaus führte, wo die Haushälterin des Vikars ängstlich an der Tür wartete.

Er betrat das Haus, lächelte über die mitleidsvollen Worte der Frau, versicherte ihr, daß es ihm gutginge und sank dann erleichtert auf einen bequemen Stuhl in seinem Wohnzimmer.

»Ich wünschte, Sie wären geblieben, Andrew«, sagte sein Begleiter.

»Nein, nein, es geht mir jetzt gut, Ian. Danke, daß Sie mich abgeholt haben, aber ich bin sicher, Sie müssen jetzt in Ihr Büro zurück.«

Ian Filbury, der Ratsdiener von Eton und zugleich örtlicher Chorleiter und Kirchenorganist war, seufzte unwillig.

»Noch ein weiterer Tag hätte Ihnen sicher nicht geschadet, Andrew. Der Arzt hätte darauf bestehen müssen, Sie noch einen Tag länger zu behalten.«

»Das hat er, Ian. Ich habe darauf bestanden, zu gehen. Ich fühle mich jetzt wohl. Wirklich.«

»Haben Sie sich schon daran erinnert, was geschehen ist? Warum sind Sie ohnmächtig geworden?«

Der Vikar schüttelte den Kopf.

»Also schön, Andrew«, sagte Filbury, »ich werde Sie jetzt verlassen, damit Sie sich ausruhen können. Aber ich werde heute abend zurückkommen, und wenn ich den Eindruck habe, daß es Ihnen schlechter geht, werde ich sofort den Arzt herbeordern.«

Der Vikar lächelte zu ihm auf, ein dünnes, mattes Lächeln, ein abwesender Ausdruck in seinen Augen. Natürlich erinnerte er sich, aber das war *seine* Last.

Nachdem Filbury das Haus verlassen hatte und die Haushälterin des Geistlichen in der Küche verschwunden war, um für ihn ein leichtes Abendessen zuzubereiten, konnte er sich konzentrieren. Ian hatte ihm von zwei bizarren Todesfällen erzählt, die sich am Tag zuvor ereignet hatten, und er war sicher, daß es einen Zusammenhang zwischen diesen und dem Tod des Mannes unten am Fluß gab. Er schloß seine Augen, riß sie aber sofort wieder auf. Das Bild dessen, was er in der Kirche gesehen hatte, war zu deutlich, zu lebendig! Es erschreckte ihn ungeheuerlich, und doch wußte er, daß er an diesem Tage und in der kommenden Nacht in der Kirche sein mußte. Er betete zu Gott, daß der ihm Mut geben möge, da er unsicher war, was er zu tun hatte und nur wußte, daß er gebraucht werden würde.

Langsam kniete er neben dem Stuhl nieder, stützte seine gefalteten Hände auf eine der Lehnen und betete inniger, als er je zuvor in seinem Leben gebetet hatte.

Doch dabei hielt er die Augen offen. Und zuweilen warf er einen Blick über seine Schulter.

14

Keller steuerte den Wagen in den schnellfließenden Verkehr und gab heftig Gas, um das richtige Tempo zu bekommen. Nachdem er sich in den Verkehrsstrom eingefädelt hatte, entspannte er sich und warf Hobbs einen Blick zu, der auf dem Beifahrersitz saß. Verbandsmull, der mit großen Pflasterstreifen befestigt war, bedeckte seinen Mund und sein Kinn; ein anderes Stück streckte sich in einem schmalen Streifen über seine Nase. Obwohl beide Männer den größten Teil des Tages geruht hatten, fühlte sich Keller in dem aus London strömenden Abendverkehr bereits wieder müde.

»Wie fühlen Sie sich?« fragte er Hobbs.

Das Medium zuckte zusammen, als seine Lippen versuchten, die Worte zu bilden. »Es schmerzt«, sagte er verzerrt.

»Tut mir leid, daß ich nicht schnell genug war, um Sie aufzuhalten«, entschuldigte sich Keller.

»Es war nicht Ihre Schuld.« Die Worte waren kaum vernehmbar.

»Tut mir leid, daß Sie reingezogen wurden.«

Das Medium zuckte mit den Schultern. »In Situationen wie dieser gibt es kaum eine Kontrollmöglichkeit.«

Keller wußte, daß das Reden Hobbs beträchtlichen Schmerz bereitete, aber da war so vieles, was er wissen mußte. Da war so vieles, das er noch nicht verstand.

Die Gewalttätigkeit des gestrigen Tages hatte ihn tief beunruhigt, und er erinnerte sich plötzlich der überall publizierten Folgen eines Exorzismus, den zwei Geistliche aus Yorkshire vor einigen Jahren durchgeführt hatten. Die beiden Männer – ein Vikar der Kirche von England und ein Methodistenpfarrer – hatten mindestens vierzig böse Geister bei einem Mann ausgetrieben (so war berichtet worden), waren aber nicht imstande gewesen, die letzten drei, die Wahnsinn, Mord und Gewalttätigkeit verkörperten, zu entfernen. Man hatte dem Mann erlaubt, nach Hause zurückzukehren, wo er dann seine Frau ermordete. Er hatte ihr Augen und Zunge herausgerissen und hatte ihr die Hälfte ihres Gesichts mit bloßen Händen zerfetzt. Der Fall hatte die Welt schockiert, aber letzten Endes hatte man den Mord als das Werk eines unkontrollierten Wahnsinnigen abgetan und die beiden

Geistlichen beschuldigt, ihren Teil dazu beigetragen zu haben, die Wahnvorstellungen des Mannes zu vertiefen. Der gestrige Zwischenfall hatte Keller veranlaßt, den Fall in einem neuen Licht zu sehen. Er schaute ängstlich zu Hobbs hinüber.

»Wer waren sie? Warum haben die Ihnen das angetan?«

Das Medium musterte ein paar Augenblicke stumm den Copiloten und antwortete dann: »Sie wissen, wer sie waren, Mr. Keller. Aber wenn mir klar gewesen wäre, daß *er* bei ihnen ist, hätte ich mich wohl so weit wie möglich von Ihnen ferngehalten.«

»Sie meinen Goswell?«

»Ja, Goswell. Ein böser Mann schon zu seinen Lebzeiten, und es scheint, als sei er nach seinem Tod ebenso teuflisch.«

»Ich verstehe nicht...«

»Sie verstehen nicht, aber Sie glauben jetzt an ein Leben nach dem Tod.«

Keller nickte. »Eigentlich war ich diesbezüglich nie ungläubig. Ich habe nur nicht allzuviel darüber nachgedacht.«

»Ich fürchte, Sie haben den schlimmstmöglichen Beweis dafür erlebt. Die meisten Menschen wenden sich gewöhnlich dem Spiritismus zu, wenn sie Trost brauchen, weil sie einen nahestehenden Menschen verloren haben; andere kommen aus Neugier oder weil sie Aufregung suchen, etwas Ungewöhnliches wollen. Unglücklicherweise wurden Sie mit einer schlimmen Realität konfrontiert.«

Keller lächelte humorlos. »Mit einer sehr schlimmen, könnte man sagen.« Er fand eine Lücke in der mittleren

Spur und gab Gas. Plötzlich fragte er: »Was ist mit ihnen geschehen? Warum sind sie so geworden?«

Hobbs schüttelte traurig seinen Kopf, zuckte dabei zusammen und legte seine Finger an seine verletzten Lippen, so daß seine Worte noch gedämpfter klangen: »Als wir uns zum erstenmal begegneten, erzählte ich Ihnen, daß sich die verzweifelten Geister der Toten nach einem derartigen Unfall oft in einem Schockzustand befinden; sie werden zu dem, was wir als ›Krisen‹-Geister bezeichnen. Wir wissen nicht, wie lange dieser Zustand andauern kann: Es können Stunden sein, Tage, Jahre – oder sogar Jahrhunderte. Manchmal muß in dieser Welt etwas vollbracht werden, bevor sie in eine andere Dimension gelangen, bevor sie erlöst werden können. In diesem Fall scheint es, als wären Sie der einzige, der sie erlösen kann.«

Keller erinnerte sich an Cathys Stimme in der vergangenen Nacht. Da waren so viele Stimmen gewesen – er hatte die von Captain Rogan erkannt –, aber als sie verschwunden waren, als Hobbs aus seiner Trance erwacht war und Keller sich gefühlt hatte, als würde er versinken, war sie zu ihm gekommen. Ihre Stimme war so mitleidsvoll gewesen. Sie hatte ihn vor etwas gewarnt... aber das war jetzt alles zu verschwommen; er konnte sich an ihre Worte nicht mehr erinnern. Doch hatte er ihre Wärme gespürt, und das war ein Trost für ihn gewesen. Er verstand jetzt, warum so viele die Verbindung mit dem geliebten Partner suchten, nachdem der Tod sie voneinander getrennt hatte. Die beiderseitige Hingabe starb nicht mit den Körpern, sondern lebte weiter, und die Zuneigung wurde zu einer Brücke zwischen den beiden Welten. Er hatte dies gespürt und wußte jetzt, daß

Cathy nicht bei den anderen war, daß sie sich an einem friedlicheren Ort aufhielt; und er wußte auch, daß sie nicht allein gewesen war. Er konnte sich nicht an ihre Worte erinnern – waren es wirklich Worte gewesen, oder hatte sie ihm ein bestimmtes Wissen nur durch Gedanken vermitteln wollen? –, aber auf jeden Fall hatte sie ihn wissen lassen, daß sie und viele der Opfer ihren Frieden gefunden hatten. Es war nicht der Frieden, den die meisten Sterblichen sich vorstellten, da in der nächsten Welt noch einiges zu verrichten war. Eher war es so, als ob der Tod nur ein Öffnen einer ersten Tür sei; und es gab noch viele, viele Türen, die erreicht und dann durchschritten werden mußten. Viele der Katastrophenopfer waren zu verstört gewesen, um weitergehen zu können und waren so unter die Kontrolle anderer geraten, die mächtiger waren, anderer, die Rache für ihren Tod suchten – und unter die Kontrolle dessen, der seine Bösartigkeit verewigen wollte.

Dann war Cathy verschwunden – besser ihre Wesenheit, denn es hatte kein physisches Bild gegeben, nur ein überwältigendes Gefühl ihrer Präsenz. Sie verschwand rasch, und er fühlte sich plötzlich allein und verletzbar. Er war tiefer in die Bewußtlosigkeit gesunken, und es hatte den verletzten Hobbs einige Zeit gekostet, ihn wieder zu sich zu bringen. Als er das Bewußtsein wiedererlangt hatte, bemerkte er sofort, daß der ungeheure Druck aus dem Raum gewichen war, und irgendwie wußte er, daß dies auf Cathys Eingreifen zurückzuführen war.

Er hatte Hobbs Gesichtsverletzungen und die Hand gereinigt, so gut er konnte, und die meisten Glassplitter entfernt, die sich in seine Haut gegraben hatten. Auch sein eigenes Gesicht war mit winzigen Schnitten und

Kratzern übersät, und seine Kehle war seltsam gequetscht, so als ob starke Finger sich in sein Fleisch gegraben und zugedrückt hätten; die Kopfhaut war da empfindlich, wo unsichtbare Hände an seinem Haar gezogen hatten. Nach einem dringend benötigten Drink hatte er Hobbs in ein Krankenhaus gebracht, wo dessen Schnittwunden richtig behandelt wurden. Keiner von ihnen hatte Lust dazu verspürt, dem besorgten Notarzt zu erklären, wie es zu den Verletzungen gekommen war, doch die Geschichte, daß Hobbs gestolpert und gefallen sei, als er eine Ginflasche durchs Zimmer trug, hatte die Neugier des Mediziners befriedigt.

Sie waren dann in das Haus des Mediums zurückgekehrt, und Hobbs hatte darauf bestanden, daß Keller über Nacht blieb. Er hatte sich geweigert, über die vorangegangenen Ereignisse zu sprechen und dem Copiloten nur versichert, daß die Geister in dieser Nacht nicht zurückkehren würden; er spüre eine schützende Barriere rund um das Haus. Keller war zu erschöpft gewesen, um zu streiten und fast augenblicklich in einen tiefen Schlummer gefallen, nachdem er sich auf Hobbs altes, aber bequemes Sofa gelegt hatte.

Am folgenden Tag hatte Keller Hobbs mit Fragen überhäuft, aber der war seltsam wortkarg, eine Tatsache, die der Copilot auf seine schmerzhaften Verletzungen zurückführte. Doch stellte er mehrere Male fest, daß der kleine Mann ihn mit seltsamem Augenausdruck beobachtete. Er vermochte nicht zu sagen, ob Furcht oder Neugier in diesem Blick lag. Vielleicht war es beides.

Hobbs hatte sich dann wie jemand verhalten, der sich seinem Schicksal ergeben hat; als wäre er ein Schwimmer, der den Kampf gegen die Strömung aufgegeben hatte, weil er um dessen Sinnlosigkeit wußte, und sich in den Strudel reißen ließ. Es war spät am Nachmittag, als Hobbs dann eine innere Entscheidung getroffen zu haben schien. Er verkündete, daß sie nach Eton fahren würden, zurück zum Ort des Unglücks. Nur dort könne die Antwort gefunden werden.

Keller hatte nicht danach gefragt, wie er zu diesem Ergebnis gekommen sei, da er selbst den Drang verspürte, in diese Stadt zurückzukehren, ja, der Impuls wurde im Verlauf des Tages immer unwiderstehlicher. Jetzt aber, da der Wagen über die M 4 jagte, vorbei an der Ausfahrt nach Heathrow, und die kleine Stadt immer näher kam, deren Frieden so abrupt gestört worden war, stieg Furcht in ihm auf. Er wußte, daß die Nacht viele Antworten geben würde. Er wußte aber auch, daß nach dieser Nacht nichts mehr wie vorher sein würde.

Hobbs sprach wieder, und seine Worte waren immer noch undeutlich, weil er sich bemühte, seine Lippen so wenig wie möglich zu bewegen. »Ich dachte, Goswell sei vor Jahren gestorben«, sagte er.

»Sie hatten nicht gewußt, daß er in der 747 war?« fragte Keller.

»Nein, Mr. Keller. Ich habe die Zeitungsberichte über den Flugzeugabsturz nicht gelesen. Ich habe schon seit langer Zeit das Interesse an den selbstverursachten Tragödien der Menschen verloren.«

»Aber Sie haben von ihm gehört?«

»Von Goswell? Er war ein sehr böser Mann. Zweifellos wissen Sie um seine Taten während des Krieges, seine Verbindung mit Mosley und auch von der Untersuchung seiner abscheulichen Verbrechen, die schließlich dazu führte, daß er aus diesem Land fliehen mußte.«

»Ich habe von ihm gehört, und ein Freund hat mir gestern weitere Tatsachen erzählt. Aber ich hatte nicht geglaubt, daß ihn jemand ernst nehmen würde.«

»O ja, er wurde von Leuten sehr ernst genommen, die von den Mysterien wußten, mit denen er sich dilettantisch befaßte.«

»Sie meinen Satansverehrung, schwarze Magie – all diesen Unsinn?«

»Nach allem, was Sie durchgemacht haben, begreifen Sie vieles noch immer nicht?« Wenngleich gedämpft, klang Hobbs' Stimme ungläubig.

»Leben nach dem Tode? Ja, daran glaube ich jetzt. Aber Satanskult?« Keller schüttelte verneinend den Kopf.

»Er existiert als eine Religion, Mr. Keller, so wie andere Religionen auch. Der Unterschied ist, daß seine Gläubigen Satan statt Gott verehren. Heutzutage gibt es in England mindestens vierhundert entsprechende Gemeinschaften, also ist es wirklich unwichtig, ob Sie daran glauben oder nicht. Er existiert.«

»Aber Magie?«

»Von einigen wird sie als Wissenschaft des Geistes bezeichnet. Es gibt viele Beispiele für ihre Macht, die meistens zu bösen Zwecken eingesetzt wurde. Sie selbst sind Zeuge der Macht gewesen, die Goswell über diese unglücklichen Geister ausübt, die Macht, die er über mich hatte! Wie können Sie das leugnen? Aber auch die Frage, wie Sie die Katastrophe überlebt haben, hängt damit zusammen.«

Keller zwang sich, seinen Blick auf die Straße vor ihm gerichtet zu halten, war aber über die letzte Bemerkung verblüfft. »Was meinen Sie damit?«

»Wie haben Sie Ihrer Meinung nach einen solchen Absturz überlebt, da doch jede andere Person an Bord ums Leben gekommen ist? Können Sie nicht glauben, daß irgendeine seltsame Macht Sie gerettet hat?«

»Warum ich? Warum sollte gerade ich der eine sein?«

»Ich weiß es nicht. Vielleicht waren Sie der einzige, der vollbringen kann, was immer sie wollen.« Hobbs verfiel in brütendes Schweigen. Keller fuhr fort, verwirrt und schockiert.

Hobbs begann wieder langsam und nachdenklich zu sprechen: »Sie sagten, die Stimmen letzte Nacht hätten von einer Bombe gesprochen. Von Goswell hat man seit Jahren nichts bemerkt – ich habe zuletzt vor fünfzehn Jahren von ihm gehört, und da hieß es, daß er in den Vereinigten Staaten einen neuen religiösen Orden gegründet habe. Sie können sich vorstellen, welcher Art der war. Aber er hat noch immer viele Feinde in diesem Land, vor allem unter den Juden, die selbst dreißig Jahre nach Ende des Zweiten Weltkrieges noch immer Wiedergutmachung für die an ihnen verübten Greueltaten verlangen. Einmal angenommen, sie hätten herausgefunden, daß er heimlich in das Land zurückgekehrt ist – vielleicht, um noch mehr Böses als damals zu tun – dann hätten sie alles darangegeben, das zu verhindern.«

»Sie meinen, auch eine Bombe gelegt? Und damit zugleich all die unschuldigen Menschen getötet?«

»Wir haben erlebt, wozu all die Fanatiker auf dieser Welt imstande sind, Mr. Keller.«

»Und?«

Hobbs holte tief Atem. »Was, wenn Sie gerettet wurden, um Goswells Tod zu rächen?«

»Das ist verrückt!« Der Wagen schleuderte gefährlich

und Keller hatte Mühe, ihn wieder unter Kontrolle zu bekommen. Als er das geschafft hatte und die Hupen anderer verärgerter Autofahrer verstummt waren, sagte er: »Wenn er solche Macht hätte, warum hat er sich dann nicht selbst gerettet?«

»Weil er ein alter Mann ist. Zu alt, um seine Mörder aufzuspüren und Rache zu üben; er brauchte einen jüngeren Mann.«

»Das ist absurd! Selbst wenn ich die Person fände, die verantwortlich wäre, warum sollte ich ihr etwas antun? Wenn Goswell so böse ist, wie Sie sagen, würde er von mir verlangen, daß ich töte, und das würde ich sicher nicht fertigbringen.«

»Sie haben vielleicht keine andere Wahl – Sie haben ja gesehen, was mir zugestoßen ist.«

»Aber Sie haben Verbindung mit den Geistern aufgenommen. Sie haben sich ihnen geöffnet.«

»Ja, letzte Nacht tat ich das. Aber es gab eine andere Zeit, in der ich das nicht tat, und doch gelang es einem Geist, mich unter seine Kontrolle zu bringen. Eine Frau kam zu mir, weil ihr Mann Selbstmord begangen hatte, nachdem er entdeckt hatte, daß sie ihn mit einem anderen Mann betrog. Sie bat mich, mit ihrem Mann Kontakt aufzunehmen, damit sie ihn um Vergebung bitten könne; sie liebte ihn wirklich, müssen Sie wissen. Ich war zu dieser Zeit ein sehr starker Sensitiver – zu stark –, und Kontakt mit dem toten Mann aufzunehmen, erwies sich als nicht zu großes Problem. Er schien zuerst bekümmert, verzieh dann aber seiner Frau bereitwillig. Allerdings unter einer Bedingung: Sie müsse ihn regelmäßig durch mich besuchen.

Ich war darauf vorbereitet, diese Sitzungen eine Weile

zu machen, obwohl ich zu viele solcher Besuche mißbillige – die Lebenden werden zu abhängig davon –, aber in diesem Fall hielt ich es für wichtig. Eine Zeitlang ging das auch gut; der tote Mann schien ein freundlicher Bursche zu sein, sanft – vertrauenswürdig. Ich erkannte nicht, daß er die Zeit nur nutzte, um auf der anderen Seite seine Kräfte zu entwickeln, um ein festeres Kontaktband zwischen uns persönlich zu knüpfen.

Dann, eines abends, übernahm er meinen physischen Körper, und ich ging zu seiner Frau. Sie sehen, alles, was er wollte, war Rache. Er wollte die Tat begehen, zu der er zu Lebzeiten nie den Mut gehabt hatte! Und ich war sein Instrument! Glücklicherweise erwachte der tiefste Kern meines Bewußtseins, als ich die Frau bereits würgte, und verjagte den bösen Geist des Mannes. Ich konnte von Glück sagen, daß die Frau mich nicht verklagte, aber sie schien zu verstehen, was geschehen war – oder kam in ihrer eigenen Reue zu der Entscheidung, daß die Tat gerecht gewesen wäre. Drei Tage später beging sie Selbstmord, so daß der Ehemann schließlich doch seine Rache bekam. Danach gab ich diese Art des Spiritismus auf; ich war zu empfänglich geworden.«

Keller riskierte einen schnellen Blick auf das Medium. Mein Gott, ist er verrückt oder bin ich es? Er wollte den Wagen anhalten und den kleinen Mann hinausbefördern, aber etwas an Hobbs hinderte ihn daran, das zu tun. Das Medium schaute zu ihm herüber, und Keller fühlte mehr als er es sah das schmerzliche, traurige Lächeln unter den Verbänden.

»Sie glauben noch immer nicht, nicht wahr?« sagte Hobbs.

»Ich weiß überhaupt nichts mehr«, erwiderte Keller.

»Es ist alles so verrückt. Geben Sie mir Zeit, das zu verarbeiten – es ist alles so schnell geschehen.«

»Aber es bleibt nicht genug Zeit, Mr. Keller. Vielleicht irre ich mich, was Goswell betrifft – es ist nur eine Theorie. Doch haben Sie keine Vorstellung von der Macht des Bösen. Nichtsdestoweniger verstehe ich Ihren Unglauben und fühle mit Ihnen ... Nun, die heutige Nacht wird, hoffe ich, eine Menge Fragen beantworten.«

Keller sah das Schild für die Ausfahrt Colnbrook und wechselte auf die Innenspur. Er verließ die Autobahn und bog am Kreisverkehr Richtung Datchet ab. Die Straßen waren dunkel, und er fühlte sich unbehaglich, weil keine anderen Autos mehr zu sehen waren.

Sie fuhren schweigend weiter, Keller verwirrter denn je, Hobbs nachdenklich. Beide wurden wegen der ihnen bevorstehenden Nacht zunehmend ängstlicher. Es war Hobbs' Entscheidung gewesen, zum Ort der Katastrophe zurückzukehren, dem Ort, der die besten Möglichkeiten bot, Kontakt mit den Geistern der Toten aufzunehmen; aber war das klug? Er wußte, daß es Streit zwischen den Opfern gab, und er hoffte, den Guten unter ihnen helfen zu können, die Bösen zu bezwingen. Hobbs hatte Keller noch nicht gesagt, daß sie einen Priester brauchen würden, einfach deshalb, weil er nicht sicher war, wie der junge Copilot darauf reagieren würde. Aber Hobbs wußte, daß sie jede Hilfe nötig hatten, die sie bekommen konnten.

Ihm war klar, daß durch seine Theorie und die Geschichte, die er gerade über sich selbst erzählt hatte, Kellers Vertrauen zu ihm ins Wanken gebracht worden war; aber er hatte keine andere Wahl gehabt; der junge Mann mußte wissen, um was es ging. Was er vor sich selbst nicht zuzugeben versuchte, geschweige denn gegenüber dem Copilot, war, daß er Angst vor ihm hatte. Dieser junge Mann strahlte eine beunruhigende Kraft aus, etwas Unbestimmbares, nicht Faßbares. Trotz seiner offenkundigen Verwirrung steckte in ihm eine große Kraft – eine Kraft, die sie beide während dieser ganzen Nacht brauchen würden.

Sie fuhren durch Datchet und bogen nach links ab, auf die Eton Road. Keller schaltete das Fernlicht ein, und die Bäume zu beiden Seiten der Straße glichen jetzt flachen, unheimlichen Reliefs. Der Copilot wurde ruhiger, als sie sich Eton und dem Wrack näherten. Die Zweifel, die Ängste schienen ihn zu verlassen, schienen mit den schwindenden Meilen zu fliehen. Vielleicht lag das daran, weil er wußte, daß er in dieser Nacht etwas Positives tun würde – oder zumindest etwas Bedeutungsvolles. Vielleicht hatte er den Schock jetzt auch endgültig überwunden und ein Stadium erreicht, in dem er nur noch reagieren konnte, in dem Gefühle oder Unentschlossenheit keine Rolle spielten.

Den Wagen auf die Straße nach Windsor lenkend, sah er die Lichter des Eton College vor sich. Sie hatten die bucklige Brücke überquert und waren zwischen den ersten hohen Gebäuden des College durchgefahren, als Hobbs plötzlich seinen Arm mit einer Hand umklammerte.

»Stopp!« befahl das Medium.

Der Wagen kam quietschend zum Stehen, und Keller blickte seinen Beifahrer fragend an. Hobbs richtete einen zitternden Finger nach vorn, auf die Mitte der kleinen Stadt. »Schauen Sie dorthin. Sehen Sie es nicht?«

Keller zog sich am Lenkrad hoch und spähte durch die

Windschutzscheibe. Er konnte nichts sehen, nur die Lichter der High Street. »Dort, Mann, über der Stadt!«

Und langsam wurde es für Kellers Augen sichtbar.

Ein Leuchten schwebte über Eton. Ein leicht pulsierender Glanz, so schwach, so zart, daß Keller heftig blinzeln mußte, um sich zu vergewissern, daß er tatsächlich da war und keine Täuschung seiner Augen. Es schien von unterschiedlicher Intensität zu sein, war an einigen Stellen nur ein dünner, leuchtender Dunst, an anderen fast so stark wie eine Sternenwolke. Seine Größe war schwer zu bestimmen, da nicht feststellbar war, wie weit die Erscheinung entfernt war. Keller konnte nur vermuten, daß der Dunst etwa zwischen zweihundert bis fünfhundert Meter lang sein mochte. Seine Form schien sich an seinen zerfetzten Enden ständig zu verändern, wie eine Wolke, die von heftigen Winden zerrissen wird.

»Was ist das?« fragte er voll ahnungsvoller Scheu.

Für einen Augenblick konnte Hobbs nicht sprechen. Dann sagte er mit verzerrter Stimme: »Sie warten auf uns. Die Toten warten auf uns.«

15

Er duckte sich in der Dunkelheit und versuchte, sehr, sehr still zu sein. Der schwere Übermantel und der dicke Wollschal vermochten kaum, die Kälte fernzuhalten, aber er wagte es nicht, ein Feuer anzumachen; sie würden ihn dann zu leicht sehen können.

Er verdrehte seine Augen, deren Lider auf eigenartige Weise mit vertikalen weißen Pflasterstreifen offengehalten waren, ohne seinen Kopf zu wenden und spähte in jede dunkle Ecke des Raumes; nein, sie waren noch nicht gekommen. Aber sie würden kommen. Sie kamen jetzt jede Nacht. Manchmal auch am Tage. Er würde sie miteinander flüstern hören. Zuweilen lachten sie. Er wußte, daß sie ihn wollten, aber wenn er sich im Dunkel versteckte und sich ganz still verhielt, würden sie ihn niemals finden. Er klemmte die schwarzmetallische Schrotflinte, deren Läufe zur Decke gerichtet waren, zwischen seine Schenkel. In sich hineingrinsend, fuhr er wie beim Masturbieren über die glatte Länge des Laufes und genoß seine Kühle und Stärke. Sie würde ihn vor ihnen beschützen; nichts konnte ihrer explosiven Kraft widerstehen, nicht einmal diejenigen, die bereits tot waren. Und sie waren doch tot, oder nicht?

Zuerst hatten sie ihn erschreckt, als sie in der Nacht gekommen waren, ihn gerufen, ihn verhöhnt hatten. Aber sie konnten ihn nicht berühren! Das hatte er nach seinem ersten Schreck bemerkt; sie konnten Bilder heraufbeschwören, konnten ihn anbrüllen und versuchen, in seinen Verstand einzudringen – aber körperlich konnten sie ihm nichts antun. Weil sie nicht von dieser Welt waren; sie hatten keine Substanz.

Er wußte, daß sie ihn in den Wahnsinn treiben wollten – aber dazu war er zu schlau. *Er* hatte schon vor Monaten gesagt, daß er wahnsinnig sei, aber dafür hatte *er* jetzt ja bezahlt, nicht wahr? Und noch etwas! *Er* war unter ihnen, eine der Stimmen; *er* wollte seine Rache. Der Mann, der im Dunkeln kauerte, umklammerte seine Waffe, lachte laut und hielt dann schnell die Hand vor den Mund. Darf sie nicht wissen lassen, wo ich bin. Darf *ihn* das nicht wissen lassen.

Er hatte für seinen Verrat bezahlt; *sein* Tod war der

Preis dafür gewesen. Die anderen, die mit ihm gestorben waren, waren unwichtig; ihr Leben war ohne Wert gewesen. Er freute sich darüber, daß sie noch litten. Der Tod war für sie keine Erlösung gewesen! Und *er* litt mit ihnen. Das war gut.

Ja, zuerst hatten sie ihn erschreckt, ihm so sehr Furcht eingejagt, daß er es nicht gewagt hatte, das Haus zu verlassen. Aber er hatte eine Lösung gefunden, indem er sich einsperrte, sich von Orten fernhielt, an denen so leicht Unfälle geschehen konnten, sich von Menschen fernhielt, die ihm etwas antun konnten. Er hatte an die Gesellschaft geschrieben – seine Gesellschaft, das Unternehmen, das er geschaffen hatte – und ihnen mitgeteilt, daß er eine Weile ausruhen, dann aber wiederkommen würde, sobald er sich danach fühlte. Nun, wahrscheinlich hatte sie das gefreut; hatten sie ihn nicht vorher gedrängt, das zu tun?

Er lächelte, und ein Kichern drang über seine Lippen. Wieder schlug er eine Hand vor den Mund und schaute sich wachsam um.

Sie hatten jemanden von der Gesellschaft geschickt, der ihn sprechen wollte, aber die Person war fortgegangen, als er die Tür nicht geöffnet hatte. Dieselbe Person war mehrere Male zurückgekommen, aber jetzt hatte der Mann es aufgegeben. Sie alle würden bald aufgeben; sogar die Stimmen. Wie sehr sie sich angestrengt hatten, diese Toten. Aber mein Wille ist stärker, soviel stärker als ihrer. Oh, wie wütend sie geworden waren! Narren. Glaubten sie tatsächlich, daß bloße Erscheinungen, Worte und Gedanken ihm etwas antun konnten? Es war alles eine Sache des Verstandes, und sein Verstand war stärker als der ihre. Und listiger.

Die Stimmen erzählten ihm, daß jemand zu ihm kommen würde; sie würden jemand schicken. Ha! Sie glaubten tatsächlich, das sei genug! Er war gekommen, sicher – wann war das gewesen? Heute? Gestern? All diese Tage waren inzwischen miteinander verschmolzen. Er hatte den Mann aus seinem Schlafzimmerfenster näher kommen sehen, hatte sich hinter dem Vorhang geduckt, als der Mann nach oben geschaut hatte. Er hatte eine Ewigkeit an der Tür geläutet, wie es schien, und die Hartnäckigkeit des Mannes hatte ihn verärgert. Dann hatte er ihn an der Seite des Hauses entlanggehen hören, zur Rückseite. Daraufhin war er nach unten geschlichen, ganz leise, ohne ein Geräusch zu machen, über den Korridor, und war vor der Küchentür stehengeblieben, um nach draußen zu lauschen. Der Mann, wer immer das war – *wer immer es gewesen war* – pochte heftig gegen die Hintertür und rüttelte am Griff.

Er hatte leise, so ungeheuer leise, die Küchentür geöffnet und sich hineingeschlichen. Jetzt konnte er den dunklen Schatten des Mannes durch die beiden Milchglasscheiben der Hintertür sehen. Die Vorhänge des Fensters waren sorgfältig wie alle Vorhänge im Haus zugezogen, so daß der Mann ihn nicht entdecken konnte. Er stand ohne zu atmen am Küchentisch, als der Schatten sich von der Tür fortbewegte und plötzlich am Fenster auftauchte. Der Schatten zeichnete sich deutlicher durch die zugezogenen Vorhänge ab, als die Gestalt draußen sich dicht an das Fenster preßte und versuchte, durch den winzigen Spalt in der Mitte der Vorhänge hereinzuspähen.

Jählings bemerkte er, daß er sein Gewehr oben im Bett gelassen hatte. Es wäre so einfach gewesen, so befriedigend, einen Schuß durch das Fenster zu feuern, zu sehen, wie das Schattenbild für einen kurzen Augenblick zu lebendem Fleisch wurde, bevor es unter der Fensterbank aus dem Blickfeld verschwand, von der Wucht der Schrotladung zerfetzt. Aber er entspannte sich und lächelte breit, als er das lange Brotmesser neben dem verdorbenen Laib Brot auf dem Tisch liegen sah. Er ergriff es vorsichtig und bewegte sich in dem Augenblick zu der Wand neben dem Fenster, als eine schattige Hand sich hob und etwas Dünnes in den Spalt zwischen den beiden lockeren Holzrahmen schob. Er hörte das scharfe Klicken, als der Riegel zurückgeschoben wurde.

Das Fenster kreischte protestierend, als es aufgestoßen wurde, und die Bewegung hörte abrupt auf. Dann öffnete es sich weiter, dieses Mal langsamer, vorsichtiger. Die Vorhänge teilten sich, und ein Fuß tauchte auf. Er bemerkte, daß der untere Teil des Schuhs mit getrocknetem Lehm beschmutzt war, gerade so, als ob sein Besitzer eine gewisse Zeit damit verbracht hätte, durch feuchte Felder zu laufen. Er erinnerte sich, wie seltsam es gewesen war, auf etwas so Triviales zu achten, da er diesem Mann doch das Leben nehmen wollte.

Ein Bein folgte dem Fuß, und sein Atem wurde schwer: so schwer, daß er glaubte, der Mann würde ihn hören. Der Arm, der das Messer hielt, verkrampfte sich plötzlich schmerzhaft, und er hätte die Waffe fast fallenlassen. Das war Teil seiner Krankheit; die schleichende Lähmung kam und ging und würde schließlich für immer bleiben. Die Lähmung hatte ihn bereits die Muskelkontrolle über seine Augenlider gekostet. Er hob seine andere Hand hoch und faßte das Messer, hielt es mit der scharfen Seite nach oben. Sein anderer Arm entspannte sich augenblicklich, und das Blut durchfloß ihn wieder gleichmäßig.

Der Kopf des Mannes und seine Schultern tauchten jetzt durch das Fenster auf, er schaute geradeaus, starrte auf die offene Küchentür. Der Eindringling schien seine Anwesenheit plötzlich zu bemerken, aber es war viel, viel zu spät. Genau in dem Augenblick, als der Kopf sich drehen und in seine Richtung schauen wollte, brachte er seine steife linke Hand nach unten, packte das Haar des Mannes, zog es heftig nach oben, stieß gleichzeitig das Messer in den entblößten Hals und zog schnell und tief durch seine Kehle.

Das Blut war auf den Küchenboden geflossen, als der Mann vornüber gekippt war. Sein Körper baumelte schlaff, wie er so rittlings auf der Fensterbank festsaß. Er packte den Mantel des Eindringlings und zog ihn ganz herein.

Bei dem Gedanken an die Leiche, die jetzt da unten war, auf einen Stuhl am Küchentisch geklemmt, erstickte er ein Kichern. Für alle Welt sah es so aus, als sei der Mann unbeabsichtigt bei einem Imbiß eingedöst.

»Ist das alles, was ihr könnt?« fragte er höhnisch in die leere Luft. »Ist das euer Bote? Nun ja, er hat sich inzwischen wohl zu euch gesellt, was?« Er lachte laut, wohl wissend, daß sie noch nicht mit ihm fertig waren, aber er genoß das Spiel fast.

Allerdings hielt diese Stimmung nicht allzu lange an. Als die Nacht noch ruhiger, das Schweigen fast hörbar wurde und als die Kälte ihn wieder zu erfüllen begann, durchdrang die Furcht seinen Wahnsinn, durchbohrte die aufgebaute Barriere seiner Verrücktheit mit winzigen Löchern, die sich vergrößerten, rissen – und dann zu einer riesigen Öffnung wuchsen. Sein Körper erlag der schleichenden Lähmung, die Teil seiner Krankheit war, und wurde starr. Nur seine Augen bewegten sich, schossen von einer Seite zur anderen, ihre Lider von dem Klebeband offengehalten. Die vergrößerten Pupillen gaben seine Verzweiflung preis. Er wußte, daß es vorbeigehen würde, aber bis das geschah, war er völlig hilflos, ausgeliefert allen möglichen Angriffen.

Er kauerte sich in dem dunklen Zimmer zusammen und wartete auf das, was immer sie als nächstes vorhatten.

16

Reverend Biddlestone bewegte sich unruhig im Schlaf, und sein Fuß trat gegen die leere Tasse und die Untertasse, die neben seinem Sofa standen. Er erwachte erschreckt bei dem Klirren von Porzellan auf Porzellan, und für einen Augenblick vermochte sein träger Verstand sich nicht zu orientieren. Aufrecht sitzend starrte er auf die Flammen vor sich, eine Fortsetzung seines Traumes. Er entspannte sich mit einem Seufzen, als das Licht des Feuers die vertrauten Gegenstände und das Mobiliar seines Wohnzimmers erhellte. Er mußte eingedöst sein, nachdem Mrs. McBridge, seine Haushälterin, gegangen war. Die gute Frau hatte ihn wie eine Henne umsorgt, das Feuer geschürt, ihm Tee und zwei ihrer köstlichen selbstgebackenen Gebäckstücke gebracht und die Kissen aufgeschüttelt, damit er bequem lag. Die Hitze des Feuers hatte seine Müdigkeit wohl vergrößert.

Er konnte nicht lange geschlafen haben, da das Feuer noch lichterloh brannte. Eigenartigerweise aber strahlte es keine Hitze aus, und das Zimmer war unangenehm kalt. Er konnte sogar den Atem aus seinem Mund dringen sehen. Wie eigenartig. Und der Traum war so schrecklich gewesen. Es war wieder die Nacht des Absturzes, und er hatte sich zwischen den Opfern herumlaufen sehen, um die Sterbesakramente zu erteilen. Dieses Mal jedoch brannte das ganze Feld, und er war durch die Flammen zu den Verstümmelten und Verletzten gegangen, um sie zu segnen und zu trösten. Und all diese Opfer hatten noch gelebt, litten schrecklich und bettelten um Erbarmen, um Vergebung.

Er erschauerte bei der Erinnerung. Diese armen, unglücklichen Seelen. Er war sich einer Sache sicher: Viele hatten noch keinen Frieden gefunden. Das ›Ding‹, das er in der Kirche gesehen hatte: Es war die reine Manifestation einer gepeinigten Seele. Das Entsetzen, das sein Gesicht hervorgerufen hat, war nur in seinem eigenen Verstand vorhanden gewesen; das Böse, das es ausgestrahlt hatte, war nur seine eigene Furcht gewesen. Im Traum war ihm dies klar geworden. Die Flammen spiegelten die Qual der Sterbenden wider, und diese Qual ging für sie weiter. Sie hatten um Erlösung aus ihrem Fegefeuer gefleht, und er würde ihnen helfen, diese Erlösung durchs Gebet zu finden.

Der Vikar wußte nicht, was seinen Blick in diesem Augenblick auf das Fenster lenkte, doch der Anblick des kleinen weißen Gesichts, das durch das Glas schaute, verwirrte ihn nicht so, wie es hätte sein sollen. Es war beinahe, als hätte er dies erwartet.

Er erhob sich vom Sofa, und das Geklapper von Tasse und Untertasse, die er bereits umgestoßen hatte, veranlaßte ihn nochmals, nach unten zu schauen. Als er seinen Blick wieder zum Fenster richtete, war das Gesicht verschwunden. Er ging rasch dorthin und preßte sich dicht an die dunkle Fensterscheibe, wobei er seine Augen vor dem Widerschein des Feuers abschirmte. Sein Atem auf der Scheibe machte sein Blickfeld vorübergehend verschwommen, und er wischte rasch mit der Hand darüber und hielt dann den Atem an.

Draußen im Dunkel, am Ende seines Gartens, wartete eine winzige Gestalt. Sie sah wie ein Kind aus und schien etwas Weißes in ihren Armen zu halten. Er pochte gegen die Scheibe und winkte dem Kind, näher heranzukommen. Die kleine Gestalt blieb jedoch bewegungslos dort, wo sie war.

Der Vikar richtete sich auf, verließ eilig das Zimmer und eilte zur Hintertür. Als er sie schließlich entriegelt und aufgestoßen hatte, war das Kind verschwunden. Er stand mehrere Sekunden da, spähte suchend in die Dunkelheit und spürte die Kälte der Nacht nicht. Vorsichtig folgte er dem Gartenweg, darauf bedacht, nicht auf die gefrorenen Blumenbeete zu treten. Er blieb nahe der Hecke an der Rückfront stehen und schaute darüber hinweg; auf dem angrenzenden Feld konnte er das Flugzeugwrack von zwei kleinen Lampen erleuchtet sehen, zwei Signalfeuer in der Nacht. Verzweifelt machte er kehrt – und sein Herz machte einen Satz, als er die blasse, geisterhafte Gestalt nahe der Seite des Hauses wieder entdeckte. Er eilte ihr nach, doch die Gestalt verschwand in der Öffnung, die zu der Kirche führte. Auch er folgte durch die Lücke und blieb wieder stehen, um nach dem Kind Ausschau zu halten.

Er sah es nicht weit entfernt. Es wartete auf ihn, nahe genug, daß er erkennen konnte, daß es ein kleines Mädchen war, das sechs oder sieben Jahre alt sein mochte – sicher nicht älter. Bei der Katastrophe waren natürlich mehrere Kinder ums Leben gekommen, aber er erinnerte sich, von einem Kind gelesen zu haben, das seine Mutter, eine Schriftstellerin, begleitet hatte, ein kleines sechsjähriges Mädchen. Wie war doch ihr Name gewesen? Er konnte sich nicht erinnern. Aber er wußte, daß ihr Körper nie geborgen worden war – oder zumindest nicht genug davon, um ihn wiederzuerkennen. War dies vielleicht der Geist des armen kleinen Geschöpfes, der verloren über die Felder wanderte, eine winzige Seele, die nach seiner Mutter suchte? Er streckte mitleidsvoll eine Hand nach ihr aus, aber sie eilte über den Weg davon, hatte ihm den Rücken zugewandt und sah sich nicht einmal um, ob er ihr folgte.

Reverend Biddlestone lief ihr nach und seine Sorge um eine verlorene Seele verdrängte jede Furcht, die er vielleicht empfand. Sie verschwand in dem Vorbau an der Seite der Kirche, dem kleinen Eingang, den er gewöhnlich während der Woche benutzte. Er rannte hin, da er wußte, daß die Tür verschlossen sein würde, doch als er sie erreichte und am Eingang stehenblieb, wegen der plötzlichen Anstrengung heftig atmend, sah er, daß die Kirchentür geöffnet war und flackerndes Licht von innen schien.

Seine Schritte wurden bleiern, als er unwiderstehlich zum Eingang gezogen wurde, auf das unstete Licht zu.

Jetzt kehrte die alte Furcht zurück. Jetzt, wo es zu spät war, durchströmte ihn Angst.

Als er die wenigen Stufen erstieg, die zu der offenen Tür führten, sah er, daß das Licht von brennenden Kerzen herrührte, deren Flammen dünne Spiralen schwarzen Rauches in die Luft schickten, der die Kirche mit beißendem Wachsgeruch erfüllte. Ihr vereintes Glühen vermochte das weiträumige Innere nicht zu erhellen, Schatten beherrschten das lange Mittelschiff; die Kanzel und die kleine Marienkapelle waren in völlige Dunkelheit getaucht. Der Vikar begab sich unsicher in die Kirche, wollte kehrtmachen und fliehen, wurde aber gegen seinen Willen vorwärts gezogen. Das Mädchen kniete vor dem Altar, und die Puppe, die es vorher an seine Brust gepreßt hatte, baumelte jetzt lose über dem Boden, an einem schlaffen Arm festgehalten. Von Gram erfüllt trat er vorwärts, auf sie zu, und hielt beide Arme beschwörend erhoben. »Laß mich dir helfen, mein Kind«, sagte er mitleidig.

Doch etwas anderes bewegte sich aus den Schatten heraus, bevor er sie erreichte. Etwas Schwarzes – etwas, das abscheulich kicherte.

Der übelkeiterregende Geruch verbrannten Fleisches drang in seine Nase, und er blieb mit noch ausgestreckten Armen wie erstarrt stehen. Er blickte in dasselbe verkohlte Gesicht, in dieselben schwarzen Höhlen, in denen sich Augen hätten befinden sollen, in dieselbe breit grinsende Grube eines Mundes, die nur eine dünne Scheibe spröden, gekräuselten Fleisches barg – die Reste einer Zunge. Es waren die verbrannten Überreste des Leichnams, den er schon am Tag zuvor in der Kirche gesehen hatte.

Reverend Biddlestone sank voller Entsetzen in die Knie. Hilflose Laute kamen aus seinem Mund, als er ihn öffnete und schloß, verzweifelt zu schreien versuchte, etwas zu rufen versuchte – irgend etwas, um die entsetzliche Spannung zu lösen, die sich in ihm aufbaute. Er riß seinen Blick von der verkohlten Gestalt und blickte mitleidsvoll zu dem Mädchen. Sicher würde es ihm helfen, würde ihm die Kraft geben, vor diesem gräßlichen Ding zu fliehen! Als er seinen kleinen Körper drehte, um ihn anzuschauen, sah er, daß das Kleid, das es trug, in angesengten Fetzen lose an ihm herunterhing. Und in seinem Gesichtsausdruck war kein Mitleid, da es kein Gesicht hatte. Aber er hörte das Kichern, und die Schultern des Mädchens zuckten vor Freude – nur, daß das Geräusch von den höhnenden Lippen der Puppe kam, die neben ihm lag. Ihr Plastikgesicht war aufgedunsen und verbrannt, doch ihre großen runden Augen starrten ihn mit magnetischer Intensität an.

Andere schwarze Gestalten drangen aus den Schatten. Einige schleppten sich am Boden hin, weil ihre Gliedmaßen fehlten. Ihre Stimmen hallten in den Steinmauern der Kirche, leises Gemurmel, fast Geflüster. Sie kamen langsam auf ihn zu, über die Gänge, durch die Reihe der Kirchenbänke. So viele.

Er wich zurück und fiel dabei auf die Seite. Die Gestalt am Altar, diejenige, die dieser Kreatur, die ein Kind gewesen war, am nächsten war, kam näher und beugte sich vor; der erstickende Gestank ihres verbrannten Fleisches ließ den Vikar heftig würgen.

»Nun, Mann Gottes, bist du gekommen, um uns zu retten?« Die Stimme war leise, die Worte wurden gezischt, durch versengte Stimmbänder herausgepreßt. Gelächter folgte, dem sich ein Geräusch anschloß, das noch bösartiger war.

Der Vikar versuchte vor dem Kind davonzukriechen, doch seine Gliedmaßen wollten ihm nicht gehorchen. Die Schatten hatten sich um ihn versammelt und starrten auf ihn herab, viele mit blicklosen Augen. Das kleine Mädchen drängte sich zwischen ihnen durch, die Puppe umklammernd, deren Augen anstelle der ihren sahen.

»Ist es dieser?« hörte er einen von ihnen fragen. »Nein«, flüsterte ein anderer, »das ist er nicht.«

Er sah jetzt Einzelheiten von ihnen, so viele übelkeiterregende Einzelheiten: Spärliche Büschel versengten Haares, die an kahlen Köpfen klebten; verbrannte Lippen, die grinsende geschwärzte Zähne entblößten; Hände, die keine Finger mehr hatten; Leiber, die weit aufgerissen waren und die Eingeweide enthüllten...

»Lieber Gott im Himmel, hilf mir!« brachte er keuchend heraus. Und dann schwang sich seine Stimme zu einem Schrei auf: »Hilf mir!«

Er drehte sich auf den Bauch und zog seine Knie an, so daß sie unter ihm waren. Sein Gesicht auf den kalten Steinboden pressend, bedeckte er seine Wangen und Ohren mit seinen Armen. Winselnd schob er seinen Körper vorwärts, wobei seine Tränen eine feuchte Spur auf dem Boden hinterließen, schob sich Zentimeter durch die Beine der ihn umgebenden Monstrositäten; er hatte weder die Kraft noch den Mut sich zu erheben und zwischen ihnen durchzugehen. Und die ganze Zeit verspotteten sie ihn, stießen ihn mit ihren geschwärzten Fingerstummeln und lachten über seine gekrümmte Gestalt. Ihre Stimmen hallten in seinem Kopf, erfüllten die Kirche, verspotteten ihn. Er legte jetzt seine Hände auf die

Ohren, hob seinen Kopf und hielt die Augen fest geschlossen. Dann richtete er den Oberkörper auf und reckte hingekniet sein Gesicht der hohen Decke zu. »Nein!« schrie er. »Nein!«

Die Stimmen verstummten. Alle Bewegungen hörten auf. Langsam öffnete er seine Augen und senkte seinen Kopf. Sie alle hatten sich der Tür zugewandt und starrten auf den Mann, der im Eingang stand.

»Hilf mir«, bettelte der Vikar leise. Doch sein Freund, Ian Filbury, konnte nur voller Entsetzen auf das Bild in der Kirche starren.

Es war ein langer Tag für Wachtmeister Wickham gewesen, ein Tag, an dem seine Nerven bis zum Zerreißen gespannt waren. Er war sich des Drucks wohl bewußt gewesen, der sich rings um ihn aufbaute, der nervösen Atmosphäre in der Stadt. Er wußte, daß man in solchen Zeiten nur abwarten konnte, daß sich die zunehmende Spannung entladen würde, daß man dann handeln und mit der Situation fertig werden mußte, so gut man konnte. Er war sich nicht sicher, was er zu erwarten hatte, aber er hoffte, es würde erst losgehen, wenn sein Dienst zu Ende war. Er hatte eine lange Schicht gehabt, und seine eigene Ängstlichkeit hatte die Stunden lähmend verlängert. Das zusätzliche Geld, das er mit den Überstunden verdiente, war sicherlich erfreulich, aber er hätte es vorgezogen, an einem interessanten Fall beteiligt zu sein, oder zumindest zu etwas herangezogen zu werden, das ihn aktiv beschäftigte. Die Wochen des Herumlaufens auf dem Feld, wo er nur dieses Wrack zu beobachten hatte, als sei es ein wertvoller Besitz, hatten ihn gereizt gemacht. Aber bis zum Dienstschluß war es nur noch eine Stunde, dann würde er zu Hause vor einem flackernden Feuer sitzen, eine gute Mahlzeit genießen und ein paar Stunden vorm Fernseher verbringen. Das würde helfen, sein Unbehagen zu lindern.

Und dann kam der Augenblick, den er gefürchtet hatte.

Er zuckte zusammen, als er die Hilferufe hörte, die über das Feld zu ihm drangen.

»Hast du das gehört, Ray?« rief er seinem Kollegen zu, der irgendwo in der Nähe im Dunkel war, während er aufmerksam zum Feldrand schaute.

»Ich hab's gehört, Bob«, erwiderte der andere Polizist, schaltete seine Taschenlampe ein und eilte zu Wachtmeister Wickham hinüber. »Es kam von dort drüben, glaube ich«, sagte er, wobei er auf das Nordende des Feldes zeigte.

»Nein, nein, von dort!« Wickham war anderer Meinung und zeigte nach Osten. Seine Annahme schien sich als richtig zu erweisen, als die Schreie wieder zu hören waren.

»Das ist drüben beim Pfarrhaus! Komm, Ray, laß uns rübergehen.«

Die beiden Polizisten rannten über das Feld, leuchteten mit ihren Taschenlampen voraus, und ihre Stiefel knirschten auf der gefrorenen Erde.

»Schnell, hierher!« hörten sie jemand rufen.

Wachtmeister Wickham sah die winkende Gestalt drüben an dem Tor, das zu der Pfarrkirche führte. Er richtete den Strahl seiner Taschenlampe voll auf das Gesicht des Mannes und war überrascht über die weitaufgerissenen Augen, die ihn im Lichtkegel anstarrten.

»Das ist doch Mr. Filbury, oder? Was ist denn los, Sir?«

fragte er, während er vor dem Tor stehenblieb. Ray erreichte ihn, und seine Taschenlampe verstärkte den Lichtfleck auf dem Gesicht des Ratsdieners.

»Gott sei Dank! Ich wußte, daß jemand das Wrack bewacht«, keuchte Filbury und hielt eine Hand hoch, um seine Augen vor dem Licht zu schützen. »Sind Sie das, Wickham?«

»Ja, Sir, Wachtmeister Wickham. Also, was ist los?«

Filbury blickte über seine Schulter zur Kirche, und die beiden Polizisten schauten ebenfalls in die Richtung. Sie sahen ein gedämpftes Glühen aus dem Seiteneingang schimmern.

»Reverend Biddlestone ist drin. Kommen Sie und helfen Sie mir, bitte.« Filbury öffnete das Tor und ließ Wachtmeister Wickham vor sich hergehen. »Ich habe Angst, daß es wieder passiert ist«, sagte er, wobei er dem Polizisten auf dem Fuß folgte. Der Wachtmeister hielt sich nicht damit auf danach zu fragen, was wieder passiert sei, da sie bereits den Eingang erreicht hatten und er wußte, daß er es bald selbst herausfinden würde.

Er stieg die wenigen Stufen empor und blieb dann im Türeingang stehen, so daß die beiden anderen Männer gegen seinen breiten Rücken prallten. Ein Ausdruck äußerster Bestürzung breitete sich auf seinem Gesicht aus.

Der Vikar hockte auf dem Boden der Kirche und blickte zu ihnen hoch. Seine Augen quollen hervor, und sein Gesicht war aschfahl. Er lag auf den Knien, stützte sich mit einer Hand auf den Steinboden und wischte mit der anderen unruhig über seinen Kopf. Sein ganzer Körper zitterte und bebte unbeherrscht, und sein Gesicht war naß von Tränen und herabrinnendem Speichel. Sein silbergraues Haar hatte sich gesträubt und stand wie eine

Bürste auf seiner Kopfhaut; ein ständiges unverständliches Gebrabbel drang über seine Lippen.

»Gütiger Gott!« war alles, was Wachtmeister Wickham ausrufen konnte, als er die Taschenlampe auf die geduckte Gestalt richtete.

Filburys Stimme zitterte vor Mitleid. »So habe ich ihn vor nur wenigen Augenblicken gefunden. Allein in der Kirche, hingekauert und völlig entsetzt. Er muß die Kerzen angezündet haben, als – als...« Filburys Worte erstickten vor Mitgefühl. »Armer Andrew«, war alles, was er noch sagen konnte.

»Wieder ein Nervenzusammenbruch«, sagte Wachtmeister Wickham mehr zu sich als zu den anderen. »Dieses Mal sieht es so aus, als sei er völlig übergeschnappt.«

Er schüttelte mitleidig seinen Kopf und rümpfte dann die Nase wegen des seltsamen Geruchs, der in der Luft hing. »Riecht so, als wäre etwas angebrannt«, sagte er. Es war ein widerlicher, übelkeiterregender Geruch, und er erinnerte ihn an etwas. Er hatte diesen Geruch schon vorher erlebt und versucht, seinen Magen unter Kontrolle zu bringen, als er sich an das Wo und Wann erinnerte. Es war in der Nacht des Absturzes gewesen. Inmitten der Flammen.

Es war der Geruch verbrannten Fleisches.

17

Keller und Hobbs hatten weit über eine Stunde gebraucht, um den Priester von ihrer Ernsthaftigkeit zu überzeugen – und von ihrem Geisteszustand. Aber nicht einmal jetzt war sich Pater Vincente sicher.

Er hatte den jüngeren Mann wiedererkannt, weil er seine gequälten Gesichtszüge in vielen Zeitungsartikeln gesehen hatte. Er war der Copilot des Jumbo-Jet gewesen, der einzige Überlebende des Absturzes. Der Priester war sicher, daß er dem anderen Mann aber nie zuvor begegnet war, der, dessen Mund, Kinn und ein Teil seiner Nase mit Verbänden bedeckt waren. Dennoch war an ihm etwas Beunruhigendes, und das nicht wegen seiner Gesichtsverletzungen – es waren seine stechenden grauen Augen. So scharf, so durchbohrend, daß sie jede oberflächliche Barriere durchdrangen, die man dagegen errichtete. Die Augen des Mannes beeinflußten die Entscheidung des Priesters hinsichtlich ihrer Lauterkeit mehr als alles andere.

Keller hatte sich zuerst gegen die Hinzuziehung eines Priesters gewehrt, aber Hobbs hatte geduldig erklärt, daß es oft nötig sei, einen Geistlichen beim Kampf gegen soviel Bösartigkeit dabei zu haben. Die Macht des Bösen konnte nur mit der Macht des Lichtes bekämpft werden – und die meisten Priester besaßen diese Macht.

Man hatte ihnen den Weg zu der katholischen Kirche gewiesen, und sie waren überrascht, sie hinter der High Street versteckt zu finden, am Rand der South Meadows, des Feldes, auf dem die 747 heruntergekommen war. Als sie den Wagen auf dem angrenzenden Parkplatz abstellten, war Keller noch überraschter, die protestantische

Kirche nur wenige hundert Meter entfernt schwarz vor dem Nachthimmel aufragen zu sehen. Er wandte seine Aufmerksamkeit dem Wrack zu, das noch immer auf dem Feld lag, unheimlich von zwei Lampen beleuchtet, deren Licht zuweilen von den schattenhaften Gestalten der patrouillierenden Polizisten unterbrochen wurde. Als er zum Himmel hochschaute sah er, daß die schimmernde Wolke jetzt direkt über dem Feld hing.

Es war eine eigenartige kleine Kirche, die perfekte Miniatur einer römischen Basilika, und er war auf die ruhige Schönheit ihres Inneren nicht vorbereitet. Es war lange her, seit er einen Ort der Gottesverehrung betreten hatte – die Begräbnisfeier für die Opfer des Absturzes war wegen der zu erwartenden Menschenmenge im Freien abgehalten worden –, und er wunderte sich über die plötzliche Wärme, die ihn durchfloß. Religion, obgleich für ihn kein Tabuthema, war etwas, das sein Interesse nicht lange fesselte. Cathy, die ein sehr religiöser Mensch gewesen war, wenn auch nur im stillen, hatte ihn nie dazu gedrängt. Sie war immer der Auffassung gewesen, daß Menschen am Ende ihren eigenen Glauben finden würden, und obwohl man sie behutsam führen könne, sollte man sie niemals, unter keinen Umständen, dazu drängen. Jetzt aber begann er den Trost zu verstehen, den Menschen im Glauben fanden, weil er beim Betreten der Kirche ein solch seelisches Hochgefühl empfand. Die Ruhe, die er zuvor gespürt hatte, vertiefte sich und verbreitete sich wie ein Beruhigungsmittel in seinem Körper; die Erfahrung war eigenartig – und irgendwie furchteinflößend. Sie bedeutete für ihn keinen plötzlichen Wendepunkt, keine abrupte Bekehrung zur Gläubigkeit, nichts so dramatisches. Es war einfach ein neugefundener Friede, der Zeit brauchte, um bewertet zu werden. Er sah, daß Hobbs ihn jetzt mit diesem inzwischen vertrauten Ausdruck von Neugier, gemischt mit Erstaunen ansah.

Kapellen zu beiden Seiten des Mittelschiffs; die tragenden Säulen und die verschiedenen Altäre waren mit Marmor verkleidet. Ein Gottesdienst schien stattzufinden, obwohl die Gemeinde aus nicht mehr als sieben oder acht Personen bestand, und die beiden Männer warteten geduldig, bis er vorüber war. Sie näherten sich dem Priester erst, nachdem die letzte Person die Kirche verlassen hatte.

Er hatte schweigend zugehört, ohne sie auch nur einmal zu unterbrechen, als sie ihre Geschichte erzählten, und die beiden Männer aufmerksam gemustert, während sie sprachen. Der jüngere Mann – der Copilot – hatte nicht viel gesagt, aber an ihm war etwas, das Vertrauen einflößte. Pater Vincente war über seine regelmäßigen Blicke zum Kruzifix auf dem Altar überrascht; es schien, als werde ihm erst jetzt dessen Bedeutung klar. Der ältere, kleinere Mann war anders. Auch er vermittelte Glaubwürdigkeit, aber aus einem anderen, eindringlicheren Grund. Er sprach von unglaublichen Dingen so selbstverständlich, und sein seltsamer Blick wurde nie unstet; er sprach, ohne herauszufordern, als ob es keinen Grund zur Ungläubigkeit gäbe. Es war für ihn offensichtlich sehr schmerzhaft, mit seinem verletzten Mund zu reden, und Pater Vincente mußte sich oft vorbeugen, um seine Worte verstehen zu können. Aber er war sich sicher: Diese Männer logen nicht. Und es gab keinen Hinweis auf Übertreibung in ihren Stimmen.

Obwohl erst Ende Dreißig, hatte der Priester zu viele

Lügen gehört, zu viele Unwahrheiten, deren sich die Personen, die sie erzählten, nicht einmal bewußt waren, um die Geschichte der beiden Männer anzuzweifeln. Wenn er eine Gabe hatte, dann die Fähigkeit, Tatsachen von Erfindungen zu unterscheiden, Ehrlichkeit von Trug. Er war sich im Hinblick auf die beiden sicher, wußte aber nicht, ob sie irregeleitet seien. Er hielt sich nicht einmal damit auf zu fragen, ob sie gläubig waren; es war offensichtlich, daß das nicht zutraf. Er erhob sich von der Kirchenbank, auf der er gesessen hatte, wandte sich ihnen zu und sagte einfach: »Wir werden sehen, was getan werden kann.«

Keller war erstaunt. »Sie glauben uns?« fragte er unsicher. Der Priester lächelte grimmig. »Ich habe die Last auf der Stadt jetzt seit Wochen gespürt – und sie ist schlimmer geworden, wie ein bleiernes Gewicht, das auf uns allen liegt. Seltsame Dinge sind in meiner eigenen Kirche geschehen: Statuen wurden zerschlagen, Bänke umgekippt, Blutlachen tauchten plötzlich auf, und ein Altartuch ist in Fetzen gerissen worden. Bislang konnte ich das für mich behalten – ich weiß, was diese alarmierenden Ereignisse bewirken können. Bis jetzt habe ich das auf Vandalismus zurückgeführt; aber nun weiß ich, daß etwas Teuflisches im Gange ist. Und ich weiß auch, daß das, was bereits geschehen ist, harmlos im Vergleich zu dem ist, was geschehen kann, wenn jener Einfluß an Kraft gewinnt. Die ungewöhnlichen Todesfälle von gestern waren erst der Anfang.«

»Gott sei Dank haben Sie die Gabe, das Geschehene richtig einzuschätzen«, keuchte Hobbs durch seine verletzten Lippen.

Der Priester sah ihn scharf an. »Ich bin nicht sicher, ob ich das tue, Mr. Hobbs.«

»Aber Sie werden uns helfen?«

»Ich sagte, wir werden sehen, was getan werden kann.«

»Sie begleiten uns zu dem Wrack?«

Pater Vincente nickte. »Wenn man mehr herausfinden will, dann bin ich mit Ihnen einer Meinung – es ist nur dort zu finden.« Er wandte sich an Keller und fügte hinzu: »Allerdings stelle ich eine Bedingung.«

Der Copilot war verblüfft.

»Ich möchte, daß Sie dies tragen, Mr. Keller.« Der Priester führte seine Hand unter seine Soutane und zog etwas aus seiner Hosentasche. Er preßte einen kantigen Gegenstand in Kellers Handfläche und hielt sie fest, ohne auch nur einmal seinen Blick von den Augen des Copiloten abzuwenden.

Er schien zufrieden zu sein, nachdem einige Augenblicke vergangen waren, und ließ die Hand dann los. Keller blickte herab, um zu sehen, was für ein Gegenstand das war, und stellte fest, daß er ein kleines hölzernes Kruzifix hielt, das etwa sechs Zentimeter hoch und vier Zentimeter breit war. Er blickte den Priester bestürzt an, doch sein fragender Blick wurde mit einem rätselhaften Lächeln beantwortet. Hobbs grunzte in sich hinein. Er hatte die Absicht des Priesters verstanden.

»Wenn Sie mir jetzt gestatten, mein Meßgewand abzulegen und etwas Praktischeres anzuziehen, können wir beginnen«, sagte Pater Vincente fast fröhlich.

Während er in der Sakristei neben dem Hauptaltar verschwand, wandte sich Keller an Hobbs und fragte: »Warum hat er uns so bereitwillig geglaubt?«

Hobbs war nachdenklich. »Als wir hereinkamen, sah ich, daß die Kirche dem Augustinerorden gehört, der, um es einmal so zu sagen, ein weitgereister Orden ist. Ich möchte annehmen, daß der Pater in vielen exotischen Ländern gewesen ist, in denen viel seltsamere Dinge als diese hier geschehen sind.«

»Seltsamer als diese?«

»Sie wären überrascht. Der andere Punkt ist, daß das Priestertum sich vornehmlich mit dem Kampf gegen das Böse befaßt; das ist ein ganz natürlicher Bestandteil der Gottesverehrung. Priester sind an das Auftreten des Bösen in jeder Form gewöhnt. Natürlich ermutigen sie nicht zur Verbreitung von Geschichten über Schwarze Magie und Exorzismus; sie wollen nicht, daß ihre Religion von den aufgeklärten Zynikern dieser Welt als Hokuspokus betrachtet wird. Aber sie glauben sicher an das Böse als physische Kraft – eine Kraft, die ständig bekämpft werden oder zumindest im Zaum gehalten werden muß. Das Pech ist – und Sie werden dieses Eingeständnis nie von einem Priester öffentlich hören –, daß die Kirche an Boden verliert. Das Böse – nennen Sie es den Teufel, so Sie wollen – gewinnt die Oberhand.«

Keller empfand aufgrund dieser dubiosen Feststellung Widerwillen dagegen, in eine philosophische Diskussion verstrickt zu werden. »Warum gab er mir das Kreuz?« fragte er, um das Thema zu wechseln.

»Es war ein Test«, antwortete Hobbs.

»Ein Test?«

»Ein Test um zu sehen, ob Sie es annehmen würden oder nicht.«

Keller drehte das schlichte Holzkreuz in seiner Hand und musterte es neugierig. »Und wenn ich es nicht getan hätte?«

»Dann wären Sie wahrscheinlich nicht gewesen, was Sie zu sein schienen.«

Der Copilot öffnete den Mund, um mehr zu sagen, aber in diesem Augenblick kam der Priester wieder zu ihnen, ein entspanntes Lächeln auf dem Gesicht. »Können wir gehen, meine Herren?« Er trug einen dunklen Anzug mit dem üblichen Kragen der Geistlichkeit. In einer Hand hielt er einen abgewetzten alten Aktenkoffer. Sie gingen aus der Kirche hinaus in die kalte schwarze Nacht, und alle drei vermißten sofort die Geborgenheit der heiligen Stätte.

Während sie gingen, sagte Hobbs zu dem Priester: »Pater Vincente, sehen Sie etwas am Himmel?«

Der Priester blickte auf und schüttelte den Kopf. »Die Sterne. Es ist eine sehr klare Nacht.« Er senkte den Blick wieder und betrachtete das Medium seltsam. »Ist da etwas, das ich sehen sollte?«

Dieses Mal schüttelte Hobbs den Kopf. »Es ist nicht wichtig.«

Keller war beunruhigt, als er dünne Fäden der leuchtenden Dunstwolke in langen Strängen aus der Masse ausbrechen sah; sie senkten sich nach unten, verschwanden aber rasch im Nichts. Er wandte sich an Hobbs, um ihn zu fragen, ob er dasselbe sähe, aber ein unmerkliches Kopfnicken des Mediums beantwortete seine ungestellte Frage. Die drei Männer gingen schweigend weiter, bis Keller feststellte: »Die Polizei wird uns vielleicht nicht an das Wrack heranlassen.« Sie hatten die schmale Straße überquert und betraten das Feld durch eine Öffnung im umgebenden Zaun.

»Vielleicht kann ich sie überreden«, sagte Pater Vincente.

Aber das war nicht erforderlich, da das Feld, abgesehen von dem geborstenen Rumpf des Flugzeugs und den übriggebliebenen verstreuten Metalltrümmern leer war. Sie trotteten über den unebenen Boden, wobei sich ihre Augen langsam an das Düster gewöhnten, und warteten auf den Ruf »Halt!«, der nicht kam.

»Wo zum Teufel sind die Wachen hin?« murmelte Keller, ohne jemand speziell anzureden, als sie sich dem schwach beleuchteten Wrack näherten.

»Vielleicht sind sie wegen eines dringenderen Falles abberufen worden. Seien wir dankbar für dieses Glück; es erspart uns eine Menge einfältiger und unangenehmer Fragen.«

Sie erreichten das riesige, konische Gebilde des Jumbo-Rumpfes; die Hauptstreben nahe der Mitte lagen frei und waren verbogen. Der Bauch des Flugzeugs war durch die Wucht des Aufpralls auf dem Boden fast völlig plattgedrückt worden, hatte seine runde Form verändert und ähnelte jetzt einem häßlichen, kriechenden Ding. An der entwürdigten Majestät des Jumbo war etwas Mitleiderweckendes und Bewegendes. Der Priester spähte in die geborstene Hülle und schüttelte seinen Kopf. »Wieviel größer können Gräber noch werden?« sagte er ruhig.

Keller hatte diese Bemerkung nicht gehört, da er sich bereits zu der abgebrochenen Nase der 747 begab. Der Großteil des Inneren mußte zerstört sein, und was von den Instrumententafeln im Cockpit und den elektronischen Anzeigetafeln des Flugingenieurs übriggeblieben war, würde zwecks intensiver Laboruntersuchungen entfernt worden sein; trotzdem wollte er in das Cockpit klettern. Es war Hobbs Idee gewesen: Der Copilot sollte seinem ursprünglichen Aufenthaltsort in jener schicksalhaften Nacht so nahe wie möglich sein; er sollte sich erinnern und sich vorstellen, was geschehen war, die ganze Abfolge nacherleben. *Er sollte mental versuchen, die Ereignisse zu rekonstruieren, die zum Absturz geführt hatten!*

»Warten Sie auf uns, David«, hörte er Hobbs' gedämpfte Stimme hinter sich. Er merkte, daß er sich darüber freute, daß der Spiritist endlich das ›Mr. Keller‹ fallengelassen hatte. Die beiden Männer holten ihn ein und standen neben ihm im Dunkel neben dem aufragenden, verstümmelten Metallrumpf.

»Was haben Sie vor, Mr. Hobbs?« fragte Pater Vincente leise.

Hobbs erwiderte ebenso ruhig: »David wird das Flugzeug betreten und seinen Verstand ganz auf jene Nacht konzentrieren. Er wird versuchen, sich an den Unfall von einem ihm noch bewußten Zeitpunkt aus zu erinnern und sich von dort zurückzuarbeiten.«

»Aber ich dachte, all dies sei zuvor schon gescheitert. In der Zeitung stand, daß der Copilot hinsichtlich des Absturzes eine völlige Gedächtnislücke habe. Sie selbst haben mir das heute abend erzählt.«

»Es ist nie unter diesen Bedingungen versucht worden«, fiel Keller ein.

»Und ich werde ihm dabei helfen«, sagte Hobbs.

»Darf ich fragen, wie?« In der Stimme des Priesters war kein Spott.

»Ich werde die Geister herbeirufen, damit sie ihm helfen, die Stimmung jener Nacht wieder zu erschaffen.«

»Mein Gott! Ist das nicht sehr gefährlich?«

»Ja, Pater, ich glaube, das ist es. Darum wollte ich, daß Sie bei uns sind. Wir brauchen vielleicht Ihren Schutz.«

»Aber ich bin nur ein Priester! Hier haben wir es mit etwas sehr Bösem zu tun – ich bin vielleicht nicht stark genug, um damit fertig zu werden.«

»Sie sind alles, was wir haben«, sagte Hobbs gleichmütig, »und die Zeit läuft ab.« Er klopfte Keller auf den Arm und holte eine kleine Lampe aus seiner Tasche. Der Copilot nahm sie und leuchtete damit in das klaffende Loch an der Seite des Flugzeugs. Dann stieg er hinein und fand sich im Rumpf der 747. Abgesehen von dem winzigen Lampenstrahl herrschte völlige Dunkelheit. Er richtete das Licht dahin, wo die Treppe sein sollte, die zum Abteil der Ersten Klasse und zum Cockpit führte, wie er hoffte. Sie war noch da – zwar versengt und verbogen, aber noch benutzbar. Er hörte, wie die beiden Männer hinter ihm sich mühten, durch die Öffnung zu gelangen. Während er auf sie wartete, untersuchte er den riesigen Riß, der ihnen als Eingang diente. Es war die vordere Einstiegsluke gewesen, diejenige, die, wie Harry Tewson erzählt hatte, durch die Explosion herausgerissen worden war. Ihre Kanten waren verbogen und uneben; ein langer, gezackter Riß, durch den die Sterne zu sehen waren, setzte sich bis zum Dach des Flugzeuges fort. Als die Tür herausgesprengt worden war – ob das nun vor dem Aufprall oder nach der Bodenberührung gewesen war – hatte sie das Metall der Seitenverkleidung mit sich gerissen. Er richtete den Lampenstrahl ins Innere und entdeckte die Stelle, an der das riesige Flugzeug nahe dem Tragflächenansatz geborsten war; der ganze Rumpf war unter der ungeheuren Wucht wie eine Eierschale zerbrochen. Er konnte die freigelegten Spanten weiter unten sehen, die beiden Hauptspanten, die noch aufrecht standen, aber verbogen waren und wie die Rippen eines Riesenwales wirkten. Bedauern überkam ihn, wie es jeder

Pilot beim Anblick eines zerstörten Flugzeuges empfindet, gleich, ob es groß oder klein ist. Er hörte die beiden Männer im Dunkel stolpern und richtete die Lampe nach hinten, um ihnen zu helfen.

»Heilige Mutter Gottes!« hörte er den Priester leise ausrufen, als der sich im Innern umblickte. Der schwere Geruch von versengtem Metall und verbranntem Kunststoff hing noch immer in der Luft, und Pater Vincente wußte, daß dies ein Geruch war, den er nie würde vergessen können. »Was nun?« fragte er seine beiden Begleiter.

»Dort hinauf.« Keller richtete den Strahl auf die Treppe und nach oben.

»Wird sie uns denn tragen?« fragte der Priester.

»Wenn wir einzeln gehen, sollte sie halten«, versicherte ihm der Copilot. Er ging auf die schmale Treppe zu, und der Priester und das Medium folgten ihm dichtauf. Jede Stufe prüfend stieg er nach oben und wich vorsichtig den Löchern in einigen Stufen aus. Die eine Seite der Treppe zum Erste-Klasse-Abteil hin lag völlig offen, und er richtete kurz den Lampenstrahl hinein, wünschte sich dann aber, es nicht getan zu haben. Darin war kaum etwas übriggeblieben.

Bald darauf stand er vor der Passagierlounge, betrat sie aber nicht; der ganze Boden neigte sich bedenklich nach unten, und an ihrem Ende zeigte sich eine lange, schmale Öffnung, durch die man in den Hauptrumpf des Flugzeugs gelangt. Er richtete seine Aufmerksamkeit nach vorn, auf das Cockpit. Die kleine Tür, die zu ihm führte, stand offen, sie hing lose in den Angeln, war aber noch intakt. Keller ging hindurch und schaute sich in der engen Zelle um. Wie er richtig angenommen hatte, waren sämtliche Instrumententafeln herausgenommen und zwecks weiterer Untersuchung fortgeschafft worden. Die Vorderseite des Cockpits war vom Boden aufwärts nach innen gewölbt, und unglaublicherweise konnte er Teile des Glasfaser-Radarkegels sehen, der sich in der Nase des Jumbo befand, beim Aufprall aber in das Cockpit hineingerückt worden war. Von den Pilotensitzen war überhaupt nichts übriggeblieben, und er fragte sich zum tausendsten Mal, wie, zum Teufel, er einer solchen Verwüstung entkommen sein mochte. Ein zerfetztes Loch im Dach verwies auf einen möglichen Weg: Konnte er durch diese Öffnung herausgeschleudert worden sein, nachdem sie von umherfliegenden Metallstücken aufgerissen worden war? Er spürte, wie die kalte Nachtluft durch die Öffnung drang, ihr eisiger Strom spannte seine Haut. Nein, es war unmöglich. Jedes Metallstück, das mit einer derartigen Geschwindigkeit geflogen wäre, daß es ein Loch dieser Größe hätte reißen können, hätte ihn getroffen und augenblicklich getötet!

Aber dieser Gedanke führte ihn zu einer anderen möglichen Lösung: Angenommen, es hatte unten eine Explosion gegeben und die vordere Luke des Passagierraumes war durch die Wucht herausgerissen worden? Und angenommen, er war aus irgendeinem Grund im Augenblick des Aufpralls nicht im Cockpit gewesen und durch die offene Tür hinausgeschleudert worden? Es war kaum möglich. Denn warum sollte er zu diesem Zeitpunkt nicht im Cockpit gewesen sein? Panik vielleicht? Oder vielleicht war er hinuntergegangen, um das durch die Explosion verursachte Ausmaß des Schadens zu begutachten? Nein, dazu wäre keine Zeit gewesen. Unmöglich, und doch – es war ein dünner Faden, an den er sich klammern konnte! Zumindest konnte ihm dies helfen, seinen gesunden Menschenverstand zu bewahren.

»Ist mit Ihnen da oben alles in Ordnung, Mr. Keller?« hörte er die Stimme des Priesters von unten.

Er wandte sich der Treppe zu. »Ja, mir geht's gut.« Und so war es auch. Abgesehen von der verständlichen Traurigkeit, die er beim Anblick der Zerstörung eines so schönen Flugzeugs empfand, fühlte er jetzt wenig Bedauern. Er empfand Verwirrung, empfand Erstaunen, aber die melancholische Niedergeschlagenheit, die ihn so lange bedrückt hatte, war fast verschwunden. Vielleicht war es die Erfahrung der vergangenen Nacht: Das positive Gefühl von Cathys Anwesenheit, die Sicherheit, daß ihr Tod nicht bedeutete, daß sie nicht mehr existierte. Für ihn war das eine neue und erregende Vorstellung, ein Gedanke, der Zeit brauchte, um geistig verarbeitet, um schließlich akzeptiert und gewürdigt zu werden. Und da war noch mehr, weil er sich jetzt nahe fühlte, nahe der Lösung eines Rätsels. Aber was war dieses Rätsel? Sein Überleben? Die Absturzursache? Nein, es war etwas weit Größeres, doch er hatte nicht die geringste Ahnung, was es sein mochte. Nur ein Gefühl.

»Vielleicht sollten wir nach oben kommen, Mr. Keller?« Die Stimme des Priesters unterbrach wieder seine Gedanken. »Es ist schrecklich dunkel und einsam hier unten.« Pater Vincente gab sich Mühe, seine Stimme unbeschwert klingen zu lassen.

»Was? Entschuldigung, ja, bitte, kommen Sie hoch. Nacheinander!« rief Keller zu ihnen hinunter. »Achten Sie auf die Löcher in den Stufen und auf das Loch in der

Seitenwand.« Er richtete die Taschenlampe auf die düstere Treppe.

Der Priester kam zuerst hoch, und Hobbs folgte schnell. »Dort hindurch«, deutete der Copilot, als sich die drei in dem winzigen Raum zwischen Cockpit und Passagierlounge drängten. Er ging voran. Das Gesicht des Priesters war ernst, als er den Schaden im Cockpit sah. »Diese armen, armen Männer«, sagte er und blickte den Copiloten an. »Sie haben sehr viel Glück gehabt, Mr. Keller.«

»Habe ich das wirklich?« erwiderte der ohne Groll.

»Ich schlage vor, wir beeilen uns«, sagte Hobbs. »Wenn die Polizei zurückkommt, könnte uns das sehr in Verlegenheit bringen. Ich bin sicher, das man uns zum Gehen auffordern wird, da wir nicht befugt sind, uns hier aufzuhalten.«

»Ja, Sie haben sicher recht«, sagte Pater Vincente. »Sie hätten uns vielleicht erlaubt, hier zu sein, wenn ich vorher mit ihnen gesprochen hätte, aber unter diesen Umständen...« Er ließ den Satz unbeendet.

»Wie beginnen wir, Mr. Hobbs?« fragte Mr. Keller.

»Wir beginnen damit, daß wir einige Grundregeln festlegen.« Der Priester hatte gesprochen, bevor der Spiritist antworten konnte. »Wir müssen vereinbaren, das Experiment abzubrechen, sobald es unserer Kontrolle zu entgleiten scheint.« Er blickte Hobbs fragend an und fügte dann hinzu: »Das ist unbedingt erforderlich. Außerdem müssen, sobald die Anstrengung für einen von uns zu groß wird, die anderen beiden sofort aufhören und dem Betreffenden helfen. Schließlich werden wir alles, was immer hier heute nacht geschieht, bis zu einem Zeitpunkt für uns behalten, an dem wir drei der Meinung sind, daß es richtig ist, die Fakten bekanntzugeben. Habe ich Ihr Wort darauf, Mr. Hobbs?«

»Gewiß«, kam sofort die Antwort.

»Mr. Keller?«

Der Copilot zögerte eher, nickte aber schließlich und sagte: »Ja.«

»Dann lassen Sie uns beginnen.« Der Priester legte seinen Aktenkoffer auf den versengten Boden des Cockpits und öffnete ihn. Er nahm zwei lange Kerzen heraus und zündete sie an. »Die werden uns zusätzliches Licht spenden«, sagte er, während er sie den beiden Männern reichte. Sie fanden passende Aufstellplätze für die Kerzen und richteten ihre Aufmerksamkeit wieder auf den Priester, der ein Stück dunklen Tuchs über seine Schulter drapierte. In dem helleren, aber unheimlicheren Licht sahen sie, daß es ein purpurner Schal war. Er nahm ein Kruzifix heraus und legte es vor sie auf den Boden. Dann griff er wieder in den Koffer, um eine Phiole mit klarem Wasser und ein dunkel gebundenes Buch herauszuholen. »Ich möchte den Ort mit Weihwasser weihen, bevor wir beginnen«, erklärte er, während er den Deckel des Glasbehälters abschraubte. Er tauchte seinen Finger in das geweihte Wasser und verspritzte es im Innern des Cockpits, wobei er ein kaum vernehmbares Gebet intonierte und häufig das Kreuzzeichen machte. Bevor er den Deckel schloß, spritzte er Wasser auf die beiden Männer, und seine Lippen bewegten sich in stummem Gebet. Keller brannte darauf fortzufahren, unterbrach das Ritual des Priesters aber nicht.

Nachdem Pater Vincente den Deckel der Phiole lose aufgeschraubt hatte, lächelte er die beiden Männer an. »Keine große Vorbereitung, meine Herren, aber ich weiß ja nicht, wie weit Sie zu gehen beabsichtigen. So wie es ist, bin ich vielleicht nur übervorsichtig.« Er legte den Behälter dicht neben das Kruzifix, so daß er in Reichweite war. Sich wieder aufrichtend, sagte er zu ihnen: »Ich beabsichtige, die Litenai der Heiligen zu beten, während Sie fortfahren. Nur als zusätzliche Vorsichtsmaßnahme.« Er lächelte und öffnete sein Buch. »Ich werde Sie nicht unterbrechen.« Dann hielt er kurz inne, bevor er hinzufügte: »Es sei denn, ich muß das tun.«

Pater Vincente wunderte sich kurz über sein Vertrauen zu den beiden Fremden. Sie waren in der Nacht mit ihrer beunruhigenden Geschichte über entleibte Seelen zu ihm gekommen, die aus unerklärlichen Gründen an diese Welt gebunden waren, und hatten ihn um Hilfe bei der Lösung des Geheimnisses gebeten, das auf irgendeine Weise mit dem jungen Copiloten zusammenhing. Sie wollten eine Antwort finden, wie diese gequälten Seelen erlöst und vielleicht dieser junge Mann von einer Schuld befreit werden konnte. Warum hatte er ihnen geglaubt? Abgesehen von ihrer offensichtlichen Aufrichtigkeit, war die Antwort ganz einfach: Er hatte sie erwartet! Oder hatte zumindest erwartet, daß etwas Derartiges geschehen würde.

Vor vielen Jahren hatte in seiner Schweizer Heimat ein Dorf, das von seinem eigenen nicht weit entfernt war, unter einer schrecklichen Tragödie gelitten. Ein Skihotel voller Urlauber, Männer, Frauen und viele Kinder, das hoch über dem Dorf an einem Berghang gelegen hatte, war von einer Lawine völlig zerstört worden, die alle Menschen zermalmte. Niemand hatte überlebt. Die Dorfbewohner waren wegen des Verlustes bekümmert gewesen, doch ihre Trauer schien sich über viel längere Zeit hinzuziehen, als üblich war. Es herrschte das Gefühl einer seltsamen Bedrückung in dem kleinen Weiler, und dann begannen seltsame Dinge zu geschehen: Unfälle, plötzliche Todesfälle, Wahnsinn. Ein Priester seines eigenen Ordens war gerufen worden – ein älterer, viel weiserer Mann als er – und hatte einen Exorzismus durchgeführt. Er war sich nie sicher gewesen, ob es nur die Fantasie der Dorfbewohner gewesen war, oder ob es tatsächlich ein greifbares ›Spuken‹ im Dorf gegeben hatte, aber das Leben hatte sich tatsächlich schnell normalisiert, nachdem die Zeremonie von dem Priester vollzogen worden war. Es hatte auch andere Vorkommnisse in seinem geweihten Priesterleben gegeben, Vorkommnisse, die weder dramatisch noch von großer Bedeutung waren, die ihm aber ohne jeden Zweifel bewiesen, daß es überall Einflüsse gab, die nicht von dieser Welt waren.

Wenn sich als wahr erwies, was diese Männer behaupteten, war es seine Pflicht, nachzuforschen und dann die Sache einer höheren Autorität als der seinen vorzulegen. Er war nur ein Gemeindepriester; es gab andere im Orden, die dafür ausgebildet und unendlich fähiger dazu waren, mit Angelegenheiten dieser Art fertig zu werden.

»David, können Sie eine Position einnehmen, die der während des Fluges nahe kommt?« fragte Hobbs.

»Das ist nicht möglich, fürchte ich.« Der Copilot deutete auf den zerschmetterten Bug des Flugzeuges. »Mein Platz – und der des Captains – sind völlig zerstört worden.«

»Also gut. Dann gehen Sie so nahe wie möglich dort heran.«

Keller kletterte über die Trümmer und war sich darüber im klaren, daß der Boden jeden Augenblick einbrechen und sie alle in die darunterliegende Kabine stürzen konnten. Und dort befanden sich zu viele Metallteile mit scharfen Spitzen, als daß sie unverletzt davonkommen würden. Er erreichte den bestmöglichen Punkt und hockte sich dort auf den Boden. Es vermittelte ihm ein unheimliches Gefühl, das er zu ignorieren versuchte.

»Okay!« rief er über seine Schulter zurück. Er konnte die leise Litanei des Priesters hören, während Hobbs zu ihm nach vorne kroch.

»Schließen Sie jetzt Ihre Augen, David, und versuchen Sie, an jene Nacht zu denken. Wenn Sie das nicht können, erinnern Sie sich weiter zurück. So nahe wie möglich daran.«

Keller konzentrierte sich, aber es war sinnlos; alles war völlig leer. Er schüttelte den Kopf.

»Strengen Sie sich an. Erinnern Sie sich an alles vor dem Flug«, drängte Hobbs.

Er dachte an den Streit mit Captain Rogan im Hangar. An das wütende Gesicht des älteren Piloten. Seine haßerfüllten Worte. Er versuchte, sich an die Folgen dieses Streites zu erinnern, aber es war sinnlos. Da war nichts. Er führte eine Hand an seine Augen und rief so heftig. O Gott, warum kann ich mich nicht erinnern? Seine neugewonnene Zuversicht begann zu schwinden. Seine Entschlossenheit geriet ins Wanken. Cathy, kannst du mir nicht helfen? Ich weiß, daß du nicht von mir gegangen bist. Bitte, bitte, hilf!

Nichts.

Müde atmete er aus, wandte sich zu Hobbs um und erstarrte, als er den Gesichtsausdruck des Spiritisten im Düster sah. Seine Augen waren halbgeschlossen, nur das Weiße war sichtbar; sein Gesicht schien tiefgefurcht. Keller bemerkte plötzlich, daß die Temperatur in dem engen Raum um mehrere Grad gefallen war und daß ihre Atemluft in kleinen Dampfwolken austrat. Nicht nur, daß es merklich kälter geworden war, die ganze Atmosphäre im Cockpit hatte sich verändert. Da war eine Anspannung, ein schreckliches Gefühl von Bedrückung, ein fast körperlich spürbares Empfinden eines ungeheuren Gewichts, das auf ihnen lastete.

Keller versuchte sich zu bewegen, merkte aber, daß seine Gliedmaßen durch ein unzerreißbares Band gefesselt waren. Er versuchte zu sprechen, aber seine Kehle war trocken – die Worte wollten sich nicht bilden lassen. Die Gebete des Priesters hinter ihm stockten für wenige Sekunden, wurden dann aber mit scharfer, doch zögernder Stimme fortgesetzt, wie unter Zwang.

Der Copilot spürte plötzlich einen Druck auf seinem Rücken, ein kaltes, eiskaltes Gefühl am Ende seines Rückgrates, das aufwärts wanderte. Die Muskeln seines Halses und seiner Schultern zogen sich zusammen, und er bemühte sich angestrengt, seine Arme zu bewegen. Es fühlte sich an – fühlte sich an..., als ob etwas versuchte... in ihn... einzudringen! Das Gefühl des Ekels war übelkeiterregend, und Galle stieg in seiner Kehle auf. Er kämpfte gegen eine Kraft an, gegen ein lebendes, körperliches Ding, das gleichermaßen gegen ihm kämpfte, das versuchte, ihn zu beherrschen. Seine Ohren hämmerten, als das Blut durch sie schoß, und er spürte das Klopfen seines Herzens, das wie wahnsinnig raste, sich dann zu verlangsamen begann, um schließlich bleiern zu verebben. Er fürchtete, es könne stehenbleiben, aber es beschleunigte sich abrupt wieder und schlug erneut schnell, zu schnell! Wo war der Priester? Warum half er nicht?

Aber Pater Vincente wußte nichts von dem Kampf, der in Keller vorging. Er war sich der schrecklichen Präsenz im Flugzeug bewußt, dieses widerlichen, bösartigen Dings, das sich auf sie gesenkt hatte, und er verstärkte die Kraft seiner Gebete. Doch er vermochte nicht den Zustand der beiden Männer vor sich zu erkennen. Das Licht war schlecht, und er konnte nur ihre Gestalten sehen. Hobbs kniete neben dem hingekauerten Copiloten. Es war nichts, was auf ihre Not verwies. Er griff nach dem Kruzifix und hielt es an seine Brust.

Keller verlor. Die monströse Wesenheit – was immer es sein mochte – breitete sich in ihm aus, nahm ihm seine Kraft, beherrschte seinen Willen, verschlang seine Seele. Dann hörte er das Kichern – leise und heiser. *Dämonisch!* Seine Augen, der einzige Teil von ihm, der sich bewegen konnte, richteten sich auf den Spiritisten, der neben ihm kniete. Das Geräusch war von ihm gekommen! Voller Entsetzen sah Keller, daß dessen Augen jetzt völlig geöffnet waren und ihn mit hämischer, haßerfüllter Freude betrachteten.

»Willkommen, Keller.« Die Stimme kam von Hobbs, aber sie gehörte ihm nicht. Es war dasselbe tiefe Knurren, das Keller in der Nacht zuvor gehört hatte. »Bist du endlich zu mir gekommen, du Bastard?«

Pater Vincente hörte die Worte. Er erstarrte, als er begriff, was geschah. Sein Körper begann vor Furcht zu zittern.

»Im Namen Gottes, nein!« schrie er, stürzte vorwärts und griff dabei nach der Phiole auf dem Boden. Doch in seiner Hast und im Dunkel stolperte er, die Phiole entfiel ihm und rollte aus dem Blickfeld unter einen Streifen geborstenen Metalls. Er sank auf die Knie und suchte verzweifelt danach, doch das Glühen der Kerzen und selbst das der Taschenlampe war beträchtlich schwächer geworden.

Hobbs – oder das Ding, das jetzt Hobbs war – drehte langsam seinen Kopf, um den kriechenden Priester voller Verachtung zu betrachten.

»Krieche, Priester, du Geisterlutscher, du Blutsauger.« Wieder das leise, heisere Kichern. »Glaubst du, ein paar Tropfen Pisse könnten mich vertreiben?«

Pater Vincente hörte zu suchen auf und blickte zu Hobbs hin. Plötzlich stieß er das Kreuz vor und begann zu rufen: »Heiliger Herr, Allmächtiger Vater, Ewiger Gott und Vater unseres Herrn Jesus Christus! Du, der du ein für allemal den gefallenen Tyrann in die Flammen der Hölle geschickt hast. Du, der du deinen eingeborenen Sohn in die Welt gesandt hast, den brüllenden Löwen zu zermalmen; eile, unseren Schrei um Hilfe zu erhören...!« Das Ding in Hobbs lachte laut und gräßlich, grell und kreischend, der Körper des Spiritisten bog sich vor und zurück. Pater Vincente stockte, fuhr dann aber fort: »Eile, unseren Schrei um Hilfe zu erhören, und entreiße dem Verderben und den Krallen des Teufels dieses menschliche Wesen, das nach deinem Bilde gemacht ist. Schleudere Schrecken, Herr, auf...«

»Stopp!« schrie die Kreatur. »Narr! Glaubst du, Worte seien genug?« Er funkelte den Priester an.

Plötzlich glühte das Kruzifix in Pater Vincentes Hand grellrot auf. Er ließ es mit einem Schmerzensschrei fallen und fiel auf den Rücken. Das metallene Kruzifix lag auf dem Boden des Cockpits zwischen dem Priester und Hobbs, und schwarze Rauchfäden stiegen davon auf.

Die Kreatur lachte wieder, und augenblicklich nahm

der Priester seine Beschwörung wieder auf: »... schleudere Schrecken auf die Bestie... die jetzt deinen Weinberg verwüstet. Laß deine mächtige Hand ihn vertreiben...«

Keller spürte, daß der Druck etwas nachließ. Die summenden Worte des Priesters drangen zu ihm durch und erfüllten ihn irgendwie. Er hatte gespürt, wie er sank, sank und in eine leere Schwärze fiel, in der ein rundes, weißes Objekt auf ihn wartete. Und während er darauf zufiel, sah er zwei dunkle, kalte Augen, die ihn hinabzogen, rosenfarbige Lippen, die stumm höhnten. Hände umklammerten seine Kehle, und das Atmen fiel ihm schwer. Er sah die braun versengte Plastik des Puppengesichtes! Das Puppengesicht! Er erinnerte sich daran, wie das kleine Mädchen, das die kleine Plastikpuppe getragen hatte, ins Flugzeug gestiegen war. Daran erinnerte er sich!

Und dann waren die summenden Worte des Priesters zu ihm durchgedrungen, wie aus weiter Ferne, doch immer lauter werdend, lauter, als sie ihn schließlich erreichten. Er merkte, daß er selbst die ihm unbekannten Worte gemeinsam mit dem Priester sprach, Worte, die er nie zuvor gehört hatte. Kein Ton kam über seine Lippen, doch in sich, in der Tiefe seines Seins, sprach er sie. »... deines Dieners, auf daß er nicht länger diesen Mensch gefangenhalten möge, den zu erschaffen dir gefallen hat...« Er begann wieder aufzutauchen, an die Oberfläche zu treiben, dem Licht entgegen. »... nach deinem Bilde und erlöst durch deinen Sohn, der mit dir lebt und herrscht...« Die unsichtbaren Hände lösten sich von seiner Kehle. »... in der Einheit des Heiligen Geistes...« Er erreichte die Oberfläche, und die Stimme wurde lauter.

»... Gott von Ewigkeit zu Ewigkeit...« Mit einem Keuchen fiel er nach vorn, befreit von dem schrecklichen Druck, der ihn in erstickendem Griff gehalten hatte.

Hobbs starrte den Priester an, wobei Obszönitäten über seine verzerrten Lippen drangen. Keller richtete sich wankend auf und schlug auf den Spiritisten ein, schleuderte ihn gegen das geborstene Metall. Das Ding lag da im Dunkel und funkelte den Copiloten an, seine bösartigen Augen füllten sich mit Haß. Ein gehässiges, verzerrtes Lächeln breitete sich über sein Gesicht. »Glaubst du, du seist entkommen?« krächzte er.

Plötzlich begann die geborstene Hülle des Flugzeugs zu erzittern. Metallstücke lösten sich und stürzten mit dumpfem Klirren herab. Das Ding auf dem Boden lachte laut und höhnend. Das Zittern wurde heftiger, und das geborstene Flugzeug begann mit wachsender Intensität zu vibrieren. Ein grelles, winselndes Heulen erfüllte den kleinen Raum, stach mit seinem Geräusch auf ihre Trommelfelle, drang zu einem Punkt hinter den Augäpfeln durch und verursachte marternden Schmerz. Keller verlor sein Gleichgewicht, als das Schütteln zunahm, und wurde gegen den Rahmen der herausgenommenen Instrumententafeln geschleudert. Das Flugzeug schien rings um sie auseinanderzubrechen, ganze Platten fleckigen Metalls stürzten nach innen, wirbelten erstickende Wolken rußigen Staubes auf. Die beiden Kerzen wurden umgeworfen, so daß ihnen nur der trübe Schein der Taschenlampe blieb. Eine bebende Welt, ein Hexenkessel von Geräuschen umgab sie: Das Klirren fallenden Metalls; das Ächzen des Flugzeugs, dessen ohnehin verwüsteter Rumpf unter der neuen Wucht barst, das Kreischen, das jedes andere Geräusch übertönte, das obszöne, höhnende Gelächter des Dings in Hobbs; und durch all dies die inbrünstige Beschwörung des Priesters, deren Lautstärke zunahm, um sich gegen den Lärm zu behaupten.

Keller bedeckte seine Ohren mit den Händen und neigte seinen Kopf von einer Seite zur anderen. Ein Schrei stieg aus seiner Kehle. Und dann, in dem Augenblick, als es schien, daß das Flugzeug unter der Wucht zusammenbrechen, der Boden, auf dem sie hockten, einstürzen müsse, begann das winselnde Heulen zu schwinden. Keller bemerkte sein Nachlassen zunächst nicht, da sein Kopf dröhnte. Erst als das Zittern aufhörte, fast abrupt, bemerkte er, daß sich eine beklemmende Stille auf das Wrack gesenkt hatte. Er nahm die Hände von seinen Ohren und hörte nur das Summen der Gebete des Priesters. Im schwachen Licht der Taschenlampe konnte er Hobbs zusammengekauerte Gestalt vage erkennen.

Dann nahm Keller den Geruch wahr: Den stinkenden, übelkeiterregenden Geruch von Verwesung und Schlimmerem, den krankmachenden Gestank verbrannten Fleisches. Dunklere Schatten schienen durch das Cockpit zu wirbeln, und er glaubte zuerst, daß dies Asche sei, die durch die Vibration aufgewirbelt worden wäre. Dann aber hörte er die Stimmen. Geflüster, verwirrt und erschreckt. Etwas Kaltes berührte seine Hand, und er wich hastig an die Wand zurück.

Ein animalisches Grunzen kam von der anderen Seite des Cockpits, und er sah, wie sich die schwarze Gestalt von Hobbs aufrichtete.

Das Flüstern wurde schärfer, schneidender. Deutlichere Stimmen kamen durch. »Keller... er ist hier...! Keller... ist er es...?«

Der Copilot wirbelte herum, als eine Stimme nur Zentimeter von ihm entfernt laut wurde, als ob jemand neben ihm hockte und in sein Ohr flüsterte: »Dave... hilf uns... finde ihn für uns...«

Es war Rogans Stimme!

Sie klang angespannt, heiser, aber es bestand für ihn kein Zweifel daran, daß es Captain Rogans Stimme war.

Kellers Stimme war schwach und zitterte. »Wen finden, Skipper? Wen muß ich finden?«

Eine andere Stimme sprach, aber das Geräusch kam von derselben Stelle. »Den finden, der mir das angetan hat!« Der Tonfall war wütend. »Für uns! Wir können dich führen!«

»Narren!« Hobbs stand im Strahl der Lampe und funkelte auf den Copiloten herab. »Wir haben den hier! Er gehört zu uns! Wir werden ihn nehmen!«

Keller zog seine Beine an, war bereit, zur Seite zu springen, falls das Medium sich ihm nähern sollte.

»Nein... nein...« Dies war wieder Rogans Stimme. »Nicht Keller... der andere...« Neue Stimmen fielen ein: »Der andere...«

Das Jammern eines Kindes kam aus einer fernen Ecke. »Mami, ich habe Angst. Wo sind wir?« Ein Schrei durchschnitt die Luft. »Wir stürzen ab!« Eine andere Stimme, ein Flehen: »Hilf uns!« Ein Jammern brach los, hallte rings von den Wänden wider, trieb durch das Loch im Dach des Flugzeuges in die Nacht hinaus.

»Schweigt!« schrie das Ding in Hobbs. Und dann kicherte es. Das leise, drohende Kichern, das Furcht in Kellers Herz trieb. Der Copilot beobachtete, wie die Gestalt sich bückte und nach etwas griff. Sie kam mit einem gezackten Gegenstand in der Hand wieder hoch, und im düsteren Licht sah Keller, daß es eine verbogene Metallstange war. Hobbs machte einen Schritt auf den kauernden Copilot zu.

Pater Vincente hatte voller Entsetzen zugeschaut, seine Lippen rezitierten noch immer die Gebete, die sich als so ungeeignet erwiesen hatten. Wie töricht er gewesen war, dies zugelassen zu haben! Er war nicht würdig, mit einer Ungeheuerlichkeit dieser Art fertig zu werden. Fassungslos sah er, daß Hobbs sich auf Keller zubewegte, ein zackiges Stück Metall schwang, es hochhob, bereit war, zuzuschlagen. Doch die Waffe zitterte in seinem Griff, als ob ein Kampf im Verstand des besessenen Mediums stattfände. Hobbs Gesicht war eine Maske der Wut. Seine funkelnden Augen schienen aus den Höhlen zu quellen, eine große, purpurne Ader pochte in seiner Schläfe; eine Seite seines Mundes war auf unnatürliche Weise zurückgezogen, der Verband war jetzt von seinem Gesicht gerissen, so daß die blutigen, verletzten Lippen zu sehen waren, die Zähne und Zahnfleisch, zu einer häßlichen Grimasse verzerrt, entblößten. Er schrie, seine Sprache war vulgär und widerlich, und langsam verzerrte sich die Grimasse zu einem triumphierenden Grinsen. Die Hand, die das gezackte Metall hielt, begann sich zu senken.

Aber Keller, einen Ausdruck nackter Wut auf dem Gesicht, war bereits vorwärts gesprungen. Seine Schulter schmetterte wuchtig gegen Hobbs' Brust, so daß beide Männer gegen die Wand stürzten und in verzweifeltem Kampf miteinander rangen. Dunkle, schattenhafte Gestalten huschten an den entsetzten Augen des Priesters vorbei, fleischlose Körper wirbelten herum. Pater Vincente wußte, ohne es zu sehen, daß nicht nur das Cockpit, sondern der ganze zerschmetterte Rumpf des Flugzeugs von solchen Gestalten erfüllt war. Gepeinigte, entsetzte Seelen, viele – das konnte er spüren – rachsüchtig und wütend; andere nur erschreckt.

Kellers Körper wurde plötzlich auf den Priester geschleudert, von dem Dämon, der das Medium beherrschte, mit übernatürlicher Kraft zurückgestoßen. Er hörte das höhnende Gelächter, als er zu Boden fiel und der Körper des Copiloten ihm den Atem raubte. Nach Luft schnappend lag er da, sog den rußigen Staub in seine Lungen und würgte an seinem erstickenden Gestank. Die Taschenlampe war beiseite getreten worden. Ihr dünner Strahl schnitt schwach durch die Dunkelheit, vorbei an seinem Gesicht, und wurde von etwas Glänzendem reflektiert, das unter den Metallschienen lag, die einst den Sitz des Flugingenieurs gehalten hatten. Der Gegenstand bestand aus Glas.

Hobbs stürzte auf Keller zu, der sich langsam auf ein Knie hochzog, geräuschvoll Luft holte und bereit war, die nahende Monstrosität wieder anzuspringen. Er spürte keine Furcht, nur wütenden Ekel, einen Haß auf diese Kreatur, die den Körper des kleinen Mannes benutzte. Hobbs war sich seiner Beute jetzt fast sicher. Die Stimmen der anderen schrien auf den Dämon ein, die meisten ermunterten ihn, einige wenige nur, diejenigen, die er noch nicht in Besitz genommen hatte, kämpften gegen ihn an, so wie sie es getan hatten, als er Keller mit dem Metallstück hatte niederschlagen wollen. Doch er hielt sie in Schach. Sie waren seiner Verschlagenheit, seiner Macht nicht gewachsen, einer Macht, die in der physischen Welt bereits von dem Mann namens Goswell ausgeübt worden war. Sein kicherndes Gelächter wurde zu einem grollenden Knurren, als er den Copiloten ansah, der furchtlos schien, aber dieser Narr war sich der Gefahr, in der er schwebte, ohnehin nicht bewußt. Mit einem triumphierenden Kreischen stürzte er weiter vorwärts, und der Copilot bückte sich rasch, um ihn abzuwehren... Da richtete sich ein dunkler Schatten zwischen ihnen auf. Flüssigkeit spritzte in das Gesicht des Mediums, und der Dämon schrie voller Furcht und Schmerz auf, als das Weihwasser sich in sein Fleisch brannte, es zerriß, zerfraß, ihn aus dem menschlichen Körper trieb. Hobbs stolperte zurück und fiel zu Boden, seine Hände umklammerten sein brennendes Gesicht. Blasen bildeten sich bereits zwischen seinen Fingern, und die Haut zischte, als ob Säure darüber gegossen worden sei. Der Dämon in ihm kämpfte darum, den Sterblichen in seiner Gewalt zu behalten, aber der Priester blieb hart. Weiteres Weihwasser ergoß sich über Hobbs' Hände und Hals. Die Haut auf seinem Kopf löste sich, als die geweihte Flüssigkeit sie berührte. Weißer Dampf stieg kräuselnd auf, und augenblicklich erschienen Striemen. Die dämonische Seele heult voller Pein. Der Schmerz war zu groß! Er wand sich voller Qual in dem Körper. Er verlor! Andere halfen, ihn hinauszutreiben: der Sensitive, der nur darauf wartete, seinen Körper wieder in Besitz zu nehmen; Geister, die sich noch immer weigerten, seinem Willen unterworfen zu sein, obwohl sie verwirrt und verloren waren!

Er wurde schwächer, die Qual war unerträglich. Er floh.

Keller, der noch immer nach vorn gebeugt hockte, verblüfft von Pater Vincentes Einfall und dem darauffolgenden Schrecken, spürte einen Strom kalter Luft vorbeistreichen, und unglaublich durchdringender Gestank drang in seine Nase, als ob etwas Verwesendes ihn angeatmet hätte. In der instinktiven Reaktion, diesem unsichtbaren Bösen aus dem Weg zu gehen, wankte er zurück und stolperte zu dem offenen Türeingang, wo er über Trümmerstücke fiel. Er versuchte sich festzuhalten, aber das Metall zerbrach in seiner Hand, und er stürzte die Treppe hinunter, wobei sein Kopf auf die Stufen prallte, sein Körper sich überschlug, und dabei Platten der Verkleidung abriß. Er landete am Fuß der Treppe, und Tintenschwärze schloß sich um ihn.

Still und reglos lag er da. Seine Augen waren geöffnet, aber er sah nichts. Er hörte Stimmen, aber es waren deutliche Stimmen, nicht das Geflüster dieser toten Wesen. Die Stimmen von Captain Rogan, von Cathy, von Alan, ihrem Flugingenieur..., und andere – von Passagieren, Stimmen aufgeregter Kinder, nervöser Mütter, von Geschäftsleuten, die sich in überlauter Heiterkeit etwas zuriefen. Er hörte die Maschinen des Flugzeugs aufbrausen, hörte, wie der Jumbo-Jet zu einem Lebewesen wurde, unter seiner entfesselten Kraft zitterte. Er spürte die sanfte Bewegung, als der Jet vom Traktor vom Passagierterminal weggezogen wurde. Und dann drang Captain Rogans Stimme durch: »Consul 2802, erbitte Taxifreigabe.« Und er hörte den Fluglotsen antworten: »2802, Sie haben Taxifreigabe für achtundzwanzig rechts. Nach Passieren der Bahn rufen Sie eins-eins-acht Komma sechs-fünf wegen Startfreigabe...«

Er war wieder im Cockpit, Captain Rogan saß in dem Sitz zu seiner Linken und sprach in sein Kehlkopfmikrofon, wobei er geduldig den üblichen Startcheck durchging.

Es war wieder die Nacht, in der ihr Jet zu der Reise ins Verderben gestartet war.

18

Der Dämon floh in die Nacht. Er schäumte vor Wut und jammerte vor Schmerz. Während er seine Kräfte sammelte, hielt er Ausschau, um ein Opfer für seine Rache zu suchen.

Das Jaulen des Krankenwagens hatte Ernest Goodwin bei seiner Arbeit gestört. Er verließ die Dunkelkammer und überzeugte sich, daß kein unentwickelter Film offen dalag, bevor er die Tür öffnete. Hastig ging er zu dem Fenster hinüber, das auf die High Street führte, öffnete es, streckte seinen Kopf hinaus und reckte den Hals, um zu sehen, wo der Krankenwagen stehengeblieben war.

Es sah aus, als stünde das Fahrzeug wieder nahe der Kirche. O Gott, hoffentlich hatte der Vikar keinen Rückfall! Reverend Biddlestone war erst an diesem Nachmittag aus dem Krankenhaus entlassen worden, hatte man ihm erzählt. Diese verdammten Ärzte heutzutage! Schickten Patienten nach Hause, bevor sie richtig genesen waren, nur weil ihre Krankenhäuser überfüllt waren! Man mußte schon im Sterben liegen, um heutzutage ein Krankenhausbett zu bekommen – und dann starb man besser schnell, oder man wurde wieder hinausgeworfen! Er schüttelte angewidert den Kopf und schloß das Fenster mit einem Krachen. Als er in die Dunkelkammer zurückging, blieb er kurz stehen, um einen Blick auf frisch entwickelte Fotos zu werfen, die auf einem Arbeitsplatz darauf warteten, beschnitten zu werden. Er nahm eines von dem Stoß und musterte es prüfend. Es war jenes, das ihn so faszinierte, das Bild, das die Reihe der mit Laken bedeckten Leichen zeigte. Warum empfand er dabei diese eigentümliche Seelenverwandtschaft, fast so, als kenne er die Menschen, die unter den blutbefleckten Tüchern lagen. Dann zuckte er mit den Schultern. Da er in der Nacht des Absturzes vor Ort gewesen war und Stunden allein mit den Fotografien der Katastrophe verbracht hatte, war er damit vertrauter als irgendwer sonst. Fast genauso wie die Opfer.

Gemächlich ging er zu dem Schneidegerät hinüber, legte das Foto auf die hölzerne Grundplatte und schob seinen Rand gegen die Metalleiste an der einen Seite. Er hob den Griff des stählernen Schneidemessers etwa dreißig Zentimeter hoch und verrückte das Bild so, daß es den Rand um etwa einen halben Zentimeter überlappte. Dann brachte er die Klinge schnell herunter, und ein schmaler Streifen Fotopapier fiel zu Boden. Er wiederholte diesen Vorgang an den drei anderen Seiten. Alle Fotos, die er an diesem Tag entwickelt hatte, mußten auf diese Weise beschnitten werden, aber er hatte außerdem noch weitere Abzüge zu machen. Martin hatte jedoch versprochen, zurückzukommen und ihm zu helfen. Er hoffte, sein Partner würde nicht zu lange wegbleiben; er war gespannt darauf zu erfahren, wie das Geschäft gelaufen war. Nachdenklich kehrte er in die Dunkelkammer zurück, nahm das Foto mit den Reihen der Leichen mit und bemerkte kaum die beißende Kälte, die den Raum durchdrungen hatte.

Die Tür fest hinter sich schließend, legte Ernest das

Foto auf eine Arbeitsplatte und wandte seine Aufmerksamkeit dem Vergrößerungsgerät zu. Er legte ein Blatt glattes Fotopapier mit der glänzenden Seite nach oben unter die metallene Klappmaske und schaltete das Licht des Vergrößerungsgeräts ein, wobei er die Sekunden mit einer altmodischen Stoppuhr zählte. Es gab keinen Grund, die Schärfe oder das Format des Bildes zu überprüfen, da er bereits mehrere Dutzend Abzüge vom selben Negativ gemacht hatte. Und er hielt sich auch nicht damit auf, das Bild zu betrachten, das auf die Oberfläche des Fotopapiers projiziert wurde.

Zum richtigen Zeitpunkt schaltete er das Gerät aus, hob die Klappe, nahm das Papier heraus und legte es in das Entwicklerbad, wo er es mit einem Finger sorgsam tiefer drückte und sich vergewisserte, daß jede Ecke untergetaucht war. Er spülte die Flüssigkeit für ein paar Sekunden über seine Oberfläche und beugte sich dann vor, als das Bild erschien. Er hatte erwartet, die Aufnahme einer der Turbinen des Jumbo-Jet zu sehen, die allein auf dem Feld lag, getrennt von der Tragfläche, unter der sie gehangen hatte, eine zerfetzte Skulptur kunstvollen Metalls, durch die Wucht des Aufpralls nutzlos geworden. Eine Gruppe von Männern, die alle Klemmbretter trugen, stand darum. Sie untersuchten die freiliegenden Maschinenteile, und einer von ihnen hob behutsam die abmontierte Schubdüse hoch, die mehrere Meter entfernt lag. Das wenigstens hatte er zu sehen erwartet...

Statt dessen war das Bild, das langsam deutlicher wurde, das eines Mannes. Es war der eigenartigste, böse aussehende Mann, den Ernest je vor Augen bekommen hatte. Er war völlig nackt, und sein dürrer, ausgemergelter Körper war durch Krankheit entstellt, als ob die Würmer, die Leichen willkommen heißen, bereits in seinem lebenden Körper geschwelgt hätten. Sein hageres Gesicht war eine Maske grinsender Boshaftigkeit, und seine Augen brannten gemein aus dem dunkler werdenden Papier. Der Mund entblößte in seinem verzerrten Grinsen zerbrochene Zähne zwischen glänzenden Lippen. Dünne Haarbüschel hingen von seinem kahlen Schädel, und tiefe Falten, schwarze Runzeln überzogen sein Gesicht als sei es die Felsenlandschaft irgendeines fernen, regenarmen Landes. Die hageren Schultern waren vorgeneigt, der runde Bauch und die knochigen Hüften in obszöner Haltung nach vorn geschoben. In seinen klauengleichen Händen hielt er seinen übergroßen, geschwollenen Penis, und die Hoden hingen grotesk fast bis zu seinen Knien. Die dürren Beine, die seine Knochengestalt trugen, waren mit Pockennarben übersät, den Malen einer schwärenden Seuche.

Während die Chemikalien ihre Funktion fortsetzten und der Entwicklungsprozeß weiterging, begann das Bild dunkler zu werden, verschwand allmählich unter einer umhüllenden Schwärze, bis ihn nur noch die Augen mit ihren dunkel glühenden, hypnotischen Pupillen anfunkelten. Und dann verschwanden auch sie.

Er hörte das kichernde Gelächter in dem Augenblick hinter sich, als sein entsetzter Verstand sich zu erinnern versuchte, wo er dieses Gesicht früher gesehen hatte. Es war vor Jahren gewesen – mindestens fünfzehn, vielleicht sogar zwanzig –, in einer Zeitung oder einem Magazin. Es hatte etwas mit den Kriegsaktivitäten dieses Mannes in England zu tun, seinem erzwungenen Exil und irgendwelchem Ärger in den Vereinigten Staaten. Er konnte sich nicht an die Einzelheiten erinnern, aber das

Gesicht konnte man nicht vergesssen. Das Gesicht einer Bestie! Er starrte auf das schwarze Fotopapier, und sein eigenes Abbild spiegelte sich darin wider.

Ernest hatte Angst davor, sich umzudrehen und nachzusehen, was bei ihm im Raum war, er fürchtete sich davor zu entdecken, was so unanständig und bösartig gelacht hatte. Er spürte den kalten Druck an der Rückeite seines Halses, spürte den kalten, beißenden Atem auf seiner Wange. Das leise Kichern war jetzt ganz nah. Er konnte nur sein eigenes Spiegelbild betrachten, das sich in der gelben Flüssigkeit sanft kräuselte und schwankte, und seine eigenen Augen starrten ihn an, als begriffen sie seine Furcht.

Die Kälte schloß sich um seinen Körper wie umklammernde Arme.

Martin Samuels stieg die Stufen zum Studio voller Verärgerung hoch, und seine Gedanken überschlugen sich. Geizhälse! Tatsächlich nur hundert Pfund pro Negativ! Diese Illustrierten waren alle gleich! Daß ein Weltblatt wie dieses versuchte, ihn mit einer so erbärmlichen Summe zu betrügen! Gauner! Zweihundertfünfzig wäre das mindeste gewesen, was er akzeptiert hätte. Er hatte dreihundertfünfzig verlangt, aber sie hatten ihm ins Gesicht gelacht und behauptet, das sei jetzt Schnee von gestern, die Fotos hätte inzwischen jeder gesehen, sie seien nicht mehr exklusiv. Er hatte darauf verwiesen, daß nicht alle seine Aufnahmen verwendet worden seien; es gab noch viele andere, vielleicht weniger interessante, aber doch sehr dramatische. Er hatte das ganze Paket angeboten, Exklusivrechte! Das war doch etwas! Nun, er wußte, daß die Londoner Topfotografen mehr als vierhundert am Tag mit Werbeaufnahmen verdienten! Und er verkaufte eine echte Tragödie, ein Drama vor Ort! Diese Leute hatten einfach keine Fantasie. Er hätte besser das Angebot von Paris Match akzeptieren sollen, als mit solchen Gaunern Geschäfte zu machen! Bisher hatten sie ja ein bißchen Geld mit dem Flugzeugabsturz verdient, aber das wäre der absolute Hammer gewesen – der *coup de grâce*. Mit dem Geld aus diesem Geschäft wäre ihr Leben gesichert gewesen. Er hätte sich mehr auf Reportagen konzentrieren können, wogegen Ernest mit ihrer eher nüchternen Arbeit weitergemacht hätte: Porträts, Hochzeiten, Industrieanlagen und so. Ernie hatte seine Grenzen. Vielleicht konnten sie rüber nach Slough ziehen, um näher am Mittelpunk der Ereignisse zu sein. Die Mieten in London waren so hoch, daß sie nicht einmal mit ihrem neuerworbenen Reichtum an einen Umzug dorthin denken konnten. Oh, diese verdammten Hundesöhne! Aber es gab noch andere Magazine, größere Magazine, die interessiert sein würden. Vor sich hinschimpfend, stieß er die Tür zum Studio auf.

»Ernie?« rief er, den Lichtschalter betätigend. »Bist du in der Dunkelkammer, Ernie?«

Keine Antwort.

Wo, zur Hölle, war der Schlemihl? Er wußte doch, daß eine Menge Arbeit zu tun war. Die konnte er allein doch noch nicht erledigt haben! Martin schnalzte und kämpfte sich aus seinem Mantel, hängte ihn hinter der Tür auf, ging hinüber zu den Stößen der unbeschnittenen Fotos, die auf der Arbeitsplatte lagen, und rieb seine Hände, um sie zu wärmen. Gott auch, ist das kalt hier drin! dachte er, wobei er zu den Fenstern schaute, um zu sehen, ob sie geschlossen seien. Er betrachtete die Aufnahmen und kniff die Augen zusammen, um zu sehen, ob sie scharf waren. »Der verdammte Bastard hat mal wieder die Linsen nicht abgestaubt!« fluchte er, als er die winzigen weißen Flecken auf den Abzügen sah. Na, ich werde jedenfalls nicht die ganze Nacht aufbleiben und austupfen. Dann soll er die Abzüge doch noch mal machen!

Wütend pochte er gegen die Dunkelkammertür. »Ernest, bist du da drin?« Er wartete auf eine Antwort, doch es kam keine.

Er sah das Schneidegerät, dessen Klinge aufrecht stand, im rechten Winkel zur Bodenplatte. Das war wieder ein kleiner Anlaß für Martin, sich zu ärgern. Sein Partner ließ das Schneidemesser immer aufrecht stehen, statt es herunterzuklappen. Jemand wird sich noch eines Tages die Finger damit abschneiden! Das sagte er ihm jedes Mal. Er ging zu dem Schneidegerät hinüber, um die Klinge zu senken, aber seine Aufmerksamkeit wurde durch das Foto gefesselt, das auf der Platte lag. Er blickte darauf. Huh, welch' schreckliche Aufnahme! Die ganzen Reihen der toten Menschen! Ich weiß nicht, warum Ernie so vernarrt in dieses Foto ist – wahrscheinlich, weil's eins von denen ist's, die er selbst gemacht hat. So eine deprimierende Aufnahme; nicht dramatisch, nur melancholische Stille – aber etwas Kleines und Weißes in einer Ecke fesselte seine Aufmerksamkeit. Er hatte das vorher nicht bemerkt. Es sah wie ein winziger Körper aus, der im Schlamm lag, getrennt von den weiß zugedeckten Leichen. Mein Gott, war das ein Baby? Er stieß einen erleichterten Seufzer aus, als er erkannte, daß der kleine Körper in Wirklichkeit eine Puppe war. Ich glaube nicht, daß irgendwelche Babys im Flugzeug waren, sagte er zu sich.

Trotzdem komisch, daß ich die Puppe vorher nicht bemerkt habe. Macht das Bild sehr ergreifend. Vielleicht ist es letztlich doch keine so schlechte Aufnahme!

Er beugte sich näher darüber. So ein eigenartiger Ausdruck auf dem Puppengesicht... Fast menschlich. Nein – fast unmenschlich!

Und dann geschah etwas Erstaunliches.

Weiße Rauchfäden begannen von dem Foto aufzusteigen, und die Ecken krümmten sich nach innen. Er sprang überrascht zurück. Was, zum Teufel, passierte denn da? Winzige Flammen begannen an dem schwarzweißen Bild zu lecken, krochen über die Oberfläche, fraßen das chemisch behandelte Papier, und die weißbedeckten Leichen wurden wieder von den Flammen zerstört. Das Foto krümmte sich zu einem losen Ball, und dann verschlang das Feuer es mit einem plötzlichen Auflodern völlig, hinterließ nur schwarze Asche, die langsam nach oben trieb.

Na, so was! Wie war das geschehen? Der Fotograf schüttelte erstaunt seinen Kopf. Er berührte die übriggebliebenen Flocken des verkohlten Papiers versuchsweise mit dem Finger, und sie zerkrümelten zu feiner Asche. Dann spürte er die Bewegung mehr, als daß er sie sah, und zog hastig seine Hand zurück, als die Klinge des Papierschneidegerätes nach unten schlug. Er taumelte voller Schreck zurück, als die halbmeterlange, rasiermesserscharfe Schneide mit einem knirschend-hakkenden Geräusch unten aufprallte.

Sein Herz hämmerte wild vor Entsetzen. Mein Gott, meine Hand hätte abgehackt werden können! Was ging denn hier vor? Und wo ist dieser blöde Ernie? Martin erschauerte unter dem eisigen Hauch, der plötzlich durch den Raum wirbelte. Eine Gänsehaut bildete sich auf seinen Handrücken und den Armen. Er hörte ein Geräusch aus der Dunkelkammer. Einen dumpfen Schlag.

»Ernie, bist du's? Willst du mich veralbern, Ernie?« Er hörte etwas aus der Dunkelkammer dringen, das wie ein gedämpftes Kichern klang, marschierte zur Tür hinüber und legte ein Ohr daran.

»Bist du da drin, Ernie?« Eine Antwort erfolgte nicht, aber er glaubte, eine Bewegung zu hören. Heftig schlug er gegen das Holz. »Ich komme rein, du Idiot! Ist besser, wenn keine Filme herumliegen!«

Für einen Fotografen, auch wenn er eher zu den durchschnittlichen gehörte, hatte Martin Samuels einen ausgeprägten Mangel an Fantasie. Hätte er mehr gehabt, er hätte die Tür vielleicht nicht so schnell geöffnet. Er wußte, daß in Eton die seltsamsten Dinge geschehen und war sich der Anspannung unter den Stadtbewohnern bewußt, aber in den letzten Wochen war er zu beschäftigt gewesen, um sich mehr damit zu beschäftigen. Das brennende Foto, das fallende Schneidemesser – sein Verstand weigerte sich, näher auf Merkwürdigkeiten einzugehen. Es war eben ganz einfach geschehen, und natürlich gab es eine simple Erklärung für diese Phänomene. Zudem hatte er über weit wichtigere Dinge nachzudenken – über finanzielle Probleme – und seine Zeit war viel zu kostbar, als daß er über Unwägbarkeiten hätte nachgrübeln können. Er drehte den Türknauf und stieß ärgerlich die Tür nach innen. Der beißende Gestank, der hinausdrang, ließ ihn angewidert seine Nase rümpfen, und der eisige Hauch, der ihm entgegenfuhr, ließ seinen ganzen Körper unwillkürlich erschauern. Er zog ein Taschentuch aus der Tasche, hielt es vor seine empfindliche Nase und riß die Augen weit auf, um das Dunkel durchdringen zu können.

Das rote Licht schien noch düsterer als gewöhnlich zu sein, aber er glaubte, eine dunkle Gestalt an der Rückseite des kleinen Raums neben dem Wasserbecken stehen zu sehen.

»Ernie, bist du's?« fragte er zögernd.

Zum ersten Mal erfaßte ihn wirkliche Furcht. Seine Fantasie war schließlich doch zum Leben erwacht. Es war das schwere, grunzende Atmen, das seine Furcht mehr als alles andere vergrößerte – es war tief und knurrend, als ob es aus zerrissenen Lungen dränge. Unheimlich!

Der Gestank war überwältigend, und er schwankte, als die üblen Gerüche seine Sinne betäubten.

Zuerst hörte er das schreckliche Kichern.

Dann die Stimme.

»Hallo, Jude«, sagte sie.

Er spürte, daß ihn etwas von hinten stieß. Unsichtbare Hände. Kraftvoll. Er taumelte vorwärts und fiel in dem rot glühenden Raum auf die Knie. Die Gestalt trat aus den dunkelsten Schatten auf ihn zu und beugte sich nieder. Er sah, daß er in das scharlachrote Gesicht seines Partners schaute. Und doch war er es nicht! Die Gesichtszüge waren dieselben, doch der Gesichtsausdruck war dem Ernies völlig fremd. Alle nur denkbare Bösartigkeit, die auf dieser Welt existierte, alle Übel der Menschheit waren in diesem Gesicht irgendwie zusammengezogen und physisch zum Ausdruck gebracht worden. Das Gesicht des Teufels!

Martin winselte in höchstem Entsetzen. Nie zuvor hatte er eine solch totale, lähmende Furcht empfunden. Seine Haare sträubten sich, die Pupillen seiner Augen weiteten sich, und sein Herz klopfte wie verrückt in seiner Brust. Ein schweres, übles Gefühl breitete sich in seiner Magengrube aus. Adrenalin stimulierte seinen Blutkreislauf und bewirkte ein durchdringendes Prickeln. Muskeln zogen sich zusammen und spannten sich, sein ganzer Körper zitterte, seine Gedärme lösten sich, und braune Flüssigkeit rann heiß an seinen Beinen herunter. Er öffnete seinen Mund, um zu schreien, doch nur ein trockenes, ersticktes Gurgeln drang heraus.

»Judenbastard«, sagte die Stimme. »Sieh doch, wie du zitterst. Wie du dich vollscheißt.«

Martin spürte, daß ihn eiserne Finger unter seinen schweißnassen Achselhöhlen faßten. Das dämonische Gesicht bewegte sich näher heran und grinste. »Wie erfreut *Mastomah* sein wird, einen wie dich zu bekommen! Wie *Agaliarept* strahlen wird! Wie *Glasyalabolas* es genießen wird!«

Der Fotograf spürte, wie er hochgehoben wurde, wobei das teuflische Gesicht nur Zentimeter von dem seinen entfernt war, der stinkende Atem in seinen offenen Mund drang, sich in seine Lungen senkte und sich in seinem ganzen Körper verbreitete.

»Na, Jude, nichts zu sagen?« Ein höhnendes Kichern. »Sieh, wie dein Partner dich trägt. Weißt du, wohin? Warum rufst du nicht *Jahve* um Hilfe an?« Wieder das knurrende Lachen.

Seine Füße schleiften über den Boden, als sein massiger Leib zum Wassertank hinübergezogen wurde. Die grausame Stimme flüsterte in sein Ohr: »Sie glauben, sie hätten mich vernichtet. Der Priester glaubt, Wasser würde töten. Verstehst du, wie diese religiösen Schwachköpfe denken, Jude? Es hat mich verbrannt, ja, so wie das Feuer meinen Körper verbrannte. Aber ich bin nicht tot. Ich kann nicht tot sein!«

Martin gelang es schließlich, einen Schrei auszustoßen, als sein Leib über den Behälter gebogen wurde. Der Schrei wurde zu einem gurgelnden Brüllen, sein Kopf wurde unter Wasser gestoßen, und die schwarzweißen Abzüge wirbelten heftig um ihn herum. Der Dämon preßte seine Nase flach gegen das Lochsieb am Boden des Wässerungstanks, und Samuels bemühte sich vergeblich, seinen Hals zu drehen, um den Druck zu lokkern. Doch die Hände, die ihn festhielten, waren zu stark. Wasser drang in seinen schreienden Mund und in seine Nasenlöcher. Er war gezwungen einzuatmen, und das Wasser strömte seine Kehle hinunter und füllte seine Lungen so, wie es Augenblicke zuvor der Atem der Bestie getan hatte. Die Wirkung war tödlich, und bleiernes Grau sickerte in seinen Verstand, verdrängte allmählich alles Sichtbare wie ein sinkender Vorhang. Als der Graue Vorhang vollends herabgesunken war, trieb das Leben langsam von ihm fort.

Als der Körper zu zappeln aufgehört hatte und die Beine, erschöpft von ihrem Strampeln im Tode, schlaff herabhingen, ließ ihn der Dämon los, so daß der Rumpf mit dem Gesicht nach unten im Wasser lag.

Er ging aus der Dunkelkammer hinaus, und als er an dem Stapel der getrockneten Abzüge auf der Arbeitsplatte vorbeikam, begannen sie zu schwelen und dann in Flammen aufzulodern. Der Dämon fegte die Reihen der hängenden Negative herunter und schleuderte sie in die Mitte des Raumes. Er riß Schränke auf, holte Hunderte gelber Packungen heraus, in denen sich Filme befanden, dazu viele rechteckige Planfilmschachteln, und warf sie auf den Haufen der sich krümmenden Negative. Dann ging er zu den brennenden Abzügen hinüber, hob mehrere Stapel davon auf und ignorierte die Blasen, die sich augenblicklich an seinen Händen bildeten.

Der Schmerz bedeutete dem Dämon nichts, aber die Seele, die er tief drinnen unterjocht hielt, schrie auf und krümmte sich vor Pein, als sie spürte, wie die Flammen ihren Körper verbrannten.

Die Kreatur trug die brennenden Stapel zur Mitte des Bodens und ließ sie auf den Haufen der Negative und Filmpackungen fallen. Mit einem Zischen fingen die dunkelbraunen Negative Feuer und umhüllten schnell die gelben Schachteln. Die Gestalt von Ernest Goodwin stand mitten in dem wachsenden Inferno, und das Ding, das von seinem Körper Besitz ergriffen hatte, lachte laut. Feuer war ein alter Freund. Einmal hatten Flammen seinen sterblichen Körper verzehrt; jetzt ernährten sie ihn.

Er ging durch die Flammen, öffnete die Studiotür und hieß die anderen zu folgen. In dieser Nacht war noch mehr, viel mehr zu tun.

19

»London, Bodenkontrolle, Consul 2802 bittet um Starterlaubnis.« Captain Rogan wurde ungeduldig. Er haßte jede Verzögerung beim Start, haßte die Treibstoffverschwendung, das erzwungene Drosseln der brausenden Kraft, die sich in den vier Jetturbinen aufbaute. Bisher hatten sie nur eine Minute Verspätung, doch die schlechte Stimmung des Chefpiloten war bereits durch andere, viel persönlichere Gründe entstanden, und der verspätete Start war nun ein weiteres Ärgernis.

»Warten Sie, 2802«, kam die feste, metallische Antwort.

»Na mach schon«, knurrte Captain Rogan verärgert, aber mehr zu sich selbst, als in das Kehlkopfmikrofon.

Keller schaute zu ihm hinüber, und der Captain wich seinem Blick aus, sah starr geradeaus, hinaus in die Nacht.

Himmel, dachte der Copilot, das ist das Ende unserer Beziehung. Warum hatte Beth nicht geschwiegen? Was für einen Sinn hatte es gehabt, ihrem Mann von ihrem Ehebruch mit seinem Freund und Schützling zu erzählen? Da gab's doch viele andere Namen zu nennen, warum gerade seinen? Eine einzige Nacht! Nichts Ernstes. Ein Fehltritt seinerseits. Unverzeihlich, ja, aber warum mußte das erwähnt werden, wo es so viele andere, wahrscheinlich viel ernstere Seitensprünge gab? Aber andererseits hatte Bethy ihren Mann Peter Rogan so verletzen wollen, daß es seinen Stolz am meisten traf – und sie hatte Erfolg damit gehabt. Es war nicht nur ihre Untreue, die ihn so tief traf; es war die Demütigung, von seinem eigenen Untergebenen betrogen worden zu sein! Von jemandem, dem er vertraut hatte.

Die Frage war: Würde er es Cathy erzählen?

Keller hatte bereits beschlossen, das selbst zu tun, sobald er die Gelegenheit dazu hatte. Es war sinnlos, mit der Drohung zu leben, daß sein Seitensprung verraten würde. Gewiß, es wäre entsetzlich für sie, wenn er ihr das erzählte, aber wenn sie es von einem anderen erfuhr... Er verdrängte diesen Gedanken. Sie würde darüber hinwegkommen, wenn ihre Liebe stark genug war, unter der Voraussetzung, daß er es ernst mit ihr meinte. Wenn sie es nicht konnte... Da war ebenfalls ein Gedanke, den er verdrängen mußte. Was immer auch geschah, er wollte sie niemals verlieren. Sie war zu kostbar für ihn. Aber das mit Rogan war eine andere Sache. Er wußte, daß er das nie wiedergutmachen konnte, und ihn gestern niederzuschlagen, hatte auch nicht gerade geholfen. Tut mir leid, Skipper, entschuldigte er sich innerlich. Vielleicht kann ich's eines Tages doch wieder in Ordnung bringen.

»Consul 2802«, durchbrach die metallische Stimme die Gedanken der beiden Männer, »Sie haben Freigabe für geplante Flugroute nach Washington, Dulles. Standard-Instrumentenstart Daventry zwei, Luftkorridor drei-fünfzig für Reisegeschwindigkeit. Senden Sie auf Alpha 4208 bei Höhe.«

Mit einem erleichterten Aufseufzen wiederholte Captain Rogan ihren Flugplan.

»Roger, Consul 2802, Wiederholung ist korrekt«, kam die prompte Antwort. »Nehmen Sie Verbindung zu eins-zwei-eins Punkt drei auf.«

»London Bodenkontrolle. Consul 2802 am Wartepunkt zwanzig-acht rechts.«

»2802 nach landender DC8 aufschließen und halten.«

»2802 nach Landung aufschließen.«

»2802 klar zum Start.«

»2802 rollt.«

Die 747 rollte über die Startbahn, gewann an Geschwindigkeit, und der Schub aus den Jets preßte Passagiere und Crew gleichermaßen sanft in ihre Sitze zurück. In wenigen Sekunden war V1 erreicht und passiert, der Punkt, an dem der Pilot den Flug übernahm. Captain Rogan beschleunigte auf VR, rief »Übernahme!«, als der Jumbo seine Steiggeschwindigkeit erreicht hatte, brachte dann die Nase des Jumbo glatt in die Luft, und das Monster begann sich zu heben, unvorstellbar in seiner Kraft, stieß in die widerstandslose Luft und wurde zu einem anmutig fliegenden Giganten, als es in die Nacht hinein höher stieg.

Keller entspannte sich, als der Jumbo an Höhe gewann und eine große Kurve in den Himmel schrieb, um seinen festgelegten Luftweg, Gelb eins, zu erreichen. Es stimmte schon: wenn man in einer so prachtvollen Flugmaschine startete, ließ man alle Sorgen auf dem Boden zurück. Selbst der Skipper wirkte ruhiger, als sie die Checkliste nach dem Start durchgingen, und die Spannung verschwand sichtlich aus seinen Zügen. Keller beobachtete ihn, als er die Anordnungen für das Ablegen der Sicherheitsgurte und die Erlaubnis zum Rauchen durchgab. Für eine kurze Sekunde blickte der Chefpilot zu ihm hinüber und wandte sich dann mit untergründlichem Gesicht ab, um seine Instrumente zu überprüfen.

In diesem Moment kam Cathy durch die Tür gestürmt.

»Captain Rogan«, sagte sie drängend.

»Was ist, Cathy?« fragte er steif, ohne den Blick von den Instrumenten zu wenden.

»Einer der Passagiere in der Ersten Klasse hat ein Gerät in seinem Aktenkoffer entdeckt.« Sie warf Keller einen raschen Blick zu, und ein Hauch von Zuneigung wechselte zwischen ihnen. »Es sieht aus wie... eine Bombe!«

Der Kopf des Captains ruckte herum.

»Sind Sie sicher?« bellte er sie an.

Sie zuckte unter seinem barschen Tonfall zusammen. »Es – es scheint eine Art Zeitzünder zu haben. Der Passagier weiß nicht, wie es in seinen Aktenkoffer gelangt ist.«

»Haben die anderen Passagiere das schon bemerkt?«

»Im Erste-Klasse-Abteil, ja. Und diejenigen, die auf den vordersten Plätzen der Zweiten Klasse sitzen, fragen sich, was die Aufregung zu bedeuten hat.«

»In Ordnung.« Er schaute zu Keller hinüber. »Geh runter und prüf's nach.«

»Schaltest du auf Notkanal um?«

»Erst wenn du's nachgeprüft hast!« schnappte Rogan.

Cathy schaute die beiden Männer neugierig an und hatte die Gefahr für einen Augenblick vergessen. Sie hatte den Captain noch nie so zu Dave sprechen hören, und in der Vergangenheit hatten sie schon andere Krisensituationen durchgestanden. Keller hatte sich bereits losgeschnallt und starrte auf den Chefpiloten herab, als ob er etwa sagen wollte. Rogan musterte ihn kalt, und Cathy spürte die Spannung zwischen den beiden Männern.

»Nun?« fragte der Captain wütend, und sein Gesicht verriet seine Wut, aber keine Furcht. »Hiev deinen verdammten Hintern runter!«

Keller drehte sich ohne ein Wort um, zwängte sich aus dem engen Raum und stand Cathy gegenüber. Er sah, daß ihr Gesicht blaß war, nicht wegen der möglichen Gefahr, sondern seinetwegen. Er lächelte ihr beruhigend zu und ergriff ihren Arm. »Geh vor«, sagte er.

Als sie an dem Flugingenieur vorbeikamen, dem der Schweiß auf der Stirn stand, klopfte er ihm auf die Schulter und rief durch den Lärm der Maschinen: »Leg deinen Fallschirm noch nicht an, Al!« Der Flugingenieur grinste matt und reckte seinen Daumen. Sie liefen durch die schmale Cockpit-Tür und begannen die Treppe hinunterzusteigen. Cathy schaute über die Schulter zu ihm zurück. Ihr Gesicht war jetzt sehr blaß und ihre Augen groß. Wieder streckte er die Hand nach ihr aus und fuhr mit seinen Fingern über ihre weiche Wange. Er lächelte ermutigend, und sie setzten ihren Weg nach unten fort.

Brody, der Chefsteward, wartete am Treppenfuß und deutete in Richtung auf das Erste-Klasse-Abteil, als er Keller sah. Der Copilot vergeudete keine Zeit damit, Fragen zu stellen. Er begab sich in das Abteil und ignorierte die Reihen der ängstlichen, sich auf die Lippen beißenden Gesichter. Doch bei dem Bild, das sich ihm bot, blieb er wie erstarrt stehen.

Sir James Barrett saß seitlich in seinem Sitz, seine Füße auf dem Gang, einen schwarzen, schmalen Aktenkoffer auf seinem Schoß und Bestürzung in seinem Gesicht. Das Verhalten der anderen Passagiere reichte von nackter Panik bis zu nervöser Neugier. Der jüngere Mann neben Sir James, sein Privatsekretär, war bis an das Bullauge zurückgewichen, als ob er durch den Rumpf des Flugzeuges flüchten wolle, weg von dem bedrohlichen Apparat, der sich in dem Aktenkoffer befand. Vier japanische Geschäftsleute, die die nächste Sitzreihe innehatten, hatten sich in den Bug des Jumbo begeben, kauerten dort und schwatzten aufgeregt. Eine Frau wiegte ein kleines, weinendes Mädchen in ihren Armen und schien selbst den Tränen nahe. Die Plastikpuppe des Mädchens war auf den Gang gefallen und betrachtete das Drama mit kalten, blicklosen Augen. Ein Mann mit amerikanischem Akzent bellte ihn wütend an, etwas zu tun, während sein Begleiter ihn am Ärmel zupfte und ihn zu beruhigen versuchte.

Und ein Mann stand da, eine Hand auf die Lehne seines Sitzes gestützt, die andere auf die Lehne des Vordersitzes. Er war geisterhaft dünn, seine Haut gelblich, sein Gesicht durchzogen von tiefeingeschnittenen Furchen. Er lächelte. Ein Lächeln, das eine Mischung aus Furcht und Erregung war. Und Hohn.

Sir James schien unfähig, seinen Blick von dem Koffer abwenden zu können, der auf seinen Knien ruhte, doch als Keller sich näherte, drehte er ihn vorsichtig um, so daß der Copilot seinen Inhalt sehen konnte. Keller wußte, kaum daß er das kunstvolle Netzwerk aus Drähten, Plastikschläuchen und den Zeitzünder sah, daß es eine echte Bombe war, und er wußte auch, wie sie an Bord gelangt war. Er öffnete den Mund, um Sir James zu sagen, daß er sich nicht bewegen solle, doch in diesem Augenblick eruptierte ein blendend weißes Licht vor ihm, und ein fauchender Feuerstrahl riß ihn von den Füßen, schleuderte ihn durch die Kabine zurück und hüllte seinen ganzen Körper in einen sengenden Lichtkokon.

Er spürte, wie er gegen etwas Massives krachte und fiel dann zu Boden, spürte aber unglaublicherweise keinen Schmerz, sondern nur völlige Benommenheit. Mühsam zwang er sich, seine Augen zu öffnen und wunderte sich, warum die Welt sich in einem so merkwürdigen Winkel befand, warum Passagiere umfielen. Über den geneigten Boden herunterrutschten, warum Flammen die Kabine einhüllten. Dann sah er die vordere Tür, die halb aus ihrem Rahmen gerissen war, jedoch wunderbarerweise an dünnen Metallstreben hing. Die schwarze

Nachtluft heulte durch die entstandene Öffnung und was geschehen war, drang allmählich in seinen entsetzten Verstand.

Er versuchte, sich zu erheben, wunderte sich, warum er keinen Schmerz spürte, doch es gelang ihm nur, sich auf einem Ellenbogen aufzurichten. Dann versuchte er zu schreien, als er Cathy auf sich zukriechen sah, ihr entsetztes Gesicht war eine blutige Maske, ihre Augen vor Schrecken weit aufgerissen – und vor Mitgefühl – ihr Mund stand weit offen... Sie schrie, aber er hörte nichts, das Flugzeuginnere war eine stumme Welt des Chaos geworden. Gerade als diese Welt dunkler zu werden und zu schwinden begann, als seine Augen sich vor dem Grauen verschlossen, erhaschte er einen letzten Blick von Cathy, deren zitternde, blutverschmierte Hand sich nach ihm ausstreckte, deren Körper jetzt gegen den seltsamen Winkel des Flugzeuges anzukämpfen versuchte und in deren Augen tiefes Leid zu sehen war.

Und dann löste sich alles in eine friedliche Leere auf, einen traumlosen Schlummer.

Keller spürte, daß seine Augenlider angehoben wurden, war augenblicklich wach, blinzelte und wandte seinen Kopf von dem kräftigen Daumen ab. Er starrte in das besorgte Gesicht von Pater Vincente.

»Ist alles in Ordnung mit Ihnen?« fragte ihn der Priester. »Bewegen Sie sich nicht, bis wir sicher sind, daß Sie sich nichts gebrochen haben.«

Keller lag still da, während geübte Finger seinen Körper abtasteten, und bemühte sich, seine Sinne in die Wirklichkeit zurückzubringen. Alles flutete um ihn, die lebendige Vision eines Alptraumes: Die Bombe, die Explosion, der steile Winkel der Kabine, als das Flugzeug zur Erde stürzte, und die Qual auf Cathys blutigem Gesicht, als sie ihm die Hand zustreckte. Tränen füllten seine Augen, und er blinzelte sie rasch fort. Vielleicht wäre es besser gewesen, sich nicht erinnert zu haben.

Aber zumindest war er sich jetzt sicher, was die Ursache des Absturzes gewesen war! Die Auseinandersetzung zwischen dem Captain und ihm hatte bei der Zerstörung der 747 keine Rolle gespielt. Es hatte keine Nachlässigkeit gegeben, weder bei ihm noch bei dem Chefpiloten; sie beide hatten keinen Einfluß nehmen können. Und jetzt wußte er auch, wie die Bombe unentdeckt an Bord gebracht worden war. Er versuchte, sich aufzurichten, aber kräftige Hände hielten ihn zurück.

»Haben Sie Geduld, Mr. Keller, ich bin fast fertig«, sagte Pater Vincente

»Mir geht's gut«, beharrte Keller, während er sich umsah. »Wo ist Hobbs?« fragte er ängstlich.

»Ich bin hier, David«, drang eine gedämpfte Stimme aus den Schatten. Eine Gestalt wankte auf ihn zu, und das Medium kam ins Blickfeld, ein rotgeflecktes Taschentuch an seine Lippen pressend. Die Kerzen waren wieder angezündet worden, und der Strahl der Taschenlampe war jetzt kräftiger. Noch immer herrschte völlige Stille im Flugzeug.

»Hobbs, es *war* eine Bombe! Als ich ohnmächtig wurde, erinnerte ich mich an alles, was in jener Nacht geschah!«

»Ja, ich weiß, daß es eine Bombe war«, sagte Hobbs schwach. Keller versuchte, seine Gesichtszüge in dem flackernden Kerzenlicht zu erkennen, da der Strahl der Taschenlampe direkt auf seinen eigenen Körper gerichtet war. Schlimme, dunkelrote Furchen hatten sich auf Stirn und Wangen des Mediums gebildet; sein Haar war an mehreren Stellen weggebrannt und enthüllte quellende Blasen, von denen einige sich noch bildeten, während er hinschaute.

»Himmel!« war alles, was er sagen konnte.

»Scheint nichts gebrochen zu sein, Mr. Keller«, verkündete Pater Vincente, der sich nach seiner raschen, aber gründlichen Untersuchung aufrichtete.

»Nein, ich sagte Ihnen ja, ich fühle mich gut«, entgegnete Keller, der den Blick nicht von Hobbs entstelltem Kopf abwenden konnte.

»Mr. Hobbs muß unbedingt sofort in ein Krankenhaus gebracht werden«, sagte der Priester. »Er leidet unter schweren Verbrennungen. Auch die Schnittwunden um seinen Mund sind wieder aufgerissen; sie müssen behandelt werden. Ich denke, ein starkes Beruhigungsmittel würde keinem von uns etwas schaden.«

»Nein.« Hobbs nahm das blutige Taschentuch von seinem Mund, damit man ihn deutlicher verstehen konnte. Der Priester und der Copilot zuckten beim Anblick seiner geschwollenen, blutenden Lippen zusammen. »In dieser Nacht muß noch mehr getan werden.«

»Aber in Ihrem Zustand können Sie nicht gehen«, protestierte Pater Vincente.

»Es bleibt keine andere Wahl«, kam die schlichte Antwort

»Er hat recht. Es ist noch nicht vorbei.« Keller brachte sich in sitzende Position und sagte zu Hobbs gewandt: »Warum sind Sie sicher, daß es eine Bombe war?«

Hobbs versuchte vergeblich, den Blutstrom von seinen Lippen zu dämmen. Er verzog das Gesicht vor Schmerz, als er sprach: »Während ich unter der Gewalt dieses... war, sprach eine andere Stimme zu mir. Es war eine ganz andere Stimme – so verwirrt und entsetzt wie die anderen, aber nicht die gleiche.« Er krümmte sich vor Schmerz, und die Männer beugten sich vor, um ihn zu stützen. »Nein, nein, es geht schon. Lassen Sie mich nur einen Augenblick ausruhen.«

Sie warteten schweigend, bis das Medium genug Kraft gesammelt hatte, um fortzufahren. »Die... die Stimme... konnte mir... sagen... was geschehen war... wer verantwortlich war. Wir müssen... müssen diesen Dämon erwischen... heute nacht... wenn wir verhindern wollen...« Wieder fiel er stöhnend nach vorn.

Keller hielt seine Schulter. »Die Stimme. Wer war es? Wer sprach mit Ihnen?«

Hobbs rang darum, seinen Schmerz zu unterdrücken. »Ich... ich weiß es nicht. Jemand... versuchte uns zu helfen... Ich kann Sie... zu dieser Person bringen.«

»Zu wem? Dem, der die Bombe gelegt hat?«

»Ja!«

»Wie können Sie das tun?« fiel der Priester ein.

»Bild in meinem... Verstand. Er... zeigte... es mir.«

»Dann ist das ein Fall für die Polizei«, sagte Pater Vincente entschlossen.

»Keine Zeit... keine Zeit.«

»Er hat recht«, stimmte Keller zu. »Wie wollen Sie das alles überhaupt der Polizei erklären?«

»Wir müssen... uns beeilen. Müssen dorthin... heute nacht.« Hobbs mühte sich, auf seine Füße zu kommen, und der Priester und der Copilot halfen ihm. Er schwankte, konnte aber laufen.

Gedanken rasten durch Kellers Kopf. Die Bombe. Von Sir James an Bord gebracht. So einfach war das. Er war Direktor verschiedener anderer Unternehmen, spielte aber auch eine wichtige Rolle als Vorstandsmitglied von Kellers Fluggesellschaft und nutzte oft das Privileg, die scharfen Zollkontrollen und die Überprüfung des persönlichen Gepäcks umgehen zu können, indem er das Flugzeug mit der Crew bestieg. Das war natürlich inoffiziell und ein Vorrecht, von dem nicht immer Gebrauch gemacht wurde; aber dieses Mal, dessen war sich Keller sicher, war es so gewesen. Das alles war so einfach.

Aber wer hatte die Bombe in seinen Aktenkoffer gelegt? Welcher Wahnsinnige wollte über dreihundert Menschen töten, nur um einen Mann zu erwischen? Oder war Massenmord die eigentliche Absicht gewesen? Und warum hatte Sir James die Bombe nicht bemerkt, bevor er den Jumbo betreten hatte? Da waren noch so viele Fragen, die darauf warteten, beantwortet zu werden. Sein eigenes Entkommen, zum Beispiel. Er hatte früher von Fällen gehört, bei denen eine Person, die direkt im Wirbel einer Explosion stand, irgendwie wunderbarerweise unverletzt geblieben war. Es hatte etwas mit dem Luftstrom zu tun, der die Person bei dem Stoß vor sich herschob und der so einen schützenden Schild um ihren Körper bildete. Es war unwahrscheinlich, aber nicht unmöglich. Sein Körper war gegen etwas Massives gestoßen und wohl unter die Treppe gestürzt. Das konnte es gewesen sein, was ihn vor den folgenden Feuerzungen geschützt hatte, die die Explosion begleiteten. Dann, als die 747 auf dem Boden aufschlug, war die lose hängende Tür abgerissen worden, nach hinten geflogen und hatte die Tragfläche gestreift, so wie Tewson vermutet hatte.

Und er war, da er dicht neben der Tür gelegen hatte, herausgeschleudert worden und im weichem Lehm des Feldes gelandet.

Er fühlte sich erleichtert; erleichtert darüber, eine Erklärung für sein Überleben gefunden zu haben; erleichtert, weil die Katastrophe keinesfalls mit Fehlern von ihm selbst oder von Captain Rogan zu tun hatte. Aber es war eine Erleichterung, die mit Unbehagen gemischt war.

Sie kletterten aus dem Flugzeug hinaus, überrascht darüber, daß es nicht völlig zusammengebrochen war und ebenfalls überrascht, kein auf sie wartendes Empfangskomitee von Polizisten zu finden. Der schreckliche Lärm aus dem Wrack mußte doch ihre Aufmerksamkeit erregt haben. Dann deutete der Priester auf den offensichtlichen Grund dafür.

Im Osten, in Richtung von Etons High Street, glühte die Nacht rot unter den Flammen, die zum Himmel leckten. Es sah aus, als habe eines der Geschäfte oder Gebäude längs der High Street Feuer gefangen.

Und das Feuer breitete sich aus.

20

Die drei Jungen, von denen zwei kleine Farbtöpfe trugen, schlichen verstohlen den schattigen Säulengang entlang, vorbei an den zahlreichen Namen der im Krieg 1914–18 getöteten Old Etonians, die man stolz in die Steinmauern gemeißelt hatte. Einer der Jungen versuchte verzweifelt, ein Kichern zu unterdrücken.

»Um Himmels willen, Greene, halt deinen Mund!«

zischte der Anführer. Der angesprochene Junge tat sein Bestes, um das Geräusch mit einem schmutzigen Taschentuch zu ersticken.

Sie erreichten die massive Holztür der Vorkapelle und blieben stehen, lauschten nach plötzlichen Rufen, nach verfolgenden Schritten.

»Hör mal, Spelling«, flüsterte einer der Jungen atemlos, »meinst du nicht, wir sollten lieber zurückgehen? Ich meine, wenn wir erwischt werden, wird man uns die Ohren langziehen.«

Der Anführer drehte sich zu ihm um und sagte voller Abscheu: »Hau doch ab, wenn du Schiß hast, Clemens. Das war ja wohl zunächst mal deine Idee!«

»Ja, aber es war nur ein Scherz. Ich meine, es war nur so'n Gedanke. Ich hatte nicht gedacht, daß ihr's ernst nehmen würdet.« Er kratzte nervös an einem Pickel an seinem Hals.

»Haben wir aber! Und du steckst mit drin, also halt endlich deine blöde Klappe!«

Die Idee war Clemens in der vorigen Nacht gekommen, als sie wach in ihren Betten lagen, unruhig wegen der aufregenden Spukgeschichten, die an diesem Tag im College kursierten. Die Geschichten betrafen alle den rätselhaften Tod von Thatcher, den dramatischen Tod des Ehepaares, das in der High Street aus einem Fenster gesprungen war, die Leiche unten am Fluß und die anderen ungewöhnlichen Ereignisse – nicht zuletzt die Tatsache, daß der Vikar an diesem Tag verrückt geworden war. Die Geschichten waren weitererzählt und ausgeschmückt worden, und die Jungen schwelgten in besonders makabren Versionen.

Die bisherige Lieblingsgeschichte lautete, daß der Vikar Okkultist gewesen sei, ein Schwarzer Magier, und daß das Paar, das Selbstmord begangen hatte, zu seiner Anhängerschaft gehört habe. Der dicke Junge war eines ihrer Opfer für den Prinz der Finsternis gewesen, und der Mann, der sein Ende unten am Fluß gefunden hatte, war zufällig auf eine ihrer geheimen Zusammenkünfte gestoßen und hatte sich zu Tode erschreckt! Aber der Teufel war mit dem Opfer nicht zufrieden gewesen und hatte deshalb den Vikar wahnsinnig gemacht, während die beiden anderen sich aus Kummer darüber selbst umgebracht hatten! Es kümmerte die jüngeren Knaben nicht, daß die zeitliche Abfolge unlogisch war, und auch nicht die Tatsache, daß man Reverend Biddlestone am nächsten Tag so gesund wie jeden anderen aus dem Krankenhaus hatte zurückkehren sehen. Von jetzt an mußte man dem Vikar gegenüber sehr mißtrauisch sein und goldene Kreuze als Schutz gegen seine vermutliche Satanshörigkeit tragen (eine St.-Christopherus-Medaille würde auch genügen, falls man kein Kreuz besaß). Die älteren Jungen hatten die Junioren deswegen verspottet, und der ›Pop‹ hatte sie wegen der Verbreitung solch blühenden Unsinns gerügt.

Aber für die drei Fünfzehnjährigen – Spellings, Greene und Clemens –, die sich ein Zimmer in ihrem Oppidan-Haus teilten, waren die Geschichten zu grauslich schön, um so schnell davon abzulassen. Und sie boten eine ausgezeichnete Gelegenheit, die Schlüssel für die Kapelle zu benutzen. Es waren natürlich echte Schlüssel – wenngleich Nachbildungen, die Greene im Werkunterricht sorgfältig angefertigt hatte, nachdem er die Originale von Saunders entwendet hatte, dem Pförtner, der auf die Kapelle aufpaßte und dafür sorgte, daß Besucher nicht ihre

Initialen in das alte Holz schnitzten. Sie waren zurückgebracht worden, bevor er überhaupt bemerkt hatte, daß sie fehlten – natürlich nachdem man in Plastilin einen Abdruck von ihnen gemacht hatte. Wozu man sie benutzen könnte, das war das Problem gewesen.

Und dann hatte sich alles ganz von selbst ergeben, als die Geschichten von Geistern und Schwarzer Magie im College kursierten. Die ursprüngliche, recht alberne Absicht war gewesen, sich in die Kapelle hineinzuschleichen und die eigenen Initialen einzuritzen, und zwar dort, wo das schon Hunderte vergangener Etonians getan hatten, von denen viele bekannte Persönlichkeiten der Geschichte geworden waren. Natürlich an einer besonders dunklen Stelle, wo niemand sie entdecken konnte; ein geheimer Ort, von dem nur sie wissen würden, so daß sie sich dann während des Gottesdienstes angrinsen konnten, selbstgefällig in dem geheimen Wissen, daß ihre Namen dort unter denen der Unsterblichen verewigt waren! Es war etwas, das streng verboten worden war, aber das machte die Sache natürlich noch verlockender. Der Platz, auf den sie sich geeinigt hatten, war Probst Thomas Murrays kunstvolles Grabmal, das links vom Altar stand; und es sollte möglichst irgendwo auf dem geschnitzten Bildnis unter dem Grabmal sein. Niemand würde die Initialen je entdecken, wenn sie sie heimlich einritzten. Und dann der Gedanke an die Genugtuung in kommenden Jahren, wenn man zum College zurückkehrte und die Namen seinen Frauen oder Kindern zeigen konnte – oder den Freundinnen! Das war die ursprüngliche Absicht gewesen, aber Clemens' Plan war besser.

Was, wenn man eines Tages, wenn die ganze Schule

zum Frühgottesdienst hereinspazierte, die Kapelle mit Zeichen Schwarzer Magie, Emblemen von Hexerei und Symbolen des Okkulten beschmiert fand? Was wäre das für ein Aufsehen! Welch ein Tumult! Das würde das College nie verwinden! Und die äußeren Umstände waren genau richtig. Später würde man natürlich alles wegwischen, so daß kein wirklicher Schaden entstand. Auf jeden Fall wäre es etwas, worüber man in künftigen Jahren noch lachen würde.

Spelling hatte an diesem Morgen in einem der alten Buchantiquariate in der High Street ein Buch über Schwarze Kunst erworben, und darin gab es eine Menge hinreißender Abbildungen teuflischer Symbole, die sie kopieren konnten. Sie mußten das Buch natürlich verschwinden lassen, sobald ihre Tat vollbracht war; die Folgen wären katastrophal, sollte je festgestellt werden, daß sie diesen Streich ausgedacht hatten! Und die Schlüssel würden sie auch vernichten müssen. Aber das Tolle an der Idee war, daß sie die Türen hinter sich verschließen konnten, so daß es tatsächlich so aussehen würde, als ob übernatürliche Kräfte für das Durcheinander verantwortlich wären!

Im Laufe des Abends war Clemens Widerwille gegen das ganze Abenteuer größer und größer geworden. Es war eine dumme Idee gewesen! Man würde sie sofort aus der Schule werfen! Und außerdem war es bei der Kapelle nachts ohnehin recht unheimlich. Spelling hatte aber gedroht, ihn zu verprügeln, wenn er weiter herumjammere; schließlich war dies seit Jahren der beste Jux im College – wahrscheinlich sogar seit Jahrhunderten! Was für eine Gelegenheit, dem alten Griggs-Meade, dem Direktor, eins auszuwischen, diesem selbstgerechten Bastard! Das würde ihn dazu bringen, sich etwas anderes als seine langweiligen Tiraden darüber einfallen zu lassen, daß das Böse nur in einem selbst sei. Das würde ihm klarmachen, daß das Böse eine reale, physische, lebendige Kraft war! So hatte es Dennis Wheatley ausgedrückt.

Greene kicherte wieder. »Kommt, ihr Blödmänner«, flüsterte er. »Fangen wir an.«

Spelling warf einen letzten verstohlenen Blick ringsum und zog dann einen langen, glänzenden Schlüssel aus seiner Hosentasche. Er führte ihn leise in das Schlüsselloch, und alle drei Jungen hielten ihren Atem an und bissen die Zähne aufeinander. Er drehte den Schlüssel und rief überrascht: »Es ist schon aufgeschlossen!«

Mit noch immer angehaltenem Atem stieß er vorsichtig die Tür auf. Gott sei Dank, gut geölt.

»Laß uns gehen, Spelling. Ich meine, da muß doch jemand drin sein, wenn die Tür schon auf ist«, sagte Clemens und blickte sich nervös um.

»Nein, sieh doch! Da drinnen ist kein Licht. Dieser blöde alte Knabe Saunders muß vergessen haben, abzuschließen.« Spelling steckte seinen Kopf durch die Lücke und schlüpfte dann hinein. »Kommt schon«, hörten sie ihn aus der Dunkelheit flüstern.

»Geh, Clemens, du zuerst.« Clemens wurde von Greene grob durch die Tür gestoßen und prallte im Dunkel gegen Spelling.

»Paß doch auf, du dämlicher Esel!« zischte Spelling. »Komm, Greene, komm rein und mach die verdammte Tür zu. Dann können wir die Taschenlampe einschalten.«

Der Türspalt verengte sich und verschwand völlig, als der dritte Junge den Raum vor der Kapelle betreten und die Tür hinter sich geschlossen hatte.

Ein dünner Lichtstrahl durchschnitt die Schwärze, als Spelling seine kleine Taschenlampe einschaltete.

»Bist du sicher, daß sonst niemand hier ist?« fragte Clemens ängstlich.

»Mensch, wer würde wohl die Stufen im Dunkel runter- oder raufsteigen?« gab Spelling zurück. »Jetzt halt endlich den Mund, damit wir in die Kapelle können. Folgt mir.« Er schlich leise die breiten Holzstufen hoch, und die beiden anderen folgten hastig, wobei ihre Ohren jedes Knarren und Stöhnen der alten Treppe deutlich wahrnahmen.

Sie erreichten die Tür der Vorkapelle und stellten zu ihrer Überraschung fest, daß auch sie unverschlossen war.

»Das ist ja'n Ding. Der alte Saunders muß aber ganz schön getankt haben«, meinte Greene. Dann kicherte er. »Ich sag' euch was. Wir schließen für ihn ab, wenn wir gehen.«

Die anderen kicherten ebenfalls in nervöser Erwartung. Spelling spähte wieder durch die Tür und leuchtete mit dem dünnen Lampenstrahl auf die Wände der Vorkapelle, die von beachtlicher Größe war, sicherlich so groß wie viele kleine Dorfkirchen. Sie lauschten aufmerksam nach irgendwelchen Geräuschen, bevor sie den Raum betraten und dann vorsichtig über den Steinboden zum Eingang zur Hauptkapelle schlichen. Clemens rechnete fast damit, daß plötzlich alles lichtüberflutet sein würde und daß eine ärgerliche Stimme fragen würde, was sie hier suchten. Aber es gab keinerlei Störung.

Die Kapelle selbst war wegen der hohen Bleiglasfenster, durch die Licht von draußen in gedämpften Farben in die weite Halle fiel, bedeutend heller. Clemens jedoch schien das Innere der Kapelle noch immer drohend und düster, und wenn Greene nicht so dicht hinter ihm gefolgt wäre, hätte er kehrtgemacht und wäre sofort weggelaufen. Die drei Jungen starrten in das Dunkel des hohen, spitzbogenüberwölbten Raumes mit den Reihen wundervoll geschnitzter Kirchenbänke, die zu beiden Seiten des breiten Mittelganges einander gegenüberstanden. Die im hinteren Teil trugen die Inschriften wohlhabender oder berühmter ehemaliger Etonians. Der beeindruckende Marmoraltar am Ende der spätgotischen Kapelle, hinter dem prächtige Gobelins hingen, war für sie kaum sichtbar, und die Fragmente der Wandmalereien, die sich über die erste Hälfte der Länge der Kapelle hinzogen, waren nur als graue Umrisse tiefer Schatten erkennbar.

Alle drei übersahen die weiß gewandete Gestalt, die im Dunkel hinten in einer Reihe der Kirchenbänke saß. Doch alle drei bemerkten die feuchte Kälte, die bis in ihre Knochen drang.

»G-Gott verdammt, ist das kalt«, murmelte Spelling.

Clemens, geschockt von einem Fluch an einem so heiligen Ort, konnte nur auf den weißen Fleck von Spellings Gesicht starren.

»Laß uns anfangen«, sagte Greene eifrig und marschierte, fröhlich seinen Farbtopf schwingend und seinen derzeitigen Lieblingsschlager summend, durch den Gang der Kapelle. Er schien durch die Kälte, die schwer in dem Raum hing, nicht beunruhigt zu sein.

»Nach dir, Feigling«, sagte Spelling hämisch zu Clemens, sicher, daß der auf der Stelle verschwinden würde, wenn er nur die Gelegenheit dazu bekäme. Der Junge zuckte ergeben die Schultern und folgte Greene zum Altar. Spelling warf einen letzten Blick hinter sich und tat das gleiche. Er glaubte, einen weißen Schleier vor der Wand zur Linken gesehen haben, doch als er die schwache Taschenlampe darauf richtete, lenkte ihn Greenes angewiderte Stimme ab. »Stinkt, als ob 'ne nasse Katze hier drin krepiert wär'«, sagte er und rümpfte wegen des Gestanks die Nase. »Sag mal, Spelling, wo sollen wir denn unsere Schmierereien anbringen? Am Altar?«

»Nein«, kam Spellings Antwort. »An den Wänden, denk' ich, und vielleicht auf dem Boden vor dem Altar.«

»Gut. Du machst die Wände, ich nehm' mir den Boden vor.«

»Wir haben nur eine Taschenlampe, du Idiot. Wir müssen das nacheinander machen.«

»Dann komm her. Zuerst den Boden.« Greene begann den Deckel seines Zwei-Liter-Farbtopfes hochzubiegen. »Äh, Clemens, du hältst die Taschenlampe, während Spelling und ich streichen.«

Spelling drückte seinem Gefährten die Taschenlampe in die zitternde Hand und begann seinen Farbtopf zu öffnen. »Was hast du erwischt, Greeny? Das Rot?« flüsterte er seinem Freund zu, der den Dosendeckel behutsam mit Daumen und Zeigefinger von sich hielt, um sich nicht selbst mit Farbe zu beschmieren.

»Äh... rot«, erwiderte Greene.

»Ja, ich hab' das Schwarz. So, dann laß uns mal einen Blick in das Buch werfen. Leuchte rüber, Clemens.«

Während er das Buch durchblätterte und nach einem geeigneten Symbol suchte, sah Clemens sich in der Kapelle um. Seine Augen hatten sich jetzt besser an das Düster gewöhnt, doch für einen Augenblick überlegte er, ob sie ihn trogen. Eine kurze Sekunde nur glaubte er, die langen Reihen der Kirchenbänke mit dunklen, reglosen Gestalten gefüllt zu sehen. Er blinzelte heftig und schaute wieder hin. Nein, es war nur seine Einbildungskraft gewesen, da war nichts.

»Halt die verdammte Lampe still, Clemens!« sagte Spelling heftig. »Ah – das hier ist für den Anfang gut.« Er grinste über das Bild, das er gefunden hatte, und sein Gesicht sah im Lampenschein böse und gnomenhaft aus. Er hielt das Buch nah vor die Augen, um die Unterschrift unter der Illustration zu lesen. »Der gotische Zauberkreis, der für Schwarze Beschwörungen und Pakte benutzt wird«, las er laut vor.

»Hört sich gut an«, kommentierte Greene. »Ist aber ein bißchen kompliziert.«

»Dann vereinfachen wir ihn.« Spelling legte das Buch auf den Boden und holte einen sechs Zentimeter breiten Pinsel aus seiner Jackentasche hervor. Er tauchte ihn in die schwarze Farbe und begann tiefgebückt und nach rückwärts schlurfend einen groben Kreis auf dem Boden vor dem Altar zu ziehen.

»Nicht sehr rund«, sagte Greene, als Spelling den Kreis vollendet hatte.

»Das genügt. Mal du das Dreieck innen rein, während ich einen Außenkreis ziehe.«

Beide Jungen machten sich eifrig an die Arbeit und kicherten, als sie dabei gegeneinander stießen.

»Gut«, sagte Spelling zufrieden, richtete sich auf und bewunderte ihre Arbeit. »Und was ist das da, in dem Dreieck?«

»Drei Kreise, durch die ein Kreuz führt und ... es sieht aus wie ... eine Art Kurve, aus ... der Flammen kommen«, erklärte Greene ihm, neigte seinen Kopf zu einer Seite und konzentrierte sich auf das Symbol.

»Okay. Schwarze Kreise und Kreuz – und du kannst die Kurve und die Flammen rot malen.«

Clemens betrachtete ihre gebeugten Rücken mit wachsender Angst. Warum nur hatte er diese blöde Idee gehabt? Er glaubte, aus den Augenwinkeln eine Bewegung wahrzunehmen und warf einen kurzen Blick auf eine der kleinen Nebenkapellen. Es war die Lupton Kapelle, die durch kunstvolles, schönes Steinwerk vom Hauptschiff abgeschirmt war. Eine schwarze Gestalt schien sich dahinter geduckt zu haben.

»Ich – ich sag's euch, Jungs. Ich glaube, hier drin ist jemand«, flüsterte er den anderen drängend zu.

Sie blickten zu ihm auf. »Hab nicht so 'nen Schiß, Clemens. Niemand kann hier reingekommen sein.«

»Die Türen waren doch unverschlossen, oder?«

Jetzt sahen Spelling und Greene sich an.

Greene rülpste geräuschvoll.

»Was hast du gesehen?« fragte Spelling.

»Ich weiß nicht. Nur einen Schatten da drüben, glaube ich.«

»Na, dann leuchte mal mit der Lampe rüber.«

Clemens tat das, aber es war nichts zu sehen.

»Es – er könnte sich geduckt haben«, beharrte Clemens eher widerwillig.

»Ach, gib uns die Lampe«, schnappte Spelling und marschierte zu der kleinen Nebenkapelle hinüber, wobei er vor sich herleuchtete. Clemens und Greene sahen zu, wie seine Silhouette hinter der verzierten Steinwand verschwand... Plötzlich war sie verschwunden und mit ihm das Licht. Sie erstarrten, als sie ein leises Stöhnen aus der Kapelle dringen hörten und sogen hörbar den Atem ein, als ein geisterhaftes Gesicht, dessen Züge durch tiefe Schatten und grelle Lichtflecke verzerrt waren, langsam in einer Lücke zwischen dem Steinwerk auftauchte.

»Du verdammter Spinner, Spelling!« rief Greene, fast den Tränen nahe, obwohl augenblicklich erleichtert.

Spelling lachte seltsam, als er hinter dem Steinwerk hervorkam, wobei er die eingeschaltete Taschenlampe unter seinem Kinn wegnahm. »Das hat euch Angst gemacht, nicht?« keuchte er zwischen hysterischen Kicheranfällen.

Greene tat so, als wolle er den Farbeimer nach ihm werfen, und Spelling rannte den Gang hinunter, wobei er in komisch übertriebener Eile die Knie hochzog.

»Dämlicher Spinner!« rief Greene ihm nach.

»Psssst!« Clemens war besorgt wegen des Lärms, den sie jetzt machten.

Abrupt schaltete Spelling die Taschenlampe aus, schoß zwischen zwei Kirchenbänken durch, stolperte dabei über die Stufen von einer und fiel der Länge nach auf die Brust. Er lag dort keuchend und versuchte, sein Kichern zu unterdrücken.

»Komm raus, Spelling!« zischte Clemens in die Dunkelheit.

»Schalte die verdammte Lampe ein. Komm, Greene, laß uns gehen, wenn er hier den Clown spielen will!«

Aber Greene hatte sich anscheinend an dem Spielchen beteiligt. Er war nirgendwo zu sehen.

»Oh, um Himmels willen, du auch! Das ist überhaupt nicht komisch!« Clemens Ärger wuchs ebenso wie seine

Furcht vor dem Dunkel. Er wirbelte herum, als er ein Pochen und dann ein ersticktes Kichern hinter sich hörte. »Komm raus, Greene. Ich weiß, daß du da bist!« Es klang verzweifelt. »Ich gehe, wenn ihr so weitermacht!«

Er wich voll Schreck zurück, als etwas Weißes an der Rückseite der Kirchenbänke seine Aufmerksamkeit erregte, trat mit seinem Absatz gegen einen der Farbtöpfe und stieß ihn um, so daß sein Inhalt sich auf den Boden ergoß und sich dunkel über das frisch gemalte Symbol ausbreitete, eine größer werdende Pfütze klebriger Feuchtigkeit.

Der Junge lief von der verschütteten Farbe weg, weil er seine Schuhe nicht verderben wollte, schlug gegen die Sitzkante der vorderen Kirchenbank und setzte sich mit einem Ruck darauf. Er blieb so sitzen, seine Brust hob sich, seine Augen starrten direkt geradeaus und zu dem weißen Schleier hinüber, der reglos hinten auf den gegenüberliegenden Kirchenbänken zu liegen schien. Die blasse, klauengleiche Hand, die hinter ihm auftauchte, blieb unbemerkt, bis sie seine Schulter umklammerte und Greene rief: »Buh!«

Clemens schrie auf und glitt zu Boden, schob sich weg von dem, was ihn da angefaßt haben mochte.

»Halt's Maul, du Idiot! Willst du, daß jemand hier reinkommt um festzustellen, woher der Lärm kommt?« Greene war auf die plärrende Gestalt dort am Boden wütend und bedauerte fast seinen kleinen Scherz. Wenn sie in der Kapelle entdeckt wurden – und die ganze Farbe auf dem Boden – würde man sie sofort feuern. »Ich denke, wir verschwinden jetzt besser. Wo ist Spelling? Los, du Idiot, bevor man uns erwischt!« Er zischte die letzte Bemerkung über den Gang zu den gegenüberliegenden Kirchenbänken. Und da bemerkte auch er die weiße Gestalt.

»Spelling? Das bist doch du...?« fragte er unsicher.

Clemens folgte seinem Blick. Sie hörten beide das tiefe, heisere Kichern.

Als Clemens sich hochrappelte und gegen die Kante der vorderen Bank zurückwich, sah er, daß dort in der Dunkelheit andere Gestalten saßen, Gestalten, die sich kaum zu bewegen und doch nie reglos zu sein schienen. Langsam wandte er den Kopf... Alle Kirchenbänke schienen jetzt mit dunklen, nebelhaften Gestalten gefüllt. Und plötzlich begann ein leises Murmeln die Kapelle zu erfüllen, nicht mehr als ein Wispern, aber irgendwie unglaublich laut werdend, so daß es die Köpfe der Jungen bald erfüllte. Durch die Stimmen konnten sie das Gelächter hören – das fauchende, grausame Gelächter –, das von der weißen Gestalt gegenüber kam. Der beißende Gestank von etwas Verkohltem und Verbranntem erfüllte die Luft, schob sich in übelkeiterregenden Wellen über die Jungen.

Spelling, der noch immer ausgestreckt zwischen den Bänken auf dem Boden lag, gelähmt von den Geräuschen, die er hörte, streckte eine Hand in dem Versuch aus, sich hochzuziehen. Sie berührte etwas Sprödes, aber auch Weiches. Seine Finger fuhren ganz darüber und erreichten etwas, das ein Knöchel sein mochte. Er spürte mürbes Fleisch.

Der Junge zog seine Hand mit einem Entsetzensschrei zurück und blickte zu einem häßlichen, fast fleischlosen, grinsenden Schädel auf. Er wich auf allen vieren zurück, über den schmalen Durchgang zwischen den Kirchenbankreihen, vorbei an schrecklich entstellten Gesichtern, die auf ihn hinabblickten und flüsterten; fingerlose Hände waren anklagend auf ihn gerichtet.

Er begann zu jammern, als er den Gang erreichte, kroch aber weiter rückwärts, auf den Eingang der Kapelle zu, fort vom Altar, fort von seinen erstarrten Freunden, und das wimmernde Geräusch von seinen Lippen verlor sich im Geräusch des Geflüsters. Zurück, zurück, sich der dunklen Gestalten, die die hölzernen Sitze zu beiden Seiten des Ortes der Gottesverehrung füllten, immer bewußter werdend, doch noch weigerte sich sein Verstand, ihn die volle Wirklichkeit all dessen erkennen zu lassen.

Die Kapelle hallte unter den Geräuschen, die die Toten verursachten, war vom Gestank verwesender Leichen erfüllt.

Während Spelling über den harten Steinboden rückwärts kroch, sah er eine weiße Gestalt aus einem der hinteren Bänk aufstehen und über den schmalen Gang auf seine Freunde zugehen. Die Tränen des Jungen hinterließen eine Spur glitzernder Flecken auf dem Gang, und seine Knie wurden auf der rauhen Oberfläche wund gerissen. Er sah die dunkle Pfütze durch das Düster, das verschwommene Weiß der beiden Farbdosen, von denen eine umgekippt war. Er sah, wie die dunklen Gestalten sich erhoben und sich Clemens und Greene näherten. Er sah die Gestalt, die seltsamerweise in Weiß gekleidet war, nach dem Jungen greifen, der ausgestreckt auf dem Boden lag. Er sah, wie der andere Junge flüchten wollte, sah ihn dann auf die Knie sinken, als er begriff, daß er eingekreist war – nur die Blässe seines Gesichts war noch über die Rückenlehne der vorderen Bänke sichtbar.

Dann sah Spelling nur noch eine dunkle Masse sich bewegender Schatten, die die beiden Jungen und die Gestalt in Weiß verdeckten.

Und erst da schrie er auf, rappelte sich auf die Beine und rannte aus der Hauptkapelle.

Die Schritte des Direktors klapperten auf dem unebenen Steinpflaster des Kreuzgangs, und seine Augen musterten im Vorbeigehen jeden lauernden Schatten. Im Lauf der Jahre hatte er es sich zur Angewohnheit gemacht, einen gemächlichen Nachtspaziergang um das College zu machen, eigentlich nicht um zu überprüfen, ob alles in Ordnung war, sondern um sich seinen einsamen Erinnerungen an lang vergangene Jahrhunderte ganz hinzugeben, den Geistern verstorbener Etonians zu lauschen, sich vorzustellen, er selbst unterrichte Schüler mit Namen wie Walpole, Pitt, Shelley oder Gladstone. Wer von seinen jetzigen Jungen würde einst die Größe dieser berühmten Männer erlangen? Hatten frühere Lehrer die Begabung gewisser Studenten erkannt? Konnten sie möglicherweise die wichtigen Rollen geahnt haben, die ein Schüler in Englands Zukunft spielen würde? Wer würde sein Shelley sein? Welcher war sein Gladstone?

Heute nacht war Unruhe in seinem Schritt, war sein nächtlicher Spaziergang zielstrebig. Den ganzen Tag hatte er das Gefühl gehabt, daß sich ein Druck aufbaute, der seine Gedanken ablenkte, an seiner Konzentration nagte. Er schritt durch den Bogen des Lupton's Tower und eilte über den kopfsteingepflasterten Mittelweg des Schulhofes. Die alten Gebäude überragten schweigend das weite Geviert, unbekümmert von seiner Besorgnis. Als er die Mitte des Hofes erreicht hatte, eine Stelle, auf der ein verwittertes Denkmal Heinrichs VI. stand, blieb er stehen und drehte langsam seinen Körper, als wolle er jede Störquelle eher fühlen als sie sehen oder hören. Er tat dies zweimal, und jedesmal fiel es ihm schwer, seinen Blick von der grauen, hochaufragenden Kapelle abzuwenden, die das Geviert und die umgebenden Gebäude beherrschte.

Griggs-Meade blickte zu den hohen Bleiglasfenstern auf, die von außen nur als riesige schwarze Löcher zu sehen waren, als seien sie selbst Beweis für die Unruhe. Ein schwaches, raschelndes Geräusch schien über den Hof zu ihm zu treiben, und je mehr er seine Ohren anstrengte, um zu lauschen, um so weniger sicher war er, daß es nicht nur das Geräusch gewesen war, das man in seinen eigenen Ohren hört. Und dann gellte ein kurzer, scharfer Schrei, der seinem Gehör eine greifbarere Bezugsmöglichkeit gab.

Er kam wieder: Schrill, wie der eines jungen Mädchens. Der Direktor begann zu rennen und lief diagonal über den Hof auf den Eingang der Vorkapelle zu, seine langen Beine legten die Strecke rasch zurück. Als er die große alte Tür erreichte und kurz überlegte, ob sie offen sein würde oder nicht, hörte er Schritte auf den hölzernen Stufen drinnen heruntertappen, ein gedämpftes Trommeln angstgetriebener Füße. Er stieß gegen die Tür, und sie schwang weit auf. Aus der Dunkelheit warf sich ein kleiner Körper mit schlagenden Gliedmaßen gegen ihn, aus dessen zugeschnürter Kehle entsetzte, kreischende Geräusche drangen.

Durch die Wucht wurde Griggs-Meade zurückgestoßen, aber er griff nach der zappelnden Gestalt, und es gelang ihm, einen Arm oberhalb des Ellenbogens zu fassen. Er schüttelte den Jungen heftig, um ihn zu sich zu bringen, und zog ihn weiter auf den Hof hinaus, um seine Gesichtszüge deutlicher sehen zu können. Der Körper in seinen Armen wurde steif, und jetzt glaubte er, das Gesicht zu erkennen – der Name würde ihm später einfallen –, aber in diesem Zustand war der Junge einer Befragung sowieso kaum zugänglich. Sein Mund war weit geöffnet, und seine Augen waren am Direktor vorbei auf die Tür gerichtet, durch die er gerade gekommen war. Sein Gesicht glänzte naß, als ob er geweint hätte, und jetzt drang jämmerliches Schluchzen über seine Lippen. Griggs-Meade begriff, daß das, was seinen Schüler so entsetzt hatte, noch immer in der Kapelle war. Er begann, ihn zurück zu der Tür zu zerren, wütend über diese Verletzung der Schulordnung, und überlegte, warum der Junge eigentlich so außer sich war und wer sonst noch in der Kapelle sein mochte.

Spelling erkannte die Absicht des Direktors und begann zu zappeln, um sich zu befreien, wobei sein stoßweises Schluchzen zu Schreien der Verweigerung wurde; schließlich fiel er auf die Knie, um nicht weitergezogen zu werden. »Steh auf, Junge!« donnerte Griggs-Meade ihn an, aber inzwischen war der Schüler zu einem hysterischen, plärrenden Bündel geworden. Der Direktor wollte den Jungen einerseits nicht in diesem schrecklichen Zustand allein lassen, andererseits aber den Grund für den Zustand feststellen. Er sah zur Tür und traf seine Entscheidung. Spelling, der sich auf dem Boden wie eine Kugel zusammengerollt hatte, ließ er zurück, rannte durch den dunklen Eingang und tappte die Holztreppe hoch.

Die Kälte traf ihn, kaum daß er die Vorkapelle betreten hatte. Er fühlte sich, als sei er plötzlich in einen riesigen

Kühlschrank getaucht. Ohne stehenzubleiben, eilte er zum Eingang der Hauptkapelle, achtete nicht auf die Dunkelheit, sondern war nur voller Wut auf jemanden, der es gewagt hatte, seine geliebte Kapelle zu entweihen.

Unter der Tür blieb er stehen, unfähig, den Anblick, der sich ihm bot, zu erfassen.

Es schien, als sei die weite Halle von dunklen, sich bewegenden Gestalten erfüllt; von Gestalten, die wankten und schwanden und in einer ständig sich verändernden Masse wogten. Das unheimliche Licht, das durch die riesigen farbigen Fenster fiel, machte die Gestalten eher verschwommener als deutlicher. Wenn er versuchte, sich auf eine Gestalt zu konzentrieren oder auf eine Gruppe der Schemen, schien sie zu verschwinden und sich erst wieder zu bilden, nachdem er seine Blickrichtung gewechselt hatte. Ein überwältigender Lärm traf ihn, ein heftiges, heulendes Geräusch, das in seiner Gesamtwirkung entsetzlich war. Lauschte man jedoch genauer, identifizierte man die Geräusche als Geflüster. Heiser und versengt. Verbrannte Stimmen.

In dem Düster an der Frontseite der Kapelle, vor dem Altar, konnte er durch die sich windende Menge vage eine weißgekleidete Gestalt ausmachen. Sie schien zwei kleinere Körper in fester Umarmung zu umklammern. Fasziniert und entsetzt, lief der Direktor in die Hauptkapelle, wobei die Faszination ihn hineinzog, das Entsetzen ihn eher drängte, fortzulaufen. Er widersetzte sich letzterem, weil er erkannte, daß die Gestalt in Weiß zwei Jungen in ihren Armen hielt – zweifellos seine Schüler. Seine Vorahnung von Gefahr bewahrheitete sich jetzt; er verstand nicht, was geschah, aber er wußte, daß die Jungen – das ganze College – in Todesgefahr waren.

Griggs-Meade war weder ein mutiger Mann noch ein Feigling. Er wurde von einem ausgeprägten Pflichtgefühl geleitet.

Bei seinem Eintreten wich das Geräusch in der Kapelle plötzlich tiefem Schweigen, und die Nebelhaften wandten sich ihm zu. Sie schienen vor ihm zu weichen, einen Weg auf dem langen, breiten Gang freizumachen, damit er die weiße Gestalt und die beiden Jungen, die sie in fester Umarmung hielt, deutlicher sehen könne. Irgendein tieferes Gefühl riet ihm, diese Spektralleiber nicht anzuschauen, als er zwischen ihnen hindurchging; ihre nebelhaften Gesichtszüge würden zu grauenvoll sein – er wäre gezwungen gewesen, kehrtzumachen und zu fliehen. Aber der beißende Gestank, der in seine Nasenlöcher drang, war unverkennbar. Es war der Gestank verwesender Toter.

Das heisere, grausame Kichern von vorn veranlaßte ihn, seine Aufmerksamkeit ganz auf die weißgekleidete Gestalt zu richten. Selbst aus dieser Entfernung wirkte der Mann irgendwie vertraut. War das möglich? Er sah dem Fotografen sehr ähnlich, der im Laufe des letzten Jahrzehnts so viele Aufträge für das College durchgeführt hatte. Wie war doch sein Name? Er hatte ein Studio an der High Street.

»Was tun Sie hier?« rief Griggs-Meade, wobei seine Stimme kräftiger klang, als er sich tatsächlich fühlte.

»Warum halten Sie meine Schüler fest?«

Das leise Kichern des Mannes ließ den Direktor erschauern. Es war nicht menschlich.

»Antworten Sie mir! Warum sind Sie hier?« Griggs-Meade versuchte wütend zu wirken. Fast hätte er damit Erfolg gehabt.

Plötzlich wurde das Kichern zu einem Gegacker, und der Mann streckte beide Arme aus, hielt die beiden Jungen dabei aber noch immer an der Kehle fest. Der Direktor erstarrte, als er sah, daß die Augen der Jungen aus den Höhlen zu quellen begannen, daß ihre Schreie erstickten, als ihre Zungen aus ihren Mündern drangen, während schraubstockgleiche Finger das Leben aus ihnen quetschen.

»Hören Sie auf! Aufhören!« schrie der Direktor, konnte aber nur voller Entsetzen zuschauen, als der Mann seine Arme langsam mit übernatürlicher Kraft hob, sie noch immer seitlich hielt und die beiden zappelnden Jungen gleich darauf an jeder seiner Hände hingen. Die keuchenden Laute der beiden, ihre Gesichter, die purpurrot zu werden begannen, ließen den Direktor zur Tat schreiten. Mit einem Schrei der Wut und der Furcht stürzte er vorwärts.

Doch dann geschah etwas Erstaunliches, daß ihn vor Schock zu Boden stürzen ließ. Die Gestalt in dem weißen Laborkittel ging plötzlich in Flammen auf.

Zuerst der Kopf, der Mund, der zugleich lachte und vor Schmerz schrie, ein klaffendes Loch inmitten schmorenden, zerplatzenden Fleisches. Das Haar verschwand in einer gleißenden Flamme, und die Augen schmolzen langsam über den Wangen. Das Feuer bewegte sich über seine ausgestreckten Arme und den Körper hinunter, so daß der Mann zu einem brennenden Kreuz heulender Qual wurde, aus dem perverses, höhnendes Gelächter drang. Die Flammen erreichten die beiden Jungen gleichzeitig und umhüllten ihre Köpfe. Ihre Schreie erreichten den ausgestreckt daliegenden Direktor nicht mehr, da er im Schock wie erstarrt war.

Das Innere der weiten Halle war jetzt von den Flammen hell erleuchtet. Muster von Rot und Gold tanzten an den Wänden, und die vier knienden Statuen auf dem Altar schienen im flackernden Licht zu lächeln. Die schattenhaften Gestalten, die die Kapelle füllten, duckten sich und wichen vor dem brennenden Trio zurück, und als Griggs-Meade sich in emotionsloser Trance langsam umdrehte, sah er die fast unsichtbaren Flammenzungen auf die durchsichtigen Leiber übergreifen, sah zu, wie die gequälten Seelen sich wanden. Aber er sah auch wirkliche Rauchfäden aus den Reihen der Holzkirchenbänke aufsteigen, als die Gespenster darauf fielen und sich ihre Phantomgestalten in lautloser Qual krümmten. Das Holz flackerte rot, und bald breiteten sich winzige Flammenzungen darüber aus, stießen aufeinander, vereinten sich und wuchsen zu größeren Flammen.

Seine Aufmerksamkeit wurde auf einen der beiden Jungen gelenkt, der auf den Boden fiel, als die Knochen in der fleischlosen Hand des Mannes spröde wurden und zerbrachen. Der Junge stürzte auf seine Knie und sprang sofort hoch, sein Rücken und seine Arme flammenbedeckt. Er rannte auf den Altar zu, als wolle er sich retten, stieß aber dagegen und stürzte erneut zu Boden. Wieder aufstehend, wankte Clemens um den Altar, drehte und wand sich, fiel wieder und klammerte sich an die Gobelins, um sich zu retten. Das Feuer aus seinem Körper schoß nach oben, breitete sich auf dem alten Stoff aus, als sei er Papier, und fraß gierig die kostbaren Szenen.

Die beiden übriggebliebenen Gestalten, der Mann und der inzwischen tote andere Junge, zerbrachen langsam vor dem Direktor und fielen zu Boden, ihre Schmerzensschreie erstarben mit den Körpern, aber das heisere, kichernde Gelächter hallte weiter, drang noch immer aus der brennenden Masse.

Griggs-Meade wunderte sich benommen, warum er in einer klebrigen roten Pfütze zu sitzen schien, und als er seine Hand hob, sah er, daß sie mit Flüssigkeit bedeckt war. Sie sah wie Blut aus, und sein Verstand war nicht mehr imstande, ihm zu sagen, daß es nur rote Farbe war. Die Farbe war tatsächlich so verlaufen, daß sie die unteren Reihen der Kirchenbänke erreicht hatte, und als die Flammen an dem alten Holz herunterkrochen, fanden sie in der klebrigen Substanz einen geeigneten, willigen Verbündeten. Sie breiteten sich schnell und eifrig aus, auf die ausgestreckten Beine des Direktors zu.

Bald war das ganze Innere der Kapelle ein Brennofen geworden, ein tobendes Inferno, in dem weder Tradition noch Menschenleben etwas galten. Die kleinen angrenzenden Gebäude draußen, die sich schon immer unter der Großartigkeit der Kapelle geduckt hatten, duckten sich jetzt vor der brennenden Bedrohung.

Und der Junge, der sich auf dem Hof zusammenkauerte, erschauerte und weinte.

21

»Links abbiegen. Hier.« Hobbs Stimme war schwach und heiser. Keller befolgte seine Anweisungen und lenkte den Wagen auf die Spur gegenüber der College-Kapelle. Die grübelnden Augen des Mediums blickten auf die Kapelle zurück, während sie sich schnell von ihr entfernten. Er sagte nichts.

Keller hielt den Wagen an, als sie eine Straßengabelung erreichten. »Wo entlang?« fragte er.

Hobbs konnte nur schwach seinen Finger heben und nach rechts zeigen. Der Copilot gab Gas, und der Wagen setzte sich mit einem Ruck in Bewegung.

Sie hatten den Priester zurückgelassen. Er hatte versucht, sie von ihrem Vorhaben abzubringen, sie gedrängt, zur Polizei zu gehen. Aber alle drei wußten, daß es wenig Sinn gehabt hätte. Wie hätten sie das erklären sollen? Wer würde die Geschichte glauben, die sie selbst kaum glaubten?

Pater Vincente hatte Keller geholfen, Hobbs über das Feld zum Wagen zu schleppen, wobei seine ängstlichen Blicke fast ständig auf das rote Glühen am Himmel gerichtet blieben, auf die Flammen, die wütend in die schwarze Nacht leckten. Eines der Geschäfte auf der High Street brannte, und sie konnten sehen, daß das Feuer sich ausbreitete. Als Keller die Tür seines Wagens aufriß und dem schmerzgekrümmten Medium vorsichtig auf den Beifahrersitz half, hörte er die in der Ferne jaulenden Sirenen der Feuerwehrwagen.

Der Priester war unschlüssig, ob er die beiden Männer, die ihn in die Stadt mitgenommen hatten, begleiten oder bleiben sollte, um seiner Gemeinde zu helfen, der bevorstehenden Gefahr entgegenzutreten – wie auch immer die sich zeigen sollte. Er spürte, daß das Feuer nur der Anfang war, und während es sich ausbreitete, würde sich aus dem schweren Mantel von Bedrückung, der seit so vielen Wochen über Eton hing, etwas manifestieren – eine Kraft des Bösen. Und dann mußte ein Priester zur Stelle sein.

Er hatte ein schnelles, stummes Gebet für die beiden

Männer gesprochen, während er auf die High Street und den brennenden Laden zurannte.

Keller schaute ihm nach, bis seine schwarzgekleidete Gestalt in einer schmalen Gasse verschwunden war, die zwischen zwei Häusern zur Hauptstraße führte; dann hatte er den Wagen angelassen und war vom Parkplatz gefahren, wobei er sich leicht zu Hobbs hinüberneigte, um dessen Richtungsanweisungen zu verstehen. Er hatte anhalten müssen, bevor er auf die High Street fuhr, weil zwei Feuerwehrautos vorbeirasten und nicht weit von ihnen straßenabwärts kreischend zum Halt kamen. Blauuniformierte Gestalten waren herausgesprungen, um das tobende Feuer zu löschen. Der Copilot war langsam vom Ort des Geschehens fortgefahren und hatte gebetet, daß Hobbs so lange bei Bewußtsein bleiben würde, bis sie ihr Ziel erreicht hatten. Das Medium war nämlich nicht nur schwer verbrannt, es befand sich auch in einer Art Schockzustand. Sein geschwächter Geist brauchte Erholung, und sein ermüdeter, verletzter Körper verlangte nach Ruhe. Aber Keller konnte sehen, daß der kleine Mann seinen Verstand zur Konzentration zwang, seinen Körper mit bloßer Willenskraft daran hinderte, in Bewußtlosigkeit zu versinken. Die Frage war nur: Wie lange würde er durchhalten?

Keller erhöhte die Geschwindigkeit, als er vom Stadtkern fortfuhr, und verlangsamte sie, als er Eton Wick erreichte, Etons Schwesterstadt; er schaute zu Hobbs hinüber und wartete auf neue Anweisungen.

»Fahren Sie ... weiter.« Die Stimme wurde schwächer, undeutlicher.

Der Wagen gewann wieder an Geschwindigkeit. Die Straße wurde dunkler, und Nacht fiel wie ein ausgebreitetes Tuch über sie. Keller schaltete das Fernlicht ein und fuhr noch schneller. Er wußte, daß das Medium nicht mehr lange durchhalten würde. Flache Felder lagen zu beiden Seiten der Straße, gefroren und farblos im kräftigen Strahl der Scheinwerfer, und als der Wagen um eine lange Kurve fuhr, kräuselte sich das Licht auf der Oberfläche eines tieferliegenden Teiches. Eine kleine Lichtertraube voraus verriet Keller, daß sie sich einer anderen Stadt näherten, und er fragte sich, ob dies der Ort sein mochte, ob es hier war, wo sie die Antwort finden würden.

Aber Hobbs Finger umklammerten überraschend fest seinen Unterarm. »Halten Sie an! Halten Sie hier an!«

Keller trat auf die Bremse, und der Wagen kam rutschend zum Halt. Er schaltete automatisch das Fernlicht aus und wandte sich dem Medium zu.

Hobbs Atem kam in kurzen Stößen, als er zu sprechen versuchte. »Die Stimme, David. Sie schwindet. Sie verläßt mich. Aber sie sagt... es ist hier. Der Mann ist... hier.«

Keller kurbelte sein Fenster herunter und spähte in die Dunkelheit hinaus. Er konnte nichts sehen.

»Sind Sie sicher?« fragte er Hobbs. »Da draußen ist nichts. Nur Felder und Bäume.«

Hobbs sackte in seinem Sitz zusammen. »Sie sagt... hier. Irgendwo hier. Die Stimme – so erschreckt, so bitter. Sie ist jetzt weg.« Das Medium strengte sich an, um seinen Kopf zu heben und in die Nacht hinauszuschauen. »Es ist ganz in der Nähe, David. Ich kann es fühlen.« Er zuckte plötzlich zusammen und stöhnte dann, als der heftige Schmerz abflaute. »Meine Augen... können nicht richtig sehen. Schauen Sie sich um, es muß hier sein.«

Keller stieß seine Tür auf und wollte aussteigen, als ein anderes Auto um die Kurve gefahren kam und wütend hupte.

Im Lichtstrahl der Scheinwerfer des anderen Wagens gefangen, sah er das Haus für einen kurzen Augenblick. Das Licht war diagonal über das Feld zu seiner Rechten gefallen und dort, abseits von der Straße gelegen, stand das einsame Haus. Keller hatte den flüchtigen Eindruck von beträchtlicher Größe – und von Verlassenheit. Er schloß die Tür wieder und fuhr langsam an, ließ das Abblendlicht eingeschaltet und suchte nach der Nebenstraße, die zu dem Haus führte, ohne diese Absicht überhaupt in Frage zu stellen.

Er wußte, daß die Antwort dort auf ihn wartete.

Keller fand bald den schmalen Kiesweg, schaltete die Scheinwerfer aus, und folgte vorsichtig dem helleren Pfad, der sich gegen die dunkleren Felder zu beiden Seiten abhob. Nach etwa fünfzig Metern hielt er den Wagen an, saß schweigend da und wartete darauf, daß seine Augen sich an die Nacht gewöhnten. Hobbs' Atem war jetzt tiefer und gleichmäßiger geworden. Keller versuchte, ihn mit einem sanften Schütteln zu wecken, aber das Medium stöhnte nur, und sein schrecklich entstellter Kopf kippte zur Seite.

»Hobbs, können Sie mich hören?« Kellers Stimme war sanft. Er empfand Zuneigung zu diesem kleinen Mann, der seinetwegen soviel erlitten hatte. Eine Antwort erfolgte nicht, aber der Copilot redete in der Hoffnung weiter, daß seine Worte dennoch in das Bewußtsein des Mediums dringen würden: »Ich werde in das Haus gehen. Ich weiß, daß die Antworten dort zu finden sind – Gott weiß warum, aber ich bin mir dessen sicher. Bewegen Sie sich nicht, ruhen Sie einfach aus. Sie haben jetzt genug getan. Der Rest ist meine Sache.«

Er stieg aus dem Wagen und schloß leise die Tür. Dann stand er da, ohne auf die Kälte zu achten, und starrte auf das Haus. Es lag noch mindestens hundert Meter entfernt, und der Copilot sah jetzt andere Lichter zu seinen beiden Seiten, teilweise hinter hohen Zäunen und dichten, aber kahlen Bäumen versteckt. All diese Häuser lagen mehrere hundert Meter auseinander und boten ihren Bewohnern so ein abgeschiedenes Leben, die Ruhe der Wohlhabenheit. Nur das Haus, zu dem er wollte, wirkte seltsam abweisend.

Es war schwer zu sagen, wodurch es sich von seinen Nachbarn beinahe unangenehm unterschied. Vielleicht lag es daran, daß die anderen Häuser lebendig wirkten, daß die warmen Lichter, die durch die Vorhangschlitze fielen, das Leben dahinter verrieten. Dieses Haus hingegen wirkte tot.

Keller entfernte sich von dem Wagen und ging darauf zu. Seine Schuhe zermalmten kleine Steine, und sein Verstand war sich des Geräusches nur zu bewußt. Und dann schien sich das schlafende Gebäude zu regen, als sei es auf seltsame Art wachsam. Die schwarzen Fenster beobachteten sein Näherkommen, forschten nach seiner Anwesenheit, seiner Absicht. Das Gebäude wurde zu einem listigen Ding, das sein Geheimnis hütete, das ihm verbot, es zu betreten und ihn doch dazu herausforderte. Er blieb am Tor stehen und suchte in den Fenstern nach Lebenszeichen. Aber das steinerne Gesicht blieb unergründlich.

Er stieß das Tor auf, ohne auf das durch die rostigen Scharniere verursachte Quietschen zu achten, und ging über den Weg zur Eingangstür. Furcht erfüllte ihn noch immer, aber die Neugier war stärker als seine Nervosität.

Er läutete und lauschte dann.

Drinnen rührte sich nichts.

Er läutete wieder, hörte aber durch die Tür nur schwach das Klingeln drinnen.

Niemand kam.

Er verließ den Weg und schob sich durch das Gesträuch, das das Haus umgab, zu einem Seitenfenster. Die Vorhänge waren zugezogen, und der dünne Spalt, an dem die Vorhangteile zusammentrafen, gab nur Dunkelheit preis. Er trat zurück und spähte zu den oberen Fenstern hoch. War es Einbildung oder hatte er tatsächlich gesehen, daß ein Vorhang sich leicht bewegte? Er kehrte zur Vordertür zurück und läutete wieder.

Noch immer keine Antwort.

Ob Hobbs sich geirrt haben mochte? Hatten die Müdigkeit und der Schmerz Oberhand über seinen Verstand gewonnen und ihm nur etwas vorgespielt? War die neue Stimme lediglich sein verzweifelter Versuch, eine Lösung zu finden? Nein, er, Keller, spürte es auch. Die Antwort lag hier. Im Innern dieses Hauses.

Er begab sich auf die Rückseite.

In der Dunkelheit konnte Keller die anderen Fußabdrücke im Lehm des verwahrlosten Gartens nicht sehen. Als er um die Ecke bog, geriet sein Entschluß irgendwie ins Wanken; seine Entschlossenheit ließ kurz nach – doch da durchdrang ihn ein neugieriges, fast elektrisches Gefühl. Sein Herz schlug wild, und er mußte sich mit einer Hand an der Hausseite stützen, bis es sich wieder zu einem gleichmäßigen Rhythmus beruhigt hatte. Furcht? Zum Teil. Vor allem aber – Gewißheit. Er fühlte, daß er der Enthüllung jetzt nahe war, dem Grund für den Tod all dieser Menschen, dem Plan, wie es vollbracht worden war. Und noch etwas mehr. Vielleicht erfuhr er den Grund für sein Überleben.

Neue Kraft verdrängte die Schwäche aus seinem Körper, und er stieß sich von der Wand los. Seine Schritte wurden vorsichtiger. Er sah den schwarzen Umriß einer Tür, und dann daneben ein Fenster. Eine Bewegung am Fenster veranlaßte ihn, sich plötzlich zu ducken, zur Reglosigkeit zu erstarren. Mit Erleichterung erkannte Keller, daß es nur die Vorhänge waren, die sich in der kalten Brise bewegten, die in das offene Fenster drang.

Aber warum war das Fenster offen?

Keller ging leise darauf zu, und ein schwacher, ekelhafter Geruch drang in seine Nase. Es war ein Gestank, der ihm vertraut geworden war. Der Geruch verwesenden Fleisches.

Der Geruch war nicht sehr stark, aber unverwechselbar: Dies war nicht die körperlose Fäulnis der Geister, sondern der physische Verfall menschlichen Fleisches. Dort drin lag eine Leiche.

Mit dem wenig überzeugenden Gedanken, daß es auch nur die Überreste eines toten Tieres sein könnten, teilte Keller vorsichtig den Vorhang und versuchte, in die Dunkelheit zu schauen. Da war nur Schwärze.

Er schob seinen Kopf durch die Öffnung, seine Nerven zum Zerreißen gespannt, und hielt den Atem an. Noch immer konnte er nichts erkennen. Die Vorhänge weiter beiseite schiebend, hob er einen Fuß über den Sims und schwang sich halb in den Raum. Er verharrte und lauschte, als er rittlings auf der Fensterbank saß, und gab seinen Augen Zeit, sich an die Dunkelheit zu gewöhnen.

Der Geruch war stärker, wenngleich nicht erstickend. Er zog seinen Körper ganz hindurch und hielt dann inne, mit dem Rücken ans Fenster gelehnt, gespannt auf eine plötzliche Bewegung, ein plötzliches Geräusch wartend. Aber die Stille hielt an.

Fast schmerzhaft langsam atmete Keller aus und wieder ein. Jetzt traf ihn der Geruch stärker, war aber noch erträglich. Was immer da tot war, war nicht vor allzulanger Zeit gestorben.

Langsam und vorsichtig bewegte sich Keller durch den Raum, tastete sich mit ausgestreckten Händen voran, ohne je den stabilisierenden Schutz der Wand zu verlassen. Seine Augen begannen im Dunkel Dinge zu erkennen: Zwei eckige weiße Gegenstände zu seiner Linken konnten nur ein Herd und ein Kühlschrank sein; ein größeres, dunkleres Objekt mußte ein Schrank sein; ein rundes Gebilde in der Mitte des Raumes war offensichtlich ein Tisch. Aber da gab es noch etwas Dunkles, das auf seine Oberfläche gesackt war – und er wußte, daß es ein Körper war.

Keller unterdrückte den Drang fortzulaufen, aus diesem dunklen, abweisenden Haus zu entkommen. Doch das Gefühl des Drängens, das Gefühl, daß die Zeit ablief, war zu stark, hielt ihn fest und beharrte darauf, daß er die Wahrheit suchte. Seinen Blick auf den Tisch und den Körper gerichtet, setzte er seinen Weg durch den Raum fort, bewegte sich jetzt schneller, doch ebenso ruhig, und sein Sehvermögen im Dunkel nahm allmählich zu. Sein Knie stieß gegen einen Hocker oder Stuhl, und er fiel fast darüber. Es gelang ihm nur dadurch sein Gleichgewicht zu halten, daß er sich mit einer Hand an der Wand abstützte. Wieder stand er reglos im Dunkel und fragte sich, ob man das Gepolter gehört hatte – falls jemand da war, der es hören könnte. Nach ein paar Sekunden ging er weiter, und als er die nächste Wand erreicht hatte, begann er nach einer Tür zu tasten. Wenn es dort eine Tür gab, würde daneben ein Lichtschalter sein. Seine suchende Hand fand schließlich den Türrahmen, und er tastete rasch nach einem Schalter. Als er das quadratische Plastikteil berührte, betätigte er ohne zu zögern den Schalter und hielt dabei seine Augen geschlossen. Das Licht durchflutete den Raum und drang durch seine Lider. Er wartete ein paar Sekunden, öffnete sie dann, blinzelte schmerzhaft und hielt sein Gesicht zur Wand gerichtet, bis er richtig sehen konnte. Dann drehte er sich um und ließ seine Blicke rasch durch den Raum streifen, vergewisserte sich, daß er leer war, bis auf ihn – und den Körper.

Die Leiche saß auf einem Stuhl mit dem Rücken zum Fenster, nach vorn auf den runden Küchentisch hingestreckt. Geronnenes Blut breitete sich unter seinem Kopf und den Armen über die Tischfläche aus, ein tiefroter Fleck, der wie ein kleiner Teich geformt war, mit kleinen getrockneten Bächen, die zum Tischrand liefen. Das Gesicht war halb von einem im Ellbogen gebeugten Arm verborgen, dessen Hand die Rückseite des Kopfes des Mannes fast berührte. Selbst in dieser Position war etwas unbestimmt Vertrautes an dem Körper: das dünner werdende rotbraune Haar, von dem lange Strähnen über die Rückseite des Mantelkragens fielen; der schwarze Bügel der Brille, von der ein Glas etwas über den Ellbogen herausschaute und im Licht der Deckenlampe glänzte.

Keller ging um den Tisch herum, und der Schreck setzte schon ein, bevor er noch seinen Verdacht bestätigt sah. Ärger spannte seine Lippen zu einem schmalen Strich. Er ergriff eine Schulter und zog den Körper in den Stuhl zurück, fühlte die Klebrigkeit des trocknenden Blutes an seinen Fingern.

Harry Tewson starrte mit weiten, leblosen Augen zu ihm auf, sein Mund schlaff, die Winkel nach unten gezogen. Sein Gesicht war völlig weiß, mit schwachen gelben und blauen Verfärbungen an seinen Wangen nahe den Ohren. Das Blut war durch den langen, tiefen Schnitt in seiner Kehle herausgelaufen. Sein Hemd und die Vorderseite seiner Jacke und seines Mantels waren braunrot verfärbt, und seine Brust völlig mit dem dickflüssigen Blut bedeckt. Die Brille saß schief auf dem Nasenrücken. Ein Glas war sauber in zwei Teile zersprungen.

Keller ballte seine Faust und schloß seine Augen, Sorge und Wut verschmolzen zu einem heiseren Stöhnen. Harry. Er mußte geahnt haben, wie die Bombe an Bord gekommen war; er mußte die Verbindung zwischen Sir James Barrett und der Person, der dieses Haus gehörte, herausgefunden haben. Das nur konnte der Grund dafür gewesen sein, daß er hierher gekommen war. Wer immer die Explosion verursacht hatte, mußte in diesem Haus leben – er mußte derjenige sein, der Harry Tewson getötet hatte. Hatte der Ermittler den Mann mit seinem Wissen konfrontiert? Oh, dieser verdammte, eingebildete Narr! Warum war er nicht zur Polizei gegangen? Warum hatte er es sonst niemandem erzählt?

Und wo war dieser Mann jetzt?

Zum ersten Mal sah Keller das Blut auf dem Boden am offenen Fenster. War Tewson so getötet worden – als er durchs Fenster stieg? Aber wie hätte der Mörder wissen sollen, daß der Ermittler ihm auf den Fersen war? Und warum hatte er die Leiche noch nicht beseitigt? Warum hatte er sie so auffällig plaziert? Dem Geruch und der Starre des Körpers nach zu urteilen, konnte Tewson noch nicht lange tot sein. Das kalte Wetter würde den Leichnam sicher eine Weile konserviert und den Verwesungsprozeß verlangsamt haben, aber sicher nicht mehr als vierundzwanzig Stunden. Voller Ekel bemerkte er den faulenden Brotlaib auf dem Tisch, eine Insel, die von einem tiefroten See umgeben war. Ärger stieg in ihm hoch und er ergriff das Brot und schleuderte es durch den Raum. Sein Fuß stieß gegen etwas, das auf dem Boden lag, und als er hinunterblickte, sah er, daß es ein langes Brotmesser war, dessen Klinge nicht mehr glänzte, sondern blutverschmiert war. Er bückte sich, hob es auf und legte es auf den Tisch. Die Berührung ekelte ihn an, weil er wußte, wozu es benutzt worden war.

Er versuchte, seine Wut zu beherrschen, versuchte klar zu denken. Wer immer dieses Haus besitzen mochte, war recht wohlhabend, da es groß war und sich in einer besonders exklusiven Gegend befand. Ob der Besitzer Geschäftskonkurrent von Barrett gewesen war? Keller wußte, daß Sir James neben Consul Airlines viele andere Unternehmen besessen hatte; er mußte viele Feinde gehabt haben. Aber war es möglich, daß ihn jemand so sehr gehaßt hatte, daß er ihn auf so niederträchtige Weise ermordet und den Tod so vieler anderer in Kauf genommen hatte? Oder war Sir James nur als Kurier benutzt worden, da der Mörder wußte, daß der Direktor der Fluggesellschaft von seinem Privileg, mit der Mannschaft an Bord gehen zu können, Gebrauch machen würde und daß man seinen Aktenkoffer deshalb nicht untersuchen würde? War der Meuchelmörder so vorgegangen, um einen Schlag gegen die Fluggesellschaft zu führen? Nein, das war zu dürftig; alles mögliche hätte schieflaufen können. Aber Tewson hatte offensichtlich den Zusammenhang herausgefunden, und das hatte seinen Tod zur Folge gehabt. Ein plötzlicher Gedanke kam dem Copiloten: War es Tewsons Stimme, die ihn hierher geführt hatte – durch Hobbs? Aber warum hatten die anderen Geister das nicht getan? Dann begriff Keller, daß sie ja ihm zu sagen versucht hatten, daß nur der andere, derjenige, welcher sie zu beherrschen schien, dies vereitelt hatte; er – es – wollte auf der Erde bleiben.

Wieder wunderte sich der Copilot darüber, daß er dieses andere Leben akzeptierte – diese Geisterwelt. Inzwischen war zuviel geschehen, als daß er sie jemals würde leugnen können.

Ein plötzliches Geräusch über seinem Kopf riß ihn aus seinen Gedanken. Der Mann, den er suchte, war noch im Haus. Er war sich dessen sicher; er fühlte es.

Keller schlich zur Küchentür hinüber, stand dort, ein Ohr daran gepreßt, und lauschte nach Geräuschen. Als er keines hörte, griff er nach dem Türknauf, drehte ihn langsam und öffnete die Tür leise, nachdem er zuvor das Küchenlicht ausgeschaltet hatte. Der Korridor war zu dunkel, um etwas sehen zu können. Also wartete er, hielt den Atem an und spitzte seine Ohren. Ein Knarren, das einfach aus dem Holzwerk des Hauses gekommen sein mochte, ließ sein Herz schneller klopfen und spannte seine Nerven an. Die Pupillen seiner Augen hatten sich vergrößert, und Gegenstände im Dunkel nahmen deutlichere Formen an. Er stand vor einer langen, breiten Halle, an deren anderem Ende er den rechteckigen Umriß eines Fensters sah, einen weniger dichten

Schatten von Grau in der Dunkelheit ringsum. Ein halbkreisförmiger Schatten hoch links davon mußte ein Fenster über der Eingangstür sein. Die Lichter eines in der Ferne vorbeifahrenden Wagens, der die Straßenkurve durchfuhr, zeichneten die Fenster gelblich und schärfer. In dem Aufleuchten hatte er den Türeingang zu seiner Rechten sehen können und die Treppe, die links von ihm hochführte. Er trat in die Halle und blickte nach oben, versuchte durch das Geländer das Treppenende zu sehen. Es war sinnlos; alles war wieder schwarz geworden.

Keller war sich nicht sicher, wie lange er dort gestanden hatte – es mochten Sekunden, vielleicht aber auch Minuten gewesen sein –, aber das gedämpfte Poltern von oben veranlaßte ihn, sich wieder zu bewegen. Gerade hatte er zwei vorsichtige Schritte über den Korridor gemacht, als ihm das Messer aus der Küche einfiel und er zurückging, um es zu holen. Er nahm das widerliche Ding in seine Hand und blieb kurz stehen, um auf Tewsons erschlaffte Gestalt zu schauen. Obwohl er sein Gesicht im Dunkel nicht sehen konnte, wußte er, daß diese leblosen Augen ihn durch den Raum anstarrten – und er glaubte eine Stimme zu hören, die nach Rache verlangte.

Keller kehrte in die Halle zurück und schlich über den Steinboden, das Messer vor sich haltend, bis er den Treppenfuß erreicht hatte. Ohne weiter darüber nachzudenken, begann er die Stufen hinaufzusteigen, blieb aber nach jeder dritten stehen, um nach einer Bewegung zu lauschen. Es schien eine Ewigkeit zu dauern, bis er oben angelangt war: zu viele Schatten gab es, zu viele tiefe Löcher der Dunkelheit, in denen sich jemand verstecken konnte. Doch schließlich war er oben, tief gebückt, und sah sich suchend um.

Und während er suchte, wurde die Luft kälter; ein kalter Wind schien in das Haus zu dringen.

Es gab zu viele Türen zur Auswahl. Drei allein konnte er zu seiner Rechten, und zwei zu seiner Linken ausmachen. Er trat schnell hinüber in die Schatten der gegenüberliegenden Wand und lehnte seinen Rücken daran, eine Handfläche flach an die glatte Oberfläche gepreßt, während die andere das Messer, die Spitze nach oben gerichtet, vor seiner Brust hielt. Welcher Raum? Er wußte, daß der Mann in einem der Zimmer war. Sein Instinkt – oder vielleicht war es auch mehr als Instinkt – sagte ihm, daß er ganz nahe war. Aber welcher Raum?

Es gab nur einen Weg, das festzustellen. Jede Vorsicht fallenlassend, schlich er zur ersten Tür, drehte den Türknopf und stieß sie auf. Er trat rasch von der Öffnung zurück und schob seinen Arm um den Türrahmen, wobei seine Hand fieberhaft an der Innenwand nach dem Lichtschalter suchte. Er fand ihn, drückte ihn herunter und wurde sofort vom Licht geblendet, weil er vorher die Augen nicht geschlosssen hatte. Heftig blinzelnd, bis die Blindheit vergangen war, betrat er dann schnell den Raum, wobei er versuchte, alles darin gleichzeitig zu erfassen.

Er war leer.

Der Raum roch muffig. In ihm befanden sich ein großes Bett, zwei weiche Armsessel und eine Frisierkommode. Längs einer Wand erstreckte sich ein Kleiderschrank. Eine seiner Türen war aufgeschoben und verriet, daß er leer war. Die Laken auf dem Bett waren straff gespannt, die Bettdecken sauber zurückgeschlagen. Eine feine Staubschicht bedeckte alles; der ganze Raum wirkte so, als sei er seit langer Zeit nicht benutzt worden.

Er tappte zurück auf den Korridor und zur nächsten Tür, ohne darauf zu achten, ob er ein Geräusch machte. Wieder ging er genauso vor und stellte fest, daß das Zimmer fast ebenso eingerichtet war, nur daß das Mobiliar neuer wirkte. Das gleiche Gefühl von Verlassenheit umgab ihn aber auch hier.

Er ging zur nächsten Tür, drehte den Knauf und stieß dagegen. Nichts geschah; die Tür war verschlosssen.

Und dann wußte er, daß dies der Raum war. Die Antwort – alle Antworten – lagen hinter dieser Tür verschlossen.

Er machte einen Schritt zurück, hob sein Bein und trat mit dem flachen Fuß gegen eine Stelle nahe dem Schloß. Die Tür erzitterte, hielt aber. Er trat wieder zu, diesmal kräftiger, und das splitternde Geräusch von Holz belohnte seine Anstrengungen. Noch zweimal trat er dagegen, bevor das Schloß schließlich nachgab und die Tür aufflog. Keller blieb draußen vor der Öffnung stehen und wartete darauf, daß etwas geschah, wartete auf eine Bewegung, eine Spur von Leben. Doch nur Stille lag vor ihm.

Er griff um den Türrahmen, führte seine Hand an der Wand hoch, fand den Lichtschalter und kippte ihn mit einer schnellen Bewegung. Das Messer in Hüfthöhe haltend, betrat er das Zimmer. Der Raum war größer als die anderen und mit mehr Mobiliar ausgestattet. Ein breites, zerwühltes Bett nahm ein Drittel des Raumes ein; ein kleiner Schreibtisch stand in einer Ecke, über den Papiere und Dokumente unordentlich verstreut waren, eine Leselampe, die auf den Boden zu fallen drohte, lag an der Tischkante. Die Möbel, zwei Armsessel und ein hochlehniger Stuhl, sahen alt und schwer aus; ein riesiger, antik wirkender Kleiderschrank, dessen tiefbraunes, geflecktes Holz matt und unpoliert war, stand in der anderen Ecke. Der Geruch der Muffigkeit in diesem Raum war anders – es war der Geruch eines Raumes, der verwohnt war. Er bemerkte die Speiseabfälle auf dem Boden, die zerrissenen Verpackungen, die leeren Milchflaschen. Der Eimer quoll von Urin und Schlimmerem über. Brechreiz erfaßte ihn, er würgte fast und stützte sich an die Wand, um Halt zu finden. Was für eine Kreatur konnte so leben?

Schnell blickte er sich wieder im Raum um. Der Mann – wenn es ein Mann war – war hier drin; aber wo? Er richtete seinen Blick auf das Bett. Die zerwühlten Decken hingen auf den Boden herab, verbargen, was darunter war, machten es eindeutig zu einem Versteck. Seine Übelkeit unterdrückend, ging Keller geduckt auf das Bett zu, achtete auf etwaige Bewegungen unter dem Bettzeug und lauschte nach einem Geräusch.

Kniend griff er nach den zerwühlten Decken, hielt das Messer vor sich, die Spitze nach vorne gerichtet. Mit einer schnellen Bewegung streifte er die Decken vom Bett und duckte sich tief, um darunter zu schauen. Doch im gleichen Augenblick hörte er ein Geräusch von der anderen Seite des Raumes. Verwirrt verlor er das Gleichgewicht und fiel auf die Seite, wobei das Gewicht der Dekken seinen Arm nach unten zog. Er lag erstarrt da, aber weder eine weitere Bewegung noch ein anderes Geräusch folgte. Als er in das Düster unter dem Bett spähte, sah er, daß dort niemand lauerte. Dann blickte er in die Richtung, aus der das Geräusch gekommen war. Es hatte wie ein ersticktes Schluchzen geklungen, aber es konnte alles mögliche gewesen sein, da er sich viel zu sehr auf das konzentriert hatte, was sich vielleicht unter dem Bett befand. Seinen Arm befreiend, erhob sich Keller vom Boden. Das Geräusch konnte nur von einer Stelle gekommen sein, dem einzigen anderen Versteck, das groß genug für jemanden war, um sich darin zu verbergen. Der Kleiderschrank.

Als er sich ihm näherte, fühlte er die Anwesenheit von etwas anderem im Raum. Aber sein Verstand konnte sich nur auf eines konzentrieren: darauf, wer oder was immer auf ihn in diesem großen hölzernen Versteck wartete. Der Schlüssel des Kleiderschranks ragte aus dem Schloß, und er war versucht, ihn umzudrehen und das, was dort war, darin einzusperren – dieses lauernde Etwas. Aber er tat es nicht, weil er die Antwort wissen wollte. Die Finger seiner Linken berührten vorsichtig das geschwungene Metall des Türknaufs des Kleiderschranks, schlossen sich darum, und ohne sich weiter Zeit zum Nachdenken zu nehmen, drehte er sein Handgelenk und zog die Tür auf.

Er blickte in die beiden schwarzen Löcher einer doppelläufigen Flinte.

Die beiden Öffnungen, die auf sein Gesicht gerichtet waren, wirkten hypnotisierend auf ihn. Nur mit Anstrengung gelang es ihm, seinen Blick über die Doppelläufe zu richten, die Finger zu sehen, die um die beiden Stecher gekrampft zitterten und in die weit geöffneten Pupillen des Wahnsinnigen zu blicken.

Der Mann erhob sich langsam, als Keller vorsichtig vom Kleiderschrank zurückwich, und der Copilot musterte sein bizarres und verwahrlostes Äußeres. Er steckte in einem schweren Übermantel und trug einen kurzen wollenen Schal; ein Arm hing steif an seiner Seite herab, und er kam nur unter Anstrengung aus seinem Versteck heraus. Ihm haftete ein Geruch an, der den stechenden Gestank in dem Raum merklich verstärkte; offensichtlich hatte er sich seit Wochen nicht gewaschen. Seine eingefallenen, gespannten Wangen und das Kinn waren unrasiert, und sein graues Haar hing in fettigen Strähnen über seine Stirn. Seine Augenlider wurden durch schmuddelige Klebepflasterstreifen offengehalten.

Er wankte aus dem Kleiderschrank, doch die auf Keller gerichtete Flinte bewegte sich kaum von ihrem Ziel.

»So, sie haben also dich geschickt, ja?« Die Worte klangen undeutlich, als ob der Mann betrunken sei. Doch roch man keinen Alkohol, und zudem waren nirgendwo Schnapsflaschen zu sehen.

Keller antwortete nicht. Er wich weiter zurück, das Messer noch immer vor sich gestreckt.

»Die glauben, du genügst, was?« Tränen hatten blassere Streifen auf dem Gesicht des Mannes hinterlassen. »Wie der andre. Du wirst genauso wie der andere krepieren.« Seine höhnenden Lippen entblößten gelbfleckige Zähne. Die Waffe zitterte in seiner Hand.

Keller wollte jetzt nur davonlaufen; Antworten hatten keine Bedeutung für einen, wenn man tot war. Er zwang sich zu sprechen, einfach um Zeit zu gewinnen. »Sie haben Tewson getötet.« Er sagte das sachlich, nicht als Frage.

»Tewson? Wer zur Hölle ist Tewson? Ist das der tote Mann da unten?« Der Mann schien jetzt ein aggressives Selbstvertrauen zu gewinnen – und schien fast erleichtert darüber, daß er nur mit Fleisch und Blut konfrontiert war. Was hatte er sonst erwartet? Warum hatte er sich so versteckt?

»Antworte mir!« schnappte der Mann. »Wer war er? Haben – sie ihn geschickt?«

Keller sprach absichtlich leise und ruhig, um ihn nicht unnötig aufzuregen. »Er war bei der AIB, ermittelte bei dem Flugzeugabsturz von Eton. Aber davon wissen Sie ja, nicht wahr?«

»O ja. Davon weiß ich.« Ein verschlagener Ausdruck trat in seine Augen. »Und wer bist du?«

»Keller. Ich war der...«

»Der Copilot! Der, der entkommen ist. Ja, du bist der, den sie geschickt haben. Sie sagten, sie würden das tun.«

»Wer sagte das? Wer hat mich geschickt?«

»Die Toten natürlich. Sie sagten, sie hätten jemanden, der mich finden würde. Deswegen hätten sie jemand gerettet.« Er lachte den Copiloten an. »Schön, du hast mich gefunden. Und was jetzt?«

»Aber wer sind Sie? Warum sollte ich Sie finden wollen?« Keller war in Richtung der Tür zurückgewichen und riskierte einen raschen Blick, um zu sehen, wie weit er von ihr entfernt war. Mindestens noch zwei Meter.

»Du weißt, wer ich bin, du Lügner! Ich tat es! Ich habe sie alle getötet!«

Keller bewegte sich nicht mehr. Trotz der auf ihn gerichteten Waffe begann sein Ärger wieder zu wachsen.

»Ja, ich!« Der Mann lachte laut. »Barrett mußte irgendwie aufgehalten werden. Er versuchte, mich zu ruinieren!« Tränen begannen jetzt in seine Augen zu steigen. Tränen, die er wegen der Pflasterstreifen auf seinen Augenlidern nicht wegblinzeln konnte. »Der Mann war niederträchtig. Er versuchte, mich zu vernichten, das Geschäft zu ruinieren, für das ich so schwer gearbeitet habe! Du weißt nicht, wer ich bin? Pendleton. Pendleton Jets!«

Ja, Keller hatte von ihm gehört. Er war einer der Pioniere bei der Entwicklung von Düsentriebwerken gewesen. Schon in den dreißiger Jahren hatte er bei Frank Whittle angefangen, als Whittle Englands erstes Turbo-Jet-Unternehmen gegründet hatte. Er mußte damals ein Knabe gewesen sein, oder allenfalls ein Teenager, und hatte sich hochgearbeitet, bis er genügend Wissen und Erfahrung gesammelt hatte, um sein eigenes Unternehmen zu gründen. In der Luftfahrtindustrie war er fast eine Legende.

»Als Pilot hast du doch von mir gehört, Keller, wie? Verstehst du jetzt, warum ich ihn töten mußte?«

Keller schüttelte benommen seinen Kopf.

Pendleton spie angewidert aus. »Barrett! Vor Jahren mußte ich zulassen, daß er sich in meine Gesellschaft einkaufte, als technische Probleme mich fast ruinierten. Nun, der gute Sir James kam und bot mir Geld an, bot mir Beistand an. Im Tausch für zwei Drittel des Unternehmens!« Seine Stimme war zu einem wütenden Schreien angeschwollen. »Welch andere Wahl hatte ich? Ich brauchte die neuen Titanrotoren. Es hieß entweder das, oder überhaupt nichts mehr. Nun, ich erklärte mich einverstanden, willigte in die Vorschläge dieses schleimigen Bastards ein. Wunderst du dich noch immer, warum ich ihn getötet habe?«

Keller begann sich wieder rückwärts zu bewegen, vorsichtig, Zentimeter um Zentimeter, ohne den Blick von Pendleton zu wenden; er wartete darauf, daß die Finger einen oder beide Stecher durchdrückten, wartete auf die heftige Explosion.

»Nein. Ich verstehe nicht. Er hat doch Ihr Unternehmen gerettet, oder?«

»O ja, er hat es gerettet. Er hat es für sich gerettet, so daß er es stehlen konnte, nachdem es erst einmal wieder auf eigenen Beinen stand. Mein Unternehmen! Das Unternehmen, das ich selbst aufgebaut habe! All diese Jahre – vergeudet! All meine Leute – entlassen! Das war seine Absicht. Die Amerikaner wollten sich einkaufen, mit allem Drum und Dran übernehmen, ihre eigenen Leute einbringen, ihre eigenen Ideen. Wir wären ein kleines Tochterunternehmen geworden, das einem Großkonzern gehörte. Es war nur ein billigerer Weg für sie, meine Maschinen zu bekommen! Glaubst du, ich hätte das zugelassen?«

Sein Gesicht war jetzt blutleer, und sein ganzer Körper zitterte vor Wut. Keller betete, daß die Waffe nicht zufällig losgehen würde. Er gewann einen weiteren Zentimeter.

»Er lachte mich aus, sagte, ich sei erledigt. Weißt du das? Ich bin krank gewesen, schön – aber durch ihn. Er sagte, ich könne nichts halten – sogar meine Frau und meine Tochter hatten mich verlassen! Er verhöhnte mich. Sagte, ich sei von meinen Maschinen so besessen, daß ich nicht einmal merke, was um mich herum vorginge. Ja, ich habe ihn verstanden. Ich wußte, daß er in die Staaten fliegen wollte, um das Geschäft perfekt zu machen. Er sagte, wenn ich eingreifen würde, ließe er mich für verrückt erklären. Nun, ich bin nicht verrückt, und das wußte er. Myastheia gravis. So nennen die Ärzte das. Das ist keine Verrücktheit. Weißt du, was es ist, Keller?«

Der Copilot vermutete, daß ihn kein Meter mehr vom Türeingang trennte. Er war sich nicht ganz sicher, was er dann tun würde... Sollte er zur Treppe rennen, sich in einem der anderen Zimmer einschließen? Die Chancen waren gering, aber das war besser, als da erschossen zu werden, wo er stand. Er zweifelte keine Sekunde daran, daß Pendleton versuchen würde, ihn zu töten. Als Antwort auf die Frage des Wahnsinnigen schüttelte er seinen Kopf.

»Ein neurochemischer Zustand, Keller. Er verursacht fortschreitende Paralyse – manchmal tödlich. Sie beginnt gewöhnlich mit der Augenmuskulatur – darum muß ich sie mit Klebeband offenhalten. Sieht scheußlich aus, nicht wahr? Aber das ist kein Wahnsinn, Keller. Kein Wahnsinn! Wenn ich gesund gewesen wäre, hätte er nie versucht, mir das anzutun.«

»Wie haben Sie die Bombe an Bord gebracht?« Kellers Zorn war noch da, aber in seinem Denken spielte der Überlebenswille eine größere Rolle. Nur noch ein halber Meter. Bring ihn dazu, weiterzureden.

»Ha! Ganz einfach. Ich hab' die Bombe selbst gebaut – war für einen Mann mit meinem technischen Wissen überhaupt kein Problem. Ich hab' einen Aktenkoffer gekauft, der mit dem, den Barrett normalerweise hatte, identisch war, einen dieser ekelhaften schmalen Koffer. Ich ging mit ihm zum Flughafen, flehte ihn bis zum letzten Augenblick an. Selbst da hätte er sich noch retten können, weißt du... Aber er verspottete mich und sagte, es sei nur zum Besten. Ich könne mich ausruhen, das Geld genießen, das ich mit dem Geschäft verdienen würde, ich hätte eine Chance, wieder gesund zu werden. Dieser scheinheilige Bastard! Ich habe die Koffer vertauscht, ihm meinen gegeben. Er hat tatsächlich gelächelt und seine Hand ausgestreckt, um meine zu schütteln! Kannst du dir das vorstellen, Keller?«

Nur noch ein Schritt.

»Ich bin zurück nach Hause gerannt und hab' meinem Fahrer gesagt, er solle gehen. Ich wollte da ganz allein genießen. Ich ging in dieses Zimmer, zog die Vorhänge auf und setzte mich am offenen Fenster auf einen Stuhl. Ich wartete.«

Keller war jetzt fast am Türeingang.

»Ich habe den Zeitzünder der Bombe eingestellt, weißt du. Schließlich kannte ich die Luftfahrtstrecken: Bernstein Eins, über Woodley nach Daventry, oder Grün Eins, über Reading. Egal wie, es war egal. Die Maschine mußte über Eton fliegen, dann nach Dorney. Ich hatte die Bombe so eingestellt, daß sie explodierte, wenn sie hier über mich flog, mußt du wissen. Aber etwas lief schief. Die Maschine stürzt ab, bevor sie hierherkam. Aber ich sah es dennoch in der Ferne – die Explosion, das wundervolle Glühen am Himmel.«

Keller erinnerte sich an die geringe Verzögerung, die sie beim Abflug gehabt hatten. Wäre sie nicht gewesen, Pendletons Zeitplan hätte perfekt funktioniert. Er blieb im Türeingang stehen.

»Aber all diese unschuldigen Menschen, die Sie mit Barrett getötet haben... Warum haben Sie die ermordet?« Kellers Stimme schwankte. Er wollte nicht glauben, daß jemand so verrückt sein konnte.

»Niemand ist unschuldig, Keller, das solltest du wissen.«

»Aber da waren Kinder an Bord. Frauen.«

»Kinder wachsen zu Kreaturen wie Barrett heran. Und was Frauen anbelangt – sogar meine Frau und meine Tochter haben mich verlassen. Sie sind vor Jahren gegangen; sicher wissen sie nicht einmal von meinem schlechten Gesundheitszustand. Sie haben das Land verlassen. Du siehst, alle sind schuldig, Keller. Du. Ich. Jeder zerstört etwas in seinem Leben. Hast du das nicht auch getan?«

Auf eine perverse Art und Weise schien Pendleton recht zu haben. Jeder haßt manchmal, jeder zerstört etwas. Aber seine Argumentation war zu einfach; sie war extrem. Keller hatte sich gefragt, wie solche Mörder ihre Handlungsweise rechtfertigten – Terroristen z. B., die mit ihren Bomben so viele Unschuldige töteten und verstümmelten –, und jetzt wußte er es. Ihr eigener Wahnsinn war ihre Rechtfertigung. Für sie war die ganze Welt schuldig.

Er bereitete sich darauf vor, in die schützende Dunkelheit des Korridors zu springen.

Pendleton redete weiter drauflos, schlurfte auf den Copiloten zu. »...eine Fabrik. So viele Männer hingen mit ihrem Einkommen von mir ab, verstehst du? Ich konnte sie nicht im Stich lassen. Ich konnte nicht zulassen, daß mein Name einfach aus der Geschichte der Luftfahrt verschwand, verstehst du? Beweg dich nicht weiter, Keller, oder ich werde dich jetzt töten. Und dann, die Stimmen...«

Keller erstarrte. Pendletons Tonfall hatte sich kaum verändert, als er ihn warnte, sich nicht weiter zu bewegen, aber die Bedrohung war um so größer geworden.

»...jede Nacht kamen sie zu mir. Spottend. Flüsternd. Verhöhnten mich. Aber sie konnten mich nicht anfassen. Das versuchten sie nun. Sie versuchten, mich so zu erschrecken, daß mir etwas zustieß, aber ich war zu schlau für sie. Sie konnten mich nicht überlisten.«

Mein Gott, dachte Keller. Sein Wahnsinn hat ihn vor ihnen gerettet. Ein normaler Mensch wäre vor Angst von Sinnen gewesen. Aber Pendleton war nicht normal.

»...ich entließ meinen Fahrer, hab' meine Haushälterin fortgeschickt. Sie glaubten, es sei wegen meines

Kummers um einen verlorenen Kollegen – einen Freund. Meine Direktoren wußten es besser. Ich schickte ihnen einen Brief, in dem stand, daß ich für eine Weile verreisen würde. Natürlich gerieten sie in Panik. Der verbleibende Kopf des Unternehmens konnte in einer solchen Krise doch nicht einfach verschwinden, jetzt, da das Unternehmen vorm Zusammenbruch stand. Sie schickten Leute los, doch am Ende gaben sie auf. Sie waren immer der Auffassung gewesen, ich sei exzentrisch. Ich konnte das Haus nicht verlassen, verstehst du. Es wäre zu einfach für... sie... gewesen... an mich heranzukommen. Also versteckte ich mich. Aber sie erzählten mir, daß sie jemand schicken würden. Das bist du, nicht wahr? Der andere Mann, das war ein Irrtum.«

»Ja, ich bin es«, antwortete Keller einfach.

»Na schön, und was willst du tun? Die Polizei informieren?« Seine Stimme war tadelnd, wurde dann zu einem Knurren. »Das kannst du wohl kaum, da du gleich tot bist, oder?«

Der Copilot beobachtete, wie die Finger des Wahnsinnigen sich langsam um die Stecher spannten. Er hob das Messer in dem vergeblichen Bemühen, sich zu verteidigen. War dies nun das Ende? Welche Ironie, den Flugzeugabsturz auf so wunderbare Weise überlebt zu haben, nur um von einem Wahnsinnigen ins Nichts befördert zu werden.

Beide Männer spürten gleichzeitig den eisigen Wind, der durch den Raum fegte. Pendletons Kopf drehte sich von links nach rechts, als die Stimmen aus allen Ecken des Raumes kamen, flüsternd. Sie riefen Keller. Rogans Stimme war unter ihnen, aber eigenartigerweise fehlte die Stimme des Dämons – die Goswells. Sie flehten, schrien um Hilfe. Keller verstand, was sie wollten: Pendletons Tod. Aber was konnte er tun? Er war hilflos.

Die Hand des Verrückten zitterte jetzt heftig, und sein Kopf bewegte sich ruckartig von einer Seite zur anderen, als er schrie, daß die Stimmen sich entfernen sollten.

Keller nutzte die Gelegenheit. Er sprang vor, bückte sich tief unter die erhobene Flinte, stieß Pendleton zurück und rechnete damit, daß ein brüllender Schuß seinen Kopf abreißen würde. Doch die Finger des Wahnsinnigen waren abgerutscht, und der Schuß fiel nicht. Sie gingen zusammen zu Boden, wobei der ältere Mann schrie und heftig auf Keller eintrat. Seine erstarrte Hand ließ sich wieder bewegen und krallte sich in das Gesicht des Copiloten. Keller stieß seinen Ellbogen unter die Kehle des Wahnsinnigen und drückte heftig zu, doch der dicke Wollschal verhinderte, daß er wirklich verletzt wurde.

Die Stimmen in seinem Kopf drängten ihn, drängten ihn weiter, den Mann zu töten, es jetzt zu Ende zu führen. Er lockerte den Ellbogen an Pendletons Kehle und griff nach der Flinte, packte sie beim Lauf und versuchte, sie ihm zu entreißen. Pendletons stinkender Atem brachte ihn fast zum Erbrechen; Speichel aus der Kehle des schreienden Mannes bespritzte ihn. Er hob seine Hand, die noch immer das Messer umklammerte, und hielt es über Pendletons Gesicht. Die Augen wurden beim Anblick der schwebenden Waffe vor Entsetzen noch größer. »Nein!« schrie er, aber die Stimmen in Kellers Kopf verlangten schreiend seinen Tod. Plötzlich gab eines der Klebepflaster, die Pendletons Augen offenhielten, unter dem Druck nach, und ein Augenlid schloß sich. Es war diese mitleiderweckende Bewegung, die das Messer verharren ließ.

Es war Keller unmöglich, zuzustoßen. Unter ihm lag nur ein schwacher alter Mann. Ein verzweifeltes, kämpfendes menschliches Wrack. Er war böse, aber es war das Böse des Wahnsinns, eine Krankheit. Er warf das Messer beiseite und sah, daß ihn Pendletons noch offenes Auge verständnislos anblickte. Die Stimmen in Kellers Kopf jammerten protestierend.

Aber er würde nicht für sie töten!

Für eine erstarrte, eine Ewigkeit währende Sekunde hatte der Kampf nachgelassen, doch Keller spürte plötzlich einen heftigen Tritt, der ihn nach hinten schleuderte, so daß er rücklings auf dem Boden landete. Es war Pendleton gelungen, einen Fuß zwischen sie zu bringen, und er hatte mit der ganzen Kraft und Wut eines Wahnsinnigen zugetreten. Der Copilot richtete sich rasch auf einen Ellbogen auf und sah, daß der ältere Mann versuchte, zu Atem zu kommen, daß er sich aufrappelte, wobei er die Flinte noch immer mit einer Hand umklammert hielt. Keller erhob sich zur gleichen Zeit, und für einen kurzen Augenblick sahen sich die beiden Männer durch den Raum an. Keller starrte in das eine Auge Pendletons und sah, daß es von Haß erfüllt war.

Dann wurde die Flinte auf seinen Bauch gerichtet, und er sah wie in Zeitlupe, daß der Finger sich um den Abzug krümmte. Er sah die Flamme aus dem schwarzen Loch schießen, spürte dann, wie er fiel, und durch den offenen Türeingang zurückgeschleudert wurde.

Die Welt war von dem Brüllen aus der Waffe erfüllt, von den gequälten Stimmen der Toten, von dem Gelächter des Wahnsinnigen. Alles drehte sich um ihn, ein verrücktes Karussel aus Licht und Lärm.

Mühsam öffnete er seine Augen und blickte an seinem Körper herab. Sein Leib war durch die Explosion aufgerissen worden. Er lehnte gegen das Geländer am Treppenabsatz, so daß er sehen konnte, wie das Blut auf seine Schenkel troff. Sein Hemd und der obere Teil seiner Hose waren weggerissen, Blut begann an ihm herabzufließen.

Mit zitternder Hand griff er nach unten und preßte die Hand auf die schreckliche Wunde, spürte aber unglaublicherweise keinen Schmerz. Er vermutete, daß es der Schock war.

Und dann stieß er sich auf die Beine und ging in den Raum zurück, wobei eine Hand noch immer vergeblich versuchte, das Blut zurückzuhalten. Pendleton beobachtete ihn mit neuem Entsetzen, fiel auf die Knie und hielt die Flinte auf ihn gerichtet.

Keller fühlte keinen Haß. Nur eine ungeheure Traurigkeit. Der Mann hatte keine Schuld; er war zu allem getrieben worden. Er konnte nur Mitleid für ihn empfinden. Und dann übermannte ihn Leichtigkeit – weiße, blendende Leichtigkeit. Er spürte, wie er aufstieg, sich aus seinem Körper hob, getragen von einem neuen Strom von Kraft, einer Kraft und einer Stärke, die er nie zuvor erlebt hatte. Die Leichtigkeit erfüllte jedes Teil seines Seins, durchfloß ihn, machte ihn zu einem gestaltlosen, schwebenden Ding. Die Süße der Empfindung war fast ekstasisch, rein und köstlich.

Er blickte hinab und sah den Raum unter sich zurückweichen, sah, wie Pendleton die Flinte gegen seine eigene Kehle richtete, sah, wie sein Finger den Abzug betätigte. Kummer drang in sein neues Sein, aber er legte sich, ohne wirklich ganz zu vergehen, wurde Teil seiner seltsamen freudigen Erregung. Er sah seinen eigenen physischen Körper auf dem Boden liegen, verbrannt zu einer unförmigen schwarzen und kaum menschlichen Gestalt – und er begann zu verstehen.

Er hatte den Absturz nicht überlebt. Er war mit den anderen gestorben.

Magische Kräfte hatten ihn am Leben erhalten, hatten ihn zum Leben erweckt, um den Tod aller zu rächen, damit die Gepeinigten frei sein konnten. Sie hatten jetzt ihre Freiheit gewonnen, da der Mann, der sie umgebracht hatte, selbst tot war. Und er, Keller, war nicht die Ursache dafür gewesen. Erleichterung mischte sich jetzt in das Hochgefühl und wurde zu einer neuen, Ehrfurcht einflößenden Erfahrung, so anders als alle seitherigen Gefühle seines Lebens. Er schwang sich auf.

Die Geister der Opfer des Flugzeugabsturzes waren rings um ihn, stiegen mit ihm auf, gesellten sich zu ihm; doch das Böse hatte sie verlassen, derjenige, der Goswell gewesen war, schien verschwunden. Der Pilot griff nach dem Geist Pendletons, gerade da, als unsichtbare Hände ihn berührten, ihn willkommen hießen und ihm halfen. Bevor das Zimmer, das Haus, das Feld dort unten aus seinem Blickfeld schwanden, erhaschte er einen letzten Blick auf Hobbs. Hobbs, der an den Wagen gelehnt dastand, nach oben schauend, wußte, was geschah; seine Ahnung von Kellers unwirklicher Existenz hatte sich jetzt bestätigt. Die seltsam gedämpfte Aura um Keller hatte seinen Verdacht geweckt, und jetzt verstand Hobbs, nicht ganz, aber genug. Keller spürte den guten Willen, der aus dem Medium floß, und er lächelte im Bewußtsein seines neuen Selbst, seiner neuen Geburt.

Dann spürte er ihre Anwesenheit. Er spürte, daß Cathy ihm nahe war. Es war nicht wie ihrer beider körperliche Liebe, da jetzt alle mit ihm eins waren. Die Liebe war viel größer. Sie griffen nach ihm, sie trösteten ihn in seinem Begreifen und führten ihn weiter. Die ersten Ahnungen des Verstehens streiften ihn; flüchtige Eindrücke, aber weit wichtiger als die Summe alles irdischen Wissens. Dies war die eigentliche Selbsterkenntnis, die Existenz von allem. Jetzt wußte er, warum es Grausamkeit gegeben hatte. Warum Wahnsinn sich selbst nährte. Warum es Bösartigkeit gab. Warum es mörderischen Stolz gab. Warum es Kriege gab.

Traurigkeit erfaßte ihn – aber keine Bitterkeit. Er fühlte Freude, Freude, die er jetzt verstehen konnte, eine Glückseligkeit, die sich ausbreitete und ihn noch fester an die anderen band. Da war noch soviel mehr zu lernen, zu begreifen; das bereits gewonnene Wissen sagte ihm, daß dies erst der Anfang war, der erste zögernde Schritt. Es gab noch viele weitere, und jeder war noch bedeutender als der vorangegangene.

Aber wenn dies nur der Beginn war, wie weit, wie unendlich weit würde dann die Reise sein? Die Angst davor war nur vorübergehend und wurde rasch zu einem anderen Teil von ihm, zu einem Teil von ihnen allen. Er konnte ihre Wärme spüren, ihre Ermutigung, die ihn durchströmte, ihn berührte und sich mit ihm verschmolz. Voll Heiterkeit und Glück jubelte er.

Und dann zog es ihn weiter.

Epilog

Der alte Mann saß auf der eisernen Brücke und zog seinen Schal fester um den Hals. Die Nacht – oder der frühe Morgen – war dunstig durch die treibenden Rauchwolken, den grauen Rauch, der auch jetzt noch, lange nachdem die Brände gelöscht worden waren, vorbeizog. Es war jetzt vorbei, obgleich sich noch immer kleine Menschengruppen versammelten, die langsam den Weg zurück über die Brücke zu ihren Häusern in Windsor antraten, nachdem sie zuvor das Schauspiel der brennenden Gebäude bestaunt hatten. Doch jetzt waren nicht mehr viele Leute da, da die Erregung schon Stunden früher abgeklungen war.

Der alte Mann lauschte ihren müden Stimmen, ihrer Verwunderung über das, was geschehen war. Zuerst war da das Feuer an der High Street gewesen, das im Studio eines Fotografen ausgebrochen war und sich ausgebreitet hatte, bis es drei weitere Geschäfte erfaßte, von denen es zwei völlig vernichtete und das dritte schwer beschädigte. Die Leichen waren noch nicht geborgen worden; das würde bis morgen warten müssen, wenn es sicherer war, nach ihnen zu suchen. Und dann das Feuer im College: Es war in der alten Kapelle ausgebrochen und hatte sich über den Hof ausgebreitet, bis viele der alten Gebäude in Flammen aufgegangen waren. Der Direktor wurde vermißt, und man prüfte noch immer, ob alle Schüler da waren. Ein Junge zumindest war in der Nähe der brennenden Gebäude gefunden worden, aber es hieß, daß er sich noch in einem Schockzustand befände und noch nicht imstande sei zu berichten. Selbst der Vikar der Stadt war zusammengebrochen und befand sich in einem komaartigen Zustand. Was immer in dieser Nacht in Eton geschehen sein mochte, würde in kommenden Jahren Anlaß für viele Spekulationen geben. Die Stimmen verwehten in der Nacht, und der alte Mann war allein auf der Brücke.

Er drehte sich steif auf der hölzernen Bank um und reckte seinen Hals, um nach hinten auf das Feld zu schauen, auf dem das Flugzeug abgestürzt war. Es schien, als sei das jetzt Jahre her. Stumm seufzte er in sich hinein. Die schimmernde Wolke war verschwunden. Er hatte sie Stunden zuvor gesehen, in dem Augenblick, als sich die Abenddämmerung auf die Stadt gesenkt hatte. Den ganzen Tag schon hatte er darauf gewartet, daß etwas geschah; er wußte, daß die schreckliche Bürde, die seit dem Absturz auf Eton gelastet hatte, einen Höhepunkt, einen Zerreißpunkt erreichen würde. Und er hatte recht gehabt – es war zu einem ungeheuren Ausbruch gekommen. Als er durch die Vorhänge seiner kleinen Wohnung hinausgespäht hatte, war ihm die zerfaserte Wolke aufgefallen, die halb durchsichtig über dem Feld hing. Aber nun war sie fort, hatte sich aufgelöst, und die Bürde war mit ihr verschwunden.

Die Atmosphäre hatte sich jäh geändert, gerade in dem Augenblick, als die Flammen am höchsten schlugen. Er hatte die Veränderung gespürt, fast wie eine geistige Umwälzung; es war, als ob ein grauer Schleier von seinem Herzen gehoben würde. Und von diesem Moment an hatten die Flammen zu ersterben begonnen.

Er drehte sich wieder um und starrte auf die Schwärze des Flusses hinab. In der Dunkelheit seines Zimmers hatte er gewartet, darauf gewartet, daß der Tumult und die Erregung schwanden. Dann, nachdem er so lange Zeit zu Hause gewesen war, hatte er sich aufgerafft und das Haus verlassen, mit einer neuen Leichtfüßigkeit, trotz seiner alten Glieder. Es war, als ob die Feuer die Stadt gereinigt hätten.

Es war jetzt vorbei, dessen war er sich sicher. Solche Dinge hatte er immer im Gefühl gehabt. Hatte er nicht zum Flugzeug hochgeschaut, kurz bevor es abstürzte? Hatte er nicht gefühlt, daß etwas nicht stimmte? Ja, jetzt war es vorbei. Die Stadt konnte den Schaden reparieren und versuchen zu vergessen. Das College würde nie wieder in seiner alten Pracht restauriert werden können – Geschichte konnte man nicht wieder aufbauen –, aber es bedeutete das Ende einer Ära und den Beginn einer neuen.

Es war so lange her, seit er hier zum letzten Mal gesessen hatte. Und es war gut, wieder hier zu sein. Er blickte zum Himmel auf. So groß. So tief...

Dann erschauerte, der alte Mann, als er den eisigen Wind an sich vorbeifegen spürte. Er glaubte, jemand flüstern zu hören, es war ein leises, knurrendes Geräusch, das auch ein Kichern gewesen sein konnte. Aber seine alten Ohren hatten ihn wohl getäuscht – sicher war es nur der kalte Nachtwind, der vor der nahenden Morgendämmerung floh. Seine alten Knochen registrierten die plötzliche Kälte eben sehr genau. Aber sie war schon vorbei, in der Nacht verschwunden. Sollte sie doch jemand anderen zum Frösteln bringen.

Er lächelte in sich hinein und wanderte dann über die Brücke zurück, zurück zu seinem Heim, zurück zu seinem warmen Bett.